국본

| 일러두기 |

* 실제 기록이나 역사 인물을 참조해 썼으나 이것은 작가의 상상력을 바탕으로 빚어낸 소설이다.

국본

왕좌의 난

서자영 역사소설

고즈넉
이엔티

차례

서장
序章

'언젠가 너는 네가 있어야 할 곳에서 너와 함께할 운명인 사람과 네가 해야 될 일을 하며 살게 될 것이다.'

눈이 번쩍 떠진다. 칠흑 같은 어둠이다. 아무런 온기가 느껴지지 않는 방 안은 적막하다. 무서우리만치 섬뜩한 이 고요는 밖에 앉은 어린 나인이 만들어 낸 것이니, 어둠은 자연이나 적막은 인위다. 정확히 표현하자면 반드시 만들어 내야만 하는 고요라, 아마도 나인은 졸음을 참으려 무릎을 찌르는 그 순간조차 숨소리를 완전히 죽여야만 했으리라.

신우는 궐에 들어온 이후부터 무섭게 추위를 탔다. 절절 끓는 구들장 바로 위에 앉아 있어도 한기가 돌았고, 따뜻한 방 한가운데 누워 있어도 온기가 느껴지지 않았다. 깊은 산속에서 지냈던 수많은 겨울밤에도 느껴보지 못한 섬뜩함이었다. 누군가의 숙면을 위해 누군가는 수면을 포기 당하는 걸 넘어 자학을 서슴지 않아야 하는 비정한 현실이 신우를 뼛속까지 얼어붙게 만든 까닭이다.

숨소리를 죽인 신우가 눈만 깜빡인다. 누가 알려주지 않아도 지금

이 인시[*]라는 걸 안다. 기억하는 그 순간부터 언제나 이 시간에 종소리와 목탁 소리를 들으며 잠에서 깼으니까. 허니 종소리와 목탁 소리가 없어도 이때 눈이 떠지는 게 당연하다.

이렇듯 오래되어 몸에 익은 습(習)은, 어느 순간 자기 자신이 된다. 그래서 습에 잡아먹히면 그때부턴 나의 의지가 아니라 습의 의도에 의해 움직이게 된다. 더 이상 인시에 일어나지 않아도 되는데, 그때 일어나라는 어떤 소리도 나지 않는데 인시에 눈이 떠지고야 마는 것처럼 말이다. 이제는 인시에 눈을 뜨면 모두가 괴로운 상황이지만, 더 자고 싶어도 신우의 생각과 의지는 오늘도 습에 가로막혀 버렸다.

눈을 깜빡이며 신우는 최대한 숨소리를 고르게 내기 위해 노력했다. 숨소리가 달라지면 밖에서 허벅지를 쥐어 뜯어가며 꾸벅꾸벅 조는 어린 나인이 너무 이른 하루를 시작해야 하기 때문이다.

처음엔 아무것도 몰라 눈이 떠지면 떠지는 대로 깨어난 티를 내며 자리에서 일어났다. 며칠이 지난 후 방을 지키던 나인들 눈 밑이 하나같이 거뭇해지고 나서야 신우는 실수를 깨달았다. 제 편한 대로 인시부터 일어나 버리면 아랫사람들의 하루가 너무 길어진다는 것을.

졸음을 쫓아가며 불침번을 서더라도 앉아 있는 게 어둑새벽부터 윗전을 따라 종종거리며 일하는 것보다야 나은 게 당연하다. 그걸 깨달은 뒤부터 신우는 부러 잠에서 깨어나도 기침하지 않았다. 대신 깨지 않은 척 고요 속에서 최대한 오래 머무르기 위해 노력했다. 우스울 정도로 하찮기 그지없는 배려였으나 신우의 최선이었다.

---

[*] 오전3시-5시.

008

이제 신우는 도율이 왜 직(職)을 가진다는 건 업연이 더 깊어지는 것이라 했는지 안다. 시키는 일만 종종거리며 할 때는 시키는 사람이 되면 좀 더 자유로워지고 맘대로 할 수 있는 일이 많아질 줄 알았다. 그게 아니었다. 직이 높아질수록 오히려 자유와는 멀어진다.

사람들은 권력이 커질수록 더 자유로워지리라 믿어 더 많은 힘을 원하지만, 그건 힘없는 자들이 만들어 낸 허상일 뿐이다. 도율이 시키는 대로 사찰의 허드렛일을 할 때는 자고 깨기를 내키는 대로 하였지만 지금은 일어나는 시간조차 제 맘대로 하지 못하고 눈치를 살피지 않는가.

직이 높아지면 업연이 많아지고, 업연이 많아지면 그 업연에 휘둘리는 꼭두각시가 된다. 어리석은 인간들은 모든 일을 제 의지로 한다고 착각하곤 한다. 하지만 권력과 자유는 반비례하는 법이라, 책임이 많은 자리에 오를수록 자신의 의지로 할 수 있는 일은 점점 적어지기 마련이다.

더 정확히 말하자면 제대로 된 인간일수록 그렇게 된다. 그리되어야만 한다. 권력이 커질수록 자유는 줄이고 책임감을 키워야 한다. 만약 권력을 많이 가진 이가 가진 힘을 제멋대로 휘두른다면 그때부터 그는 인간이 아닌 야차다.

생각이 꼬리에 꼬리를 문다. 그러는 사이 오래 한 자세로만 있던 몸이 결국 불편함을 견디지 못하고 움찔하며 뒤척이고 말았다. 그 기척에 바스락, 두껍고 빳빳한 이불이 들썩이며 소리를 낸다.

뜻하지 않은 소리에 신우가 화들짝 놀란다. 그 바람에 몸이 좀 더 크게 움직이자, 이불이 더 큰 소리를 내며 풀썩였다.

"기침하셨습니까?"

결국 들키고 말았다. 아직 채 잠에서 깨지 못해 잔뜩 목이 멘 문밖의 소리가 안쓰럽다. 신우가 속상한 마음에 찌푸렸던 미간을 서서히 풀었다.

"그래."

신우의 대답이 떨어지기 무섭게 작은 소란이 인다. 그 소란 속에서 신우는 고요히 머무른다. 이 역시도 배움의 결과다. 처음엔 저도 덩달아 움직였다가 모두를 난처하게 했더랬다.

잠시 후 닫혀 있던 문이 열리고 푸석한 얼굴의 나인들이 줄줄이 들어온다.

신우가 그들의 움직임에 맞추어 천천히 몸을 일으킨다. 그의 일은 딱 거기까지다. 서너 살 먹은 아이처럼 가만히 앉아만 있으면 나인들이, 상궁들이, 내시들이 아침 단장을 모두 알아서 해준다. 그들이 시키는 대로 고개를 몇 번 숙였다가 올리고 팔을 들었다가 내리고 입을 헹궜다가 뱉고 자리에서 일어나기만 하면 된다.

신우가 직접 하는 일이라곤 세수할 때 물을 얼굴에 끼얹는 일, 양치하는 물을 마셨다가 뱉는 일 정도다. 그 외엔 정말 아무 하는 일이 없다. 신우는 고요하고 주변만 소란스럽다. 그리고 그러한 소란이 모두 지나가고 나면 어느새 의관을 갖추어 입고 있다.

마지막으로 명경을 보고 모두가 애써 꾸며준 아침 단장을 확인했다. 흠잡을 데가 없다. 신우가 고개를 끄덕여 만족을 표시하면 이내 이부자리가 치워지고 초조반이 놓였다. 그나마 밥은 제 손으로 먹으라고 하는 게 다행인가, 몇 달이나 지났으니 익숙해질 만한데도 여전히 불편한 마음으로 상 앞에 앉았다.

신우가 아침에 일어나 스스로 이부자리를 정리하고 씻고 양치하고 옷을 입은 건 다섯 살쯤부터였다. 그 전엔 아직 어린 손끝이 미숙하여 도율의 손을 탔으나 다섯 살쯤부턴 신우 혼자 그 일을 다 해냈다. 헌데 궐에 들어오고 나서는 스물 넘은 나이에도 아무것도 하지 않게 됐다.

처음엔 너무나 기괴하다 여겨 늘 하던 대로 제가 다 하려고 했다. 그러나 그러는 것이 모두를 불편하게 만들고, 한데서 본데없이 자란 놈이 되고 말 뿐이라는 걸 알게 된 후 신우는 체념했다. 그들이 시키는 대로 모든 걸 맡겼다. 그래도 여전히 편치 않다.

곱씹어볼수록 우습기 그지없다. 땀 흘리는 노동이 귀한지 알아야 한다며 왕에게 선농제는 지내게 하면서 정작 눈을 뜨는 그 순간부터 왕의 일상엔 지나치게 노동이 없다. 네댓 살이면 능히 모두가 해낼 일이고, 조선에 사는 이라면 누구든 제 손으로 하는 게 당연한 일을 오로지 왕과 왕이 될 자만이 하지 않는다.

아마 저도 궐에서 나고 자랐다면 믿지 못했을지 모른다. 이런 일들을 보통 사람들은 혼자서 다 해낸다는 것을. 문제는 이 모든 게 예의와 법도라는 명목 아래 행해진다는 거다. 이 얼마나 기막힌 일인가. 이런 법도가 정상인 줄 알고 자라난 자가 백성들을 살펴야 하는 왕 노릇을 제대로 할 수 있다고 여기는 걸까.

어금니로 밥알을 짓이기며 신우는 골똘히 생각에 잠겼다. 왕은 늘 민심을 굽어살펴야 한다고 강조한다. 가뭄과 홍수가 들면 수라상에서 반찬을 하나씩 빼는 것도 그런 연유다. 하지만 사소한 일상이 이리 괴리되어 있는데, 그러한 노력이 과연 무슨 소용일까 의아함이 가시지 않는 건 어쩔 수 없다.

경연 중 이런 속내를 은근히 드러내자, 대제학은 궁중의 법도가 제 조부부터 더 강화되었다고 가르쳐주었다. 하긴 증조부만 해도 사가에서 오래 생활했다 하니 이 정도의 시중은 과하다 여겼을 것이다. 결국 이런 엄격한 절차와 복잡한 과정이 조부에게 필요했던 이유는 아랫사람들에게 절대적인 권위와 권력을 요구하기 위해서가 아니었을까.

아, 이 얼마나 덧없음인가. 이런 허례허식에 집착하는 것 자체가 정당하게 자리에 앉은 자가 아니라고 자백하는 것과 진배없다. 조선에서 가장 좋은 쌀을 오랫동안 뭉근하게 끓여 만든 부드럽고 달큰한 죽을 먹고 있지만 입안은 쓰기만 하다.

느릿느릿 수저질을 하던 신우의 귓가로 이 시간에 궐에서 나지 말아야 할 소음이 들린다. 신우가 고개를 들어 주위를 조심스럽게 살폈다. 아직 상궁과 나인, 내시들은 그 소리를 알아차리지 못한 모양인지 움직임이 없다. 신우가 눈을 가늘게 뜬 채 집중한다. 이건 분명 부자연스런 소란이다. 수저를 상에 내려놓고 자리에서 일어선다.

"왜 그러십니까?"

방 가운데 걸어둔 칼을 집어들고 신우가 밖으로 달려나갔다. 놀란 상궁 나인들과 내신들이 급히 그 뒤를 따랐다. 신우의 걸음이 크고 빨라 어느새 상궁 나인들은 뒤로 처지고 내시들조차 뛰다시피 하여 겨우 그 뒤에 붙을 수 있었다.

빨라지는 걸음만큼이나 소리는 점점 더 커진다. 정신없이 쫓아오던 내시들이 뒤늦게 궐에서 들리는 낯선 소리에 놀란 얼굴을 했다. 수많은 발걸음 소리와 연신 터지는 고함, 비명이 순식간에 궐을 뒤덮는다. 거기에다 궐 안에 있는 이들의 당황하는 발소리가 더해진다.

신우가 문득 걸음을 멈췄다. 그를 맞이하러 가선 안 된다. 그를 막으러 가야 한다. 신우가 발걸음을 돌렸다.

"침전으로 가자."

신우가 명령하자 뒤따르던 이들의 얼굴이 새하얗게 질린다. 설마 이 난리가 그곳까지 미치리라곤 생각하지 못한 까닭이다. 하지만 이 난리는 반드시 그곳을 향할 것이다.

"전하가 위험하다, 서둘러라!"

신우가 침전을 향해 뛰기 시작했다. 우르르 정신없이 움직이던 궐 내의 군사들이 한곳을 향해 달려가는 그의 뒤를 따랐다. 침전에 도착하자 소식을 들을 건지 왕과 왕비는 이미 사색이 되어 있었다. 떨리는 몸을 가누려 애를 쓰는 게 역력해 보였다.

"전하, 안으로 드시지요. 소자가 지켜드리겠사옵니다."

"아니다. 네가 피해야 한다. 그 아이는 너를 노리는 게야. 내가 아니다."

"아니요, 월산군이 노리는 건 전하이십니다. 제가 아닙니다. 허니 피하십시오. 제가 막겠습니다."

왕의 얼굴이 새하얗게 질렸다. 도무지 믿을 수 없는 현실이라 여겼는지 고개를 휘휘 저어보지만, 신우의 눈빛은 단호했다.

"안으로 드셔야 합니다, 전하!"

이미 궐내의 군사들이 밀리고 있을 것이다. 방어선이 무너지는 건 시간문제였다. 신우가 다시 외치자 다리에 힘이 풀린 왕을 왕비가 부축해 침전 안으로 데리고 들어갔다. 신우가 군사들에게 침전을 단단히 에워싸게 만든 후 대열의 앞에 섰다.

"자가!"

내금위장이 애타게 부르자 신우가 손을 들어 그를 제지했다. 자신이 상대해야 한다. 자신이 가장 먼저 그를 맞아야 한다. 칼을 빼든 신우가 위태롭게 흔들리는 향오문을 노려보며 버티고 선 두 다리에 힘을 줬다.

권력이 커지면 업연이 깊어진다. 업연이 깊어지면 자유가 줄어든다. 가지고는 있되 휘두를 수 없는 게 권력이니, 이 얼마나 모순인가. 모두가 휘두르고 싶어서 가지려는 게 권력인데, 정작 권력을 가지면 휘두를 수 없다.

그런데 가끔 권력을 가지고도 자유를 놓지 않으며, 제멋대로 휘두르는 자들이 있다. 세상은 그들을 패륜이라고 부른다.

지금 칼을 들고 향오문을 부수고 쳐들어오는 월산군, 이현처럼 말이다.

"이야, 이게 누군가. 버림받은 왕자 아니신가. 거기 그러고 서 있으니 제법 그럴싸하구나."

현도 처음부터 권력을 휘두른 건 아니었다. 오히려 그는 그것을 잃지 않으려 오랫동안 집착하느라 자유라는 걸 모르고 살았다. 허나 그렇게 노력했음에도 자신에게 원하는 만큼의 힘이 주어지지 않자, 현은 제가 원하는 방식대로 얻기로 했다.

"거기서 멈춰서라. 더 하면 역모다."

"여기서 멈춘들 달라지는 게 있더냐! 이미 내가 벌인 게 역모다. 내가 역모를 일으켜 여기까지 왔다. 헌데 이제 와서 어찌 멈추겠느냐."

현의 칼끝이 들어 올려져 신우를 넘어 침전을 향한다. 칼끝이 겨냥한 건 한때 제 조부였던 이다.

"나는 너 따위를 상대하러 여기까지 온 게 아니니 비키거라."

"너는 여길 넘지 못한다. 저곳으로 가지 못한다."

신우가 모든 걸 걸고 하는 말에 현의 이마에 새파랗게 핏줄이 섰다. 현이 자신을 향해 달려들자, 신우가 칼을 들어 막아선다. 두 사람의 칼이 날카로운 비명을 내지르며 부딪쳤다.

맞붙은 칼을 사이에 두고 현과 신우가 이글거리는 눈으로 서로를 노려봤다. 신우는 분노로 가득 찬 현에게서 제 얼굴을 본다. 닮았다는 것을 이 순간에 깨닫다니 우스운 일이다. 어쩔 수 없는 것일까. 이토록 닮았기에 모두가 누가 누구인지 한 번에 알아채지 못하고 헷갈렸던 걸까.

닮았다, 하지만 너와 나는 다르다.

현은 한때 제 조부였던 이가 권력을 가졌던 그 방식 그대로 제 권력을 가지려 한다. 그런 현의 앞을 신우가 막아섰다. 신우 역시 한때 제 조부라 믿었던 이가 했던 것처럼 역모를 막기 위해서.

1장

인연
因緣

몸을 부르르 떨며 신우가 눈을 떴다. 어느새 제법 추워져 군불을 넉넉히 때도 방이 싸늘하다. 저 멀리서 종소리와 함께 목탁 소리가 들린다. 신우가 늘어지게 하품하며 기지개를 켠다.

신우 인생의 첫 번째 기억은 이른 새벽부터 저를 깨우는 도율의 엄한 얼굴이었다. 어릴 땐 자리에서 일어나기가 너무 힘들어서 괴로웠다. 억울하고 서러운 마음에 왜 이리 일찍 일어나야 하냐고 투정 부리기도 했다.

도율은 그것이 이번 생의 네 업이라고 했다. 너는 이번 생엔 이 시간에 일어나야 한다고, 그러니 왜냐는 생각은 말고 그저 팔자려니 받아들이라고, 만약 그러지 못하면 너는 이번 생을 살아내기 힘들 거라 했다. 어린 나이지만 도율의 그 말에서 더 이상 물러날 데가 없다는 걸 깨달았다. 그때 신우는 체념을 배웠다.

신우는 잠을 깨우러 온 도율 손에 이끌려 졸린 눈을 비비며 법당으로 끌려가 백팔배를 했다. 백팔배가 끝나면 명상하라고 했다. 명상하는 틈틈이 졸았다. 조는 걸 도율에게 들킬 때마다 어깨 위로 매가 떨어졌다. 아직 여물지 않은 어깨가 불에 타는 것처럼 화끈거리며 아팠다. 울음이 터지면 그 나이 아이답게 다리를 뻗어가며 잉잉 울었다.

맞아도 울지 않기 시작한 건 다섯 살 무렵부터였다. 명상 시간에 졸지 않기 시작한 건 구오사미*가 된 일곱 살 때였다. 깨우러 오지 않아도 알아서 일어나기 시작한 건 열네 살 응법사미**가 되고 나서부터다. 귀신같이 그 시기에 맞추어 제 행동이 변하는 걸 보면, 시기를 나누고 다르게 명명하는 데는 그럴만한 이유가 있는 거구나 싶었다.

신우가 응법사미가 되자 도율은 더 이상 깨우러 오지 않았다. 게다가 깨자마자 법당에서 백팔배를 안 해도 된다고 했다. 아침 공양 전까지는 네 맘대로 해도 좋다는 허락이 떨어진 그날 너무 기뻐 미친놈처럼 소리를 지르며 온 산을 뛰어다녔다. 반드시 늦잠을 자겠다는 야무진 결심도 했다. 그러나 다음 날, 신우는 저절로 인시에 눈을 떴다. 억울하고 분해서 눈을 꼭 감은 채 억지로 누워 있었다. 그러나 아무리 애를 써도 다시 잠들 수 없었다. 결국 머리가 어지럽고 허리가 아파서 일어나야 했다.

그 뒤로 허벅지를 꼬집어 가며 늦게까지 버티다가 아주 깊은 밤이 되어서야 자리에 들었다. 이쯤 되면 늦잠을 잘 수밖에 없겠구나, 싶을 정도였다. 그리 애를 썼어도 인시에 눈이 떠졌다. 정말 분했다. 그 후로도 별의별 짓을 다 해봤지만, 귀신이 눈꺼풀을 들어올리는

---

*   일곱 살부터 열 세살까지의 남자 승려.
**   열네 살부터 열아홉 살까지의 남자 승려.

것처럼 인시면 잠에서 깼다.

그렇게 열흘 동안 별짓을 다 해보고 나서야 신우는 포기했다. 그 제야 왜 도율이 더 이상 저를 깨우러 오지 않는지 깨달았다. 그럴 필 요가 없어졌기 때문에 내버려 둔 거였다. 이미 습이 신우를 잡아 먹 어버렸다는 걸 도율은 알았던 거다.

현상을 인정하고 받아들이자, 모든 게 수월해지고 단순해졌다. 그 후 신우의 아침은 단 하루도 빠짐없이 똑같았다. 이제 더 이상 그게 억울하지도 분하지도 않았다. 당연해지고 익숙해지니, 곧 편안해졌다.

인시에 자리에서 일어난다. 이부자리를 정리하고 자리끼를 마신 뒤 옷을 갈아입는다. 세수하고 방에서 백팔배를 한 후 명상을 한다. 머리가 완전히 맑아지면 그때부터 책을 읽다가 묘시가 되면 사찰로 올라간다. 그리고 아침 공양을 한다.

"오늘은 하루 종일 절이 붐빌 것이다. 허니 나가서 네 할 일을 하 도록 해라."

공양이 끝나면 도율은 그날의 일정을 알려주곤 했다. 도율의 일정 에 따라 자연스레 신우의 하루도 정해졌다. 도율은 어떤 날엔 종일 같이 바둑을 두자고 했고, 어떤 날엔 본사*에 다녀올 터이니 사찰을 잘 지키고 있으라 했다. 그런데 오늘은 혼자 공부하라신다. 사찰에 방문객들이 정말 많이 올 건가 보다.

도율이 주지로 있으면서 신우가 몸을 의탁 중인 이곳은 홍인사의 말사로 본사와는 한 식경 정도 떨어져 있었다. 말사 중에서도 작은

---

* 불교에서 한 종파의 본종이 되는 가장 큰절. 본사의 산하에는 십수 개에서 수백 개의 작은 사찰이 소속되어 있다.

편이라 주지인 도율 혼자 사찰을 책임지고 있었다. 비구[*]라고는 도율뿐이었지만 방문객은 적지 않은데, 그건 흥인사의 말사여서가 아니라 주지인 도율의 설법 덕이었다.

따르는 이들이 많아지면 주지는 대체로 사찰을 키우려 하기 마련인데 그는 자주 본사에 감으로써 여기로 방문객이 오는 걸 최대한 막으려 했다. 그럼에도 해가 갈수록 도율을 찾는 이들은 많아졌고, 더 자주 사찰을 비우며 애를 써도 소용이 없었다.

방문객이 많은 날이면 도율은 일부러 신우를 불러 사찰에서 멀리 벗어나 있으라 했다. 그는 신우가 사람들과 마주치는 걸 꺼렸다. 특히 그들이 양반네들이면 더 그랬다. 이유가 있을 테지만 차마 물을 수 없었다.

신우는 어렸을 때부터 다른 비구들이나 사미들과 어울리지 못했다. 도율이 머무는 말사에서도 멀찍이 떨어진 암자에서 혼자 자라야 했다. 신우는 자신이 세상에 드러나선 안 되는 사람의 자식인 모양이라고 어렴풋이 짐작했다. 출생에 대한 내막을 캐묻지 않는 건 제 아비가 너무 흉악한 사람일까 무서웠기 때문이다. 그러면 저의 생을 모조리 부정하게 될까 봐 겁이 나서였다.

* * *

신우는 아침 공양을 정리하고 사찰을 나섰다. 암자에서 반 식경쯤 떨어진 산 중턱에 억새로 뒤덮인 들판이 있다. 사람들 눈을 피해

---

[*] 불교에서 구족계를 받고 수행하는 남자 승려, 여자 승려는 비구니라고 부른다.

수련할 수 있어, 이곳을 즐겨 찾았다. 억새 덕에 저는 쉽게 숨겨지고 낯선 이의 움직임은 쉬이 알아챌 수 있어서 좋아하는 장소다.

바로 지금처럼 말이다.

바람과는 다른 움직임이 억새 사이를 흔든다. 낯선 기척이다. 신우가 잠깐 몸을 웅크렸다가 재빨리 달려가 목검을 뻗었다. 신우의 목검 끝이 정확히 상대의 목을 향했다.

헌데 전혀 예상치 못한 자가 서 있자, 신우의 칼끝이 미세하게 흔들렸다가 제자리에 멈추었다.

목검 끝에 선 이는 승복을 입은 계집아이다. 어찌 계집애가 승복을 입고 여기 있는가.

미간을 찌푸리고 꼼꼼한 눈으로 상대를 훑는다. 승복은 누가 입었던 것처럼 후줄근한데 행색은 누가 꾸며준 듯 깔끔하고 단정하다. 거기다 칼이 목에 겨눠졌는데도 맹랑한 눈빛은 조금도 겁을 먹지 않았다. 공존할 수 없는 것들이 공존하고 있다. 모든 게, 이상하다.

"나, 나는 저 흐, 흥인사의 행자*요! 그, 들어온 지 얼마 되지 않아아, 아직 머리는 깎지 않았소이다."

거짓말이다. 흥인사는 도성 내에 있는 본사라 행자를 받지 않았다. 왕가의 사찰이라 국가적인 행사를 자주 치르기도 했고 왕족들의 행차도 잦아 신분이 불분명한 이는 거두지 않았다. 그래서 지금도 신우의 출신을 놓고 입을 대는 비구들이 있었다. 도율이 직접 거두었고, 심지어 말사에서조차 멀리 떨어진 암자에 머물고 있어도 그랬다.

"이보시오, 나 흥인사 행자라니까!"

---

* 불교에서 아직 계를 받지 못하고 수행 중인 예비 승려.

누군지 밝혀도 목 끝에 겨누어진 칼끝엔 조금의 흔들림도 없다. 거짓말인 걸 알아챈 걸까. 혜주가 조금 초조해진다. 허나 그런 티를 내면 안 된다. 별당 계집이지만 그래도 천하의 한명회 장녀이니 그쯤은 안다.

물러나지 마라, 상대보다 먼저 돌아서지 마라, 기세에서 상대에게 눌리지 마라. 네가 무엇을 말하냐, 어떤 것을 가졌나 보다 중요한 건 상대에게 네가 어떻게 보이느냐 하는 것이다.

아비의 가르침을 떠올리며 혜주가 한층 더 언성을 높였다.

"거 참 같은 공부 하는 처지에 서운하군. 이, 이것 좀 거두시오! 너무 무례하잖소!"

꽤나 억울한 얼굴로 팔팔 뛰지만, 신우는 여전히 칼을 겨누었다. 자신에게 접근하는 낯선 이는 경계해야 한다. 누구도 그런 걸 가르쳐주진 않았지만, 자연스레 몸에 익어버린 습이다. 신우를 뒤에 두고 경계하는 도율이 그랬고, 자주 들르지 않지만 항상 사방을 주의하는 철이 그런 것처럼 둘의 습이 신우에게 전이된 탓이다.

"혹, 혹시 내가 계집이라고 의심하는 거요? 걱정하지 마시오. 내 사내요!"

이건 제 입으로 계집이라 자백한 거나 진배없다. 너무 다급해 저답지 않은 실수를 했다. 혜주가 급히 뒷말을 덧붙였다.

"부, 분하게도 이리 비릿하게 생겼지만 그건 못 먹어 그런 거지! 이래 봬도 사내란 말이오!"

거짓말이다. 사찰에 가는 어미를 따라가는 아씨들을 먼발치서 본 게 전부지만, 그래도 이자가 계집이라는 건 안다. 후줄근한 승복으로 가렸어도 가느다란 어깨에 기다란 목, 흰 피부는 숨겨지지 않았다. 그나마 계집이라기엔 큰 키여서 사내라 우겨보려는 모양이지만 그러기엔 조막만 한 얼굴에 반듯한 이마, 짙은 눈썹과 붉은 입술이 지나치게 고왔다.

"고함지르지 마시오. 믿겠으니."

신우가 칼을 내렸다. 저를 해치려는 자라면 누가 봐도 계집에다가 어설픈 자를 보낼 리 없었다. 아무리 살펴봐도 이자에게선 어떤 적의도 느껴지지 않았다.

"내 이름은 혜, 혜주우운이오. 해준. 그쪽 이름은 뭐요?"

신우가 등을 돌리자 얼른 옆으로 따라붙으며 말을 걸어온다. 아마도 이름이 혜주인 모양이다. 어설프기 짝이 없다. 신우는 대답하지 않고 보폭을 넓혀 빨리 걷는다. 그러자 혜주가 뛰다시피 쫓아와 신우를 붙잡았다.

"이름이 뭐냐고 묻지 않소!"

신우는 당황스럽다. 사내인 척해도 계집일 터인데 이렇게 몸을 붙여오다 못해 붙들기까지 하다니. 비록 사가에서 자라지 않아 법도를 잘 모른다고는 하나 남녀가 가까이 지내는 걸 경계하는 추세라는 것 정도는 귀동냥으로 들었다. 헌데 이 계집은 뭘 믿고 이리 스스럼없이 다가온단 말인가.

신우의 시선이 혜주가 붙든 소매 끝으로 향하자 그제야 그녀는 무안한 얼굴로 손을 뗐다. 그러나 신우를 쳐다보는 두 눈은 여전히 빛났다. 아무래도 무슨 대답이든 해줘야 떨어져 나갈 모양이다.

"행자의 이름을 묻지 않는 게 예의란 걸 듣지 못하였소?"

행자가 되는 순간부터 사가의 연은 끊어지니 사가에서 부르는 이름은 서로 묻지 않는 게 불문율이었다. 그리 말하고 신우가 다시 걷

기 시작했다. 아랑곳하지 않고 혜주가 쫓아왔다. 빠르게 걸었다가
또 어딘가를 붙들릴까 봐 신경이 쓰여 슬그머니 걸음을 늦췄다. 그
러자 혜주는 이젠 따라 걸을 만한 모양인지 말이 많아졌다.

"내가 행자가 된 지 얼마 안 되어 몰랐소."

얼마 안 되어 모른 게 아니라 거짓말을 하니 모르는 거다. 사실 승
복을 입고 행자라고 말하는 거 자체가 다른 비구들이 알면 경을 칠
일이다.

행자는 애초에 승복조차 입지 못한다. 이자가 누군지 모르나, 다
른 이의 승복을 입고 행자라고 큰소리치는 행동 자체가 어지간한
비구들은 건드리지 못하는 집안의 자제라는 걸 밝히고 있는 셈이다.

"내 실수를 사과하지. 허면 나는 그쪽을 무어라 불러야 하는 거
요? 법명이 있소? 아직 머리를 깎지 않은 걸 보면 거기도 행자 같은
데, 스님들은 그쪽을 무어라 부르오?"

태어나서 지금까지 쭉 이름으로 불렸다. 어려서는 머리를 깎았으
나 관례를 치른 후부터 도율은 그의 머리를 깎지 않았다. 아마도 이
산에서 내려갈 날이 머지않은 모양이라고 짐작할 따름이었다. 그게
자신에게 좋은 일인지 아닌지는 아직 알 수 없었다.

"거, 왜 대꾸가 없소! 내가 너무 비릿하게 생겼다고 무시하는 거
요? 그쪽도 승복을 입었으니 같은 처지이고, 보아하니 비슷한 또래
같은데 너무하네, 거참!"

사내라고 잡아떼는 이자가 계집이란 건 알지만 그렇다고 어찌 대
해야 할지는 모르겠다. 살면서 제 또래를 만난 게 처음이다. 그래서
어찌 상대하는 게 자연스러운지도 알지 못한다. 물러나지 않고 쫓아
오며 자꾸만 묻는 걸 보면 이야기를 나누는 게 더 자연스러운 일인

가 싶다. 신우는 큰 결심을 하고, 비로소 걸음을 멈춘 뒤 혜주를 쳐
다보았다.

"비릿하게 생긴 게 뭐요?"

"어?"

"사람의 생김을 보고 그런 생각을 하는 사람도 있소? 비릿하다는
말은 생선에나 붙이는 거 아니오? 사람에게 그런 말을 붙이다니 몹
쓸 사람들이로군. 내가 오해하게 했다면 미안하오. 허나 그런 생각을
하지는 않았소. 빨리 대꾸하지 않은 것도 사과하지. 내가 좀 느리오."

대답이 정중하자 혜주의 얼굴에 무안한 기색이 떠올랐다가 사라
진다. 감정의 변화가 참으로 풍부하고 숨겨지지 않는 얼굴이다. 아
니, 정확히는 숨길 생각이 없는 얼굴이라고 해야겠다. 평생 제 감정
따위 숨기지 않아도 좋은 환경에서 자란 게 분명했다.

"그, 그 내가 하도 계집애 같다는 구박을 많이 들어서 좀 예민했
소. 오해해서 미안하오."

신우가 혜주를 가만히 본다. 진중하고 고요한 시선이다. 당황한
혜주가 두 손으로 제 얼굴을 더듬는다.

"내 얼굴에 뭐가 묻었소? 왜 그리 보오?"

"실례라면 미안하오. 또래를 오랜만에 봐서 그러오."

거짓말이다. 실은 또래를 이리 가까이서 보는 건 태어나 처음이다.
그래서 혜주가 사내인지 계집인지는 차치하고 일단 제 또래라는 게
신기했다. 고백하자면 신우는 혜주가 말하는 '계집 같은 사내'가 뭔
지 잘 모른다. 또래의 '사내다운 사내'조차 살면서 본 적이 없으니까.

"저 아래 사찰에서 혼자 지내는 거요?"

"그 사찰에선 도율 스님이 지내시고 나는 거기 딸린 암자에서 지

내오."

"혼자서?"

"그렇소."

"왜 홍인사에서 지내지 않고?"

또래는 이리 대답하기 어려운 질문을 쏟아내는 걸까. 그렇다면 왜 도율이 어울리지 못하게 막았는지 이해가 간다. 만나고 난 후부터 혜주가 쏟아내는 질문들은 하나같이 답하기 어려운 것들이었다.

"행자라면 홍인사에서 할 일이 많을 터인데 어찌 이곳까지 온 것이오?"

하기 어려운 대답 대신 하기 쉬운 질문을 내놓고, 신우의 시선이 혜주의 손끝에 머무른다. 손이 곱다. 진짜 절에서 지내는 행자라면, 이른 새벽부터 일어나 얼음물을 깨는 것으로 일과를 시작할 터이니 손이 저리 고울 수 없다. 누가 봐도 아무 일도 안 해본 손이다.

사내와 계집은 낯설어도, 행자는 익숙한 상대다. 도율은 홍인사가 아닌 도성 밖의 다른 사찰에 갈 때는 늘 신우를 데려갔고, 그런 사찰엔 언제나 행자가 있었다. 그래서 행자가 어떤 몰골을 하고 무슨 일을 하는지 너무나 잘 안다. 그래서 확신할 수 있다. 혜주는 행자도 아니다.

이로써 신우는 다시 한번 확신한다. 적어도 저를 해치려고 온 이는 아니라는 것을.

"어……. 사찰 일이 고달프고 힘들어 잠시 도망 나온 거요. 그, 그쪽도 그런 거 아니오?"

그사이 조금은 뻔뻔해진 혜주가 씩 웃었다. 그 순간 둘 사이를 스쳐 지나가는 바람을 타고 낯선 향이 난다. 절에서 한 번도 맡아본 적

없는 냄새다. 가끔 저 멀리서 잘 차려입은 대갓집 마나님들에게서 나던 냄새, 아직 속세의 연을 다 떨치지 못한 행자들이 분내라며 낄낄거리던 그 냄새다. 갑자기 왠지 모르게 가슴이 뛰고 귀 끝으로 열이 올랐다.

신우가 괜스레 헛기침하며 한 발짝 뒤로 물러난다. 다행히 혜주는 그의 변화를 눈치채지 못했다.

"아까 보니 목검을 쓰던데, 누구에게 배운 거요?"

"내가 지내는 사찰엔 도율 스님과 나밖에 없어서, 보호 차원에서 수련해두는 거요."

"아하, 하긴 깊은 산속에 있는 절에 둘밖에 없으면 필요하겠소이다. 헌데 혼자 하는 것 치곤 실력이 제법이던데."

혜주가 떠보듯이 말하며 신우를 본다. 신우는 여전히 무감한 얼굴이다. 표정은 그대로지만 혜주는 상대가 저를 싫어하거나 꺼리지는 않는다는 걸 기민하게 알아차렸다.

"그거 나 좀 가르쳐줄 수 있소?"

"목검 말이오?"

"나도 필요할 거 같아서 말이오. 나도 이젠 이 산속에서 혼자 지낼 날들이 많을 것 아니오."

혜주를 물끄러미 보던 신우가 목검의 손잡이를 내민다. 잡아보란 건가 보다. 혜주가 기뻐하며 목검을 잡았다. 영 자세가 안 나온다. 고개를 저으며 신우가 목검을 빼내 자신이 직접 쥐는 모습을 보여줬다.

"이리, 잡는 거요."

혜주가 고개를 끄덕이자, 신우가 다시 검을 내밀었다. 혜주가 방금 본 대로 목검을 쥐었다. 여전히 어설프지만, 아까보단 훨씬 낫다.

"조금 더 힘을 세게 주고 쥐어보시오."

혜주가 최대한 힘을 주어 잡았다. 그렇다고 단단히 들려 있는 건 아니다. 그래도 신우는 군말없이 혜주의 옆에 서서 팔을 뻗어 목검을 쥔 모양새를 보여주었다.

"따라해보시오."

혜주가 목검 없이 휘두르는 신우를 어설프게 흉내 내본다. 그의 동작은 간결하고 군더더기가 없다. 꼭 목검이 들린 것처럼 바람 사이를 가르고 벤다. 반대로 혜주는 목검을 들었어도 바람에 흔들리고 억새에 부딪힌다.

혜주는 제 동작이 마땅찮아 짜증이 확 치솟는데, 옆에서 지켜보며 가르쳐주는 신우는 덤덤하기만 하다. 그래서 제가 제법 그럴싸하게 하고 있나 싶은 착각이 든다. 혜주는 다시 마음을 다잡고 심호흡을 한 뒤 칼끝에 신경을 집중했다.

"악!"

목검만 보고 발아래를 살피지 못해 혜주가 돌부리에 차이고 말았다. 다행히 넘어지진 않았다. 그래도 부딪힌 발이 아파 목검도 내팽개친 채 콩콩 뛰면서 아픈 티를 냈다. 신우는 목검을 줍고는 묵묵히 지켜본다. 아픔이 가시고 나자 머쓱해진 혜주가 신우를 본다. 그의 얼굴에는 여전히 표정이 없다.

"내가 너무 못해서 답답하지 않소?"

제 발 저린 것처럼 혜주가 신우의 눈치를 흘깃 살핀다. 그는 대답이 없다. 그러고 보면 아까부터 참으로 많은 답을 떼어먹은 사내다. 자신은 아직 이름조차 모른다는 것을 깨닫자, 이제 약간 약이 오르기까지 했다.

"사내인데 이 정도도 못 한다고 비웃으면 안 되오. 처음이라 낯설어 그런 거요. 내가 유달리 못하는 건 아니란 말이오. 아, 알겠소?"

"손에 익지 않았으니 낯설어 못하는 게 당연한 거요. 나도 처음엔 그랬소."

신우는 또래 사내를 본 적이 없어 그들이 어느 정도 검을 다루는지 몰랐다. 거기다 누군가를 가르쳐 본 것도 처음이다. 비교군도 없으니 이자가 잘하는 건지 못하는 건지 알 리 없었다.

신우는 네댓 살 무렵부터 철에게 목검을 배웠다. 처음 배울 땐 손이 덜 자라 검을 제대로 쥐는 데만도 한참이나 시간이 걸렸다. 철은 답답해하거나 혼내지 않고 해낼 때까지 진득하고 자상하게 가르쳐 주었다. 철이 큰 소리로 혼을 내거나 닦달하기 시작한 건 검이 제법 신우의 손에 익은 후부터였다.

"처음 하는 거치곤 나쁘지 않소이다."

진심이다. 저는 검을 제대로 쥐지도 못했는데, 혜주는 제법 흉내라도 내지 않은가. 물론 저는 그때 다섯 살도 채 되지 않았지만.

"그렇소? 다행이군."

무덤덤하지만 거짓말은 아닌 게 분명한 신우의 대꾸에 혜주가 반색한 기색을 숨기지 못했다.

"허면 다시 해볼까?"

기운을 차린 혜주가 다시 검을 잡았다. 신우는 옆에 서서 다시 동작을 알려주기 시작했다. 표정도 없이 가르치는 데 진심이다. 신기한 사내인데, 나쁘지 않다. 태어나서 지금까지 쭉 다른 속셈을 숨기고 겉으로는 한껏 떠받드는 이들 사이에서 자라왔다.

그들은 하나같이 귀하다는 명분으로 저를 아무것도 못 하는, 혹은 아무것도 해서는 안 되는 계집애 취급을 했다. 헌데 이자는 다르다. 이리 덤덤하게 저를 대하는 와중에 제가 원하는 걸 진심으로 알려 주는 이는 처음이다.

아까보다 한결 편해진 혜주가 자신 있게 검을 휘두른다. 손이 익숙해지자 이젠 그의 발재간이 눈에 들어온다. 좀 더 활기 있게 움직임을 따라하자 떨어져 있던 두 사람이 점점 가까워졌다.

위험할 정도로 붙어 있다는 걸 눈치챈 건 서로의 냄새를 알아챘을 때쯤이었다. 혜주의 분내가 신우의 코끝을 찔렀다. 혜주는 신우의 들큼한 땀 냄새를 맡았다.

둘 다 이제껏 살면서 맡아본 적 없는 낯선 타인의 냄새였다. 헌데 불쾌하게 느껴지지 않았다. 오히려 서로의 냄새를 자각한 그 순간부터 가슴이 뛰기 시작했다. 위험할 정도로 심장이 두근거려서 혜주는 결국 검을 떨구고 말았다.

"힘드오. 너무 열심히 한 모양이오."

혜주가 떨어뜨린 검을 집기 위해 몸을 숙인 신우가 그제야 긴 한숨을 토해냈다. 다행이다. 하마터면 신우도 발이 꼬여 넘어질 뻔했다.

"저 나무 그늘에 앉아서 잠시 쉴까?"

혜주의 제안에 신우가 고개를 끄덕인다. 서로를 의식하며 조금 떨어져서 걸었다. 커다란 나무 그늘에 혜주가 먼저 앉았다. 조금 떨어진 곳에 앉으려던 신우가 고개를 들어 나무를 본다. 그러더니 나무 뒤쪽으로 걸어갔다.

무얼 하는지 궁금한데 몸을 빼 뭘 하는지 지켜보기는 어려웠다. 민망했기 때문이다. 아무도 보는 이가 없는 게 당연한데도 혜주가 괜스레 주위를 살피곤 얼굴에 손을 대본다. 열이 오른 두 볼이 뜨끈했다. 몸을 과하게 움직인 탓이라고 자문자답하며 얼굴에 부채질을 했다.

"이거 좀 드시오."

불쑥 눈앞으로 잘 익은 홍시 하나가 놓였다. 혜주는 그제야 기대 앉은 나무가 감나무라는 걸 알아차렸다. 아마도 신우는 감을 따러 나무 위에 올라갔다 내려온 모양이다.

"고맙소."

군데군데 시커멓게 썩은 홍시를 기쁘게 받았다. 혜주와 조금 떨어진 곳에 앉은 신우가 제 몫의 홍시를 반 갈라 먹었다. 신우를 따라 혜주도 반을 가른 후 터져 나온 부드러운 속살에 입을 댔다. 달다. 태어나서 먹은 홍시 중 제일 달았다.

"감나무에 달린 걸 바로 따먹는 건 처음이오. 참으로 달군."

신이 나서 지껄이던 혜주가 말실수를 깨닫고 얼른 입을 다물었다. 감나무에서 감을 따먹는 게 처음이라니, 행자에게는 어울리지 않는 말이다. 나는 귀하게 자란 별당 아씨요, 하고 고백한 꼴이었다. 정말로 멍청한 실수다. 뒤늦게 혜주가 입술을 깨물며 신우의 눈치를 살폈다.

신우는 여전히 별다른 반응을 보이지 않았다. 그저 감을 다 먹은 다음 씨와 껍질을 저 멀리 내던질 뿐이다.

절에서 오래 지내면 머리를 깎지 않아도 저리 부처 같아지는 걸까, 저 사내는 대체 언제부터 여기서 지냈을까. 무슨 사연이 있는 걸까. 이름도 알려주지 않는데 캐물어 본들 대답을 듣지 못할 것이다. 이제 혜주는 저 사내에 대해 그 정도는 짐작할 수 있다.

사실 혜주는 두어 달 전부터 신우를 지켜봐 왔다. 모친은 꾸준히 사찰을 다녔는데, 절에 가 비는 게 무언지 아는 혜주는 반발심에 그녀를 따라다니지 않았다. 허나 해가 바뀌면 혜주의 신상에 큰 변화가 생길지 모른다는 소식을 들은 후부터 심란한 마음이 들어 모친을 따라나섰다. 하지만 여전히 대웅전에서 그녀의 소원을 함께 빌어주고 싶지는 않았다. 그래서 절을 하는 대신 혜주는 미친 듯이 온 산을 쏘다녔다.

산에서는 혜주를 말리는 이가 아무도 없었다. 자유로웠다. 태어나 처음 느껴본 자유였다. 그 후부터 혜주는 모친보다 먼저 절에 갈 채비를 서둘렀다.

그렇게 온 산을 제집 앞마당처럼 돌아다니다가 우연히 억새밭에서 목검을 휘두르는 신우를 보게 되었다.

멀리서 봐도 팔척장신 가까운 큰 키에 너른 어깨, 헐렁한 승복을 입어도 능히 짐작할 수 있는 탄탄한 몸이라 승려가 맞는지 의심스러웠다. 거기다 살짝 그을려 더 도드라진 반듯한 이목구비와 짙은 눈매는 관옥 같다고 할 만했다. 처음엔 그 외양에 시선을 빼앗겼다. 허나 그를 오랫동안 지켜보게 한 건 행동거지였다.

그는 고요했다. 몸을 재게 움직이고 있어도 그를 둘러싼 공기는 번잡스럽지 않았다. 신기했다. 그런 사내는 처음이었다. 낯선데 싫기는커녕 오히려 궁금증이 일었다. 자리에 쪼그려 앉은 채 오래 지켜봤다. 가만히 보기만 해도 고요한 움직임이 조금도 지루하지 않았다.

그날 이후 혜주는 절에 올 때마다 신우를 찾아 나섰다. 억새밭에 나오는 날도 있었고 그렇지 않은 날도 있었다. 신우가 나오지 않는 날이면 혜주는 사찰을 어슬렁거리며 비구들에게 억새밭 사내에 대해 넌지시 물었다. 처음엔 그들도 억새밭 사내가 누군지 모르는 것 같았다. 혜주는 제가 본 사내의 이목구비를 설명했다. 그제야 누군지 알아챘다.

누군지 알고 나자, 비구들은 오히려 그에 대해 말하기를 꺼렸다. 혜주가 겨우 알아낸 건 홍인사에 딸린 말사에서 주지인 도율의 일을 돕는 아이라는 것뿐이었다. 그가 사미인지 행자인지조차 말해주지 않았다. 그저 도율이 직접 거둔 아이라고만 했다.

다들 말하기조차 꺼리는 자였지만 혜주는 그가 나쁘거나 위험한 사람 같아 보이지는 않았다. 아무런 꾸밈없이 낡고 허름한 승복만 걸친 게 고작이지만 단정한 얼굴에, 몸에 밴 예의와 법도는 어느 대갓집 도련님 못지않았다.

설마 어느 대갓집 아들이 아닐까, 싶기도 했다. 가끔 사주에 살이 있으면 그걸 피하고자 절에 아이를 맡기는 경우가 왕왕 있다고 들었다. 머리를 깎지 않은 것도, 도율이 그를 각별히 챙기는 것도, 다른 비구들이 말하기 꺼리는 것도 그런 연유라면 이해가 갔다. 그런데 대체 저조차 모르는 도성 내 대갓집 아들이 누구란 말인가. 적어도 혜주가 알 만한 집 자제들은 다 멀쩡히 제집에서 살고 있다.

너무 궁금한데 아버지에게 묻지도 못했다. 낯선 사내에게 관심을 둔 것처럼 보였다간 경을 칠 게 분명했다. 혜주의 일이라면 과하게 상상력을 발휘하는 아비의 성정상 어느 집이 혜주를 노려 그 사내를 부러 거기 둔 거라 우길지도 모른다. 결국 혜주는 멀리서 신우를 지켜보며 혼자만의 속앓이를 했다.

만약 아버지도 알 만한 어느 집 아들인데 가깝게 지내게 된다면 문제가 더 커진다. 아무리 생각해봐도 가까이하면 안 된다는 결론밖에 안 나왔다. 그런데 도무지 궁금증을 참을 수가 없었다. 결국 혜주는 저와 덩치가 비슷한 비구의 승복을 빌렸다. 안 된다는 걸 어렵게 빌려 입은 다음 오늘 혜주는 큰맘 먹고 신우 앞에 나타난 것이다.

"곧 미시(未時)겠군."

고민은 깊고도 길었으나 결과적으로 신우와 만난 건 참으로 잘한 일이었다. 멀리서 지켜보던 그 느낌 그대로 그는 진중하고 고요한 사내였다. 말이 적은 만큼 쓸데없는 말을 하지 않았고, 행동에 절제가 있는 만큼 정갈하게 대해주었다. 저 아래 땅에서는 만나본 적 없는 사내였다.

설마 진짜 비구가 될 몸일까? 아니, 비구가 될 몸인데 왜 아직 머리를 안 깎았지? 그리고 무술은 왜 수련한담? 아니면 어느 집 아들인가? 저도 알 만한 집일까? 그런 애가 왜 여기 있는 거지? 궁금해 미칠 것 같은데 아무것도 물어볼 수가 없다.

"또 만날 수 있겠소?"

그래서 혜주는 그나마 해도 괜찮을 질문을 꺼내놓는다. 이 정도는 답을 해줄 것 같았다. 똑같은 질문을 자신이 받아도 혜주 역시 답해줄 수 있으니 말이다.

"나는 늘 여기 있소이다."

답은 곧장 나왔지만 그리 만족스럽지는 못하다. 없던 날도 있던데라는 말을 무심결에 하려다 얼른 입을 다물었다.

"그런데 미시란 말이오."

"응?"

"벌써 미시인데 아직 돌아가지 않아도 되냔 말이오. 여기서 흥인사까지 가려면 한 식경 넘게 걸릴 터인데?"

대부분 사찰에 온 보살님들이 댁으로 돌아가는 시간이 미시였다. 그때쯤 출발해야 해가 떨어지기 전에 산에서 내려갈 수 있기 때문이다.

"아!"

뒤늦게 알아차린 혜주가 벌떡 일어나 달려간다. 다시 만날 수 있냐고 묻더니만 인사도 없이 돌아서는 모습이 우습다. 실은 그 뒷모습을 보며 서운해하는 제가 더 우습다.

달려가던 혜주가 갑자기 돌아서더니 신우를 향해 다시 뛰어왔다. 지켜보던 신우가 놀라 몸을 움찔했다. 예상치 못한 상황에 표정을 채 갈무리하기도 전에 혜주가 숨을 헐떡이며 앞에 와 선다.

"내일 또 만나러 오겠소. 허니, 내일도 여기서 봅시다. 알겠소?"

확답할 수 없다. 제 일정은 도율이 정해주기 때문이다. 곧장 대답이 나오지 않자, 이번엔 혜주가 새끼손가락을 불쑥 내민다. 손가락을 걸어 약조하라는 뜻이다. 허나 단 한 번도 그런 걸 해본 적 없는 신우는 혜주가 대체 뭘 원하는 건지 알 리 없다. 답답해진 혜주가 새끼손가락을 신우의 눈앞에서 흔든다.

잡으라는 걸까, 잡아도 되는 걸까. 그녀와 손가락을 번갈아 보던 신우가 조심스럽게 새끼손가락을 마치 합장하듯 두 손으로 잡는다. 혜주가 웃음을 터트렸다.

"좋소. 약조한 것으로 알겠소이다."

시원스레 웃으며 혜주가 돌아서서 다시 뛰어간다. 혜주의 손가락이 빠져나간 손바닥이 간지러웠다.

"내일이라……."

약조는 참으로 덧없다는 걸 안다. 약조에 얽매이는 것도 욕망이기에 비구나 사미는 아닐지라도 사찰에 몸을 의탁한 처지로 의당 버려야 하는 것이기도 했다. 그럼에도 법계를 받지 않아서인지 여전히 욕망에서 벗어나지 못한 모양이다. 헛된 기대라는 걸 머리로는 알지만, 가슴이 뛰는 것까지 막을 수는 없었다.

2장

천륜
天倫

　혜주와 민씨 부인이 도율에게 인사하고 돌아섰다. 두 사람의 뒷모습이 안 보일 때까지 도율은 꼼짝하지 않고 그 자리에 서 있다. 초겨울 바람이 아주 차서 몸이 절로 떨렸지만 그는 방으로 들어가지 않고 옷만 단단히 여몄다. 그러는 동안에도 시선은 저 먼 곳을 하염없이 더듬었다.

　부처가 되길 바라는 몸으로 인연에 연연하면 안 되지만 도율은 입적할 때까지 이 연을 놓지 못할 거라는 걸 안다. 그래서 이번 생에 입적은 할 수 있어도 하지 못할 게다. 어쩔 수 없다. 부처님도 마지막까지 놓지 못한 게 자식이라는데 제가 뭐라고 감히 초연하길 바라겠는가.

　시선 끝에 걸린 나뭇가지가 흔들린다. 도율의 눈썹이 잠깐 위로 치켜 올라갔다가 아래로 떨어지더니 눈가에 작은 주름이 생겼다가 사라진다. 다시 나뭇가지가 흔들린다. 이번엔 입가에 선명한 미소가 떠오른다.

철이다. 모르는 사람이 보기엔 바람에 흔들리는 나뭇가지일 뿐이지만 도율은 안다. 저것은, 저 움직임은 철이다. 불어오는 싸늘한 바람 속에 익숙한 온기 한 자락과 다정한 냄새가 실려왔다.

도율이 눈을 더 가늘게 뜨고 한곳을 응시한다. 해가 떨어져 짙어진 수풀 사이로 까만 머리하나가 솟았다가 사라진다. 이 세상에서 도율만 알 수 있는 움직임이다. 슬며시 웃음이 새어 나온다.

바람이 분다. 찬 바람이 옷 속으로 파고들자, 시린 눈을 감는다. 철이 처음 제게 온 날도 이리 추운 겨울이었다.

* * *

오십여 년 전, 속세의 나이로는 열여덟쯤이었고, 아직 도율이라는 이름을 가지지는 못한 때였다. 당시 그는 응법사미의 마지막 해를 보내고 있어, 해가 바뀌면 비구가 될 예정이었다. 아직 비구가 아닌데도 도성에서 가장 가까운 흥인사에 지낼 수 있었던 건 개경 양반가의 막내아들이라는 자신의 배경 덕분이었다.

그런 도율을 모두가 부러워했지만, 이름난 절의 막내 생활은 생각보다 훨씬 더 고달팠다. 부잣집 막내아들로 마음껏 어리광을 부리며 제멋대로 굴던 사람이 사찰에서 층층시하의 눈치를 봐가며 지내야 하는 생활은 무척이나 낯설었다.

잡일을 해주는 사사노비들이 있다고는 하나 행자조차 두지 않는 절에서 막내인 도율의 처지는 그들과 별반 다를 바 없어서, 제일 먼저 일어나지 않으면 눈치가 보였고, 사형들의 자잘한 심부름도 모두 그의 몫이었다. 동기들이 있었다면 일을 나눌 수도 있었을 거고,

고충을 나누며 위로를 주고받기도 했을 텐데 흥인사에 그의 또래는 하나도 없었다. 심지어 바로 위 사형과도 나이 차이가 무려 열다섯이나 나서, 당시 도율은 힘든 마음을 오롯이 혼자 감내해야 했다.

새벽바람이 유독 차서 일어나기 싫었던 날, 억지로 방을 나서는데 어디선가 가느다란 새끼 고양이 울음소리가 들려왔다. 재수 없게 새벽부터 고양이 소리라니, 몸이 절로 부르르 떨렸다.

끊이지 않고 계속 이어지는 가느다란 울음소리에 짜증을 내려다가, 어쩐지 고양이 소리가 아닐지도 모른다는 생각이 들었다. 그게 아니라면 이리 가느다랗게 끊어질 듯 끊어질 듯 이어지는 울음소리는 아기의 울음소리다! 깨닫자마자 몸이 먼저 소리가 난 쪽을 향해 움직였다.

울음소리는 천왕문 앞에서 나고 있었다. 도율이 얼른 달려가서 보자 강보에 폭 싸인 아이가 빼액빼액 울고 있었다. 아기란 걸 확인하자마자 앞뒤 가릴 것 없이 일단 품에 안았다. 아기는 여러 겹의 낡은 옷과 천으로 똘똘 싸매져 있었는데, 드러난 코끝만 조금 빨갛고 몸은 아직도 뜨끈했다.

버리고 가면서도 어미는 아이가 얼어 죽기라도 할까 염려했던 모양이다. 그래도 걱정이 된 도율은 승복을 덮어 한 번 더 단단히 감싼 후 품에 안고서 사사노비가 머무는 암자를 향해 내달렸다. 때마침 바우네에게 태어난 지 얼마 지나지 않은 젖먹이가 있다는 게 떠올랐기 때문이다.

"바우네, 바우네 있는가?"

"아이고, 사미님. 이 새벽에 뭔 일이래요? 웜마? 그게 뭐래요?"

바우네는 도율이 품에 안고 온 게 갓난쟁이라는 걸 확인하자마자 소스라치게 놀랐다. 젊고 잘생긴 데다 집안까지 좋다고 소문이 자자한 이 사미가 설마 사고라도 친겐가? 덜컥, 불안한 생각이 떠오른 탓이었다.

"저기, 저 천왕문 앞에 버려……."

도율이 말을 꺼내다 말고 입을 다물었다. 아무리 갓난아이라지만 듣는 데서 그런 말을 내뱉어선 안 될 일이다. 어떤 사연이 있는지도 모르고, 혹시 어미가 다시 찾으러 올 수도 있지 않은가.

"……누가 놓고 갔더군."

썩 맘에 들진 않지만 머리가 돌아가지 않는 상황에선 이게 최선이다. 혀끝에 남은 마뜩잖은 말끝을 얼른 털어내기 위해 도율이 급하게 말을 덧붙였다.

"빽빽 우는 게 아무래도 배가 고픈 거 같아 우선 이리로 달려왔다네."

"잘 오셨습니다요. 이리 주십쇼."

도율은 상기된 얼굴로 바우네에게 아이를 건넸다. 바우네는 품에 안은 아이의 얼굴을 보고 나서야 이내 안도의 한숨을 내쉬었다. 씨도둑질은 못 한다는데, 강보에 싸인 아이는 인물이 괜찮은 편이었지만 도율과는 도통 닮은 구석이 없었다. 하긴 생각해보면 사고 쳐서 얻게 된 아이를 설마 제가 머무는 절로 데려오는 미친놈은 없을 거다. 뜨신 밥 먹고 쉰 생각을 했네, 바우네가 속으로 혀를 끌끌 차며 우는 아이의 볼을 손가락으로 톡톡 쳤다. 손가락을 따라 고개를 움직이며 아이가 입을 뺑긋거렸다.

"배가 고픈 게 맞네요."

바우네는 곧장 등을 돌려 가슴팍을 풀고는 아이에게 젖을 물렸다. 아이는 힘차게 젖을 빨았다. 고 작은 것이 목구멍으로 젖을 삼키는 소리가 천둥처럼 크게 도율의 귓가에 울렸다. 논에 물 대는 소리랑 새끼가 밥 먹는 소리가 가장 듣기 좋다는 말이 무얼 뜻하는지 깨닫는 순간이었다.

"미워서 버린 건 아닌가 보네요."

"그걸 어찌 아나?"

"싸맨 거 보시오. 아 죽을까 봐 몇 겹을 싸맸나. 탯줄도 요래 곱게 자르고 버리기 전에 잘 씻겼는지 몸에서 꼬순내가 진동을 하는디. 아무리 봐도 귀하디귀한 자식 같은디 이런 자식을 왜 버렸을꼬."

대체 무슨 구구절절한 사연이 있길래……. 아이보다 버릴 수밖에 없는 어미의 시린 마음이 가슴에 더 박혀서 바우네는 눈물이 핑 돌았다.

"바우네, 미안한데 오늘 하루만 일단 그 아이를 좀 맡아줄 수 있겠나? 내 주지스님과 사형들에게 아직 말씀을 못 드려서 말일세."

"그르지요. 뭐 그리 어려운 일도 아니고. 야가 안 죽고 이리 살아서 사미님 손에 구해져 나헌티 맡겨진 것도 부처님 뜻인데 그래야지요."

흔쾌한 대답에 도율이 합장하며 감사를 표시했다.

"근데 아가 벌써부터 스님헌티 가지 말라네요."

도율이 일어서려다 세차게 당기는 손길에 돌아보니 고사리처럼 작은 손이 승복 끝자락을 야무지게 붙잡고 있었다. 마치 동아줄처럼 붙든 그 작은 손가락이 안쓰러워 왈칵 눈물이 났다.

"내 금방 다녀오마."

알아들을 리 없는데도 도율이 다정히 말하며 손을 조심스럽게 톡 톡 쳐서 옷자락을 빼냈다. 옷자락을 놓친 아이가 허전한지 빈손을 쥐었다 폈다. 그 손에 다시 뭐든 쥐여주고 싶은 마음을 누르며 도율이 자리에서 일어섰다.

바우네 집을 나와 잠깐 주춤하던 도율은 이내 걸음을 빨리해 곧장 요사채의 주지스님 방으로 향했다.

"방장님, 기침하셨습니까?"

본래는 홍인사 주지인 천의 스님 혼자 쓰는 방이지만, 지금 이 방에 머무는 이들은 회주*인 효원 스님과 송광사의 방장**인 정법 스님이었다. 천의 스님은 설법을 전파하느라 자리를 비운 지 열흘째였다. 그 사이 두 사람이 이곳에 머물며 홍인사의 일을 대신 봐주고 있었다. 천의는 떠날 때 두 사람에게 열흘은 넘기지 않겠노라 약조했더랬다.

"들어오너라."

자리에서 일어난 지 얼마 되지 않았을 터인데도 효원과 정법은 이미 차림새를 제대로 갖추고 있었을 뿐 아니라 눈이 맑았다. 이 시간에 왜 도율이 찾아왔는지 궁금한 얼굴이었으나 앞서 묻지 않고 말하기를 기다려주었다.

숨을 몰아쉬어 가슴을 가라앉힌 도율이 방금 일어난 일들을 차분히 털어놓았다. 두 노승은 뜻밖의 이야기에 놀랐지만 내색하지 않고 마음속으로 아미타불을 외웠다. 이야기가 끝나자, 효원과 정법의 눈이 마주쳤다. 정법이 슬쩍 고갯짓하자 효원이 입을 떼었다.

"해서 자네의 뜻은……."

"아기를 여기서 키우는 걸 허락해주십시오."

---

* 법회를 주관하는 절의 법사이자 절의 최고 어른.

** 절을 관리하는 승려.

말이 채 끝나기도 전에 쏟아져 나온 대답이었다. 예상대로라 정법과 효원이 누가 먼저랄 것도 없이 터져 나오는 한숨을 속으로 삼켰다.

"우리의 허락이 필요한 게 아니라 이 사찰 승려들이 단 한 명도 빠짐없이 동의해야 하는 일이다."

효원이 화합승의 만장일치를 강조하자 도율이 환한 낯으로 고개를 끄덕였다.

"알고 있습니다. 아침 공양을 마친 후 모두에게 털어놓고 의논하려 합니다. 그 전에 두 분께 알려야 할 거 같아 이리로 먼저 온 것입니다."

정법과 효원의 눈이 다시 마주친다. 어찌할까, 효원이 눈으로 묻는다. 정법이 효원만 알 수 있을 만큼 미약하게 고개를 젓는다. 두 사람의 걱정스러운 시선이 동시에 도율을 향한다.

"일단은."

효원이 떨어지지 않는 입을 먼저 떼본다. 뒷말이 쉬이 나오지 않는다. 이 자리에서 모든 걸 결정하기엔 너무 무거운 사안이다. 도율이 초조함을 숨기지 못한 얼굴로 애타게 효원을 본다. 아기가 잡고 있던 옷깃은 아직도 붙잡혔던 모양새 그대로 구겨져 있다. 그 구김새를 따라 도율의 마음에도 물결이 일었다.

"스님."

"천의가 올 때까지 기다려봅세. 늦어도 오늘 밤엔 올 것이니, 천의도 있는 자리에서 의논해야 하지 않겠나. 오늘 하루는 바우네가 맡아준다고 하니 하루 사이 아이에게 별일도 없을 것이고."

효원의 말엔 군더더기가 없었다. 도율이 쉬이 수긍하자 정법이 안도했다.

"허면 저는 이만 나가보겠습니다."

"그래, 저녁에 다시 보세."

큰일이 해결되고 나자 도율은 그제야 오늘 할 일을 아무것도 하지 않았다는 게 뒤늦게 떠올랐다. 급한 몸짓으로 자리에서 일어나 방을 나갔다.

다시 둘만 남은 방 안의 공기는 도율이 들어오기 전보다 무거웠다.

"나무아미타불 관세음보살."

한숨처럼 터져 나오는 효원의 말에 맞추어 정법이 염주를 돌렸다.

어찌하려 복잡한 인연이 시작되려는지, 부처님의 뜻이 어디에 있는지, 수행을 이리 오래 했음에도 여전히 알 수 없는 것들 투성이었다.

도율은 하루 종일 목이 빠져라 기다렸으나, 해가 질 무렵이 되어서야 천의는 흥인사로 돌아왔다. 천왕문을 지나며 천의는 떠나기 전의 흥인사와 뭔가 다르다고 느꼈다. 사찰이 조용한 가운데 수선스러웠다. 오래 이 사찰에 머물며 관리해온 그만이 느낄 수 있는 미묘한 변화였다. 천의가 느낀 대로 오늘 흥인사는 종일 번잡했다. 신자들이 많이 와서가 아니라 승려들끼리 시끄러웠다.

누구도 말하지 않았는데 갓난쟁이가 사찰에 나타났다는 걸 어느 순간부터 모두가 알았다. 대체 어디서 어떻게 말이 퍼진 건지 신기할 정도였다. 덕분에 도율은 하루 종일 사형들에게 꽤나 시달렸다. 설마 그 아이를 여기서 키울 생각인 거냐고 마주치는 스님마다 물어댔다.

도율은 무슨 얘긴지 모르는 척했다. 허나 그걸 여기서 어찌 키우냐고, 근본도 모르는 걸 거둘 수는 없다는 어느 스님의 말에 울컥하여, 그 어린 생명을 산속에 내다 버리기라도 해야 하냐며 대거리하고 말았다. 덕분에 충충시하로 있는 사형들에게 단단히 혼이 났다.

방에 돌아와 짐을 풀자마자 효원과 정법에게 자초지종을 들은 천의가 비로소 제가 느낀 소란의 원인을 깨닫고 긴 한숨을 내쉬었다. 천의는 아무런 내색 없이 저녁 예불을 주관한 후 사찰의 모든 불을 껐다. 그리고 한 식경쯤 지나 모두 잠들었을 때 천의와 효원, 정법과 도율은 바우네 집에서 모였다.

바우네의 젖이 잘 맞았던지 아이는 하루 사이에 양 볼에 토실하니 살이 올라 보기 좋게 발갰다. 배가 불러 기분이 좋은지 배냇짓을 하는 갓난쟁이를 가운데 두고 머리를 깎은 네 사람이 둥그렇게 둘러앉았다.

"닮았구나."

한숨과 함께 터져 나온 말에 셋이 놀라 동시에 천의를 쳐다보았다.

"닮았다니, 누구의 아인지 아신단 말입니까?"

"알지. 너도 아는 아이다. 바우네도 아는 아이야."

천의가 눈을 꾹 감은 채 나무아미타불을 외었다. 천의의 염불이 끝날 때까지 모두 숨소리조차 죽인 채 뒤이어 나올 말을 기다렸다.

"쇠무네 아들이네."

나지막이 털어놓는 천의의 고백에 도율은 물론이거니와 조금 떨어져 있던 바우네조차 안타까운 한숨을 숨기지 못했다. 방 안의 공기가 삽시간에 무겁게 가라앉았다.

"허면 쇠무댁은 결국……."

"목을 매었네. 아마 이 아이를 절에 내려둔 뒤 자진한 모양이야. 오늘 아침에 발견되었어. 그이의 명복을 빌어주고 오느라 늦은 거라네."

쇠무는 아랫마을에 사는 백정이었다. 그는 셈에도 밝았고, 글도 제법 알아서 책을 읽을 줄 알았을 뿐만 아니라 불심이 깊어 불공을 드리러 절에 자주 들렀다. 그러니까 백정 일을 하기에 그는 지나치게 똑똑했고 사리에 밝았으며 세상의 이치를 깊이 알았다.

그래서 쇠무는 제 업이 백정이면서도 소 잡는 걸 괴로워했다. 소를 잡는 날이면 사람들 눈을 피해 이른 새벽에 사찰에 들러 백팔배를 하고 가곤 했다. 백팔배를 하기 전 근처의 냇가에서 몸을 씻는 것도 잊지 않았다. 지난 생에 죄를 많이 지어 이번 생엔 백정으로 태어났지만, 이번 생에선 조금이라도 죄를 닦아 다음 생에선 이보다 낫게 태어나고 싶다고, 사람이 안 된다면 차라리 돌멩이나 나무로 태어나게 해 달라고 빌었다.

어깨너머로 글을 깨칠 만큼 똑똑했고 귀동냥으로 들은 불경도 외울 만큼 머리가 비상했다. 그래서 쇠무는 혼인을 원치 않았다. 죄 많은 이생에 인연을 더 만들고 싶지 않다고 했다. 그러나 그의 부모님은 자식의 혼인을 간절히 바랐다. 부모의 뜻을 거스르는 불효를 저지를 순 없어 쇠무는 어쩔 수 없이 아내를 맞았다. 다행히 쇠무네는 쇠무와 비슷한 성품이어서 그의 고통을 이해하고 나눌 줄 알았다. 쇠무네도 사람들 눈을 피해 오래 불공을 드리곤 했다.

천의는 그런 쇠무와 쇠무네를 무척이나 아꼈다. 아무래도 저 주지가 출신이 사사노비인 것을 숨기지 못해 천한 것들과 어울리길 즐기는 모양이라고 수군거려도 아랑곳없이 천의는 부부를 각별히 챙겼다.

부부의 금슬은 더할 나위 없었으나 둘은 자식을 보고 싶지 않다고 했다. 이 세상에 더 이상의 연을 만들지 않고 자신들 대에서 모든 게 끝나길 원했다. 그래서 꽤 조심했건만, 부처님의 뜻인지 몇 해 지나지 않아 자식이 생기고 말았다. 아이를 가졌으니 기뻐하는 게 마땅했지만 쇠무네는 산신당에서 천배를 올리며 울었다. 제게 온 이 목숨이 태어나기 전에 부처님께서 제발 거둬가 달라는 기도였을지도 모르겠다.

그래도 배가 불러올수록 젊은 양주는 설레며 태어날 아기를 기다렸다. 헌데 보름 전, 쇠무가 멍석말이를 당해 얻은 장독을 제대로 치료하지 못하고 끝내 목숨을 잃고 말았다. 매양 제값을 주지 않는 양반에게 제대로 고깃값을 달라고 요구했다가 당한 일이었다.

억울한 쇠무네가 곧장 관아로 달려가 호소했으나 사또는 천한 백정 부부의 사정을 봐주지 않았다. 그나마 배가 불러 곤장을 맞지 않은 걸 다행으로 여기라며 이방이 침을 내뱉어 쫓아냈다.

쇠무가 죽은 뒤 쇠무네는 두문불출했다. 모두들 지아비도 없는 백정 계집이 돌아다녀 본들 좋은 꼴을 볼 리 없으니 나다니지 않는 게 당연하다고 여겼다. 소식을 들은 천의가 안타까워 몇 번이고 들렀으나 쇠무네는 그에게도 문을 열어주지 않았다. 이제쯤이면 몸을 풀 때가 되었는데 혼자 어쩌고 있는 건지 천의는 애가 탔다. 설법을 핑계 삼아 마을에 오래 머무른 건 쇠무네를 살피기 위해서였다.

그런데 바로 오늘 아침 그녀가 집에서 목을 맨 채 발견됐다. 배가 납작한 것을 보면 해산은 한 모양인데 아이는 어디에도 없었다. 아이를 낳은 흔적조차 없었다. 사람들은 남편을 잃은 쇠무네가 몸 관리를 못 해 아이까지 놓친 것 같다고 수군거렸다. 남편이 죽고 아이까지 잃었으니 비관하여 목을 맨 게 아니겠냐며 혀를 찼다. 다들 쇠무네가 아이를 어디 산에 묻은 후 저도 남편을 따라간 모양이라고 입방아를 찧어댔다.

가족 없는 백정의 장례를 누가 제대로 치러줄 리 만무했다. 결국 쇠무네의 시신을 거둬 쇠무가 묻힌 돌무덤 옆에 묻어주었다. 그게 천의가 그들을 위해 할 수 있는 최선이었다. 천의는 둘의 무덤 앞에서 오랫동안 목탁을 두드리며 다음 생애엔 이보다 더 나은 삶을 살 수 있기를 부처님께 빌고 또 빌었다. 산전수전 다 겪은 노승임에도 그네들의 죽음엔 가슴이 에였다. 참으로 오랜만에 느껴보는 사감이었다.

"아이가 죽은 게 아니라, 아이를 살리기 위해 어미가 죽었구나."

남편도 죽고 아이도 죽어 어미도 따라 죽은 줄 알았는데, 그게 아니라 남편이 죽고 태어난 아이를 자신들과는 다르게 살게 하려고 어미가 자진한 모양이다. 한눈에 봐도 아이는 쇠무를 쏙 빼닮았다.

제대로 젖 한 번 물려보지 못한 채 절에 버리고 죽어야만 했던 쇠무네는 어떤 마음이었을까. 천의가 눈을 감은 채 어금니를 세게 물었다. 그의 얼굴에 불뚝 솟아나는 핏줄을 보며 정법과 효원이 한숨을 내쉬었다.

"어미가 죽어가면서까지 절에 의탁한 아이라면 의당 저희가 거두어야 합니다. 부처님의 뜻인 겝니다."

"아이를 백정의 자식으로 키우고 싶지 않아 자진하면서까지 절에 아이를 맡긴 거라면, 어차피 이 절에서 아이를 기르긴 그른 것 아닌가."

"그게 무슨 말씀입니까?"

"이 아이가 여기서 크면 절을 드나드는 이들이 모두 그 부모를 떠올리게 될 터이니, 아이의 출생이 곧 들통날 거란 말일세. 백정의 자식이란 게 밝혀지면 아이는 결국 백정으로 살 수밖에 없을 게야. 어미는 아이가 백정으로 자라길 원치 않아 목숨까지 끊었는데, 그 어미의 자진이 참으로 덧없는 일이 되지 않겠나."

"맞습니다. 게다가 이 사찰의 비구들은 하나같이 오승포를 백 필 내고 도첩을 발급받은 귀족 자제들입니다. 그들은 근본도 모르는 아이를 기르는 걸 원치 않을 겁니다. 설령 당장은 기른다 한들 크면서 쇠무네의 아들이란 게 밝혀지면 당장이라도 쫓아내라 난리를 칠 게 분명합니다."

오랫동안 흥인사의 주지로, 선대왕의 왕비를 위해 기도까지 하였는데도 아직까지 천의의 출신을 두고 왈가왈부하는 젊은 비구들이 있었다. 여전히 속세의 권위와 권력을 다 떨치지 못했고 떨칠 생각도 없는 비구들이 백정의 자식을 넓은 아량으로 거둬줄 리 만무했다.

"몇 년도 아니야. 불과 몇 달도 지나지 않아 이 아이가 누구 자식인지 모두 눈치챌지 몰라. 절에 나타난 갓난쟁이를 버리고 간 어미가 누굴지 다들 궁금해하며 찾으려 들 테니까. 아이가 절에 나타났을 때쯤 아이가 태어날 만한 집이 쇠무네밖에 없다는 걸 눈치채는 순간 다들 이 아이가 그 아이일지 모른다고 생각할 테지. 확신까지도 필요 없어. 의심이 시작되는 순간 저 아이는 백정으로 살아야 해. 사미로 받아주려 하지도 않을 테니까."

"설마 이 아이를 그냥 내버리자는 말씀입니까? 그리할 순 없습니다. 그 어미는 저희만 믿고 목숨을 걸고 아이를 맡긴 겁니다. 그 마음조차 저희가 거두지 못하면서 어찌 저희가 중생을 보살피는 승려라 할 수 있습니까."

도율이 아이를 제 쪽으로 끌어당기며 세 노승을 애타게 쳐다보았다.

정법과 효원의 어쩔 줄 모르는 두 눈이 마주쳤다. 천의는 아이에게서 눈을 떼지 못했다. 도율도 도율이지만 천의도 저 아이를 거두지 않고는 못 배길 것이다. 아주 오랜만에 효원의 가슴에 무거운 돌 하나가 내려앉았다.

사사노비인 부모에게 태어나 사찰에서 자란 천의를 거둔 이가 효원이었다. 어려서부터 부처님의 제자가 될 천의의 자질을 효원이 가장 먼저 알아보았고, 그 기대대로 훌륭한 승려가 되어 끝내 홍인사의 주지까지 되었다.

천의가 홍인사의 주지가 될 때쯤 그의 모친이 세상을 떠났다. 혹여나 주지스님이 되는 아들의 앞길에 걸림돌이 될까 싶어 조금씩 곡기를 끊다가 끝내 밤에 자는 듯이 숨을 거두었다 했다. 그런 어미를 두었으니 쇠무네의 마음을 이해 못 할 리 없었고, 그런 어미가 남기고 간 아이를 외면할 재간도 없을 것이다.

아이를 보는 천의에게서 눈을 떼지 못하는 효원을 보며 정법의 머릿속도 분주했다. 무슨 수든 써야 했다. 허나 도성 내 본사인 홍인사를 소란스럽게 만들 수는 없었다. 근래 사찰을 보는 유학자들의 시선이 곱지 않으니 조금이라도 흠 잡힐 일을 해서는 아니 될 일이다. 방법을 찾아야만 했다.

"스님, 제가 키우게만 해주시면 무슨 일이든 다 하겠습니다. 제발요, 스님."

생각에 빠진 노승들의 침묵이 길어지자, 애가 탄 도율이 엉덩이를 들썩이며 졸라댔다. 직접 키우겠다는 말에 정법의 눈이 반짝 빛났다.

"정녕 네가 키울 것이냐?"

"네."

"그 부모를 네가 알고 있다고는 하나, 이 아이는 고작 오늘 만났을 뿐이다. 그런데도 네가 거두겠단 말이냐? 아이를 키운다는 게 어떤 의미인지는 알고 있는 게냐? 그저 밥만 먹여주면 끝이 아니야. 제대로 알고 하는 말인 게냐?"

"알고 있습니다."

"알고 있는데도 그리 마음먹었단 말이냐? 왜?"

"불가에서는 하찮은 미물도 함부로 죽이지 말라 가르칩니다. 헌데 어찌 절 앞에 버려진 생명을 함부로 내칠 수 있단 말입니까. 이 아이는 저희와 연이 있기에 여기 온 것입니다. 받아들이는 것이 순리이자 도리입니다."

"여기서는 이 아이를 키울 수 없는데도?"

"여기서 못 키우면 다른 데서 키우면 되지요."

"다른 데서 키운다? 네가 이 홍인사를 떠날 수도 있다는 말이냐?"

"예, 허락해주신다면 제가 이 아이와 함께 홍인사를 떠나겠습니다. 아이의 출생을 들키지 않을 만한 다른 사찰로 가서 키우겠습니다."

"꽤 멀리 가야 할 게야. 그래도 괜찮으냐?"

"괜찮습니다. 아이를 키우도록 허락만 해주신다면 어디로 가든 괘념치 않겠습니다."

도율의 대답은 조금도 망설임 없이 단호했다.

천의가 걱정스런 눈으로 도율과 정법을 번갈아 보았다.

"방장님 어찌시려고요?"

"함경도에 새로 생긴 사찰이 하나 있네. 거기 주지가 손이 모자라니 좀 도와달라고 해서 안 그래도 젊은 비구 몇을 추려 그곳에 보낼 생각이었다네. 함경도라면 이 아이의 출생에 대해 아는 사람이 있을 리 없잖나."

"함경도, 게다가 새로 생긴 사찰이라고요?"

정법의 계획을 듣다가 효원이 기함했다.

"자네, 정말 괜찮겠나? 홍인사가 아니라 함경도야. 거기다 이름 없는 사찰이야. 정말 괜찮겠나?"

효원은 도율이 어느 집 아들인지 알고 있었다. 아들을 홍인사로 보내기 위해 도율의 집안이 어떤 노력을 기울였는지도 잘 알았다. 그런 집에서 갑자기 함경도로 떠난다는 아들을 이해해 줄 리 만무했다. 게다가 귀하고 곱게 자란 도련님이 지금이야 자비로운 마음에 뭐든 하겠다고 나서지만, 과연 집안의 반대를 맞닥뜨렸을 때나 고생길이 눈 앞에 펼쳐질 때도 그 마음이 굳건할지 의문이었다.

"자네 집에서는 난리가 날 텐데."

"이미 속세의 연을 끊고 불가에 귀의한 몸이니 저와는 상관없는 일입니다."

도율의 깨끗한 대답에 정법이 고개를 끄덕였다.

"그럼 해가 뜨기 전에 같이 함경도로 출발합세."

"방장님, 길이 먼 데 직접 가시려고요?"

"내가 가야 주지가 두 사람을 별말 없이 받아줄 겁니다."

"불가합니다."

뜻밖에도 천의가 단호한 얼굴로 반대했다. 모두가 놀라 그를 보자 천의가 아이에게서 눈을 떼고 고개를 저었다.

"이 갓난쟁이를 데리고 함경도까지 어찌 간단 말입니까. 적어도 백일이 지날 때까진 여기 있어야 합니다."

"그 전에 이 아이의 출생에 대한 소문이 퍼지기라도 하면 함경도로 떠날 수조차 없을지도 모릅니다."

"그렇긴 하나 하루 이틀 걸릴 여정도 아닌데, 젖동냥을 해가며 그 먼

길을 가겠다는 게 말이 되나? 가는 길에 아이가 잘못되면 어쩌려고?"

천의의 말도 그르지 않아 도율의 말문이 막혔다. 효원이 조금 떨어진 채 이야기를 듣고 있는 바우네를 고갯짓했다.

"유모가 같이 가면 될 일 아닌가?"

넷이 동시에 바우네를 쳐다보았다.

"제, 제가요?"

갑작스럽게 주목을 받자, 바우네가 말을 더듬으며 괜스레 옷깃을 여몄다. 조금도 내키지 않는 제안이라 당황스러웠다.

여기 가나 저기 가나 어차피 절에 매인 사사노비인 건 매한가지지만 이왕이면 대갓집 노비가 낫다고, 함경도 어디에 붙어 있는지도 모르는 이름 모를 사찰의 노비보다야 도성 내 본사인 홍인사 노비의 처지가 훨씬 나을 거란 건 세 살짜리 아이도 알 만한 이치였다. 거기다 이제 태어난 지 백일 좀 넘은 제 자식을 데리고 다른 젖먹이의 유모 노릇까지 해가며 그 먼 길을 가고 싶지는 않았다.

"거기 가면 절에 딸린 전답을 주겠네. 그리고 노비 문서는 불태워주지. 이 아이의 업보를 지워주기 위해 그만한 노력을 해준다면 자네의 업보도 그만치는 덜어줘야 공평한 거 아니겠나."

시큰둥한 얼굴로 고개를 외로 꼬고 있던 바우네의 눈이 번쩍 띄었다. 그게 진짜냐는 듯 캐묻는 바우네의 시선을 받으며 정법이 온화한 미소로 고개를 끄덕였다.

"약조하지."

"합지요. 하겠습니다. 그리하지요. 짐을, 떠날 짐을 지금 당장 싸겠습니다."

대답이 채 떨어지기도 전에 부산스럽게 움직이는 바우네를 보며 도율의 두 눈이 커졌다.

사사노비는 노비라도 어지간한 대갓집 사노비보다 훨씬 나은 대접을 받았다. 거기다 그 자식은 노비임에도 다른 노비들과 달리 승려가 되는 데 훨씬 수월했다. 사사노비가 되길 바라서 제 발로 사찰에 찾아오는 이들도 있을 정도였다.

그러나 시대가 바뀌어 조선이 개국하자 과거만 합격하면 평민들도 양반이 될 수 있었다. 실제로는 드물지만, 백성들 가운데 관직을 얻은 자들이 하나둘씩 나오기 시작했다. 본래 귀족인 도율은 그 문제에 별생각이 없었다. 왜냐면 그래도 여전히 양반 중 상당수는 고려 귀족 출신이었고, 평민들이 글을 읽어 과거에 합격하기란 요원했기 때문이다.

허나 별거 아니라 여긴 그 작은 가능성이 이들에겐 이토록 중요하고 큰 모양이었다. 절의 사사노비를 관두고 위험을 무릅쓰고 함경도까지 가서 평민이 되겠다고 여길 만큼. 양반이 될 가능성이 조금이라도 있는 신분을 갖는 게 이 정도의 가치가 있었던 것이다.

도율은 비로소 자진한 쇠무네의 심정이 더 절절하게 와닿았다. 죽어야만 했겠구나, 그 어미에게 자신이 죽는 건 정말로 자식을 위해 필요한 일을 한 거구나, 서두르는 바우네의 얼굴 위로 쇠무네의 얼굴이 겹쳐졌다.

"스님."

잠든 아이를 물끄러미 보던 도율이 결심한 듯 천의에게 말했다.

"제 행적을 저의 집과 이 사찰의 다른 비구들이 모르게 해주십시오."

"그게 무슨 말인가?"

"제가 아이와 함께 함경도로 떠났다는 사실을 사찰의 다른 비구들이 알게 되면 결국엔 이 아이의 출생이 나중에라도 들통날 겁니다. 아이가 사라진다고 사찰의 비구들이 어느 집 아이인지 추측하는 걸 그만하겠습니까? 결국은 누구 집 아들이겠구나, 짐작하고야 말겁니다. 끝내는 함경도로 어느 젊은 사미가 백정 아들을 데리고 떠났다는 소문이 돌게 될 겁니다. 결국 제가 누군지 아는 이들은 함경도에서 키운 아이가 누구 아들인지도 알게 되겠지요."

"그럴 수도 있겠지."

"허니 제가 아이를 데리고 도망친 것으로 해주십시오. 제 자식일 수도 있다는 소문이 나면 더 좋겠습니다."

"뭐, 무어라?"

"어미가 제 목숨을 끊으면서까지 업연을 물려주지 않으려 애를 쓴 아이입니다. 그런데 저 때문에 출신이 드러나서는 안 됩니다."

"그럼 함경도로 가지 않겠다는 것이냐?"

"아니요, 함경도로 갈 것입니다. 다만 속세의 제 본가와 이 사찰의 다른 비구들은 저와 이 아이가 함경도로 갔다는 걸 몰라야 한다는 겁니다. 흥인사에서 응법사미로 지냈다는 걸 함경도에서 몰랐으면 합니다. 거기서 저는 행자로 다시 시작하겠습니다. 저 역시도 이 아이처럼 아무도 모르는 사람이 되겠습니다. 정법 스님께서 저와 아이의 신원을 보장해주시면 사찰에서 받아주지 않겠습니까."

도율의 마음 씀씀이에 세 노승이 동시에 탄식을 내뱉었다. 세 사람도 그런 생각을 하지 않은 것은 아니나, 함경도로 보내는 것까지가 셋이 할 수 있는 일의 최선이라 여겼다. 그런데 도율은 그 최선에서 한 걸음 더 나아갔다. 이건 부처의 마음으로 할 수 있는 생각이 아니었다.

"이 아이가 네게 자식의 연으로 들어앉아 버렸구나."

정법의 탄식에 천의가 긴 한숨을 내쉬며 염주를 돌렸다. 천의가 애끓는 시선으로 도율을 보았다. 그러나 정작 도율은 정법의 말을 바로 이해하지 못했다.

애타는 노승 셋의 시선을 받으며 도율이 말간 얼굴로 눈만 끔뻑거렸다. 그 모습이 너무 깨끗해 노승들의 한숨이 더 깊어졌다.

도율이 조바심을 억누르며 셋의 눈치를 살폈다.

"아니 됩니까? 무리일까요?"

"아니다. 그리 해주마."

"감사합니다."

"감사하기는, 나중에 왜 그때 안 말렸냐고 우리를 원망하지나 마라."

"원망하다니요. 그럴 일 없습니다."

"원망은 안 할지 모르나 고마워할 일도 아니야."

기뻐하는 도율을 보며 천의가 혀를 찼다.

"부처님도 마지막까지 어찌지 못한 것이 자식의 연인데, 자네에게도 그런 연이 생기고야 말았으니, 이번 생에 성불은 물 건너갔음이야. 그런데도 이게 고마워할 일이란 말인가."

* * *

"스님, 날이 찬데 왜 나와 계십니까?"

"네가 올 줄 알고 기다렸다."

"참 신기합니다. 연락도 없이 오는데 어찌 매번 제가 올 줄을 아시는 겝니까?"

자식의 연이라서, 부모가 어찌 자식이 오는 걸 모르겠느냐는 말을 도율이 속으로 삼키며 철을 향해 인자한 미소를 지었다. 찬바람을 맞으며 뛰어온 건지 그의 양 볼과 손끝이 새빨갰다.

"얼른 들어가자."

"예."

군불을 미리 때어놓길 참으로 잘했다. 뜨끈한 아랫목에 찬 몸을 녹일 수 있을 테니 말이다. 방에 들자마자 곧장 아랫목으로 철을 밀어 넣으며 도율이 안도의 한숨을 내쉬었다.

자식의 연으로 철이 제게 들어와 버렸다는 정법의 말을 당시에는 조금도 이해하지 못했다. 함경도로 옮기고 얼마 지나지 않아, 철이 고뿔에 걸려 온몸에 열이 오른 날이 있었다. 몸이 펄펄 끓는 철을 품에 안고 깊은 밤 산을 단숨에 달려 내려와 마을 의원의 집 대문을 미친놈처럼 두드렸다. 그 잠깐 사이 의원이 빨리 나오지 않자 화가 나서 견딜 수 없었던 자신의 모습을 깨닫고서야, 정법이 말한 '자식의 연'이라는 게 무슨 뜻인지 알았다.

속세의 연을 끊고 출가하겠다 마음먹은 뒤 부모 형제와도 소원해졌다. 부모님이 몸져누웠다는 말을 들었을 때도 담담했다. 철을 위해 아예 가족과의 인연까지도 끊었다. 헌데 철의 이마에서 열이 내리지 않고 울음이 그치지 않자, 머릿속이 새하얘졌다. 아이를 이대로 잃을지도 모른다는 생각을 하는 것만으로도 속이 뒤틀리며 아려 왔다. 왜 자식을 잃는 슬픔을 단장지애라 하는지 비로소 이해할 수 있었다.

그제야 도율은 철이 자신의 자식 자리에 들어앉은 존재라는 게 어떤 의미인지 확실히 알았다. 부처님이 마지막까지 끊지 못한 게 자식의 연이라 했다. 어찌 이 아이와 자식의 연을 맺게 된 것인지, 대체 전생의 어떤 인연이 현생에서 자신을 이리 이끈 것인지 인력으로는 다 알 수 없는 일이다. 분명한 건 그날 새벽, 그 갓난쟁이를 처음 안은 순간부터 도율에게 철은 자식이었다.

지금도 그렇다. 그래서 도율은 홍인사를 맡아 달라는 천의의 부탁을 들어줄 수 없었다. 다른 이는 몰라도 부처님은 아신다. 자신은 그런 본사의 주지가 될 자격이 없는 몸이라는 걸. 자식을 둔 비구가 어찌 그런 무거운 직을 맡을 수 있겠는가.

"마시거라."

뜨끈한 차가 몸을 타고 흘러 들어가자 한결 긴장이 풀렸다. 비로소 온몸이 녹지근해진 철이 도율을 보며 히죽 웃었다.

"어째 신우는 안 보입니다."

"이따 저녁 공양 때나 돼야 올 게다. 오늘 사찰에 객이 많아 가까이 오지 말라 일러두었거든."

"그놈, 오늘이 지 생일인 거 또 까먹었겠지요?"

사찰에서 미역국을 내어주기 힘든 상황이란 걸 알지만 그럼에도 매번 챙겨 먹이지 못하는 게 안타까웠다. 도율을 탓하는 건 아니지만 말끝에 투정이 실려 책망하는 어투가 되고 만다. 그런 철을 보며 도율이 혀를 끌끌 찼다.

"너는 네 생일날 미역국이나 얻어먹고 다니느냐? 네 생일이 언젠 줄은 알고?"

도율의 구박에 철이 무안한 얼굴로 머리를 긁적였다. 도율이 장을 열어 잘 누벼진 솜옷을 꺼냈다.

"받아라. 생일 선물이다."

"그, 제 기억이 맞다면 제 생일은 신우보다 뒤인데요."

"알기는 아는구나. 그래, 보름 뒤가 네 생일이다. 미리 주는 게야. 지 생일은 엿가락마냥 빼먹는 놈이 신우 생일은 귀신같이 챙기러 오니, 오늘 올 줄 알고 미리 챙겨두었다. 네가 언제 떠날지 알 수 없으니 지금 주는 게야. 보름이나 여기 머물진 않을 거 아니냐."

"감사합니다."

"나한테 고마워하기 전에, 네가 해야만 하는 생일 인사, 올해도 빼먹지 말아라."

* * *

함경도의 사찰에서 도율은 행자로 반년을 지낸 뒤 비구가 될 수 있었고, 도율이란 이름도 받았다. 도율과 철을 함경도의 주지에게 맡긴 후 송광사로 떠나기 전날 정법은 갓난쟁이에게 '철'이라는 이름을 지어주었다.

도율이 바랐던 대로 홍인사에는 그가 사고를 쳐 어느 여인에게서 얻은 아이를 데리고 도망쳤다는 소문이 파다하게 퍼졌다. 덕분에 철의 출신은 완전히 숨겨졌고, 도율의 본가에선 치욕이라 여겨 그를 찾지 않았다. 도율이 바랐던 대로 둘은 함경도에서 완전히 새로 시작할 수 있었다.

사찰에서 도율의 손에 자란 철은 자연스레 저도 비구가 되길 소원했다. 철의 품성이 훌륭해 사찰의 주지가 탐을 내기도 했다. 허나 도율은 철이 비구가 되길 원치 않았다. 입신양명하길 바랐다. 이것이 너무나 사사로운 욕망이라 내어놓기가 참으로 부끄러웠지만 어차피 이번 생애에 열반하긴 글러 먹었으니 어쩔 수 없었다. 자진하면서까지 아들의 앞길을 틔워주려 한 그 어미를 생각하면 더더구나 철을 비구로 만들 수 없었다.

철은 도율을 이해하지 못했다. 그에게 부모에 대해 털어놓은 적이 없으니 당연한 일이었다. 철은 순해서 도율의 뜻을 거스르지 않았으나 여기서 좀 더 머리가 커지면 제 고집을 앞세울 게 분명했다. 그래서 도율은 관례 전에 사찰에서 내보내기로 결심했다.

그때쯤 김종서 장군이 함경도 도절제사로 부임했다. 장군은 오랑캐들과 수시로 전투를 벌였고 수하에 희생자가 나올 때마다 사찰에 들러 그들의 명복을 빌었다. 장군은 제 사람이라면 아무리 낮은 직에 있는 이라도 이름을 다 외우고 그 집안 사정을 살필 줄 알았다. 그 품성이 믿음직스러웠다. 그래서 도율은 김종서에게 철을 부탁했다.

김종서 역시 사찰을 드나들 때마다 도율을 돕는 철을 유심히 본 참이었다. 철은 나이답지 않게 진중했고 산에서 오래 지낸 덕에 몸이 탄탄했다. 군사가 되기에 성품도 체격도 적격이었다. 그래서 김종서는 철을 부탁하는 도율의 청을 흔쾌히 받아들였다.

도율은 후에 철이 관직에라도 나가게 되면 사찰에서 자란 부모 없는 고아라는 게 흠이 될 수 있으니 차라리 장군에게 귀화한 오랑캐로 새로운 호적을 만들어 달라고 부탁했다. 다소 기이한 요청임에도 김종서는 두 번 되묻지 않고 해달라는 대로 해주었다. 도율은 그렇게까지 해서 훗날 조금이라도 문제가 될 만한 모든 싹을 철에게서 잘라버렸다. 그의 노력 덕분에 철은 새 신분으로 김종서의 수하 병사가 되었다.

철은 도율의 기대와 김종서의 예측대로 맡은 일들을 제법 잘 해냈

다. 하지만 머리가 커갈수록 철은 저를 비구로 만들지 않고 다른 길
로 등 떠밀었던 도율을 속으로 원망했다.

철의 원망을 도율이 알아차린 건 시간이 꽤 지난 다음이었다. 철
이 김종서의 병사가 되고 십여 년이 흐른 후였다. 그때 한양으로 가
는 김종서를 따라 철이 함경도를 떠나게 되고, 때마침 천의의 부름
으로 도율도 흥인사로 가게 되었다.

철을 마음에 둔 김종서는 병과를 치라고 권했고, 때마침 천의도
도율에게 승과를 치라고 했다. 김종서를 따라 철은 계속 한양에 머
물 터이니, 그렇다면 도율도 한양에 머물러야 했고, 그러기 위해선
승과를 쳐야 했다. 그래서 도율은 승과를, 철은 병과를 치렀고 시험
을 본 첫해에 둘 다 합격했다.

도율이 승과에 합격하자 천의는 그에게 흥인사의 주지 자리를 맡
으라 했다. 도율이 단번에 거절하자 천의는 과거 도율이 사미 생활
을 할 당시 흥인사에 있던 비구 중 여기 남은 이는 하나도 없다며
염려할 게 없다고 했다. 하지만 도율에게 문제가 되는 건 다른 비구
들이 아니었다.

"스님, 저는 아직도 그 아이와 맺은 속세의 연을 끊어내지 못하고
있습니다. 아마 저는 평생 끊지 못할 겁니다. 이런 제가 어찌 감히
흥인사의 주지가 될 수 있겠습니까. 모두가 저를 훌륭한 법사라 칭
해도 저는 제가 결코 성불하지 못할 거란 걸 압니다. 제가 알고 부처
님이 아시는데 어찌 그 자리를 받을 수 있겠습니까."

도율의 고백에 천의는 안타까워했으나 탓하지는 않았다. 책망하
긴커녕 철이 도성에 머무는 한 그 곁에서 떠날 수 없는 도율을 위해
흥인사의 주지 대신 딸린 말사 중 가장 작은 사찰의 주지 자리를 맡겼

다. 도율은 천의의 배려에 깊이 감사하며 기쁘게 그 자리를 받았다.

며칠 후 철이 도율을 찾아와 병과에 합격했다는 소식을 전했다. 도율은 기뻐 어쩔 줄 몰랐다. 얼마나 기쁜 내색을 했는지 철의 시선이 평소답지 않았지만, 그런 것도 눈치채지 못할 정도로 도율은 좋았다. 죽은 쇠무네가 이 소식을 듣는다면 얼마나 기뻐할까, 생각만 해도 눈물이 핑 돌았다.

"허면 병조에서 일하게 되는 게냐?"

"예, 무비사*에서 일하게 될 거라고 귀띔해주셨습니다."

"잘 되었다. 참으로 잘 되었어."

"그리 좋으십니까?"

"그럼, 좋고말고. 이제 관직을 얻었으니 전에 김종서 대감께서 권하신 대로 혼례도 치르도록 해라. 더 늦기 전에 자식을 봐야지."

"스님께서 그리 권력욕이 있으신 줄 몰랐습니다."

말끝이 그답지 않게 날이 서 있었다.

"이 사찰의 주지 자리가 혹시 흥인사의 주지로 가기 위한 디딤돌입니까? 흥인사의 주지가 되면 키우던 아이가 병조에 있는 게 여러모로 도움이 될 것 같아서요? 그래서 제가 비구가 되지 못하게 막으셨습니까?"

승려가 되고자 하는 마음이 저리 깊은 줄 몰랐다. 그러니 그 마음을 여전히 가지고 저를 원망하고 있다는 것도 몰랐다. 머리를 한 대 맞은 것처럼 도율은 잠깐 멍했다. 그러다 단단히 서러운 철의 얼굴을 보고서야 정신이 들었다.

---

* 병조 소속의 부서, 군적과 병기 등 군정에 관한 사항을 관장했다.

도율은 지금까지 철에게 제 출생에 대해 알려주지 않았다. 혹여나 충격을 받고 존재마저 부정하게 될까 봐 그랬다. 그런데 이런 오해들이 쌓여 마음에 깊은 그늘이 진다면 철에게도 도율에게도 그리고 쇠무네에게도 참으로 몹쓸 일이었다.

그 길로 도율은 철을 데리고 쇠무와 쇠무네가 묻혀 있는 돌무덤을 찾았다. 영문도 모른 채 따라온 철에게 처음으로 부모의 이야기를 들려주었다. 철이 자라면서 부모를 궁금해할 때마다 도율은 훌륭한 분들이셨으나 키우지 못할 사정이 있어 절에 맡겼다고만 얼버무렸다. 철은 제 부모에게 이런 사연이 있을 줄은 꿈에도 몰랐다. 그래서 도율이 내어놓은 이야기는 믿기 어려울 정도로 충격적이었다.

"너를 데리고 야반도주하듯이 함경도로 떠날 때, 정법 스님께서 마지막 인사를 하고 가는 게 도리라 하셔서 이 돌무덤에 들러 작별 인사를 했다. 그때 정법 스님께서는 네 부모님의 명복을 비는 불경을 외셨지만 나는 그때 네 부모님에게 너를 남부럽지 않게 잘 키우겠노라 약조했다. 자식의 앞날을 위해 죽어야만 했던 어미의 희생이 헛되지 않게 너를 키우고 싶었다. 천의 스님 말씀처럼 이 인연 때문에 내가 성불하지 못한다 해도 네가 내게 온 것도 부처님의 큰 뜻이고, 이번 생에 내가 치러야 할 업일 테니 네 어미의 원대로 키워주고 싶었다. 그래서 네가 원하는 것을 알면서도 비구가 되는 걸 허락할 수 없었다. 죽은 네 어미가 원치 않을 거 같아서 그랬다. 살아있는 너의 소원보다 죽은 네 어미의 바람을 앞세운 것은 미안하구나. 목숨을 걸고 너를 살린 네 어미의 뜻을 차마 거스를 수가 없었다. 아니, 솔직히 다 핑계일지도 모르겠다. 어쩌면 내가 불심으로 너를 키우지 않고 아비의 마음으로 키워 네가 입신양명하길 바랐나 보다.

그게 너를 이리 서운하게 만들었을 줄은 몰랐구나. 미안하다. 하지만 그럴 수밖에 없었던 내 마음도 이제 네가 좀 알아주면 좋겠구나. 부디 마음에 너무 깊은 원망과 그늘을 만들지 말거라. 너는 소중하고 귀한 아이다. 그러니 어두운 마음으로 세상을 살아선 아니 된다. 그러면 정말로 내가 네 어미를 볼 면목이 없어져.”

“왜 이제야 말씀해주십니까? 미리 말씀해주시지. 그저 좋은 분들이라고, 어쩔 수 없이 맡겼을 뿐 저를 무척이나 사랑한 분들이라고만 하셨잖습니까.”

“거짓말은 아니지 않느냐. 좋고 훌륭하고 너를 사랑한 분들이고 어쩔 수 없이 내게 맡긴 것도 사실이잖느냐. 언젠가는 말해줄 생각이었다. 너무 어릴 때 알면 혹여나 어미의 죽음을 제 탓으로 여길까 걱정되어 다 크면 말해주려 했어. 혼인하고 자식을 낳아 부모의 마음이 어떤 건지 알게 되면. 그때 알려주면 좋겠다 싶었는데, 오해가 깊어져 가슴속에 원망을 품고 살게 하느니 빨리 말해주는 게 낫겠다 싶어 오늘 여기 온 것이다.”

무덤가에 선 철의 무릎이 기운 없이 푹 꺾였다. 고개를 숙인 철의 눈에서 쉴 새 없이 눈물이 흘렀다. 도율이 애틋한 마음을 담아 철의 머리를 쓰다듬었다.

“철아, 지금 네 자리는 네 어미가 만들어준 게다. 그러니 어머님께 부끄럽지 않은 삶을 살아야 한다. 권력을 가져도 더 높은 자리에 올라도 항상 낮은 곳을 살필 줄 알아야 한다. 네가 이리 잘 되었으니, 어머니 희생이 덧없는 게 아니다. 모든 게 부처님의 뜻인 게지. 부모 자식의 연은 천륜이라 부처님도 그 연을 끊기 어려워했는데, 그런 천륜을 제 손으로 끊으면서까지 네 앞날을 도모한 어미의 지극

한 애정을 잊어선 아니 된다. 네 어미를 위해 당당하게 입신양명하여라. 이번 생을 잘 살아낸다면, 아마 다음 생에 네 부모님과 이보다 더 좋은 연으로 만날 수 있을 게다."

말을 다하고 도율이 목탁을 두드리며 불경을 외웠다. 실컷 운 철이 비틀거리며 자리에서 일어나 무덤에 절을 올렸다.

* * *

그날처럼 철은 무덤에 절을 했고, 도율은 그 옆에서 목탁을 두드리며 불경을 외웠다.

철의 소원을 들어주어 그를 비구로 만드는 게 이 인연을 정리할 수 있는 유일한 방법이었을 거다. 하지만 도율은 그러지 않았다. 아니, 그리하지 못했다. 그래서 여전히 철은 도율의 자식이었다.

철이 절을 마치고 무덤 앞에 반듯이 서자, 도율의 불경도 끝이 났다. 나란히 선 도율과 철이 무덤을 향해 마지막 인사를 건넨 후 돌아섰다.

"이제 신우에게 갈 것이냐?"

"네."

방금까지 엄숙한 얼굴이었는데 신우의 이름이 나오자 순식간에 환한 미소가 번진다. 자연스레 철을 안고 못 놓던 저가 떠올랐고, 저를 보던 천의와 정법, 효원의 표정이 왜 그랬는지 그 심정을 이제는 알 것도 같다.

그날 철이 신우를 품에 안고 들이닥쳤을 때 도율은 한눈에 그 아이가 철의 자식 자리에 들어앉았음을 깨달았다. 철의 품에 안긴 아이는 눈도 못 떴으면서도 고사리 같은 손가락으로 철의 옷자락을 꼭 쥐고 있었다. 도율은 저와 철의 모습이 겹쳐 눈이 시큰했다.

핏줄이 아니어도 철이 저한테 자식인 것처럼 철에겐 신우가 자식이었다. 그리고 철의 자식이면 저에겐 손주뻘이라 끝내는 이 업연이 길고 깊어지기까지 했으니 아무래도 이번 생은 땡중으로만 살다 갈 팔자인 모양이다.

"오늘이 생일인데 너무 늦게까지 제가 오지 않아 실망하고 있는 건 아닐지 걱정입니다."

"아무리 고슴도치도 제 새끼는 함함하다지만, 너도 참 어지간하다."

혀를 끌끌 차며 한심해하는 도율을 철이 기막힌 얼굴로 쳐다보았다.

"그걸 스님이 말씀하시는 건 좀 아니지 않습니까?"

"왜?"

"스님이야말로 저를 키울 때 비하면 신우에겐 지나칠 정도로 너그럽지 않습니까. 저는 김종서 장군에게 가는 그날 아침까지도 백팔배 하고 불경을 외게 하셔놓고는, 신우는 아침에 언제 일어나는지, 일어나 무얼 하는지 신경도 안 쓰신 지 벌써 몇 햅니까?"

"그거야 굳이 신경 쓰지 않아도 알아서 깨서 제 할 일을 하니 그러지. 너는 떠나는 그날까지도 제대로 못 일어나지 않았느냐. 겨울 곰도 아니고 잠이 왜 그리 많아서는."

"그래, 일어나는 건 그렇다 쳐도 백팔배는 왜 면해주셨습니까?"

"그것도 누구와 달리 감시 안 해도 알아서 잘하더라니까?"

"하는지 안 하는지 확인은 해보셨구요?"

"딱 보면 알지! 하는 놈이랑 안 하는 놈은 얼굴만 봐도 안다."

기막힌 철이 할 말을 잃은 채 멍청한 눈을 하고 도율을 쳐다보았다. 오랜만에 보는 표정이 재밌어 도율이 호쾌한 웃음을 터뜨렸다.

신우를 품에 안고 도율의 사찰에 들이닥친 그 순간부터 철은 도망자 신분이 되어 추격자들을 피해 다녀야 했다. 얼마나 험할지 상상도 안 되는 도피를 갓 태어난 신우와 함께 갈 수 없는 노릇이라 어쩔 수 없이 도율에게 아이를 맡기고 홀로 먼 길을 떠났다.

철은 금방 돌아오겠다고 약조했지만, 의지대로 살 수 없는 처지가 되어버린 데다 일도 뜻대로 풀리지 않아 쉬이 돌아오지 못했다.

결국 신우의 육아는 온전히 도율의 몫이 되었다. 삼십여 년 만에 새로 키우는 아이는 정말 손주 같아서 철을 키울 때와는 판연히 달랐다. 잘 키워야 한다는 책임감을 벗어던지자, 아이에게 훨씬 너그러워졌고 느긋해졌다. 철이 들를 때마다 도율을 보고 지나치게 투정을 다 받아준다며 답답해하고 애탄 것도 그저 재밌기만 했다.

그럴 수 있었던 가장 큰 이유는 신우가 정말 신기할 정도로 입댈 것 없는 아이였기 때문이다. 철도 키우기 힘들다고 여긴 적은 없는데, 신우에 비하면 천둥벌거숭이였구나 싶을 정도였다. 신우를 키우는 내내 도율은 정말 좋은 밭에 뿌려진 씨앗이라고 속으로 감탄하곤 했다. 기막힐 정도로 많은 것을 잘 갖추고 태어난 아이였다. 덕분에 도율의 역할은 해 비춰주고 물 듬뿍 주는, 그저 너그럽고 온화한 할아버지 노릇만으로도 충분했다.

"저녁 공양 때 뵙겠습니다."

"그래, 아직도 오지 않는 걸 보면 아마 억새밭에 있는 모양이다."

도율이 알려준 대로 철이 나르듯이 뛰어 억새밭으로 향했다. 억새밭에 이르자 철은 숨을 몰아쉬며 주위를 살폈다. 잠시 숨을 고르는데 뒤에서 기척이 느껴졌다. 철이 고개를 숙이는 척 옆으로 몸을 굴려 재빨리 공격을 피했다.

"기척을 아직 다 숨기지 못하다니, 가르쳐준 걸 제대로 복습하지 못한 것이냐!"

옷을 털며 일어나 철이 엄한 눈으로 신우를 노려보았다. 갑자기 철의 머리 옆으로 목검이 스친다. 철이 능숙하게 피하며 허리춤에서 검을 뽑았다. 노을이 지는 석양을 뒤로한 채 두 사람이 칼을 맞대고 붙었다가 떨어지기를 쉼 없이 했다.

둘의 몸놀림에 따라 억새가 누웠다 일어나는가 하면 발에 짓이겨 스러진다. 철의 칼이 신우의 승복 끝자락을 스치고 지나는 순간, 신우의 발에 걸린 철이 옆으로 구른다. 순식간에 철의 몸을 타고 오른 신우가 목검을 철의 머리 바로 옆에 꽂았다. 철이 화들짝 놀라서 보자 신우가 씨익, 시원스레 웃었다.

"제가 이겼습니다."

그제야 철의 얼굴에도 미소가 어린다. 신우가 주저앉은 철에게 손을 내밀었다. 약이 오른 철이 부러 힘껏 몸을 실으며 일어났다. 할 수 있는 한 최대한 힘을 주어 잡아당겼는데도 버티고 선 신우의 몸에 흔들림이 없다. 정말 다 컸다. 몇 해 전 제 키를 넘겼을 때도 그랬지만, 온 힘을 능히 버티고도 충분한 걸 보자 정말로 다 컸다는 게 실감났다.

지는 해를 뒤로하고 우뚝 선 신우의 얼굴에는 이젠 제법 사내다운 단단한 골격이 선을 뚜렷하게 드러내고 있다. 정말 잘 자라주었다. 이토록이나 부족한 자신을 스승으로 두고도 너무 잘 자랐다. 기특한 한편 가슴이 아렸다. 더 나은 사람에게서 더 잘 자랐어야 했는데, 이리 척박한 터전에서 자라야만 했다는 게 기막혔다. 이렇게 클 사람이 아닌데, 네 어미나 조부가 이 사실을 알면 기함할 터인데.

"제 얼굴에 뭐가 묻었습니까?"

말없이 뚫어져라 보는 철이 낯설었는지 신우가 얼굴을 더듬었다. 도둑이 제 발 저린다고 아까 혜주랑 어울린 걸 철이 아는 건가 싶어 마음이 덜컥했다. 철을 보자마자 생각할 새도 없이 일단 다가갔던 것도 평소답지 않은 하루를 보낸 직후라 그랬다. 죄를 지은 건 아니라도, 지금 또래 계집애와 어울리는 걸 철이 좋아하지 않으리라는 것쯤은 알았다.

"생일 축하한다."

철이 방금까지 휘두른 칼을 칼집에 넣은 뒤 신우에게 내밀었다.

"이건, 진짜 칼 아닙니까?"

"맞다. 네 것이다."

검술을 배우는 동안 언제쯤 진검을 받을지 기다렸지만, 철이 기다리라고만 할 뿐 감감무소식이라 포기하고 잊어버린 지 오래였다. 헌데 진짜 칼이라니, 신우가 감격에 겨운 얼굴로 검을 꺼내 찬찬히 살폈다.

"이건 스승님의 검보다도 훨씬 더 좋아 보입니다."

"훨씬 더 좋은 게 맞다. 네가 나보다 훨씬 더 좋은 걸 쓰는 게 맞으니까."

신우가 감격에 겨운 눈으로 검을 살폈다. 철은 선물을 주었으니 기뻐야 하지만, 그보다 미안함이 앞섰다. 이보다 더 화려하고 좋은 선물을 받을 수도 있었을 것이다. 지금쯤 너와 생일이 똑같은 누군가는 네가 받아야 할 것들을 모두 받고 있을 터인데, 너는 고작 이 검 하나에 만족하다니 씁쓸했다. 그러나 복잡한 철의 심경과 달리

검을 손에 쥔 신우는 마냥 기뻐 보였다.

"네게 검을 주는 연유를 아느냐?"

"이제 진검을 휘둘러도 될 정도로 제 실력이 좋아졌기 때문이 아닙니까."

불가에선 살생을 금한다. 그러니 진검을 가지고 사찰에 머무는 것만으로도 불경한 일이다. 그동안 목검만을 지니게 한 데는 그런 연유도 있었다. 이제 진검을 준다는 건 더 이상 불가에 머무르지 않아도 된다는 뜻이기도 했다. 신우가 세상에 나아가 제가 누군지 밝힐 날이 머지않았다는 의미였다.

이제 세상에 널 드러낼 때가 되었다는 말을 해줘야 하는데, 철의 입에서 그 말이 쉬이 나오지 않았다. 애써 고개만 끄덕일 뿐이다. 밀물에 밀리듯이 신우에게 감춰온 비밀을 밝혀야 하는 시간이 다가오고 있었다. 그리고 그 모든 사실을 신우가 알고 나면 그를 떠나보내야 한다. 이별의 순간이 코앞에 닥친 것이다.

너를 조금은 덜 사랑해야 했다고, 철은 수도 없이 했던 생각을 다시 한번 하고야 만다. 이렇게까지 사랑하면 안 됐다. 머리로는 알았지만, 가슴이 이미 내달렸다. 핏덩이였던 신우를 품에 안은 그 순간부터 철은 신우를 사랑했다.

그러면 안 된다는 걸 누구보다 잘 알아서 키우고 가르치는 내내 냉정해지려 애를 썼지만, 번번이 실패했다. 가끔 신우의 부모가 누군지 떠올릴 때마다 모골이 송연해졌다. 절대로 이리 사랑하면 안 되는 사람의 자식인데, 신우와 신우의 모친에게 얼마나 몹쓸 짓을 했는데…….

"저녁 공양에 늦겠다. 도율 스님께서 기다리시겠어."

이상하다는 듯 힐끔거리는 신우의 시선을 피하려고 철이 먼저 등을 돌렸다. 그러거나 말거나 기쁨을 숨기지 못하는 발소리가 이내 철의 옆에 따라붙는다. 이제 곧 떨어지고 말 해처럼 이리 보낼 수 있는 시간도 얼마 남지 않았다. 해가 떨어지고 나면 짙은 어둠이 온 세상을 가득 채우듯이 모든 사실을 알고 나면 신우의 세상 역시 새카맣게 변할 것이다. 철이 무거운 눈꺼풀을 겨우 들어, 지는 해를 바라보았다가 힘겹게 고개를 돌렸다.

3장

생일
生日

명절도 제삿날도 아닌데, 부엌에서 흘러나오는 온갖 음식 냄새가 집 안에 진동했다. 거기다 이 집 저 집에서 보내온 음식들이 넘쳐나 찬방은 정리가 어려울 지경이었다. 누가 보면 영락없는 잔칫집 풍경인데, 잔치를 치르는 집이라기엔 또 지나치게 조용했다.

그래도 평소에 비해서는 충분히 소란스러운 하루다. 첫닭이 울자마자 열리기 시작한 대문은 종일 닫힐 새가 없었고, 그 문으로 쉴 새 없이 사람들이 드나들었다. 드나드는 이는 모두 짐꾼들로, 무거워 보이는 보따리들을 등에 지고 와서 마당에, 찬방 앞에 내려놓고 돌아갔다.

명절이나 제삿날도 아닌데 어지러울 정도로 음식 냄새 가득하고, 잔칫날도 아닌데 사람이 쉼 없이 드나드는 건 일 년에 단 하루뿐인 현의 생일날에만 보는 풍경이었다. 해마다 현의 생일은 이 집에서 가장 특별한 날로 꼽혔지만, 올해는 유달리 더 화려했고 하루 내내 복작거렸다.

"우와, 형님 생일은 정말 대단합니다. 몇 달 전 제 생일과 너무 비교뙵니다."

찬방 앞에 쌓인 다식을 보고 놀란 혈이 입을 딱 벌렸다. 제 생일엔 감히 꿈도 못 꾸는 사치다. 어린 동생의 부러움 섞인 투정에 현이 씩 웃으며 다식을 집어 혈에게 건넸다.

"내 것은 네 것이나 진배없으니 많이 먹어라. 너는 나보다 많이 어리니 이만큼 받지 못하는 거지."

단순히 나이 때문이 아니라는 건 어린 저라도 알지만, 혈은 일단 다식부터 입에 넣기로 했다. 어머니가 안 계실 때 얼른 먹어둬야 했다. 어머니가 보신다면 형의 걸 욕심낸다고 혼을 낼 터이니 말이다.

"월산군 자가, 부부인께서 찾으시옵니다."

"어머니는 어디 계시느냐?"

"사랑채 앞마당에서 자가께 들어온 선물들을 살피고 계시나이다."

다식에 이어 이젠 약과를 먹어 치우느라 정신없는 동생의 머리를 한 번 쓰다듬어준 뒤 사랑채로 향했다. 행랑아범 말대로 윤덕은 사랑채 앞마당에 쌓인 선물들을 정리 중이었다.

"어머니."

윤덕이 고개를 들어 아들을 바라보았다. 다가오는 현의 모습이 오늘따라 새삼스러웠다. 훌쩍하니 남보다 머리 두어 개는 더 큰 키와 너른 어깨는 아비를 닮았고, 조막만 한 얼굴에 시원스러운 이목구비 그리고 흰 피부는 어미인 윤덕을 쏙 빼닮았다. 키와 골격은 친탁하고 인물은 외탁을 한 현은 누가 봐도 훤칠하고 인물이 빼어나 지나가기만 해도 여인들은 얼굴을 붉힌 채 흘긋거리며 훔쳐보곤 했다. 매일 보는 얼굴이지만 오늘따라 유독 흐뭇했다.

불과 작년까지만 해도 너무 곱상하다 싶은 게 유일한 단점이었는데 한 해 사이에 골격이 두드러져 제법 사내다운 태가 났다. 이제 윤덕의 눈엔 흠을 잡을래야 잡을 데가 없는 잘난 아들이었다.

"어서 오너라. 누가 무엇을 보냈는지 네가 직접 봐야 할 게 아니냐."

"어머니께서 벌써 다 확인하신 게 아닙니까."

"그래도 네 앞으로 보낸 생일 선물인데 네가 알긴 해야지."

현이 가까이 다가서자, 윤덕이 현의 손을 잡아끌었다.

"좌상대감이 올해도 붓을 보냈구나. 올해 보낸 붓은 황모*로 만든 거더구나. 작년과 재작년엔 자호**붓이었고 그 전엔 마모***붓이었지. 따져보면 올해 제일 좋은 걸 보낸 게야. 자세히 살펴보니 황모 중에서도 최고급을 보냈더구나. 봐라, 윤기가 다르지 않니?"

윤덕의 말대로 좌상이 보낸 붓의 필봉은 최상급 황모로 만들어져 샛노란 색에 탄력이 넘쳤다. 거기다 필관에 쓰인 재료는 상아였다. 황모와 상아로 만든 붓이라니 좌상이 참으로 크게 마음을 쓴 것이라, 윤덕이 이리 좋아할 만도 했다.

"병판은 작년에 떼어먹은 게 미안한지 올해는 제일 신경 썼더라. 비자나무 바둑판에 바둑돌은 비취란다."

궐에서 할바마마와 바둑을 둘 때나 보던 고급품이었다. 현이 놀란 얼굴로 윤덕을 보았다.

"이걸 제가 가지기엔 너무 과하지 않습니까?"

"무에가 과해? 네 바둑 실력이 아직 못 미쳐서? 이제부터 바둑돌에 걸맞게 바둑 실력을 늘리면 될 일 아니냐."

---

* 족제비털.

** 짙은 자색 토끼털.

*** 말털.

"하지만 어머니."

"여기, 이건 대사헌께서 보내신 게다. 매해 책을 보내시더니 올해는 검을 보내셨더라. 문무를 겸비한 이가 되라는 걸까, 이제쯤 검을 잡아도 된다는 걸까? 선물을 보내신 뜻이 무엇인지 참으로 궁금하지 않으냐. 대사헌께서 설마 아무 의미 없이 선물을 보내진 않으셨을 테니 말이다."

윤덕이 무얼 의미하고 하는 말이든 위험하게 들릴 수도 있는 말이었다. 현이 대답 대신 윤덕의 손을 가벼이 붙잡아 저를 보게 한 뒤 따스한 미소를 지었다.

"어머니 제 생일에 누가 무얼 언제 보냈는지, 다 외우십니까?"

"당연하지."

"어찌 그걸 다 외우십니까. 정말 대단하십니다."

"하나 대단할 거 없다. 네 일이잖니. 자식 일을 이 정도도 모르면 어미 자격이 없는 거지."

"어머니의 마음은 제가 감히 헤아리지도 못하겠습니다. 헌데 어머니, 저도 어머니처럼 그 모든 걸 지나치게 잘 아는 건 좋지 않을 듯합니다. 제가 신료들을 만날 때마다 그들의 얼굴 위로 그들이 보낸 물건이 보이면 아니 되지 않겠습니까."

말투가 워낙에 다정스러운 바람에 현의 말 속에 숨겨진 뜻을 윤덕은 곧장 알아채지 못했다. 찰나의 순간이 지난 뒤에야 현의 속뜻을 깨달은 윤덕이 감탄한 얼굴을 했다.

"내 생각이 짧았다. 네 속이 참으로 깊구나."

"아닙니다. 어머니의 뜻이 더 크시지요. 다만 소자는 어머니에게 미치지 못해 아는 만큼 실수할 게 분명하니 미리 조심하는 게 좋을 듯합니다."

윤덕이 현을 기특하게 보며 손을 감싸 쥐었다. 두 사람이 그제야 늘어놓은 선물에서 두어 걸음 떨어졌다. 누가 무얼 보냈는지 다는 모르겠지만 확실한 건 작년과 비교도 할 수 없을 만큼 양이 많아졌다는 거다. 찬방에 보내온 음식도 작년보다 몇 곱절은 늘었다. 그 정도는 현도 안다. 그거면 되었다.

"하긴 이제 정말 몸조심해야지. 때가 머지않았는데."

조부의 건강은 올해 들어 더 나빠졌는데, 찬 바람이 불기 시작하자 거기서 더 심각해졌다. 몸이 약해진 까닭인지 조부는 악몽을 꾸는 날이 점점 늘어나서 이젠 궐에서 잠드는 걸 힘들어할 정도였다.

궐에 머물기 괴로운 조부는 피부병 요양을 위해 온천을 다닌다는 핑계로 궐 밖에서 지내는 시간이 점점 늘어났다. 그 바람에 영상에게 맡기는 국정의 양이 그에 비례해 늘어났다. 그러자 영상의 권력이 커지는 걸 견제하는 신료들 사이에서 불만이 쏟아지기 시작했다. 이럴 바에야 차라리 양위하고 상왕 전하를 하시는 게 낫지 않겠냐는 의견이 조만간 나올지도 모를 일이다.

이런데도 조부는 세손 책봉을 미루는 중이었다. 제발 하루빨리 책봉하시라는 신료들의 요구가 터져 나오고 있다는 걸 누구보다 잘 아는 영상조차 모르쇠로 일관했다. 대체 왜 왕과 영상은 현을 책봉하지 않는지, 조정의 신료들은 이해하지 못했다.

그리고 감히 내색할 수 없는 처지라 침묵하고 있을 뿐, 사실 이런 상황이 제일 답답한 건 윤덕과 현이었다.

"정말 때가 머지않았을까요?"

"그럼."

"저는 여전히 모르겠습니다. 세손 책봉조차 하지 않고 계시지 않습니까."

"그건, 전하께서 심약해지셔서, 그래서 그러신 게야. 책봉만 하면 안 좋은 일이 생겼으니, 걱정되셔서……."

"아니요, 아닙니다. 제가 성에 차지 않으시는 겁니다."

"말도 안 되는 소리! 너는 조금도 모자람이 없다. 게다가 네가 태어난 날이 전하께서 권력을 잡으신 그날이야. 네 운명은 전하의 운명, 더 나아가 이 나라의 국운과 같이하고 있어. 대체 너보다 더 자격 있는 왕재가 어디 있단 말이냐? 왕실의 어느 사내를 데려와 봐라, 너보다 나은가."

"할바마마 눈엔 아니신가 보지요."

"아니야, 네 탓이 아니야."

"그럼 누구 탓입니까."

"굳이 따지자면 내 탓이다."

"어머니!"

"너를 그날 낳은 내 잘못이야."

"어머니, 무슨 그런 말도 안 되는 말씀을 하십니까."

"네가 먼저 말도 안 되는 말을 했잖느냐. 네가 전하의 성에 차지 않는다는 말보다 더 말도 안 되는 말이 어디 있느냐."

현은 윤덕의 말이 겉치레로 위로하는 것 같아 헛웃음을 지었다. 하지만 윤덕은 진심이었다. 답답한 마음에 윤덕이 현의 손을 당겨 저를 보게 만들었다.

"진심이다. 나는 늘 네가 태어난 오늘이, 네가 이 나라를 이어받을 수밖에 없는 운명을 타고났음을 보여주는 증좌라 생각해 너를 오늘 낳은 걸 무척이나 기쁘게 생각했다. 그런데 전하께서 심약해지시면서 부터 내게 기쁜 그날이 전하에겐 기쁘지 않은 날이 되고 말았으니, 그 사실을 깨달은 후부터 나는 후회했다. 차라리 그 전날이나 그다음 날 너를 낳을걸, 내 욕심이 과했어. 거사 일을 들은 후 그날 네가 태어나 길 바랐고, 내 소원대로 태어나준 너를 보며 효자라고 무척 기뻐했는 데, 내 욕심이 너무 지나쳤던 건 아닐지, 요즘 후회가 많이 된단다."

그날 현이 태어나지만 않았더라면, 아니, 그날 현이 태어났어도 그 절에서만 태어나지 않았더라면. 그러니까 윤덕이 고집을 부려 굳 이 제 언니가 머무는 절에 가지만 않았더라면 어쩌면 많은 것이 바 뀌지 않았을까.

요즘 들어 부쩍 그런 생각의 고리에 빠질 때가 잦았다. 그럴 때면 윤덕은 누굴 향해 무엇을 위해 올리는지도 모르는 절을 올렸다. 온 몸이 땀으로 흠뻑 젖고, 다리에 힘이 풀려 더 이상 절을 할 수 없으 면, 그때부터 윤덕은 부디 모든 업은 제가 가져갈 터이니, 현에게 화 가 미치지 않게 해 달라고 빌고 또 빌었다.

윤덕은 현이 태어난 그날 그 절에서 무슨 일인가 벌어졌다는 걸 안다. 그리고 윤덕은 모르는, 혹은 기억하지 못하는 어떤 일로 영상 대감과 주상이 현을 썩 기꺼워하지 않는다는 것도 안다. 답답한 마 음에 대체 무슨 일이 있었던 거냐 물어보기도 했다. 하지만 두 사람 은 시원스레 답을 해준 적이 없었다. 빙빙 둘러 가는 대답을 들을 때 마다 속이 터질 거 같이 답답했지만 차마 더 깊이 캐묻지 못했던 건 막연한 두려움 때문이었다.

"걱정할 거 없다. 어차피 일은 순리대로 돌아가게 되어 있어. 네 자리야. 일찍 오든 늦게 오든 어차피 네게 올 자리야. 초조하게 생각할 거 하나 없다. 정말로 때가 머지않았음이야."

허나 이젠 상관없다. 내 자식이 이렇게 잘났는데 그 밤에 무슨 일이 있었든 무슨 상관이랴. 무엇보다 시간이 자신과 현의 편이었다. 주상의 심신이 쇠약해질수록 현의 보위는 가까워진다. 그러면 된 거다. 거기다 주상이 왕족이라면 씨를 말려버린 까닭에 현 외에 적임자도 없다. 마당을 빼곡하게 채운 신료들의 선물이 그 증거다.

지아비였던 도원군이 죽은 후 현의 손을 잡고 핏덩이였던 혈을 품에 안은 채 쫓겨나듯 궐에서 나와야 했다. 그 길을 다시 거슬러 궐로 돌아갈 수 있을지 확신할 수 없어서 윤덕은 초조했다. 다시는 돌아가지 못할지도 모른다는 생각이 들 때면 정신이 아득해지고 발아래 땅이 꺼지는 기분이었다. 현을 혹독하게 교육한 건 한편으론 제 불안을 해소하기 위해서였다.

현은 놀랍도록 윤덕에게 순종했다. 너무 몰아붙여 시부모님이 기겁할 정도였지만, 군말 없이 따르면서 신기할 정도로 차분하고 침착하게 잘 자라주었다. 어려서부터 불같았던 제 성격을 떠올려보면 현이 나온 게 기적 같았다. 다정하고 유순했던 아비를 닮은 게 분명했다.

어쩔 땐 윤덕이 시키는 대로 현이 모든 걸 잘 해낼수록 더 짜증이 났다. 이래 본들 어차피 세자 자리는 시동생에게 넘어갔는데 무슨 의미가 있으랴 싶어 신경질이 날 때면 부러 더 독하게 굴기도 했다. 현은 윤덕의 그런 마음마저 이해하며 묵묵히 감내했다.

두 사람 모두에게 참으로 힘든 시간이었으나 둘은 합심하여 그 시간을 견뎠다. 그리하여 윤덕은 시부모에게 더할 나위 없는 효부로 인정받았고, 현은 모자람 없는 왕재라고 신료들에게 칭찬을 들었다.

모든 게 원하던 대로 되었으니, 이보다 더 바랄 게 없었다.

그래서 윤덕은 이젠 괜찮았다. 어의들은 쉬쉬하지만, 주상의 건강은 계속 악화되어 잘 봐줘도 내년은 넘기기 어려울 것이다. 세자가 된 시동생이 죽은 지도 벌써 삼 년이 지났다. 이제 살아남은 왕족 중 보위에 가장 가까운 이는 현뿐이다. 모두가 당연히 그리 여기고 있다. 어차피 현에게 올 자리다. 그래서 괜찮다.

"깊게 생각할 거 없다. 심약해지신 전하의 처지에서 보면 국본의 자리에 앉혀 놓은 이마다 단명하였으니 혹여나 너도 그럴까 저어되어 망설이시는 게야."

"저는 아버님이나 숙부님과는 체질이 다르지 않습니까. 두 분은 원래 병약하셨지만, 저는 잔병치레 하나 없었습니다."

"그래, 네가 아버지를 닮지 않아 내가 얼마나 기쁜지 모른다. 문제는 전하께서 이성적으로 판단하실 수 있는 상황이 아니라는 게야. 자식은 죽으면 부모 가슴에 묻는다고 하였다. 두 아들을 잃으셨다. 너까지 잃을까 걱정되는 심정을 이해해 드려야지."

윤덕이 부드럽게 현의 손을 어루만졌다. 말하다 보니 윤덕은 어느새 제 말에 설득당했다. 그래서 정말로 괜찮아져서 어느새 마음이 아까와 달리 느긋해졌다. 윤덕이 현을 보며 인자하게 미소 지었다. 현이 애써 따라 웃었다.

"어머니, 소자 서책방에 다녀오겠습니다."

"생일인데 서책방에? 벗이라도 만나 약주라도 한잔하지 그러니?"

벗을 만나 술이라니, 실소가 나오는 단어의 조합이었다. 현의 일생에서 단 한 번도 허락되어 본 적 없고 가능할 리 없는 일인데, 애초에 그 모든 걸 불가능하게 만든 윤덕이 이제 와 권한다는 게 우스왔다. 누가 봐도 빈말이건만 오늘 같은 날 대체 저런 말은 왜 하는 걸까. 제 어머니지만 현은 종종 윤덕을 이해할 수 없었다. 기막힌 표정을 숨기려 혀끝을 깨물며 인사했다.

"금방 다녀오겠습니다."

"그래, 그사이 나는 이것들 다 정리해놓으마. 아, 저녁에 술상을 내가 차려주랴?"

"그도 좋지요."

"그래, 그러자꾸나. 다녀오너라."

집에서 나온 현은 쫓기기라도 하듯 걸음을 서둘렀다. 숨이 턱 끝까지 차도록 빨리 걸었다. 몸을 재게 움직여 숨을 헐떡여야만 했다. 그래야 터질 것처럼 뛰는 심장을 숨길 수 있으니 말이다.

윤덕이 아무리 괜찮다고 해도 현은 그렇지 않았다. 아마 저 술자리도 모든 상황이 좋다는 걸 과신하기 위해 어머니가 내뱉은 말일 것이다. 어머니에겐 시간이 흐를수록 다 좋아 보이겠지만 현은 그럴수록 더 초조해지기만 했다. 그 자리가 제 자리임이 확실해질수록 현의 기이한 불안감은 점점 더 커졌다.

다른 경쟁자라도 있다면 무슨 노력이라도 해 볼 텐데 그럴 수도 없었다. 그저 감나무에서 감 떨어지길 하염없이 구걸하며 기다려야 한다는 사실이 현을 한없이 비참하게 만들었다.

열한 살 생일을 앞두고 윤덕의 손에 잡혀 궐을 나오던 그 길을 바로 어제 일처럼 생생하게 기억했다. 윤덕의 품에는 돌도 채 지나지 않은 혈이 안겨 있었다. 아비인 도원군이 죽은 지 반년도 지나지 않은 때였다.

꼿꼿하게 궐을 걸어나오는 윤덕이 어찌나 손을 세게 붙잡았던지 피가 통하지 않아 욱신거릴 정도였는데 현은 조금도 내색하지 못했다.

제 손을 움켜쥔 어머니의 손이 가늘게 떨리고 있었기 때문이다. 겉으로 티가 나지 않아 아무도 몰랐지만, 손이 붙들린 현은 그걸 알았다.

그 손을 통해 전해져오는 감정은 모멸감이었다. 현은 그날 태어나 처음으로 굴욕이 무엇인지 배웠다. 윤덕의 가늘게 떨리는 몸이, 꼭 쥔 손이, 침착하기 위해 애쓰는 모든 순간이, 이게 바로 굴욕적인 거라고 현에게 가르쳐주었다.

서둘러 걷던 현이 화려한 대갓집 앞에서 걸음을 멈췄다. 왕족인 자기 집보다 훨씬 호화스러워 마치 대궐 같았다. 과연 왕의 권세에 비견된다는 한명회 대감 댁다웠다.

대문 앞에 반듯하게 서서 현이 의관을 정제했다.

"누구십니까?"

가까이서 들리는 맑은 목소리에 고개를 돌리자, 미색이 빼어난 낯선 계집과 낯이 익은 민씨 부인이 나란히 서 있었다. 현을 알아본 민씨 부인이 얼른 가까이 다가서며 알은체를 했다.

"월산군께서 여기까지 어인 일이십니까?"

"오랜만에 뵙습니다. 지난 할마마마 탄신일 때 뵈었지요?"

"예, 몇 달 전인데 그때보다 훨씬 더 성숙하셨습니다."

"과찬이십니다. 부인이야말로 세월이 비껴가시는지 그때보다도 안색이 맑아 보이십니다."

적당한 인사치레를 건넨 현의 시선이 곧장 민씨 부인 옆에 멀뚱히 선 혜주를 향했다.

"따님이신가 봅니다."

"예, 제 여식입니다. 처음 뵙지요? 어서 인사 올리거라. 월산군이시다."

혜주가 현에게 허리를 숙여 절했다.

"영상께서 큰따님을 워낙에 아껴 꽁꽁 숨겨두고 계신다더니, 그럴 만합니다."

겉으로 드러나는 말은 칭찬이지만 속엣말엔 뼈가 있었다. 굳은 얼굴을 채 숨기지 못한 혜주가 고개를 들어 현을 보았다. 훑듯이 저를 보는 현의 시선이 유쾌하지 않았다. 혜주가 부러 시선을 피했다.

"부인, 실은 오늘이 제 귀가 빠진 날입니다."

"어머나, 맞아요. 이때쯤이었지요."

"그래서 제가 차 한잔 얻어 마실 수 있을까 하여 이리 걸음 하였습니다."

"세상에! 이 사람이 아둔하여 자가를 이리 세워두었습니다. 어서 들어오세요. 이리 오세요."

민씨 부인이 호들갑을 떨며 현을 안으로 들였다. 혜주가 떨떠름하게 뒤를 따랐다. 민씨 부인은 곧장 현을 사랑채로 안내하고는, 찬방으로 향하다가 별당으로 가려는 혜주를 붙잡았다.

"어딜 가니. 가서 말동무해드려야지."

"제가요? 왜요?"

"왜라니? 월산군이 누군지 모르는 게야? 아니면 설마 생일 핑계 대고 월산군께서 이곳까지 걸음하신 게 나나 네 아비 보려고 오신 줄 아는 게야? 곧 다과상 내어갈 터이니 먼저 가 있거라. 행동거지와 말조심하고."

등 떠밀린 혜주가 불퉁하니 볼을 부풀린 채 사랑채로 들어섰다. 선반에 꽂힌 책들을 보고 있던 현이 혜주의 얼굴을 보고 피식 웃었다. 혜주가 얼른 표정을 갈무리했다.

"내가 온 게 마음에 들지 않는가 보군."

"방문이 워낙에 급작스러워서요."

아니라는 거짓말은커녕 적당히 에두르는 빈말조차 하지 않는다. 감정을 숨기지도 않는 당돌한 반응은 예상치 못한 터라 좀 놀라웠다. 독사 같은 한명회가 그토록 자랑하는 딸이라길래 구렁이 흉내 정도는 낼 줄 알았는데, 기대와 달라 다소 실망스러웠다.

"내가 오면 안 될 곳을 온 건가?"

"탄신일은 축하드립니다마는, 저희 집이 축하상을 차려드릴 이유는 없는데 왜 여기 오신 건지 궁금하긴 합니다."

"내 탄신일에 영상만 아무것도 아니 보냈기에 궁금해서 와봤네."

"월산군의 탄신일에 무얼 보내는 신료들이야말로 속이 시커먼 자들이지요. 그자들부터 멀리하셔야겠습니다."

"허니 아무것도 보내지 않은 영상이 잘한 것이다?"

"예."

당돌하다. 나는 새도 떨어뜨린다는 한명회 대감이 곱게 키웠다는 건 확실히 알겠다. 제 눈을 피하지도 않고 기세도 꺾이지 않으니 조금 약이 올라 놀리고 싶어졌다.

"그런가? 난 조만간 가족이 될 사이인데, 예비 사위의 생일을 챙기지 않는 장인어른께 좀 서운한데."

"네?"

"낭자도 너무하군. 곧 지아비가 될 사람의 생일이 오늘이란 걸 방금 알았으면서도 축하의 말 한마디가 없으니 말이오."

"말씀이, 말씀이 지나치십니다. 누가 들을까 무섭습니다."

태연히 내뱉는 말들 하나하나가 경악스럽다. 사위에, 지아비에, 대체 이게 무슨 소리란 말인가. 당장이라도 자리를 박차고 나가고 싶은 마음을 애써 내리누르며 혜주가 치맛자락을 꼭 쥐었다.

"당연한 일을 말하는데 누가 들을까 무섭다니? 귀한 따님 중전 될 몸이라 영상께서 다른 부인네들에게도 선보이지 않으려 외명부 모임에도 내보내지 않는다는 소문이 벌써 궐내를 몇 바퀴나 돌았소이다."

이 말엔 바로 반박하지 못하는 걸 보면 사실이긴 한가 보다. 성격도 못 숨기고 거짓말도 못 하는 성격이라니. 이건 그저 천방지축 말괄량이 계집에 불과하지 않은가. 어지간히 해달라는 대로 다 해주고 오냐오냐 키웠구나 싶어 이젠 좀 기막혔다. 현이 기대하던 한명회의 여식답지 않았다.

"낭자가 중전이 될 거라면 내가 지아비가 되는 게 당연하지 않소? 내가 아니면 대체 누구에게 시집을 가 중전이 될 생각이었소? 영상께서 혹 나 말고 다른 사위를 염두에 두고 계시기라도 한겐가. 왕이 될 가능성이 높은 왕족은 나밖에 없는데, 다른 이를 영상이 염두에 두셨다면, 그건 반역이 아닌가 싶소만. 설마, 그럴 리는 없겠지. 충심이 깊으신 영상께서 그러실 리가. 아니 그렇소?"

이 말을 하러 왔구나, 혜주는 비로소 현이 방문한 이유를 깨달았다.

"낭자의 지아비 감이 나밖에 없는 걸 나도 알고 영상도 알고 낭자도 아는 게 분명한데, 나를 이리 대하는 건 수줍음을 감추기 위한 허세인 거요? 뭐 이것도 귀엽긴 하오만."

입술을 깨물며 혜주가 고개를 돌렸다.

"나는 말이오, 좀 고분고분한 여인이 좋다오."

귓가에 다정한 척 속삭인 현이 사랑채를 나섰다. 주저앉지 않기 위해 혜주가 꺾이려는 무릎에 애써 힘을 주었다.

단심
丹心

혜주는 나는 새도 떨어뜨린다는 한명회의 딸이다. 혜주가 열 살 넘도록 명회에게 자식이라곤 혜주뿐이었다. 거기다 혜주는 인물 없기로 손꼽히는 명회의 여식이라고는 믿기지 않을 정도로 어려서부터 외모가 빼어났다. 그러나 씨도둑질은 못 한다고 기가 막히게 영민한 걸 보면 빼도 박도 못하는 명회의 핏줄이었다. 하나뿐인 자식이 예쁜데 똑똑하기까지 하니 명회가 애면글면하며, 쥐면 꺼질까 불면 날아갈새라 귀하디귀하게 키웠다.

자식이 부모를 사랑하는 게 당연하지만 특히 혜주는 제 아비를 사랑했다. 그럴 수밖에 없었다. 명회는 혜주가 해달라는 대로 다 해주기도 했고, 하나밖에 없는 자식이라 아들 못지않게 대우도 해주었다. 덕분에 혜주는 여느 양반집 여식들과는 전혀 다르게 자랐다. 글을 배워 책을 읽었고 아비의 사랑채에서 정치를 논했다. 혜주는 그런 스스로가 뿌듯했다. 제 부친이 조선의 다른 아버지들과는 다르다는 사실이 자랑스러웠다.

그 모든 게 허상이라는 걸 깨달은 건 혜주가 열한 살 되던 해 태어난, 여동생의 돌잔칫날이었다. 명회와 민씨 부인은 사이가 좋아 계속해서 자식을 보았으나 이상하리만치 태어나는 자식마다 돌을 넘기지 못했다. 그나마 돌을 넘긴 자식이 나온 건 혜주 이후 처음이라 명회는 이루 말할 수 없이 기뻐했다.

그날 저녁 약주에 거나하게 취한 명회는 왜 하필 살아남은 게 계집뿐인 거냐고, 대를 이을 아들이 있기만 했어도 고작 딸년의 혼사에 미래를 걸어야 하는 일은 없지 않았겠냐고 술주정을 늘어놓았다. 그 말을 듣고 나서야 혜주는 베풀어 준 아비의 은혜가 자식을 사랑해서가 아니라 자신이 살아남기 위해서였다는 걸 깨달았다. 그마저도 언제든 아들이 태어나기만 하면 사라질 거라는 것도.

그날 이후로도 여전히 명회는 혜주에게 끔찍하게 다정했다. 그리고 여전히 혜주가 원하는 건 뭐든 다 해주었다. 여느 양반가의 딸들보다 훨씬 더 대접받고 사랑받았다. 혜주 역시 그런 아버지를 깊이 사랑했다. 하지만 술주정을 듣기 전의 마음으로 아비를 볼 순 없었다.

혜주는 때때로 스스로가 한없이 하찮고 비참하게 느껴졌다. 그저 수단일 뿐 목적이 될 수 없는 자식, 그마저도 스스로 입신양명할 수 없어 사내에게 몸을 내주고 무언가를 받아와야 하는 팔자라는 걸 떠올릴 때마다 끝없는 나락으로 떨어지는 기분이었다.

만약 똑똑하고 든든한 오라비가 있었다면 아버지에게 그저 귀염받는 고명딸이 될 수 있었을까? 가정은 가정일 뿐 모를 일이다.

아버지의 애정이 무엇을 목적으로 하는지 누구보다 잘 알았다. 그 뜻대로 해주는 게 자식 된 도리라는 것도 안다. 그러고 나면 아버지가 저를 자식으로서 진심으로 사랑해주지 않을까 하는 말도 안 되는 기대를 하기도 했다. 그러다 가끔은 아버지가 그리는 그림을 다 망쳐버리고 싶다는 생각이 들기도 했다.

꼬리에 꼬리를 무는 생각에 가슴이 답답해져 혜주가 후욱, 한숨을 내쉬었다.

"좀 쉬었다 가랴?"

민씨 부인이 지쳐 그러는 거라 여겼는지 뒤돌아 안색을 살폈다. 혜주가 고개를 저었다.

민씨 부인은 거의 매일 흥인사로 가 불공을 드렸다. 그녀가 몇십 년째 비는 소원은 딱 하나였다. 아들을 낳게 해달라는 것, 제발 대를 이을 아들을 달라는 거였다.

그 사실을 뒤늦게 알고 난 뒤 혜주의 심경은 무어라 말하기 어려울 정도로 복잡했다. 부모님이 저리 바라시는 대로 남동생이 태어났으면 좋겠다 싶으면서도 영원히 사내새끼 따윈 제 집안에 없었으면 싶기도 했다.

아버지의 유일한 희망이 자신인 게 편치 않았지만, 남동생이 태어나 그런 관심조차 받지 못하게 되는 건 끔찍한 일이었다. 자신도 대체 무얼 바라는지 모르겠다. 하나 분명한 건 이리 복잡한 마음으로 어미와 함께 불공을 드릴 수는 없다는 거였다. 그래서 혜주는 어미를 따라 절에 오지 않았다. 불과 얼마 전까지는 그랬다.

근래 혜주는 민씨 부인이 희한하다고 여길 정도로 순순히 어머니를 따라 절을 다니는 중이다. 어느 날엔 민씨 부인보다 더 서두르기도 했다. 처음엔 혼자 제멋대로 산을 돌아다니기 위해서였고, 이젠 신우를 만나기 위해서였다.

오늘 신우와 만나면 벌써 세 번째다. 신우는 두 번째 만났을 때,

이름을 알려주었다. 고작 이름 하나 알았을 뿐인데, 그게 뭐라고 혜주는 무척이나 기뻤더랬다. 거기다 진짜 칼이 생겼다며 쓰던 목검을 선물로 주었다. 집으로 가져갈 수 없어 망설이자, 신우는 보관하고 있다가 만날 때마다 가지고 나오겠다고, 언제든 가져가고 싶을 때 가져가면 된다고 했다. 그 또래 사내에게선 기대할 수 없는 섬세한 마음 씀씀이에 혜주는 감격했다.

선물을 받았으니, 저도 뭐든 주고 싶어 지난밤 잠까지 설쳐가며 고민했다. 절에 머무는 행자라고 거짓말을 해놓았으니 좋은 걸 줄 수도 없는 노릇이었다. 그렇다고 아무거나 주고 싶지도 않았다. 계집이 줄 만한 걸 줘서도 안 된다. 결국 고민 끝에 혜주는 아버지가 아껴먹는 홍삼정과를 몰래 챙겼다. 절에 들어온 시주를 빼돌렸다고 하면 되지 않을까, 물정 모르는 혜주가 떠올린 최선의 생각이었다.

흥인사에 도착해 민씨 부인이 대웅전으로 들어서는 걸 보자 혜주는 승복으로 갈아입고 신우를 만나러 달려갔다. 혜주의 뒷모습이 평소보다 더 발랄했다. 혜주는 그런 자신을 도율이 유심히 쳐다보고 있다는 걸 알아차리지 못했다.

감나무로 달려가던 혜주의 걸음이 느려졌다. 나무에 지금까지 못 보던 게 매여 있었다. 혹 다른 이가 있는 건가, 긴장하여 주위를 살피다 신우를 발견하고 나서야 가슴을 쓸어내렸다.

"이 말은 대체 무어요?"

감나무에 매인 말을 고갯짓하며 혜주가 놀란 얼굴을 했다.

"지난번에 말을 타보고 싶다고 했잖소? 그래서 가져왔소."

산을 뛰어다니는 게 좋다고, 그저 자유롭게 뛰어다니는 것만으로도 이리 좋으니, 말을 타고 멀리 달리면 얼마나 좋을까 궁금하다고 지나가는 말로 중얼거렸는데 그걸 기억한 모양이다. 참으로 놀라운 일이었다.

"대체 이걸 어찌 구한 거요?"

좋은 한편으로 암자에 몸을 의탁한 이가 어찌 말을 구할 수 있었는지 의아함과 걱정이 앞섰다. 혜주의 속내를 알아채고 신우가 어깨를 으쓱했다.

"훔쳐 온 건 아니니 걱정 마시오. 가까이 와보시오. 말이 먼저 그쪽 냄새를 맡아야 타는 걸 허락할게요."

말을 한번 타보고 싶다고, 먼 곳을 보고 아련하게 말하던 혜주의 얼굴이 이상하게 마음에 박혀서 잊히지 않았다. 고민 끝에 신우는 아직 암자에 머무는 철에게 부탁했다. 마술을 꽤 신경 써서 가르쳤던 터라 오랜만에 마술 훈련을 하고 싶다는 말에 철은 의심없이 구해다 주었다. 혜주를 보내고 나서 훈련을 하면 되니까 거짓말을 한건 아니라고 스스로에게 변명하긴 했지만, 기뻐하는 혜주의 얼굴을 보니 그런 거쯤은 다 잊었다.

"걱정하지 마시오. 잘 조련된 말이니 다치지 않을 거요."

신우가 먼저 말에게 손을 내밀어 냄새를 맡게 한 뒤 미리 준비해 온 건초를 조금 먹였다. 그리고 혜주에게도 똑같이 하게 했다. 말은 순하게 혜주의 건초를 받아먹었다.

"쓰다듬어 보시오. 좋아할 거요."

"그, 먹을 땐 개도 안 건드린다는데……."

"걔는 개가 아니니 괜찮소."

혜주가 조심스럽게 손을 내밀어 말갈기를 쓰다듬었다. 건초를 먹는 데 정신이 팔린 말은 신경 쓰지 않았다. 좀 더 자신 있게 말을 쓰다듬자 손길이 기분 좋은지 머리를 문대며 푸스스, 콧김을 내뿜었다. 혜주가 웃음을 터뜨렸다.

"이제 타보겠소?"

말 위로 올라가라는 신우의 손짓에 혜주가 기함한 얼굴로 고개를 저었다.

"말을 타는 건 처음이오."

"알고 있소. 그렇게 말했잖소."

"그래서 혼자는 못 타겠는데……."

신우가 고개를 끄덕이더니 눈 깜짝할 사이에 혜주를 번쩍 들어 말 위로 올려놓았다. 놀란 혜주가 고함조차 지르지 못하는 사이, 풀쩍 혜주의 등 뒤로 신우가 올라탔다.

"자, 고삐를 잡아보시오. 일단 걷는 것부터 해봅시다."

등 뒤의 따스한 온기에 비로소 안도한 혜주가 떨리는 손으로 고삐를 쥐었다. 그제야 신우 역시 고삐를 쥐었다. 고삐를 나란히 쥔 둘의 손이 닿을 듯이 가까웠다.

"이럇!"

신우가 고삐를 쥐었다가 놓자, 말이 천천히 움직이기 시작했다. 두 발이 땅에서 뜬 채로 움직이기 시작하자 혜주의 몸이 뻣뻣하게 굳었다. 말의 움직임은 가마와는 완전히 달랐다. 말의 다리가 땅을 디딜 때마다 가벼운 진동이 혜주의 몸을 울렸다. 신기했다.

"어떻소? 괜찮소?"

"재밌소!"

어느새 긴장이 풀린 혜주가 신난 얼굴로 돌아보았다가 놀라 얼른 몸을 돌렸다. 하마터면 얼굴이 닿을 뻔했다. 이렇게나 가깝다는 걸 잠깐 잊어먹었다. 혜주가 마른침을 꿀꺽 삼켰다. 이젠 온 신경이 말이 아니라 등 뒤의 신우를 향했다. 맞닿은 등을 통해 신우의 심장이 뛰는 게 느껴졌다. 그에 따라 혜주의 심장도 뛰었다.

귓가를 스쳐 지나가는 싸늘한 겨울바람보다 목 근처를 스치는 신우의 숨소리가 더 크게 느껴져서, 춥기는커녕 몸에 열이 올랐다. 혜주가 애써 말에 신경을 집중하며 침착하려 애를 썼다.

"잘 타는군."

"그, 그렇소? 허면 이리 걷지 말고 달려보고 싶소."

이보다 좀 더 정신없어지면 신우를 덜 신경 쓰게 될 것 같았다. 그런데 혜주의 말이 끝나자마자 신우가 등 뒤로 바싹 당겨 앉아 몸을 완전히 붙여왔다. 혜주가 숨 쉬는 것조차 잊고 긴장했다.

"꽉 쥐시오. 달리는 건 걷는 것과 완전히 다를 터이니."

신우가 말고삐를 단단히 틀어쥔 후 옆구리를 세게 찼다. 말이 크게 울음소리를 내며 달리기 시작했다.

놀란 혜주가 눈을 질끈 감았다. 태어나 처음 느껴보는 과격한 움직임에 정신이 하나도 없었다. 말고삐만 죽을 둥 살 둥 쥐고 있는 혜주의 손 위로 온기가 내려앉았다. 그제야 조심스럽게 눈을 뜨며 숨을 토해냈다.

말고삐를 쥔 신우의 손이 혜주의 손과 거의 겹쳐 있었다. 그걸 보자 묘하게 마음이 놓였다. 그제야 바람을 가르는 소리가 귓가에 들려왔다. 찬 바람이 상쾌하기 짝이 없었다. 비로소 획획 지나가는 풍경도 눈에 들어왔다. 참으로 신기했다.

"워, 워."

신우가 말을 멈추었다. 허리를 세운 혜주가 눈 앞에 펼쳐진 풍경에 놀라 입을 딱 벌렸다. 산 아래가 한눈에 들어왔다. 위에서 내려다보는 마을은 너무도 작았다. 저 작은 마을에서, 여기선 보이지도 않는 작은 사람들이 온갖 난리를 치며 살고 있다는 걸 떠올리자 왜 인간이 미물이라 하는지 이해가 갔다.

"무엇을 할 수 있느냐에 따라서 무엇을 볼 수 있느냐가 달라지고 무엇을 보느냐에 따라 생각이 이리 달라질 수 있구려."

심지어 저의 고민이 참으로 덧없이 느껴질 정도였다. 여기까지 오지 않았다면 몰랐을 게다. 그리고 말을 타지 않았다면 여기까지 올 수 없었을 거고.

"이래서 고려의 여인들이 자유로웠나 보오. 그네들은 누구의 허락도 없이 말을 탈 수 있었고, 말을 탈 수 있었으니 멀리 갈 수도 있었겠지. 고려 여인들은 사내들처럼 격구도 하고 친정 제사도 지내고 유산도 똑같이 물려받고, 심지어 신랑 될 이도 제 손으로 골랐다더군. 참으로 부럽소이다."

터져 나오는 속엣말들을 참지 못하고 쏟아내고 말았다. 벅찬 감정이 사그라들고 나자, 제가 한 모든 말이 하나같이 이상하게 들릴 거라는 걸 깨달았다. 그건 절에 몸을 의탁한 행자가 할 만한 말들이 아니었다.

"어, 그러니까, 내 말은 말이오……."

이상하게 보이지 않으려면 어떻게든 수습해야 하는데, 마땅한 변명이 생각나지 않아 입만 뻥긋거렸다. 당장 캐물어도 할 말이 없는데 등 뒤에 앉은 신우는 고요했다. 뒤로 돌아보지도 못하고 혜주는 뻣뻣하게 굳은 몸으로 마을만 내려다봤다.

"그대의 말이 맞다면, 고려 여인들이 지금보다는 확실히 더 자유로웠던 모양이군. 하지만 나는 이 조선이 고려만 못한 세상이라는 생각은 안 드오. 내 생각에 조선은 고려보다 자유로운 나라요. 고려보다 조선의 여인들이 좀 답답해졌을 수는 있지만, 더 많은 백성에게 기회가 주어졌으니 말이오."

"기회라?"

"그렇소. 고려시대에 관직엔 귀족들만 나갈 수 있었으나 지금은 글만 읽을 줄 알면 누구나 과거를 치를 수 있게 되었잖소. 더 많은 사람이 관직에 나갈 기회를 얻게 되었단 말이오. 달리 말하면 더 많은 사람에게 양반이 될 수 있는 자유가 주어졌으니, 더 나아진 사회라고 볼 수 있지 않겠소?"

"고려시대보단 백성들이 무언가 될 가능성을 좀 더 가지게 되었다?"

"그렇지."

"더 많은 백성이라는 건 옳은 표현이 아니오. 더 많은 남자라고 해야지. 어차피 여자들이 관직에 못 나가는 건 고려나 조선이나 똑같은걸."

"아까부터 듣자니 여인에게 꽤 관심이 많은 것 같소이다. 불가에 귀의하려는 자가 계집에게 그리 신경을 많이 쓰면 어쩌오."

단단히 삐진 티를 내는 불퉁한 목소리를 듣고 있자니 귀여워서 좀 놀리고 싶었다. 태연히 내뱉는 신우의 말에 동그란 뒤통수가 움찔했다. 신우가 웃음을 참기 위해 볼 안쪽을 지그시 물었다.

"그러는 그쪽도 절에 있으면서 관직에 관심이 왜 그리 많소? 권력이야말로 스님이 멀리해야 할 거 아닌가?"

고개를 홱 돌려 혜주가 신우를 노려보았다. 분명 정곡을 찔려서 놀랐을 텐데 움츠러들기보단 발톱을 세우는 걸 택하는 게 마음에 들었다. 신우가 참지 못하고 웃음을 터뜨렸다. 그제야 마음이 놓인 혜주가 따라 웃었다.

"절에 있다 보면 세상 돌아가는 걸 그 누구보다 잘 알게 되지."

"나도 그렇소. 불공을 드리러 오는 건 대부분 여인네 아니오? 그러니 그네들의 속사정에 밝을 수밖에."

이해한다는 듯 고개를 끄덕이곤 신우가 다시 말고삐를 제대로 쥐었다.

"이만 돌아갑시다. 늑장을 부렸다가 미시까지 돌아가지 못하면 안 되잖소."

신우가 다시 한번 옆구리를 세게 찼다. 푸흐흐, 크게 운 말이 다시 달리기 시작했다. 아까와 달리 혜주는 지나가는 풍경을 똑바로 바라보았다. 등 뒤에 맞닿은 익숙한 온기가 든든했다.

* * *

억새에 몸을 숨긴 철의 눈빛이 사납게 빛났다. 마술 훈련을 잘하고 있나 궁금해서 보러 온 것인데, 전혀 예상치 못했던 상황을 맞닥뜨리자 당황스럽기 짝이 없었다.

신우의 도움을 받아 말에서 내리는 이는 처음 보는 자였다. 신우와는 사이가 가까워 보였다. 거기다 둘은 비슷한 또래 같았다. 설마 친구라도 생겼단 말인가, 사실이라면 까무러칠 일이었다.

도율은 왜 아무런 말을 하지 않았지? 신우에게 가까운 벗이 생겼다면, 도율이 모를 리 없었다. 그리고 도율이 알고 있다면 말해주지 않았을 리도 없었다. 그렇다면 저자는 도율조차 누군지 모르는 자다. 위험신호였다. 철의 얼굴이 순식간에 새하얗게 질렸다.

혹시 신우가 누군지 알고 의도적으로 접근한 놈일까? 그런 일이 일어나지 않으리란 보장은 없었다. 그런 일이 일어날까 봐 염려하고 경계해 오지 않았던가. 신우 역시 아무나와 어울리면 안 되는 처지라는 건 눈치채고 있어서 누구에게도 곁을 내주지 않는다고 알고 있다. 조금이라도 의심쩍은 구석이 보였다면 영민한 신우가 알아채지 못했을 리 없다.

암살자도 아닐 것이다. 그렇게 보기엔 덩치가 작고 왜소했다. 그리고 굳이 제 얼굴을 드러내고 신우와 저리 친해질 이유가 없었다.

혹 신우를 꼬여내 데려가려는 작정일까? 그나마 가장 가능성이 높다. 혼자 자란 신우는 외로움을 잘 견디는 축이었지만 그래도 종종 외로웠을 테니 말이다. 칼을 쥔 철의 손에 핏줄이 붉거졌다.

그런데 말에서 내린 이는 몇 마디 말을 주고받더니 이내 신우에게서 멀어졌다. 신우는 그자를 따라가지 않고 가만히 제자리에 선 채 배웅했다.

이대로 저리 헤어진다고? 그자와 신우를 번갈아 보던 철이 결심을 굳혔는지 몸을 낮추고 그자의 뒤를 쫓아갔다.

신우와 헤어진 자는 곧장 흥인사로 향했다. 뒤늦게 그자가 승복을 입고 있다는 걸 깨달은 철의 눈썹이 한층 더 괴상하게 삐뚤어졌다. 흥인사에 머무는 비구들의 얼굴을 이미 다 알고 있다. 도율도 흥인사뿐 아니라 그에 딸린 말사에 머무는 비구들까지도 신경 써서 관리하고 있었다. 사찰에서 일어나는 대부분의 일에 무신경한 도율이 유일하게 비구들이 드나드는 일만큼은 까다롭게 굴어 아무나 절에 머물지 못하게 했다.

저 비구는 모르는 얼굴이다. 마지막으로 흥인사에 다녀간 게 넉 달 전인데 그사이에 새로 온 비구는 없었다. 허니 자신이 모르는 비구가 흥인사에 있을 리 없다. 그렇다면 대체 저자는 누구란 말인가.

요사채로 들어가는 걸 보고 쫓아 들어가 덮쳐서 정체를 물어야 하나 고민하는 사이 문이 다시 열렸다. 그리고 거기서 계집이 나온다. 그것도 그냥 계집이 아니라 누가 봐도 지체가 높은 가문의 별당 아씨다. 문제는 계집 얼굴이 승복을 입었던 자와 똑같다는 거다!

대체 이게 어찌 된 일인가. 철은 황망해서 입을 헤 벌린 채 눈만 굴렸다. 이제 보니 아무리 승복을 입었어도 어찌 여자인 걸 알아채지 못했을까 싶을 만큼 미색이 빼어나다. 설마 신우가 저 인물에 넘어간 건가. 머릿속이 한층 더 복잡해졌다.

별당 아씨로 분한 자는 발랄하게 걸어가더니 어느 부인과 나란히 서서 흥인사 주지에게 인사를 하고는 가마에 올라탔다. 두 사람의 가마가 움직이자 철이 수풀 속에 몸을 숨긴 채 뒤따라갔다.

가마를 따라가는 내내 별별 생각이 다 들었다. 설마 신우가 여색에 빠진 걸까. 아니면 신우의 정체를 안 이들이 꼬여내려 미인계라도 쓰는 걸까. 아니, 미인계를 쓸 거라면 계집의 모습으로 접근해야지, 왜 승복을 입었단 말인가. 도무지 답을 찾을 수 없는 질문들만 떠올랐다.

가마가 대궐 같은 어느 대갓집 문 앞에서 멈췄다. 가마 문이 열리고 두 사람이 내렸다. 대문이 열리고 두 사람이 막 집 안으로 들어가려는데, 훤칠하고 인물 좋은 장부가 다가와 알은체를 했다. 그 장부의 얼굴을 확인한 철의 얼굴에서 순식간에 핏기가 가셨다.

가마만 쫓던 철이 그제야 고개를 들어 눈앞의 집을 확인했다. 그리고 다시 장부의 얼굴을 뚫어져라 쳐다보았다. 그 사이 대문이 열리고 세 사람이 사라졌다. 철은 제자리에 못 박힌 듯 그대로 서서 움직이지 못했다. 손가락 까딱할 힘이 없었다. 가슴속에서 냉기가 일더니 온몸 구석구석 퍼져나가 뼈 마디마디가 시렸다. 대체 부처님의 뜻은 어디 있는가, 어찌 이리 엮일 수 있단 말인가.

이 집의 주인이 누구인지 어느 누구보다 잘 안다. 흥인사에 들르러 도성에 머물 때마다 이 집 역시 꼭 보고 갔으니까. 방금 저 사내가 누군지도 너무나 잘 안다. 이 집에 들르고 나면 곧장 저 사내의 집으로 향했다.

그때마다 그의 얼굴을, 몇 달마다 달라지는 그 얼굴의 변화를 확인했으니 말이다. 신우만큼이나 저 사내가 어찌 자라는지 지켜봐 왔다. 멀리서 지켜보기만 했어도 저 사내의 성장과 변화를 잘 알고 있다고 자신할 수 있다.

이 집이 한명회의 집인 건 진작부터 알았다. 그 여식의 얼굴까지 알지 못한 건 대부분의 양반 여인이 가마를 타고 출타했기 때문이다. 게다가 미혼의 어린 딸은 별당에만 머물며 거의 외출하지 않기에 그렇게 오래 지켜봤어도 그 여식은 볼 수가 없었다.

분명한 건 철이 한명회의 여식을 모르는 것처럼 한명회의 딸 역시 신우가 누군지 모를 거였다. 신우도 한명회의 여식도 서로 누군지 모른 채 가까워졌다. 다행이라 여겨야 할지 불행의 시작이라 해야 할지 알 수 없는 일이었다. 말도 안 되는 상황이었지만 하여튼 그런 일이 벌어졌다. 그리고 한명회 역시 아직 제 딸이 어울리는 사내가 신우라는 걸 모를 것이다. 그러니까 한명회 여식은 누군지도 모르는 사내를 아비조차 속여가며 어울리고 있다는 거다.

군이 승복을 입은 것도 제 처지를 숨기고 만나려고 생각해낸 방편일지 모르겠다. 그런데 왜 그렇게까지 해서 신우와 만난단 말인가? 이해할 수 없는 일이었다.

한명회의 여식이 한명회조차 모르는 사내를 만나고, 둘은 서로가 누구의 아들이고 딸인지도 모른 채 가까워졌다. 그런데 한명회 여식에게 관심을 보이는 다른 사내가 있다. 방금 알은체를 하며 저 집으로 같이 들어간 사내, 그가 바로 현이다.

제가 선 채로 꿈을 꾸는 게 아니라는 게 기막혔다. 머릿속에서 사실들을 열거하는 문장 중 단 하나도 말이 되는 게 없는데 현실에서 그 모든 일이 진짜 일어나고 있었다. 어떻게 이럴 수가 있는가. 지독한 업연이 아닐 수 없다. 부처님의 뜻이 대체 어디에 있기에 이런 일이 벌어진 건지 도무지 모를 일이었다.

눈을 질끈 감았다가 뜬 철이 몸을 돌려 바쁘게 걸었다. 부처님의 뜻을 알기 이전에 일단 이 기막힌 사실들을 알리고 그에 따른 인간들의 뜻부터 알아야 했다.

* * *

"왜 또 오셨습니까?"

하나도 반갑지 않은 사내였다. 첫 만남부터 그랬는데, 근래 신우와 가까이 지내고 보니 특유의 오만방자한 그의 태도가 더 거슬렸다.

온몸으로 싫다고 표현하는 혜주가 기막혀 현이 헛웃음을 터뜨렸다. 현은 제 인물에 꽤 자신이 있었다. 혜주도 자신을 보고 반하는 여인들과 다르지 않을 거라 짐작했다. 원하는 대로 넘어올 거라 기대했다. 명회의 여식이면 재주는 좋아도 미색이 빼어나진 않을 테니 더욱 자신감이 있었다.

예상과 달리 명회의 여식이라기엔 믿기 어려울 정도로 지나치게 예쁜데, 고운 얼굴만큼이나 인물값을 했다. 현의 외모에 조금도 관심을 보이지 않는 것이다. 호감을 보이는 기색을 찾아볼 수가 없었다.

"궐에는 벽에도 귀가 있다는데 그리 감정을 숨기지 못해서야 내 명부의 수장 노릇을 잘 해낼지 걱정이구려."

너 따위와 혼인하느니 중전을 안 하고 말지, 쏘아붙이고 싶은데 그 말을 곧장 내뱉을 수 없었다. 그의 말대로 혜주는 어려서부터 아버지에게 중전이 될 거라는 말을 듣고 자랐다. 그냥 그 자리는 혜주 거였다. 평생을 그렇게 알고 자랐기에 현이 아무리 긁어도 쉬이 부정할 말을 내뱉을 수 없었다.

"혼인하고 싶지 않소?"

기막힌 얼굴로 노려만 볼 뿐 거절의 말이 곧장 나오지는 않았다. 현의 외양엔 흥미가 없어도 제 아비를 닮아 권력욕은 있는 모양이다. 그건 현에게 참으로 다행이었다.

"아니, 내 잘못 물었소이다. 이리 묻지. 입궐하고 싶지 않소? 하루라도 빨리 내명부에 이름을 올리고 싶지 않냔 말이오."

하고 싶었다. 평생의 꿈이었으니까. 여동생이 태어난 뒤엔 왜인지 모르게 초조해져서 혜주는 부친에게 빨리 시집가고 싶다고 조르기도 했다. 확실하고 흔들리지 않을 제 자리를 갖고 싶었다. 외동딸, 장녀가 되는 그런 거 말고, 그냥 자신에게만 주어지는 확실하게 명명된 어떤 직책을 갖고 싶었다.

"하고 싶습니다."

"솔직하군. 지나친 감이 없진 않지만 거짓말을 하지 않고 인정한다는 건 대단히 좋은 장점이지. 나도 솔직히 말하겠소. 나 역시 그렇소. 나도 빨리 입궐하고 싶소. 그러니 우린 목표가 같군."

인정하기 싫지만 사실이었다. 혜주가 고개를 끄덕였다.

"허면 우리 합심해서 서로의 목표를 성취하기 위해 노력해봅시다. 어떻소? 그리 나쁜 제안은 아닐 거 같소만."

혜주가 불안한 시선으로 현을 빤히 쳐다보았다.

"날 못 믿겠소? 걱정 마시오. 할바마마께서도 평생 할마마마밖에 모르고 사셨고, 우리 아버지 역시 마찬가지였소. 나 역시 여색에 별 관심 없소. 그래도 미덥지 않다면 낭자의 부친을 믿으시오. 내가 이리 낭자에게 부탁하는 것 역시 그대 부친 때문이니, 날 못 믿겠으면 아버지를 믿으면 될 일 아니오? 설마 낭자의 아버지가 그대가 슬퍼할 일이 벌어지게 내버려두진 않을 테니 말이오."

사실이지만 사실이 아니었다. 명회는 혜주를 위해 무슨 일이든 할 테지만, 그 무슨 일이 혜주의 행복을 위한 건 아니었다. 실상 혜주 인생에서 괴로움과 슬픔의 대부분은 아버지로부터 비롯됐으니 말이다.

"우린 동지요. 같은 목적을 향해 나아가는."

복잡한 심경을 숨기고 혜주가 고개를 끄덕였다. 그 대답이 썩 마음에 든 현이 시원스레 미소 지었다. 차마 따라 웃을 수 없는 혜주는 비스듬히 고개를 틀어 시선을 피했다. 평생을 바라던 일이 이루어지려는 순간인데 왜 조금도 기쁘지 않은지 모를 일이었다.

* * *

"둘이 대체 어찌 알게 된 사이라 그러오?"

"신우에게는 물어보지 못했고, 대신 도율 스님에게 여쭤보았소. 스님께서 이미 알고 계시더구려. 어미를 따라 절을 다니던 한명회 여식이 우연히 신우를 보고 호기심을 가진 모양이오. 그래 가까워지고 싶은 마음에 벌이는 일 같다고. 딱히 둘이 가까워져 나쁠 건 없을 거 같아 내버려두었다더군."

"스님께서 잘하셨군. 우리에겐 더할 나위 없는 기회요."

"기회?"

"이건 천우신조요. 이왕이면 한명회의 여식이 월산군까지 끌고 도련님과 어울리게 만들 수 있다면 더할 나위 없겠소이다."

"월산군까지?"

"어차피 도련님이 돌아가야 할 곳이지 않습니까? 저희가 내도록 어찌 도련님을 세상에 내보일지 걱정하지 않았습니까? 이건 하늘의 뜻이 저희에게 있다고 알려주는 것이나 진배없습니다. 별다른 소란 없이 누구의 피도 흘리지 않고, 우리의 목적과 숨겨진 진실을 드러내지 않으면서 한명회와 수양 앞에 도련님을 내보일 수 있다면, 그 뒤의 일을 도모하는 건 식은 죽 먹기입니다. 그렇지 않습니까?"

맞는 말이다. 하지만 철은 썩 내키지 않았다. 어쨌거나 당분간은 신우가 미끼가 되어야 하고, 그를 속여야 한다는 사실이 마음을 불편하게 했다.

"박 장군의 얼굴이 왜 그런지 알겠소만, 어차피 이 모든 거사의 완성이 도련님의 손에 달려 있다는 걸 모두가 알지 않소? 그래서 그 난리통 속에서도 굳이 도련님을 살려내 힘들게 키운 거 아니오? 그래서 우리도 숨죽인 채 이 긴 세월을 버텨내지 않았소?"

"중요한 건 도련님이 얼마나 준비가 되었느냐 하는 거요. 어떻소?"

"신우는 차고 넘치오. 우리가 오히려 너무 느렸지."

자신만만한 철의 대답에 어둠 속에 몸을 숨긴 사내들의 얼굴이 일순 환해졌다. 가린 구름이 지나가자 희미한 달빛이 그들을 비추었다. 모인 이들의 행색은 다양했다. 허나 하나같이 눈은 위험할 정도로 반짝이며 빛났다.

"조만간 날을 정합시다."

"일단 한명회의 여식이 도련님을 다시 만나는 날로 해야겠지요?"

목소리를 줄여 그들이 자세한 계획을 세우기 시작했다. 어쩌면 이들 중 가장 준비가 되지 않은 건 저일지도 모르겠다고 생각하며 철이 입술을 뜯었다.

* * *

"해서, 무에가 고민이란 게냐?"

"일이 있기 전에 신우에게 말을 해줘야겠지요?"

"당연하지. 제가 어디를 왜 가는지도 모른 채 보낼 작정이야? 온몸을 발가벗긴 채 전장에 내보내는 것과 그게 뭐가 달라?"

"어떻게, 어디까지 말해주는 게 좋을지……."

철이 차마 다 말하지 못하고 고개를 떨구었다. 동그란 뒤통수가 한없이 무거워 보여 도율의 가슴도 답답해졌다. 무얼 걱정하는지 누구보다 잘 알았다. 저 역시도 몇십 년 전에 철을 보면서 했던 고민이었다.

부모에게 자식의 존재가 끊어지지 않는 연이라면, 자식에게 부모의 존재는 끊을 수 없는 연이었다. 태어난 인간은 필연적으로 저를 낳은 존재에서 벗어날 수 없다. 거기다 부모를 모른 채 자라야 했던 아이라면 누구의 자식이냐가 인생을 뒤흔드는 중요한 문제가 되고 만다. 부모가 죄인이었다면 저도 죄인의 자식이 되고 부모가 군자였다면 한순간에 군자의 자식이 되니 말이다.

"거짓말은 하지 말아야겠지."

"그 말씀은 모두 다 말해줘야 한단 겁니까? 스님, 신우는 저와는 다릅니다. 저는 그때 신우보다 나이도 많았고 또……."

"누가 그걸 몰라? 그리고 내가 언제 다 말해줘야 한다고 했느냐? 거짓말을 하지 말랬지."

영 모르겠다는 철의 얼굴을 보며 도율이 혀를 찼다.

"거짓을 말하는 것과 진실을 모두 말해주지 않는 건 다르지 않느냐? 부모가 누구냐고 처음에 내게 물었을 때 어찌 대답해줬는지 잊어버렸느냐? 나는 네게 진실만을 말했다. 다만 일부분만 말했을 뿐이지."

뒤늦게 도율의 뜻을 알아채고 철이 무릎을 쳤다.

"신우가 준비된 만큼만 말해주란 말이다. 신우가 어디까지 준비되었는지는 누구보다 네가 잘 알겠지."

철이 결심한 얼굴로 고개를 끄덕였다. 도율이 마음속으로 염불을 외었다. 부디 이 모든 게 부처님의 뜻이라면 무사히 지나가기만을 바랄 뿐이었다.

* * *

"저녁 공양 때도 아니 보이시기에 떠나신 줄 알았습니다."

늦은 밤 불쑥 암자로 찾아온 철을 신우가 들떠서 반겼다. 신우를 너무 외롭게 내버려 두었구나 싶어 철의 가슴이 아팠다. 한명회의 여식은 캐물을 필요도 없었다. 늘 혼자였으니 호의를 가지고 다가온 또래를 내칠 수 없었을 게다.

"특별히 드릴 말씀이 있어 왔습니다."

평소에 쓰지 않던 말투였다. 그제야 신우는 철의 분위기가 평소와는 다르다는 걸 눈치챘다. 그저 반가워만 하느라 미처 깨닫지 못했던 거였다.

"앉으십시오."

대체 왜 이러냐 물어야 하는데, 목구멍이 꽉 막혀서 아무런 말도 안 나왔다. 철이 이끄는 대로 신우가 주춤주춤 자리에 앉았다. 그리고 그 앞에 반듯하게 선 철이 큰절을 올렸다.

"스승님!"

비명과도 같은 외침이 튀어나왔으나 철의 움직임엔 흔들림이 없었다. 놀라움에 튀어 오르느라 몸을 반쯤 일으켰다가 다시 주저앉았다. 신우가 두려운 눈으로 철을 쳐다보았다.

절을 마친 철은 무릎을 꿇고 앉더니 품에서 단검 하나를 꺼내 둘 사이에 내려놓았다.

"지금껏 제가 뫼셔야 하는 분에게 감히 스승님 소리를 듣고 살았습니다. 저는 죄인입니다. 도련님에게 저는 큰 죄인입니다. 그리고 그 사실을 밝히지 않고 지금껏 뻔뻔하게 살았습니다. 이제 그 모든 사실을 도련님께 밝히고 죗값을 치르려 합니다."

"무슨 말씀인지, 무슨 말씀을 하시는 건지 모르겠습니다."

신우가 반쯤 넋이 나간 얼굴로 중얼거렸다.

"준비가 되면, 부모님이 누군지 알려주겠노라. 약속드린 걸 기억하십니까?"

신우가 처음으로 철에게 부모를 알려달라고 한 건 다섯 살 무렵이었다. 사찰에서 혼자 지내며 왜 매일 새벽부터 일어나 힘든 절을 해야 하는지 몰라 설움이 북받칠 때였다. 그때 어린 신우는 울분에 차서 부모가 누구냐고 따져 물었다.

철은 한참을 침묵하다 당장은 대답해줄 수 없으니 준비가 되면 다시 물으라 했다. 어린 나이에도 그 말을 내뱉는 철이 무척 고통스러워 보였다. 대체 부모가 누구길래 이 사내를 이리 힘들게 하는 걸까, 더럭 겁이 났다.

커갈수록 도율과 철이 단순히 보호자를 넘어 미지의 위험으로부터 자신을 지키려 한다는 걸 깨달았다. 그때부터 평범한 자들의 자식은 아닌 모양이라고 생각하게 되었다. 그런 생각이 들자 출생을 묻기가 더 어려웠다.

"기억합니다."

"아직도 준비되지 않으셨습니까?"

다시 물어보면 모두 알려주겠다고 했지만, 신우는 그날 이후 다시는 그 얘기를 꺼낸 적이 없다. 철의 입에서 나올 말이 두려웠다. 지금도 두렵다. 여전히 준비 같은 건 되지 않았다.

"알려주십시오."

하지만 신우는 때가 왔음을 직감했다. 그 모든 사실을 알 준비가 되었다고 철이 판단하여 지금 말하려는 거라면, 받아들여야 했다.

"이건 이십 년 전, 도련님이 태어나기 전부터 시작된 이야깁니다."

오랫동안 가슴 저 깊숙한 데 묻어두었던 이야기였다. 가장 하고 싶고, 가장 하기 싫었던, 가장 잊고 싶었지만 차마 잊을 수 없었던 이야기. 이 순간이 다가오길 누구보다 바라면서도 평생 오지 않길 바랐던 철이 천천히 긴 이야기를 털어놓기 시작했다.

5장

업
業

"이리 오시지요. 기다리고 계십니다."

김종서가 철을 밤늦은 시간에 은밀히 부른 건 처음이었다.

오로지 도율의 부탁으로 그를 거두어 여기까지 이끌어줬음에도 종서는 사적으로 오라 가라 한 적이 거의 없었다. 국정에 대한 의논은 대부분 궐에서 했고, 사적인 만남 역시 회합이 있을 때뿐, 독대한 적은 드물었다.

종서는 철을 무척이나 아꼈고 그래서 그를 정치싸움 한가운데 밀어 넣지 않으려 했다. 종서 밑에서 종사한 지 십 년이 훌쩍 넘었지만, 철은 처음 올 때 그대로 올곧은 성품이었다. 근래 보기 드문 무장이니 그가 지금처럼 꼿꼿하게 남아주길 바랐다.

"대감, 철입니다. 들어가겠습니다."

"어서 오시게."

그런데 이제 이 사내마저 정치의 소용돌이 속으로 밀어 넣어야 하는구나, 이 상황이 왠지 서글퍼져서 종서가 울적한 기분을 숨기지 못하고 철을 물끄러미 쳐다보았다.

"무슨 걱정이라도 있으신 겁니까?"

무던해 보이지만 의외로 기민한 구석이 있는 철은 종서의 심중을 알아차렸다.

"아무리 봐도 혼인했으면 아내에게 썩 귀염받았을 성품인데. 부처님께서는 참으로 야속하시지. 이리 좋은 사내를 어느 가련한 중생에게 내어주지 아니하시고 독차지하시니."

부모가 누군지 알게 된 후, 도율은 한 번 더 혼인을 권했지만, 철은 거절했다. 도율의 노력과 종서의 도움으로 백정 출신인 건 완벽하게 지워졌다고 하나 그래도 하늘이 알고 땅이 알고 부처님이 아시는 일이란 건 변함 없었다. 어머니가 자진까지 해가며 끊어준 업연을 제가 다시 이을 순 없었다.

철은 이대로 깨끗하게 살다가 후에 할 일이 다 끝나면 비구가 되겠다고 했고, 도율은 더 이상 혼인을 권하지 못했다. 철이 그저 비구가 되고 싶어 하는 줄로만 알 뿐인 종서는 매양 아쉬워하곤 했다.

"다름이 아니라 내 자네에게 긴히 부탁할 게 있어 이리 불렀네."

"말씀하시지요."

"한성부를 좀 맡아주었으면 해."

"한성부라면?"

"판한성부사를 하란 말일세."

"그건, 아직 소신이 맡기엔 너무 과한 자립니다."

"믿을 만한 자가 자네뿐이야."

"대감."

"내 주위에 사람이 많다고 말하고 싶다면, 집어치우게. 사람은 많지. 허나 사심 없는 자는 흔치 않아."

종서의 뜻은 단호했으나 철은 의아했다. 판한성부사는 한성부를 다스리는 관직이다. 다른 대감급에 비해 한직 취급을 받긴 해도 만만찮은 자리였다. 도성에 무슨 일이 있던가?

"현재 도성에는……."

"아무 일도 없어 보이지. 허나 겨울에 땅이 얼었다고 땅 아래도 얼어 있던가? 아니야, 땅 아래는 봄에 싹 틔울 준비를 하느라 그 어느 때보다 바빠. 지금 도성 안이 딱 그렇네. 땅 아래가 바빠. 헌데 땅 위에선 그 아래 일어나는 일을 다 알기가 어려우니 그게 문제야. 봄에 틔울 싹이 익초인지 독초인지 알 수가 없으니 말일세."

철이 다 이해하기 어려운 말들이었다. 하지만 이게 단순히 치안 문제가 아닌 더 복잡한 정치싸움에 얽혀 있음을 어렴풋이 알아차릴 수 있었다.

"수양대군을 감시해주게."

"수양대군을요?"

"그래, 자네는 판한성부사로 가지만 도성을 다스리는 일보다 수양대군을 경계하는 일을 더 우선시해야 하네. 내 말뜻을 알겠나?"

"알겠습니다."

"부탁하네."

내키지 않는 일이었다. 철은 정치를 잘 몰랐다. 그래서 수양대군이 왜 문제인지도 잘 몰랐다. 무엇보다 분명 주어진 직이 해야 할 일이 있는데, 그 일을 뒤로하고 딴 일을 해야 한다는 게 불편했다. 그런 거짓된 행동은 자기답지 않은 거였다.

그럼에도 수락한 이유가 있었다. 이런 저의 성품을 도율만큼이나 잘 아는 종서가 늦은 밤 굳이 불러 부탁하는 그 마음을 거절할 수 없었기 때문이다. 종서 아래에서 오래 종사하면서 그에게 실망한 적은 단 한 번도 없었다. 지내면 지낼수록 도율이 왜 종서에게 저를 맡겼는지 이해가 갔다. 그는 좋은 어른이었다. 그래서 제 뜻에 거슬리는 일일지라도 종서의 뜻이라면 따라주고 싶었다.

"늦었으니 자고 가게. 잠자리를 마련해두라 일렀네."

"네."

미처 다 하지 못한 말이 있구나, 의중을 짐작한 철은 거절치 않았다. 이런저런 생각에 밤새 뒤척이느라 잠을 제대로 이루지 못했는데 첫닭이 울기도 전에 귀신같이 눈이 떠졌다. 일어나 씻고 의관을 정제하자 종서의 장자인 승규가 별채로 건너왔다.

"조반 같이 하지. 내 이리로 상을 가져오라고 일러두었소."

"네."

종서의 아들 중 승규가 철과 가장 가까웠다. 종서가 함경도에 머무는 동안 자식 중 가장 자주 드나들었던 승규는 철의 과거를 캐묻지 않고 스스럼없이 대해주었다. 그리고 철이 병과에 합격하고 관직을 얻게 되자 같은 신료로 대우했다.

승규가 철을 가까이하는 만큼 철 역시 그를 무척이나 좋아했다. 승규는 종서같이 불같은 무사 아래서 나온 아들이라고는 믿기지 않을 만큼 물 같이 잔잔하고 고요한 성품을 가진 사내였다. 자주 만나지는 못했지만 둘은 꽤나 죽이 잘 맞는 사이였다.

"내 부탁할 게 있는데 들어주겠소?"

따로 상을 차리지 않고 겸상이 들어와 놀랐는데, 상을 사이에 두고 마주 앉아 수저도 들기 전에 꺼내놓는 말이 더 놀랍다. 이리 무례하게 청을 들이밀 사내가 아닌데 왜 이럴까 의아해져 철의 눈이 저절로 동그래졌다.

"아내가 해산할 때까지 흥인사에 머물고 싶다고 하오. 몸이 더 무거워지기 전에 옮기고 싶다는데 동행해줄 수 있겠소?"

승규와 그의 부인 순덕은 아직 자식이 없었다. 부부 금실이 지나치게 좋으면 산신이 질투해서 자식을 점지해주지 않는다는 말에 걸맞은 부부였다.

오랜 고생 끝에 혼인한 지 십 년 만에 어렵게 아들을 얻었으나, 그 아이는 태어나자마자 세상을 떠났다. 순덕과 승규의 상심은 물론이거니와 종서도 가슴 아파했다. 아무래도 살생을 많이 해 부처님이 노하신 모양이라며 절에 시주를 많이 했고, 도율 역시 제 일처럼 속상해하며 그들을 위해 오랫동안 기도를 올렸다.

그게 벌써 삼 년 전이었다. 그 뒤로 처음 가진 아이였다. 허니 절에 몸을 의탁하여 해산하고 싶다는 순덕의 마음이 이해가 갔다. 그리고 흥인사로 떠나는 아내를 철에게 맡기는 승규의 마음이 고마웠다.

"그리합지요."

"고맙소."

"무얼요. 제가 더 고마워해야 할 일인걸요. 이리 마음 써주셔서 감사합니다."

"무슨, 내가 필요해서 부탁하는 건데 그런 말 마시오."

승규는 펄쩍 뛰었으나 철은 승규의 사려 깊음이 고맙기만 했다. 아마 승규는 철이 판한성부사가 될 거란 사실을 알고 있을 것이다. 판한성부사가 되면 정신없이 바빠질 터이니 즐겨 가던 흥인사에 한동안 갈 수 없다. 당연히 도율도 만나지 못할 거다. 둘의 특별한 인연을 아는 승규가 제 아내를 핑계 삼아 도율을 만날 수 있도록 해주는 거다. 한동안 바빠 자주 뵙지 못할 거라고 자초지종을 설명하고 인사를 드리고 오라는 배려. 저조차도 미처 생각지 못한 일을 살펴주고 챙겨주는 승규가 고마웠다.

"감히 판한성부사에게 사적인 부탁을 하는 걸 용서하시오. 아버지에게 말씀드리면 한 소리 들을 게 분명하니 그때 내 편 좀 들어주오."

철이 미안해하거나 고마워하지 않도록 끝까지 능글맞게 구는 승규의 모습에 철이 웃음을 터뜨렸다. 그제야 안심한 승규가 따라 웃었다. 아침부터 별채에서 흘러나오는 호쾌한 두 사내의 웃음소리가 청명했다.

* * *

"가마를 멈추어라. 그리고 지게를 가져오너라."

산길 초입에서 철이 가마를 멈추게 했다. 그리고 조심스레 가마 문을 열었다.

"지금부터 산세가 험해 가마가 크게 흔들릴 겁니다. 미천한 소견으로는 흔들리는 가마가 배 속의 아이에겐 더 좋지 못할 듯하여 지게를 준비했으니 여기 앉으시지요. 소신이 모시겠습니다."

"아닙니다. 제가 어찌 장군의 등에 올라앉겠습니까."

"여기 있는 사내 중 제가 제일 튼튼합니다. 최대한 흔들림 없이 홍인사까지 모시겠으니 거절하지 마시고 지게에 앉으세요."

평소라면 절대로 허락지 않았을 순덕이었다. 하지만 지금은 홑몸이 아니었고 배 속의 아이를 생각하자면 철의 제안을 받는 게 맞았

111

다. 순덕이 민망한 표정을 숨기지 못하고 지게에 조심스레 앉았다. 철이 지게를 지고 조심스럽게 일어섰다.

"최대한 조심해서 움직일 테지만, 혹시 모르니 꼭 붙잡으십시오."

덕분에 가마 속보다 훨씬 덜 흔들렸다. 지게 위에 올라앉아 있다는 게 믿기지 않을 정도였다. 자식을 본 사내라 해도 생각하기 쉽지 않은 배려인데 혼인도 하지 않은 사내가 이리 신경을 쓴다는 게 놀라웠다.

"부모님이 돌아가셨다고 들었습니다."

"아, 네."

"틀림없이 무척 좋은 분들이셨을 겝니다. 그렇지 않다면 아드님이 이리 훌륭할 리 없을 테니 말입니다."

"제가 하도 어렸을 때 돌아가셔서 저는 기억에 없습니다."

"장군은 기억하지 못하셔도 저는 알겠습니다. 자식을 보면 그 부모를 알 수 있는 법이니까요. 호랑이 같은 부모에게서 개 같은 자식은 나오지 않는다는 말도 있지 않습니까. 살아계셨다면 장군을 보고 더할 나위 없이 뿌듯해하셨을 겁니다. 밥을 안 먹어도 배부르다는 말이, 장군 같은 아들을 보고 하는 말 아니겠습니까."

정말로 어미가 살아있었다면 귀하디귀한 양반집 마님이 제 아들을 이리 치하하는 모습을 보고 무척이나 기뻐했을 것이다. 자라는 내내 부족하단 말은 들어본 적이 없었고, 그래서 여러 사람에게 좋은 말을 많이 들었음에도 순덕의 순수한 칭찬은 그 어느 때보다 기쁘게 다가왔다.

"만약 배 속의 아이가 아들이라면……."

차마 쉬이 말을 끝맺지 못하고 순덕이 길게 한숨을 내쉬었다. 철은 서툴게 위로하는 대신 묵묵히 걷기만 했다. 흔들림 없는 그 등이 든든해서 안타까이 흔들리던 순덕의 마음이 쉬이 잡혔다.

"만약 배 속의 아이가 아들이라면 장군께서 제 아들의 스승이 되어주세요."

"무슨, 무슨 그런 말씀을! 말도 안 되는 말씀이십니다. 대감마님도 계시고 김 승지도 있는데 제가 어찌 감히 그럴 수 있단 말입니까!"

"무예는 장군이 조선 제일이라고 아버님이 여러 번 말씀하셨습니다. 그리고 이 아이가 커서 무예를 배울 때쯤이면 아버님이 직접 칼을 쥐고 가르치기 힘드시겠지요. 아마 제가 장군에게 아이를 맡긴다고 하면 아버님도, 서방님도 좋아하실 겁니다."

종서가 저를 그렇게까지 생각하는 줄 미처 몰랐다. 가슴이 뜨거워진 철이 대답 대신 마른침만 삼켰다.

흥인사에 도착해 지게에서 내린 순덕은 곧장 주지스님을 찾았다. 철은 도율이 머무는 말사로 향했다.

"연통도 없이 어쩐 일이냐?"

느닷없는 방문에 기뻐하면서도 도율은 철의 안색이 썩 맑지 못한 게 마음에 걸렸다. 철은 도율에게 자초지종을 털어놓았다.

"분명 제게 다 설명하기 어려운 큰 뜻이 있어 판한성부사를 맡기셨을 테고, 그래서 군말 없이 그 직을 받았지만 여전히 마음이 편치는 않습니다. 판한성부사는 도성을 다스려야 하는 직입니다. 나라의 녹을 받아먹으니 의당 백성에게 봉사해야 함이 마땅한데 다른 데 신경을 쓰느라 주어진 일을 제대로 해내지 못할까 염려됩니다."

저를 조선 최고의 칼잡이라 생각하면서 하필 판한성부사를 맡겼다. 대체 그 칼을 무슨 일에 어찌 쓰고자 함인가. 철의 짧은 소견으로는 도무지 짐작할 수 없었다. 알 수 없으니 두려웠다.

"어느 마을에 사또 하나가 있었다. 아주 지독한 수전노에 탐관오리라 제 배를 불리는 데 혈안이 되어 혹시나 누가 허튼짓을 하나 눈을 희번덕거리며 아랫것들을 감시했다. 관아의 사람들이 사또 등쌀 때문에 무척이나 괴로워했지."

뜬금없는 이야기였으나 철은 묻지 않고 일단 듣기로 했다. 선문답이긴 매한가지였으나 적어도 도율의 뜻은 헤아리기 더 쉬울 터였다.

"그 마을에 인접한 이웃 마을에도 사또가 있었는데, 그자는 정반대로 성품이 아주 온화하고 느긋했으며 아랫사람들을 믿고 일을 맡겼다. 관아의 사람들은 제 윗사람을 무척이나 좋아하고 따랐지. 허면 두 마을 중 어느 마을의 백성들이 더 편히 살았겠느냐?"

"당연히 성품이 온화한 사또의 마을 백성들이 더 살기 좋았겠지요."

너무 당연한 답인데, 그 답을 내어놓으면서도 의아했다. 이렇게 당연한 답을 들으려 하는 문답이 아닐 게 분명했으니 말이다.

"관찰사가 두 마을을 살핀 뒤 사직서를 내게 한 건 성품이 좋은 사또였다. 왜냐면 그 마을 주민들의 원성이 더 컸거든. 왜 그리되었을까?"

"모르겠습니다."

"성품이 좋은 사또네 마을은 윗사람이 아무 감시도 하지 않고 모두 맡겨두자, 아랫것들이 제멋대로 날뛰어 도둑놈이 백 명이었고, 수전노인 사또는 아랫것들을 감시하였기에 큰 도둑놈은 사또 한 놈뿐이라 오히려 백성들이 그 사또에게만 잘 보이면 되어 상대적으로 덜 괴롭힘을 당했거든. 참으로 재밌지 않으냐?"

그런 식으로는 전혀 생각지 못했기에 놀라웠다.

"수장의 자리란 무척이나 중요한 자리다. 물론 제일 좋은 건 자신에게 엄격하고 아랫것들에게도 엄격하며 백성들에게 너그러운 수장이겠지. 허나 그리 완벽한 자를 바랄 수 없다면 차악을 선택할 수밖에 없어. 네가 도성 백성의 안위를 보살피는 것도 물론 판한성부사로서 마땅히 해야 하는 일이지만 김종서 대감이 시키는 일을 제대로 하지 못해 나라에 큰일이 생기면 백성의 안위가 비교할 수 없을 정도로 더 크게 위협받을 수 있음이야. 허니 그가 시키는 일을 하는 것도 판한성부사로서 마땅히 해야 하는 아주 중요한 일이란 말이다. 알겠느냐?"

도율의 뜻을 비로소 알아채고 철이 고개를 끄덕였다. 그리고 왜 그 누구도 아닌 자신에게 도성을 맡겼는지 알 만했다. 다들 철을 오랑캐 출신으로 알아서 가까이하길 꺼렸다. 철이 혼인하지 않는 것도 기벽스럽다며 수군거렸다. 심지어 김종서가 철을 거두었다는 것은 모두가 알지만 두 사람이 얼마나 가까운 사이인지는 승규 정도 외엔 아무도 몰랐다. 그래서 철이 판한성부사가 되어야만 했던 거다. 누가 봐도 종서의 사람이 아닌 거 같지만, 알고 보면 누구보다 종서의 사람인 철이 적격이었다.

"판한성부사가 되면 당분간 정신없이 바쁘겠구나."

"그래서 오늘 이리 들른 것입니다. 스님께 인사하고 오라고 김 승지가 배려해주었습니다."

철은 도율에게 순덕을 각별히 살펴달라 부탁했다. 해산 때까지 사찰에 머물 것이란 소식에 도율이 당연하다는 듯 고개를 끄덕였다.

"알았다. 병조참의의 유일한 핏줄이자 그 가문의 희망이 이곳에 있음을 잊지 않으마."

"무슨 그렇게까지, 너무 비장하십니다."

아무래도 몇 년 전 그 아이의 죽음이 도율에게 너무 크게 남은 모양이라 생각하며 철이 웃어넘겼다. 그런데 인사를 하고 돌아선 뒤 산에서 내려가는 내내 도율의 그 말이 명치께에 걸려서 내려가지 않았다. 철이 걸음을 돌려 흥인사를 향해 다시 뛰어 올라갔다.

"마님."

"아직 안 내려가셨습니까?"

사찰 마당을 느긋이 걷고 있던 순덕이 숨을 헐떡이는 철을 보고 놀랐다. 그사이 무슨 일이라도 생긴 건가, 마음이 덜컥하려는데 철이 시원스러운 미소를 지었다.

"생각해보니 인사를 드리지 못한 게 마음에 걸려 다시 올라왔습니다."

"전 또 뭐라고, 그게 뭐라고 굳이 오셨습니까."

"순산하십시오. 저도 아침마다 빌겠습니다. 말씀하신 대로 아들이면, 그리고 대감께서 허락해주신다면 제가 무예도 가르쳐 드리지요."

"감사합니다."

"이건 제 기우입니다만, 혹여나 조금이라도 신변에 수상쩍은 일이 생기면 제게 알려주십시오. 그게 불편하시다면, 도율 스님에게라도 언질을 주십시오. 곧장 달려오겠습니다. 무슨 일이 있어도 오겠습니다. 제가 앞으로 맡을 업무는 도성을 다스리는 일입니다. 흥인사는 도성 안에 있는 사찰입니다. 마님의 신변에 일어나는 모든 변화는 도성 내에서 일어나는 사건이니 제가 알아야 합니다. 허니 무슨 일이든 알려주세요."

순덕의 입가로 해사한 미소가 번졌다.

"감사합니다. 약조하지요. 마음 써주셔서 감사합니다."

"몸조심하십시오. 다음번엔 도련님과 함께 뵙지요."

철이 그렇게 마음에 담은 인사를 하고서야 돌아섰다. 그제야 불안하게 뛰던 심장이 조금 가라앉았다.

* * *

어쩌면 도율의 그 말은 예언이었을까. 그날 순덕이 아니라 도율에게 가서 자세히 말해보라고, 무슨 소리를 하는 거냐고 캐물어야 했었나 보다.

미친놈처럼 어둠 속을 달리며 철은 과거 제 선택을 후회하고 또 후회했다.

철이 판한성부사가 되고 난 후 신경을 곤두세운 게 무색할 정도로 한동안 아무 일이 없었다. 달포가 지나면서 일이 손에 익자 마음도 좀 느슨해졌다. 그리고 딱 그런 마음이 들자마자 기다렸다는 듯 일이 터졌다.

특별한 일이 난 것도 아닌데 그날 하루 유독 수선스럽다고 느꼈다. 원인을 알 수 없는 소란스러움에 철의 신경은 하루 종일 팽팽하게 날이 섰고 그 탓에 금세 피로가 쌓였다. 퇴청하고 싶다는 생각만으로 버텼는데, 막상 그 시간이 되자 이대로 집에 가면 안 될 것 같았다. 이토록 마음이 산란한 데는 분명 이유가 있을 터였다. 단지 아직 찾지 못했을 뿐.

그래서 철은 퇴청을 미뤘다. 종사관들과 부장들의 얼굴에 싫은 기색이 역력했다. 철은 모두 퇴청해도 좋다고 몇 번이나 지시했지만 하나같이 한성부에 남았다. 정말 이상한 일이었다. 철의 늦은 퇴청은 흔했어도 다들 남는 건 흔한 일이 아니었다. 갖은 핑계를 대고 관부를 나서던 이들이 오늘따라 유독 그 자리를 지키는 게 이상했다.

철은 일하는 척하며 바깥 동태에 감각을 집중했다. 아니나 다를까, 완전히 어둑해진 뒤 갑자기 도성 내 수상쩍은 불빛들이 움직이기 시작했다. 좋지 않은 신호였다. 종사관을 보내 그 불빛들이 왜 나타난 건지 알아 오게 했다. 그는 별일 아니라고 했다. 다른 종사관을 보냈다. 그 역시도 별일 아니라고 했다. 그제야 철은 이들이 자신을 감시하기 위해 남아 있으며, 자신이 알아서는 안 되는 일이 벌어지고 있다는 걸 깨달았다.

심장이 터질 것처럼 두근거렸지만 내색하지 않으려 무진 애를 썼다. 먼저 퇴청할 테니 다들 퇴청하라고 지시한 뒤 한성부를 빠져나왔다. 한성부를 빠져나오자마자 어둠 속에 몸을 숨겨 기척을 지웠다. 자신을 뒤쫓던 자가 길 한가운데서 우왕좌왕하는 게 보였다. 확실한 증좌에 등골이 서늘해졌다. 김종서의 집을 향해 뛰기 시작했다.

철이 종서의 집에 도착했을 때 그 집은 이미 살육의 현장이었다. 놈들이 대낮처럼 환하게 불을 밝힌 채 일을 벌여 멀리서도 집 안에서 벌어지는 잔혹한 상황이 뚜렷하게 보였다. 과시하기 위해 더 보란 듯이 짐승만도 못하게 굴고 있는 것이다.

분개한 철이 부들거리는 손으로 허리춤을 더듬어 칼을 쥐었다. 그대로 집으로 뛰어들려는 순간, 도율의 말이 떠올랐다.

병조참의의 유일한 핏줄이자 그 가문의 희망이 홍인사에 있다!

지금 저 안으로 뛰어든다면 의리는 지키겠지만 헛된 개죽음을 맞을 건 불 보듯 뻔했다. 이미 대세는 기울었다. 허니 서둘러 홍인사로 가야 했다. 아직 거기엔 희망이 있었다.

눈물을 삼키며 철이 어둠 속에서 종서의 집을 향해 큰절을 올렸다. 마지막 인사였다. 그리고 곧장 홍인사를 향해 뛰기 시작했다. 숨이 턱 끝까지 차고 목 안에서 피비린내가 올라왔지만 숨 돌릴 새도 없었다. 순덕과 그의 배 속에 든 아이를 구해야 했다.

도착한 홍인사는 이미 군사들 십여 명이 지키고 있었다. 그나마 다행인 건 사찰을 둘러싼 군사들 수가 적었다는 거였다. 이 정도는 혼자서도 충분히 처리할 수 있었다. 아까 억지로 돌아서야 했던 분노를 그대로 담아 달려들었다. 그리고 절을 에워싼 군사들을 단 한 명도 살려두지 않았다.

군사들을 모두 물리치고, 순덕이 머무는 암자 안으로 뛰어들었을 때, 순덕은 진통 중이었다. 아이는 아직 태어나지 않았다. 암자를 에워싼 군사들보다 피투성이로 뛰어 들어온 철의 몰골이 순덕에게 상황을 더 정확하게 알려주었다.

"장군, 내 배를 가르고 아이를 꺼내세요!"

지게를 찾아오겠다며 돌아서려는데 순덕이 철의 바짓가랑이를 붙든 채 고함을 질렀다.

"그게 무슨 말씀이십니까."

"내 배를 가르고 아이만 꺼내시라고 말씀드렸습니다. 아이만 꺼내서 데려가세요. 김씨 가문의 마지막 핏줄입니다. 얼른요!"

"마님!"

"진통 중인 여인을 데리고 도망 못 가십니다. 이러다간 나도, 배 속의 아이도 개죽음당할 뿐이에요. 그러지 않으려고 여기 오신 거 아닙니까? 아이를 구하러 오신 거잖습니까. 허니 아이를 구해 가세요."

119

"지게, 지게를 가져오겠습니다. 서두르면 됩니다."

"장군!"

"못 해, 못 합니다! 어찌 그런 일을 하라고 하십니까!"

"어미까! 자식을 살려야 하는 어미까요! 허니 장군, 나 좀 도와주세요. 이 아이를 제발 살려주세요."

순덕이 울부짖으며 품 안에서 은장도를 꺼내 철에게 건넸다.

"장군의 칼은 너무 날카롭고 길어 아이마저 다칠 수도 있습니다. 이 칼로 아주 살짝만 스치듯이 베어도 아이는 나올 겝니다. 태동하는 걸 보면 알아요. 뱃가죽, 얇은 뱃가죽 아래 아이가 있습니다. 가져가세요."

"마님!"

"제발 부탁합니다. 이 아이를 살려주세요. 아이를 김종서 가문의 부끄럽지 않은 핏줄로 키워주세요. 약속했듯이 아이의 스승이 되어주세요. 나는 그거밖에 바라는 게 없습니다. 아이를 살려주세요. 어차피 이 아이가 죽으면 나는 죽습니다. 허니 이 아이라도 살리고 죽게 해주세요. 제발요."

그러면 안 되는데, 그런 생각이 들면 안 되는 거였다. 그 순간 자신을 보며 울부짖는 순덕의 얼굴에서 본 적도 없는 어미의 얼굴이 겹쳐졌다.

"이 아이가 죽으면 나는 살아도 죽은 겝니다. 이 아이가 살아야! 나는 죽어도 사는 거예요. 모르시겠습니까? 나는 더 오래 살고자 이 아이를 살리려는 거예요. 나는 살고 싶습니다. 정말로 살고 싶습니다. 허니 이 아이를 살려주세요. 아이를 꺼내가세요! 이번 생에 나를 생지옥에서 살게 하지 마시고 나를 죽여 도솔천으로 보내주시오, 장군!"

나를 죽이고 아이를 살리라는 게 어떤 마음인지 누구보다 잘 알아서, 차마 사람이 하면 안 되는 짓이란 걸 머리로는 알면서도 가슴으로는 부탁을 거절할 수 없었다.

순덕이 둥글게 부풀어 오른 배를 드러냈다. 진통 때문에 고통스러워하면서도 순덕은 지독스럽게 철의 시선을 붙잡았다. 순덕의 배가 꿈틀하며 크게 움직였다.

"꺼내가세요. 제발, 부탁입니다."

철이 눈을 질끈 감았다. 왜 이런 선택의 기로에 놓였는지. 부처님이 원망스러웠다. 결국 나는 백정의 자식이로구나, 자조하며 순덕이 건넨 칼을 쥐었다.

"마님……."

"눈물을 닦고, 제 배를 똑바로 보세요. 아이가 다치면 아니 됩니다. 단번에 그으셔야 합니다. 아이를 부탁합니다. 장군만 믿습니다."

당부한 순덕이 눈을 질끈 감았다. 칼을 단단히 쥔 철이 일단 순덕의 목을 긋고 나서 곧장 배를 갈랐다. 다행히 아이는 건강했다. 그리고 순덕이 바라던 사내아이였다.

6장

일편
一片

"도련님을 살리기 위해 마님을 제 손으로 베었습니다. 바로 도망
치느라 마님의 시신을 수습하지도 못했습니다. 저는 죽을 죄인입니
다. 마님을 제 손으로 죽였고 시신도 원수들의 손에 남겨두고 떠나
는 중죄를 지었습니다. 마님의 무덤이 어디에 있는지도 여태껏 알지
못합니다. 허니 저를 베십시오. 저는 도련님께 이 모든 사실을 밝히
고 도련님 손에 목숨이 거두어지는 날을 기다렸나이다."

고백을 마친 철이 신우 앞에 목을 늘어뜨린 채 눈을 감았다.

다 털어놓고 나자 차라리 편했는데, 이런 마음가짐마저 신우에게
죄스러웠다. 내도록 무거웠던 짐을 옮겨줬기 때문에 가벼워진 거지,
그 짐이 사라진 건 아니니 말이다.

철의 희고 긴 목을 물끄러미 쳐다보던 신우가 칼을 뽑았다. 그리
고 칼을 높게 쳐들었다가 내리쳤다. 신우의 칼이 철의 목이 아닌 방
바닥에 꽂혔다. 철이 눈을 떴다.

"제가 스승님을 베면, 하늘의 어머님께서 제게 배은망덕한 놈이

라 욕하실 겁니다. 스승님은 어머니의 소원을 들어주신 거니까요. 불가에 귀의하길 바라시는 분이 가장 큰 계명을 어기면서까지 제 어머니의 뜻을 따라주셨습니다. 어찌 그것이 스승님 잘못이란 말입니까. 계명을 어긴 것을 아마 지금까지도 괴로워하고 계실 터인데 그것만으로도 이미 벌은 받으신 게지요."

철의 앞에 똑같이 무릎 꿇은 신우가 철과 눈을 맞추었다. 철의 두 눈에 눈물이 고였다. 신우가 그를 품에 안았다. 철은 그제야 몇십 년 동안 묵혀놓은 울음을 터뜨렸다. 신우는 그가 울음을 다 토해놓을 때까지 기다려주었다.

철은 겨우 울음을 그치고 신우에게서 몸을 떼어냈다. 동요 없는 얼굴을 보자 비로소 안심할 수 있었다. 이리 듬직하게 잘 자라주었다니 새삼 뿌듯했다.

"이 모든 사연을 오늘 알려주신 데는 연유가 있으시겠지요. 이제 저는 어찌해야 합니까."

"잃어버린 모든 걸 이제 되찾으셔야지요."

"그럴 수 있습니까. 이미 일가친척들은 물론이거니와 수양에게 반기를 들 만한 신하들이나 왕족들까지도 모두 다 몰살되지 않았습니까."

"걱정하지 마십시오. 아직 수양에게 칼을 들 세력은 남아 있고, 다들 준비되어 있습니다. 모두 도련님의 때가 오기만을 기다리고 있습니다."

"제가 그들의 기대에 못 미칠까 두렵습니다. 제가 부족하지 않습니까?"

"돌아가신 대감께서 지금 도련님을 보시면 열흘을 굶어도 배고프지 않을 만큼 뿌듯하다 하실 겝니다. 이 부족한 스승 아래서 지나치게 과분한 제자가 나왔습니다."

신우는 저를 주로 키운 건 도율이지만, 부모 격인 건 철이라는 걸 무의식중에 눈치채고 그를 무척이나 따르고 좋아했다. 어디에 근거했는지 알 수 없는 맹목적인 애정이었다. 신우의 마음을 다 알면서도 철은 늘 박했고 엄격했다. 신우는 그 냉정함조차 저를 위한 것이라 생각했다.

허니 이 칭찬은 분명 진심일 것이다. 기뻐해야 마땅했지만, 마음은 무겁고 답답하기만 했다. 평생을 철에게 인정받기 위해 노력했는데 기쁘지 않았다. 폭우처럼 쏟아진 출생의 내력이 너무 크고 무거워 까딱하면 그 속에 가라앉을 것만 같았다. 헐떡이며 버텨내기도 바빴다.

"저는 내일 아침 일찍 이곳을 떠날 것입니다. 다시 만날 땐 아마 이곳이 아닌 다른 곳에서 뵙게 될 겁니다."

"그 말은……."

"도련님, 도련님을 믿으세요. 도련님의 어머니를, 아버지를, 도련님의 할아버지를 믿으세요. 도련님은 그분들의 유일한 핏줄입니다. 때가 되면 도련님은 그 누구보다 훌륭히 역할을 해내실 겁니다."

* * *

홍인사에 올 때마다 철은 늘 신우의 암자에서 함께 지냈으나 오늘 밤은 그 혼자였다.

방에 홀로 남은 신우의 머릿속은 복잡했다. 제시간에 깨는 것만큼이나 제시간에 잠드는 게 당연한 평생이었는데, 자리에 누워 아무리 눈을 감고 오래 있어도 잠이 오지 않았다.

이리저리 뒤척여봐도 잠이 오지 않아 난데없이 요를 걷고 백팔배를 했다. 그래도 잠이 오지 않았다. 다시 일어나 온몸에 땀이 흐를 때까지 절을 올렸다. 그럼에도 피로하지 않았다. 오히려 정신이 더 말똥해졌다. 가부좌를 틀고 앉아 명상을 시도했으나 머릿속이 시끄러워 도무지 평온해지지 않았다.

결국 아침 닭이 울 때까지 잠들지 못했다. 뜬눈으로 밤을 새운 신우는 이불을 걷고 자리에서 일어났다.

계유년 시월 상달 사(巳)일에 수양은 난을 일으켰다. 그는 일단 김종서의 집으로 가 김종서를 철퇴로 내리쳐 죽인 후 그 가족들을 도륙하였고, 곧장 도성의 사대문을 장악한 후 궐로 쳐들어갔다.

동부승지 최항을 겁박하여 조정 신료들의 명부를 넘겨받은 후 제편이 될 거 같지 않은 자들을 붉게 표시해두었다. 그리고 왕에게 김종서가 역모를 획책했다고 거짓 보고를 한 후 겁박하여 대신들을 입궐케 한 후 붉게 표시된 자들이 궐문을 지나는 순간 철퇴로 내리쳐 죽였다.

선왕이었던 세종의 유지를 이어받아 정사를 주도하던 이들은 물론이거니와 2년 후 끝내 조카까지 죽이고 보위에 올랐다. 실로 끔찍한 짓을 저질러 제 아비의 이름마저 더럽히고 말았으니 패륜아라 할 만했다.

당연히 패륜을 견딜 수 없었던 충신들이 들고 일어나 병자년에 수양대군을 죽일 계획을 세웠다. 허나 사전에 누설되어 그 일에 연루된 자들은 모두 끔찍한 고문 끝에 효시된 것도 모자라 삼족이 멸해지고 부녀자들은 모두 노비가 되었다.

대체 이토록 잔악무도한 자에게서 어찌 가문을 되찾을 수 있단 말인가. 기막힌 일이다. 심지어 상대는 일국의 왕이다. 모든 권력과 병력을 다 손에 쥐고 있는 데다 의심이 깊어 경계가 높은 자였다. 그런 자를 어찌 상대해야 한단 말인가. 아무리 생각해봐도 답이 없었다.

하지만 어머니의 몸을 찢고 나와 살아남은 저가 가문을 다시 일으켜 세우지 않는다면, 자신의 존재 이유는 없다. 이 업을 위해 그 난리통 속에서도 살아남은 게 분명했다.

헌데 무슨 수로? 도성조차 마음 놓고 돌아다녀 본 적 없는데 역모를 일으킨다고? 명분은 있으니 역모를 일으킨다 쳐도 왕좌에 앉을 자는 누구란 말인가? 제 손으로 동생에 조카에 친족의 씨를 말린 자인데, 그자에게서 살아남은 왕족이 있긴 한가?

신우는 이른 새벽에 암자를 나와 미친놈처럼 산을 오르내렸다. 숨어서 자란 이유가 있는 줄은 알았지만, 자신이 김종서의 손자일 줄은 미처 상상하지 못했다. 어떻게 이리 무거운 업이 주어졌단 말인가. 감당하기 버거웠다. 도망치고 싶다는 생각도 들었다. 하지만 그럴 수 없었다. 자신이 해내야만 하는 일이었다. 그런데 대체 어떻게? 생각은 꼬리를 무는데 아무리 거듭해도 사방이 벽인 방에 갇힌 양 턱턱 막혔다. 너무 답답해서 심장이 터질 것 같았다. 그래서 뛰고 또 뛰었다. 몸이라도 혹사하지 않으면 정신에 온몸이 갉아먹혀 산 아래로 뛰어내리고 싶어질 것 같아서.

* * *

승복을 갈아입은 혜주가 일주문*을 나서지 못하고 근처를 서성였다. 갑작스레 소나기가 쏟아진 탓이다.

이 비를 맞고 나가야 할지 고민인데, 이 비를 맞으며 신우가 기다리고 있을지 확신할 수 없어 망설여졌다. 나갈까 말까 발을 동동 굴리며 고민하고 있는데 갑자기 철이 일주문으로 뛰어 들어왔다. 그리고 얼마 지나지 않아 도율이 나타났다. 놀란 혜주가 얼른 문 뒤로 몸을 숨겼다.

"신우가 이른 새벽에 나가 아직도 들어오지 않고 있단 말이냐?"

"예, 비가 이리 쏟아지는데 대체 밖에서 무얼 하고 있는지 모르겠습니다."

"설마 비는 피하겠지. 이 비를 다 맞고 있겠느냐?"

"도무지 진정되지 않는 모양인지 저를 부르는 소리도 못 듣고 미친놈처럼 뛰어다니던데 비가 온다고 해서 그만두겠습니까?"

"몸이라도 상하면 어쩌려고 그러누."

두 사람의 대화 속에 아는 이름이 나오자, 혜주의 귀가 쫑긋 섰다. 당장이라도 뛰어나가 무슨 일인지 묻고 싶은데 그럴 수 없는 처지라 답답하기만 했다. 대체 무슨 연유로 신우가 이 빗속을 미친놈처럼 뛰어다니고 있는지 짐작도 가지 않았다. 하지만 중요한 건 그가 이 빗속을 계속 뛰어다니도록 내버려둘 수는 없다는 거였다.

상황을 알게 된 이상 비가 그칠 때까지 기다릴 순 없었다. 도율과

---

* 사찰에 들어서는 절의 바깥문 중 첫 번째 문.

철이 일주문을 지나 사찰 안으로 사라지자 숨어 있던 혜주가 빗속을 뛰기 시작했다. 신우를 찾아야 했다.

가장 먼저 향한 곳은 억새밭이었다. 쏟아지는 장대비를 뚫고 억새밭을 뛰어다녀 보았지만, 거기에 신우는 없었다.

두 번째로 혜주는 신우가 지내는 암자로 향했다. 어느 암자에 머무는지 알고 있었으니 찾기는 어렵지 않았다. 그렇지만 암자엔 없을 터였다. 다만 암자 근처 산기슭을 헤매고 있을지도 몰랐다.

다행히 암자 근처 산 중턱에서 신우를 찾을 수 있었다. 그는 내리는 비를 다 맞으며 하염없이 서 있었다. 혜주의 걸음이 빨라졌다. 다시 움직이기 전에 잡아야 했다. 뛰어다니는 신우를 붙잡는 건 거의 불가능할 터였다.

"괜찮소?"

다행히 막 몸을 돌리려는 신우를 간발의 차로 붙들었다. 신우가 천천히 고개를 돌렸다. 누군지 확인하려는 것처럼 보였지만 정작 그의 눈은 텅 비어 있었다. 처음 보는 공허한 시선이었다. 혜주의 심장이 쿵 하고 저 아래로 떨어졌다. 혜주가 신우를 붙든 손을 흔들었다.

"보시오, 나요. 정신을 차려보시오. 내가 누군지 알겠소? 응?"

두어 번 눈을 깜빡이던 신우가 혜주와 눈을 맞추었다.

"아······."

드디어 신우가 알아보았다. 그제야 혜주가 안도의 한숨을 내쉬었다.

"빗속을 왜 이리 뛰어다니는 거요? 걱정했잖소!"

그를 일단 큰 나무 아래로 끌어당겼다. 조금이나마 빗줄기를 피할 수 있게 되자 비로소 마음이 놓였다.

"온몸이 다 젖었소."

대체 누가 누구에게 할 소린가 싶어 혜주가 신우를 빤히 쳐다봤다. 걱정스럽게 혜주를 보고 있었다. 왜 저리 보는 걸까 의아해하는 사이, 신우가 옷을 벗어 혜주의 어깨 위에 걸쳐주었다. 그제야 비로소 젖는 옷이 몸에 들러붙었다는 것을 알아차렸다.

"어, 그러니까 이게 말이오."

민망함보다 지금까지 사내라고 거짓말을 했던 게 먼저 떠올랐다. 무어라 변명해야 할지 몰라 마음이 급했다.

"괜찮소. 이미 알고 있었소."

무심하게 내뱉는 말에 혜주는 숨 쉬는 것조차 잊고 신우의 얼굴을 바라봤다. 신우는 주위를 두리번거리다 손가락으로 한곳을 가리켰다.

"저기, 동굴이 보이시오? 저기라면 비를 피하고 몸도 녹일 수 있을 거요."

혜주가 대답하기도 전에 신우는 손목을 붙든 채 뛰었다.

초겨울 비에 젖은 온몸이 한기가 들어 으슬으슬 추운데, 붙잡힌 손목만 이상하게 후끈했다. 혜주가 몸을 가늘게 떠는 걸 보고 신우가 바쁘게 움직였다. 이내 동굴 안에 있던 마른 잎사귀들을 끌어모아 불을 붙였다.

"이리 가까이 와 앉으시오."

신우가 시키는 대로 불 가까이 앉았으나 몸이 오래 찬 데 있어서 여전히 추웠다. 신우가 그 곁에 바싹 붙어 앉았다. 달달 떨던 혜주가 긴장하여 쳐다보았다.

"우린 같이 무술도 수련하며 어울린 일종의 사형지간인 셈이니 서로 체온으로 몸을 녹이는 게 문제가 되진 않을 거요. 그렇지 않소?"

"계집인데도 여전히 사형으로 인정해주는 거요?"

"처음부터 알았는데, 뭐."

"대체 어찌 알았소?"

"그리 허술한 변장에 속을 사내는 세상천지에 없을 거요. 아무리 절에서 자랐다고 해서 계집과 사내를 구분하지 못할 만큼 천치는 아니라오."

"그러면 왜 모른 척했소?"

지금까지 쓸데없는 광대 짓을 한 게 분했는지 혜주가 발끈했다. 알면서 지금까지 모른 척한 게 저를 가지고 놀았나 싶기도 했다.

"그거야……."

처음으로 친구를 하자고 온 또래라 신기해서, 계집인 걸 알면서도 거절치 못했다고 하면 더 화를 낼 것도 같다. 신우가 신중하게 말을 골랐다.

"어차피 부처님 앞에서 우리는 다 똑같은 미물일 뿐이니까. 성별이 무에 상관이 있겠소. 다만 그쪽이 그렇게 봐주길 바라니, 원하는 대로 모른 체했소. 기분 상했다면 미안하오."

사과받을 일이 아닌데 사과를 받으니 무안했다. 굳이 따지자면 뻔히 보이는 거짓말을 하며 속이려 한 게 제일 나쁜 건데 도리어 화를 냈으니 방귀 뀐 놈이 성낸 셈이다.

"혹 내가 사내여서 걱정하는 거라면 염려 마시오. 나는 어차피 승려가 될 몸이니, 그대가 여인인 게 내게 문제 될 건 없소."

여전히 불퉁한 게 신경 쓰여 신우가 굳이 덧붙이지 않아도 될 말을 더했다. 혹여나 제가 사내인 게 문제가 되어 귀한 집 아씨가 쓸데없는 생각을 하는 건 아닐지 걱정됐기 때문이다. 승려가 될 몸이라고 하면 혜주의 맘이 좀 편해질 테다. 적어도 양반집 아씨가 사내와 어울렸다는 걱정은 하지 않아도 되니 말이다.

"승려가 될 거요?"

승복을 입고 암자에 머무는 걸 보면 승려가 될 거란 건 누구나 예상할 수 있는 일이다. 저 역시도 곧 승려가 될 이가 머리를 왜 깎지 않는 건지 이상하게 생각하지 않았던가. 헌데 본인 입으로 승려가 될 거라 하니, 왜 가슴에 돌이 얹어진 것마냥 답답한지 모를 일이었다.

"나도 비구니나 될까."

뜬금없는 말이다. 태어나 단 한 번도 비구니 따위는 생각해본 적도 없다. 그런데 갑자기 그런 말이 튀어나왔다. 말을 해놓고는 머쓱하게 신우를 보았다.

"내가 머리를 깎으면 보기 흉할 거 같소?"

민망해져 혜주가 스스로 생각해도 쓸데없는 말들을 늘어놓았다.

"두상이 동그래서 머리를 깎아도 괜찮을 거 같소."

되는대로 뱉은 말인데, 혜주의 머리를 보며 신우는 제법 진지하게 대꾸했다. 예상치 못한 반응이라 혜주가 당황했다.

"그 모든 건 다 쓸데없는 고민이오. 부처님 앞엔 어떤 모습으로 있든 상관없다오. 치장된 겉모습이 아닌 그 안의 본질을 봐주시니 말이오. 결국 우리 외양은 겉치레에 불과하니 신경 쓸 거 없소."

"정말 그리 생각하오?"

작정하고 위로하는 게 아닌데도 그 말들은 혜주의 가슴에 파문을 일으키기에 충분했다.

"사람은 제각기 다르게 태어나기 마련이오. 가지고 태어난 그 모양을 미워하거나 혐오하지 않으면 되고, 남들의 타고난 모양을 지나치게 부러워하거나 질투하거나 시기하여 뺏으려 들지 않으면 되오.

타고난 모양이 다른 건 잘못이 아니오. 그리고 부처님은 그리 제각각 다른 모양으로 타고난 그대로 예쁘게 봐주실 거요. 모양이 다를 뿐 틀린 게 아니니 말이오."

무심하게 건네는 그의 말들은 어쩌면 혜주가 평생 찾아 헤맨 문제의 답이었다. 처음으로 그런 생각이 들었다. 어쩌면 나는 나 아닌 다른 모양을 부러워한 건 아닐까. 내게 맞지 않는 모양을 아버지에게 강요당하며 살아온 건 아닐까. 그래서 요즘 이토록이나 답답한 건 아니었을까?

"부모에게 자식은 무엇이오? 불교에선 무어라 가르치오?"

"정해진 건 없소. 윤회의 굴레 속에서 전생의 연이 이어져 현생에서 부모와 자식으로 태어났다고 하지. 전생의 원수였다는 말도 있고, 은혜를 갚아야 하는 관계라고도 하고, 빚을 갚아야 하거나 혹은 빚을 되찾아야 한다고 말하기도 하더군."

"그럼 난 전생에 빚을 많이 졌나 보오. 그래서 이번 생엔 갚아야 하는가."

이자도 그렇구나, 왠지 모를 동질감에 혜주를 쳐다보는 신우의 두 눈이 애틋했다. 저 역시 전생에 빚을 많이 진 게 분명했다. 그래서 이번 생에 그 빚을 갚기 위해 이리 태어난 모양이다.

"빗속을 왜 그리 뛰어다녔소?"

"답답해서 그랬소. 좀 시원해질까 해서."

"뭐가 그리 답답했던 거요?"

무어라 대답해야 할까. 될 대로 되라는 심정으로 다 털어놓고 싶기도 했다. 내가 김종서 가문의 살아남은 유일한 자손이라고, 내가 그 가문의 복권을 위해 움직여야 한다고. 그리 털어놓으면 혜주는 어떤 반응을 보일까. 과연 믿기나 할까. 제가 생각해도 어이가 없는데 미친놈의 망상이라 비웃어도 할 말이 없었다.

"내가 할 수 있는 일과 할 수 없는 일 사이, 내가 평생 생각해왔던 것과 미처 예상하지 못한 일 사이, 내가 알고 있었던 것과 알게 된 것 사이, 그 사이들 사이를 미친놈처럼 뛰어다녔소."

신우가 할 수 있는 최선의 대답이었다. 혜주는 그의 말을 단 한 마디도 알아들을 수 없었다.

승려가 될 거라는 자가 저렇게나 고민할 일이 무에 있단 말인가. 승려가 할 수 있는 일과 할 수 없는 일은 정확하게 정해져 있었다. 그걸 왜 이제야 고민한단 말인가. 평생 승려를 준비해 온 사람이 예상하지 못한 일이란 대체 뭘까.

"혹시 승려가 되는 걸 고민 중인 거요?"

평생 승려의 길을 생각하며 살아온 이가 처음으로 승려가 되지 않는 삶을 바라게 되었다면 할 만한 고민이었다.

"혹 심경의 변화라도 생긴 거요?"

"비슷하오."

정말로 비슷하다면 비슷한 일이라 신우가 순순히 고개를 끄덕였다. 신우가 간단히 인정하자 혜주의 눈이 커졌다.

갑자기 묻고 싶어졌다. 그 변화가 혹시 저 때문인 거냐고, 승려가 되고 싶지 않다는 생각이 들기 시작한 게 저를 만나고부터냐고 물어보고 싶었다. 정말로 궁금했다. 알고 싶었다.

그런데 물어볼 수 없었다. 너무 궁금한데 입도 뻥긋할 수 없었다. 혜주가 듣고 싶은 말은 정해져 있었다. 하지만 원하는 대답이 나오지 않을까 봐 묻지 못하는 건 아니었다. 오히려 원하는 대답을 할까 봐 더 걱정되었다. 원하는 대답을 한다 해도 혜주가 되돌려줄 것이 없기 때문이었다.

"비가 그친 모양이오."

어두웠던 동굴에 빛이 들어오자, 신우가 자리에서 일어났다. 혜주가 울적한 기분으로 신우를 뒤따랐다. 언제 비가 내렸냐는 듯 청명한 하늘엔 해가 높이 떠 있었다. 모닥불에 몸을 덥힌 데다 해까지 뜨자 더 이상 춥지도 않았다.

혜주가 어깨에 걸쳤던 신우의 옷을 돌려주었다. 조금 눅눅했지만 못 입을 정도는 아니었다.

혜주가 어렵게 입을 열었다.

"저기 말이오. 이제 내가 사내도 아니고 행자도 아니란 걸 확실히 알았잖소. 헌데 왜 내가 어느 집 여식인지, 이런 짓을 했는지 묻지 않는 거요? 이전엔 장단을 맞춰준 거라면 이젠 다 밝혀졌으니 물을 만도 하잖소. 궁금하지 않소, 내가 누군지?"

당장 혜주가 걸 수 있는 마지막 희망은 신우가 저처럼 어느 대갓집 아들인 거였다. 만약 어느 가문의 아들이라면, 그렇다면!

"조심하시오!"

신우가 혜주를 끌어당겨 품으로 감쌌다. 슉, 옆으로 화살 하나가 날라와 꽂혔다.

"비켜라, 이놈!"

혜주가 놀란 가슴을 가라앉히기도 전에 누군가 달려와 혜주에게서 신우를 떼어냈다. 좀 전까지 신우의 품 안에 있었는데 이젠 어느 사내에게 손목이 붙들렸다.

"월산군!"

뒤늦게 사내의 정체를 알아챈 혜주가 비명처럼 그를 불렀다. 얼결에 뒤로 물러선 신우가 새삼스럽게 사내를 쳐다보았다.

월산군이라니, 수양대군의 손자 아닌가! 수양대군의 손자가 눈앞에 서 있었다. 고작 활과 칼 하나만을 든 채로.

"네 놈 정체가 뭐냐! 뭐 하는 놈이야!"

형형한 눈으로 노려보던 현이 칼을 꺼내 들었다. 신우가 주춤하며 뒤로 물러났다. 혜주가 놀라 다급히 현의 팔을 붙들었다.

"왜 이러시는 겝니까, 월산군!"

그 순간, 어디서 날아오는지 모를 화살들이 세 사람을 향해 쏟아지기 시작했다.

7장

악연
惡緣

"현이 산을 가? 갑자기 왜?"

달려온 행랑아범의 말에 난을 치던 윤덕이 붓을 내려놓았다. 현이 말도 없이 산에 갔다니, 대체 무슨 일인지 이해가 가지 않았다.

"예, 그것도 활과 칼을 챙겨서 급히 나가셨습니다. 산으로 간다고, 그 말씀만 하셨습니다. 왜 가는지는 가르쳐주지 않으셨습니다요."

"그 말을 듣고 그대로 보냈단 말이냐?"

"붙들고 늘어졌지요. 억지로 떼어내고 가셨습니다. 흥인사 근처로 가실 거란 말씀만 겨우 들었습니다."

"흥인사라면, 인왕산으로 갔다는 게냐?"

"그러시겠지요? 흥인사가 인왕산에 있으니……."

현이 칼과 활을 챙겨 산으로 갔는데 하필이면 간 곳이 흥인사가 있는 인왕산이라니.

"안 되겠다. 나도 가봐야겠다."

"흥인사로 가시려고요?"

"홍인사든 인왕산이든, 내 아들이 있는 곳으로 가겠단 말이다!"

홍인사라니, 윤덕에게는 평생 잊을 수 없는 곳이었다. 현이 태어난 사찰이 바로 홍인사였으니 말이다.

허나 현이 태어난 이후로 윤덕은 홍인사에 가지 않았다. 시부모님이 자주 찾는 절일 뿐만 아니라 왕실의 사찰이라 가야 할 일은 종종 있었다. 그럴 때마다 윤덕은 갖은 핑계를 대며 절대로 걸음하지 않았다.

현이 태어난 사찰이니 윤덕에겐 무엇과도 바꿀 수 없는 큰 기쁨을 준 곳이라 감사히 여기는 게 마땅하나 그럴 수만은 없었다. 그 절에서 현을 얻을 때 일어난 일들 때문이었다.

마냥 좋고 행복하기만 해야 했던 그날이 윤덕의 기억 속에 찝찝함으로 남은 건, 아들이 태어났음에도 온전히 기뻐하지 않는 기이했던 그날의 분위기 때문이었다. 기뻐 어쩔 줄 몰라 묻는 게 아니라 정말로 의심하는 거처럼 보였던 시부의 물음, 난데없이 사라진 제 몸종과 아이 출산을 도왔던 산파, 그리고 사찰에 기부하려는 저를 말리던 명회.

누가 봐도 아이의 출산을 기뻐하는 모양새가 아니었다. 거기다 수양은 현의 이름을 무척이나 늦게 지었다. 계속 미적거리자 도원군이 몇 번이나 재촉했다. 윤덕은 첫 손자인데 대체 왜 기뻐하지 않고, 하대하는 기분까지 드는지 이해하기 어렵다며 분통을 터뜨렸다. 도원군은 사람이 많이 죽은 날 태어난 아이라, 불교를 믿는 수양이 꺼리는 걸 수도 있다고 추측했다. 그 답을 듣자 마냥 기쁘기만 했던 현의 출산이 모두 제 탓인 거 같았다. 하필 왜 그날 아이를 절에서 낳아서 시부에게 환영받지 못하는 종손으로 만들었을까, 윤덕은 스스로가 한심했고 현에게 미안했다.

그랬으니 홍인사에 대한 감정이 좋을 리 없었다. 그날의 기억이 너무나 강렬해 그 후로는 두 번 다시 홍인사를 찾지 않았다. 다시 그 절을 찾으면 그때 느꼈던 말할 수 없는 찝찝함이 생생히 떠오를 것 같았기 때문이다.

* * *

"아버님께서 부인이 당분간 사찰에서 머물렀으면 좋겠다고 하시는군."

지아비인 도원군의 말에 수를 놓던 윤덕의 손이 멈추었다.

"그 말씀은……."

"도성 밖 사찰에 머물렀으면 하시오. 아버님의 뜻이 그러하니 준비하도록 하오. 내일은 너무 이르겠고 모레쯤 출발하면 될 듯한데 괜찮겠지?"

윤덕의 입에서 나올 말을 짐작이라도 한 건지, 도원군이 제 할 말만 하고는 자리에서 일어났다. 다정하고 따뜻한 성품이라 아내에 대한 애정이 지극하기는 하나 마음이 유약한 도원군은 아내와 정치를 거론하는 걸 꺼렸다. 아버지 못지않은 아내의 권력욕을 늘 부담스러워했다.

그러거나 말거나 윤덕은 조금도 신경 쓰지 않았다. 오히려 머릿속은 더 바빠졌다. 해산일이 얼마 남지 않았는데 굳이 먼 사찰로 보내놓는 건 분명 거사 일이 얼마 남지 않은 것이다. 거사가 실패하기라도 하면 유일할지도 모를 후손을 보존하기 위해 멀리 보내는 거다.

드디어 시아버지가 왕이 된다. 그리고 남편은 세자가 되고 이 배 속의 아이는 그 뒤를 이을 것이다. 기쁨에 겨운 윤덕의 가슴이 세차게 뛰었다.

시부의 뜻을 받들어 윤덕은 바지런히 준비해 사찰로 떠났다. 해산할 때까지 있을지 몰라 만반의 준비를 하느라 짐이 많았다. 수양은 원래 도성에서 가장 먼 사찰로 가 있으라고 당부했다. 하지만 윤덕이 향한 곳은 도성 내 있을 뿐만 아니라 심지어 궐이 훤히 내려다보이는 흥인사였다.

윤덕이 하늘 같은 시부의 명을 어긴 건 그곳에 제 언니인 순덕이 머물고 있다는 소식을 들었기 때문이다.

권력에 기민한 윤덕의 아비는 미색이 빼어난 여식들을 이용하는 데 거리낌이 없었다. 맏딸은 김종서에게, 막내는 수양대군에게 보냄으로써 미래를 도모했다. 아비는 양쪽에 다 줄을 대어놓는다는 생각 정도였으나, 며칠 뒤 두 자매의 운명은 확연히 갈리게 될 예정이었다. 하나는 왕실의 여인이 되고, 하나는 노비가 될 테니까.

거사 당일, 수양대군은 조정 신료들과 왕실 사람 중 절반 넘게 도륙해야 할 게다. 수양에게 붙은 무리는 시정잡배들이라 그들에게 자리를 마련해주기 위해서라도 죽여야 될 숫자는 충분해야 했다. 그렇게 해야만 잡을 수 있는 게 권력이었다.

그래서 윤덕은 저 멀리 피해 있으라는 수양의 말을 어기고 언니 순덕이 있는 흥인사로 가야만 했다. 김종서의 큰 며느리인 순덕을 감시해야 했고, 혹여나 언니가 아들을 낳으면 갓 태어난 그 조카를 가장 먼저 죽여야 했다. 거사가 성공하든 실패하든 언니의 아들은 자신의 손안에 있어야 했다. 거사가 성공하면 역모 집안의 자식이니 죽이고, 실패한다면 자기 아들을 살리기 위한 인질 노릇을 해야 했다.

"네가 여긴 어인 일이냐?"

"언니가 여기 있다기에 와봤지요."

"날 보러 왔다고?"

"네, 저도 몸 풀 날이 얼마 남지 않았잖습니까. 저도 해산할 때까지 여기 있을까 해서요. 자매가 나란히 해산 준비를 하는 것도 좋겠지요."

"그래, 참으로 정겨운 일이지."

말은 그리하였으나 순덕의 얼굴은 묘하게 그늘졌다. 여섯 자매 중 첫째인 순덕과 여섯째인 윤덕은 나이 차이가 가장 많이 났지만 가장 닮은 자매인 데다, 여섯 중 가장 인물이 좋은 걸로 손꼽혔다. 외모는 그렇게 닮았으나 성정은 정반대였는데, 맏이답게 너그럽고 유순한 순덕과 달리 윤덕은 욕심이 많았고 갖고 싶은 건 뭐든 가져야만 하는 성정이었다.

윤덕은 언니가 반기지 않으리란 건 알았다. 영리한 언니가 수양 못지않은 동생의 야심을 모를 리 없었다. 이 상황을 의심해 순덕이 시댁에 언질이라도 해서 김종서가 수양대군의 감시를 강화한다면 큰 낭패였다. 자신의 묘수가 악수가 될지 모른다는 걱정이 덜컥 들자 윤덕은 몸종에게 순덕의 처소를 감시케 했다.

밤새 순덕의 처소를 지킨 몸종이 다음 날 서찰 하나를 가지고 달려왔다. 예상대로 순덕이 제 지아비에게 보낸 것으로, 윤덕이 제 곁에 온 게 아무래도 수상하니 수양대군을 잘 살피라는 경고가 적혀 있었다.

"시키는 대로 바꿔치기한 게냐?"

"예."

이런 일을 예상한 윤덕은 미리 서찰 하나를 써서 감시하는 몸종에게 맡겨두었다. 그걸 순덕의 몸종이 가져갈 서찰과 바꿔치기한 것이다.

"참으로 장하다."

윤덕이 끼고 있던 은가락지를 빼 건넸다. 몸종이 감격하며 윤덕 앞에 납작 엎드렸다.

"계속 처소를 살필까요?"

"아니, 됐다. 더 이상 아무 일도 없을 것이야."

몸종을 내보내고 윤덕은 바로 순덕의 서찰을 태웠다.

두 자매의 글씨체는 거의 비슷했다. 언니가 글을 먼저 배웠고, 윤덕은 언니의 글을 보고 따라 쓰면서 배웠다. 허니 서찰이 바뀐 걸 형부는 모를 것이고 모르니 아무런 조치도 취하지 않을 것이다. 두 사람은 아마 이 일을 평생 모를 것이다. 다시는 살아서 만나지 못할 테니까.

자매의 예정일은 거의 비슷했다. 며칠 후 거사의 그날, 운명처럼 윤덕이 순덕보다 먼저 진통을 시작했다. 마침 제 시아버지가 권력을 잡는 날 태어나는 아들이라니, 이 아이는 정말 준비된 왕재가 아닐 수 없었다.

진통은 고통스러웠으나 그 와중에도 윤덕은 불쑥불쑥 기뻤다. 모든 건 준비되었다. 이제 아들이기만 하면 된다. 오랜 진통 끝에 우렁찬 아이의 울음소리가 들렸다.

"마님, 아들, 아들입니다!"

산파한테서 그토록 듣고 싶었던 말을 듣자마자 긴 진통에 진이 다 빠진 윤덕은 바로 정신을 잃었다.

* * *

"그게 무슨 소리야? 혜주가 사라졌다니? 혜주는 부인과 함께 흥인사에 가지 않았더냐?"

"예, 거기서 아씨가 감쪽같이 사라지셨답니다."

"무어라? 흥인사에서 사라져? 아니, 그럼 흥인사에서 제 어미와 같이 있지 않았다는 게냐?"

"그랬던 모양입니다. 비가 많이 오니까 마님이 걱정되어 아씨를 찾았는데, 아무리 찾고 기다려봐도 오지 않아 난리가 난 모양입니다."

마른하늘에 날벼락이 쳐도 이보다는 덜 놀랄 것 같았다. 자식이 사라졌다니, 부모에게 이보다 더 끔찍한 소식이 어디 있을까. 명회의 눈앞이 순간 뿌옇게 흐려졌다.

"내 직접 가겠으니 채비하라. 어서!"

"예!"

바쁘게 움직이는 시종들을 보며 명회가 떨리는 손을 뒤로 감추고 주먹을 쥐었다 펴길 반복했다. 혜주는 단순한 자식 이상이었다. 그런 딸이 사라지다니, 인생에서 가장 끔찍한 순간이 바로 지금이었다.

서둘러 집을 나서 흥인사로 향했다. 이렇게 정신없이 급하게 흥인사로 가는 건 거사일 이후 처음이었다. 그러고 보니 그때도 자손을 잃었을지 모른다는, 똑같이 절박한 심정으로 산을 올랐다. 다만 그때의 자손은 왕실의 자손이었고 지금은 제 자식이라, 명회의 심경은 천양지차였다. 이래서 내 손톱 밑의 가시가 남의 고뿔보다 더 아프다고 하는 모양이었다.

* * *

"홍인사에서는 아직도 아무런 소식이 없느냐?"

"예."

"진통이 어젯밤에 시작되었다는데 지금까지 아무 소식이 없다니, 분명 무슨 사달이 난 게다. 그게 아니고서야 어찌 지금까지 아무런 연락이 없느냐!"

수양이 발을 구르며 분노했고, 도원군은 어쩔 줄 몰라 했다. 당장이라도 사람을 보내 알아보면 될 일이지만, 아기가 태어난 곳에 손에 피 묻은 자들을 보낼 수는 없었다. 그래서 이리 애타면서도 기다리고만 있을 뿐이었다.

그때 신숙주가 긴장한 얼굴로 들어와 명회의 귓가에 속삭였다. 명회의 두 눈이 커다래졌다.

"왜 그러나? 소식이라도 온 게야? 혹 산모나 아이가 잘못됐다고 하나?"

"그게 아닙니다. 군부인의 소식이 아닙니다."

"아닌데 자네 표정이 왜 그래?"

"주위를 좀 물려주시지요."

도원군과 수양, 명회 셋만 남자 명회가 목소리를 낮추고 말했다.

"홍인사에 군부인뿐 아니라 김종서의 며느리도 머물렀다 합니다."

"그놈의 며느리가? 그놈 며느리가 왜 홍인사에서 우리 며늘애랑 같이 머물러?"

"두 사람 자매지 않습니까?"

길길이 뛰는 수양을 도원군이 진정시켰다.

애초에 도성에서 멀리 가라 그토록 당부했는데 굳이 흥인사로 가더니, 언니가 거기 있어서였구나! 부인의 성정을 보건대 자매 곁이라 머문 건 아닐 게다. 허니 따지자면 수양이 화낼 일이 아니었다. 무슨 일이 벌어졌다면 자초한 건 윤덕이니 말이다. 이런 속내를 털어놓을 수는 없어 도원군은 입을 꾹 다문 채 들끓는 속을 드러내지 않으려 고개를 숙였다.

"아무래도 대군과 제가 흥인사로 직접 가보는 게 좋을 듯합니다. 아무도 따르지 못하게 하고 저희 둘만 말입니다."

"아니 될 말이오. 내가 태어난 아이의 아비이고, 산모의 지아비요. 가려면 내가 가야지요."

"너는 여기 있거라!"

"아버님!"

"그 빌어먹을 부사놈이 어디로 사라졌나 했더니 겁쟁이 같은 놈이 어디 숨은 게 아니라면 거기 간 게다. 거기 가서 무슨 짓을 벌였는지 누가 알아! 네가 감당할 수 있는 일이 아니다. 우리 둘이 다녀오는 게 맞아. 그리고 나와 자준이 자리를 비운 사이 여기서 무슨 일이라도 나면 어쩔 게냐? 아직 여기도 다 마무리된 게 아니야. 허니 네가 나 대신 지켜야 할 게 아니냐."

도원군이 입술을 깨문 채 물러났다. 수양의 뜻이 단호했고, 도원군은 아비의 뜻을 어겨본 적 없는 아들이었다.

주위에 알리지 않은 채 수양과 명회 단둘만 정신없이 인왕산을 올랐다. 가슴과 목구멍이 찢어질 것처럼 숨이 차도 둘 다 멈출 수 없었다. 흥인사에 가까워질수록 무언가 대단히 이상한 일이 생긴 게 확실하다는 게 섬뜩하리만치 분명해졌기 때문이다.

사찰 앞에 이르니 확신은 더욱 굳어졌다. 아무리 산속에 있는 절이라도 인기척이 이렇게나 없다니. 군사를 적지 않게 보내 호위케 했는데, 군사가 멀쩡하다면 이토록 섬뜩할 정도로 고요할 수는 없었다.

홍인사 안으로 들어서자 그 이유를 알 수 있었다. 수양이 보낸 군사들이 모두 죽어 절 앞마당이 온통 피바다였다.

두 사람은 숨 돌릴 틈도 없이 사찰 안을 뒤지며 윤덕을 찾았다. 유독 피가 많이 흩뿌려진 암자의 문을 열자, 거기 두 사람이 그토록 찾던 윤덕이 혼절해 있었고, 그 옆엔 갓 태어난 아이가 울고 있었다. 죽은 듯이 쓰러져 있는 여러 명의 여인도 함께.

수양은 아이부터 품에 안은 뒤 얼렀다. 한 손으로는 윤덕의 맥박을 짚었다. 명회는 그 옆에 쓰러져 있는 여인들의 맥박을 확인했다.

"다들 죽지 않았습니다. 아직 살아있습니다."

명회가 윤덕에게 다가가 바로 눕혀 깨우려는데, 가슴팍에 서찰이 꽂혀 있는 게 보였다. 반듯하게 접힌 서찰은 누군가 읽길 바라고 두고 간 게 분명했다.

"놈이 남기고 간 서찰인 모양입니다."

"뭐라고 지껄였는지 읽어보시오."

명회가 떨리는 손으로 서찰을 편 후 빠르게 눈으로 훑었다. 내용이 얼마나 놀라운지 저도 모르게 훅, 숨을 들이켰다.

"읽어보래도."

우는 아이를 어르느라 정신이 없던 수양이 버럭 신경질을 냈다.

마음을 가다듬은 명회가 서찰에 적힌 글을 읽기 시작했다.

수양은 보아라. 네가 인간이라면 할 수 없는, 해서는 안 되는 잔악무도한 짓을 저지르고 있을 때 네 손자가 태어났다. 그리고 같은 시간, 같은 곳에서 김종서 대감의 손자도 태어났다. 아니, 정확히는 내가 배를 갈라 꺼냈다.

나는 김종서 대감의 종손을 보존하기 위해 이 사찰에 왔으나, 네 손자가 태어날 때까지 김종서 대감의 손자는 태어나지 않았다. 김종서 대감의 며느리 한씨는, 종손을 보존키 위해 배를 갈라 아이를 꺼내 데리고 도망치길 바랐고, 나는 어쩔 수 없이 그 뜻을 따랐다.

허나 그 어리디어린 것을 데리고 이 겨울에 언제 끝날지 모르는 도피 길에 오르는 건 불가능하다는 걸 깨달았다. 그때 묘수가 떠올랐다. 내가 네 자손을 데려가고 김종서 대감의 자손을 네게 맡기는 것이다. 네 자손이 내 손에 있는 한 너는 대감의 자손을 어쩌지 못할 것이고 네 손자처럼 키울 수밖에 없을 테니 말이다.

나 역시 김종서 대감의 유일한 후손을 데리고 도망치는 것보다야 네 손자를 데려가는 게 마음이 훨씬 편하지 않겠느냐! 하여, 네 손자를 내가 데려가고 김종서 대감의 자손을 두고 간다. 부디 잘 키우거라. 내가 네 손자와 함께 먼 길을 떠나니 추적자를 보내는 우를 범하지 마라. 아이를 인질 삼아 무슨 짓을 할지 어찌 알겠느냐!

수양이 멍하게 제 품에 안긴 아기를 쳐다보았다. 아기는 제 엄지손가락을 빨며 어느새 잠들어 있었다.

"말도…… 말도 안 되는 소리! 말도 안 되는 소리야. 그자가, 그자가 제가 편히 도망치기 위해 거짓말을 한 게야. 그렇지? 이보게, 이 아이의 이목구비를 보게. 나와 도원군을 쏙 빼닮지 않았는가? 응?"

수양은 도리질 치며 온몸으로 부정했다.

"일단 김종서의 며느리가 정말로 있는지 확인해보겠습니다."

명회가 급히 밖으로 뛰쳐나갔다. 수양이 어쩔 줄 몰라 하며 아이를 품에 안고 방 안을 서성였다. 이 아이가 내 손자가 아니라 김종서의 손자일지도 모른다는 게 도무지 믿어지지 않았다. 이게 대체 일어날 수 있는 상황인 건지 이해할 수 없었다.

"대군."

뛰어 들어오는 명회의 얼굴이 새하얗게 질려 있었다. 그 얼굴이이미 할 말을 대신 해주고 있었다. 다리에 힘이 풀린 수양이 쿵 하고엉덩방아를 찧으며 주저앉았다. 겨우 잠든 아이가 깨어 다시 자지러지게 울어댔다. 그제야 정신을 잃은 여인들이 움찔거리더니 서서히정신을 차리기 시작했다.

명회와 수양은 이들이 자초지종을 제대로 알려주지 않을까 기대했으나, 아무것도 기억하지 못했다. 윤덕마저 수양의 품에 안긴 아기를 보며 제 아들이라 확신했다. 수양이 정말 네 아들이 맞냐고 거듭 묻는 게 무슨 의미인지도 알아채지 못했다. 아이를 직접 받은 산파조차 제가 받아낸 아이가 맞다고 했다.

침입자가 있다는 것까지는 기억했지만, 수양의 군사들이 모두 해결한 걸로 알고 있었다. 왜 기절했냐고 묻자 기억하지 못했다. 명회는 그제야 코끝에 감돌던 메케한 향이 이들을 기절시킨 것임을 알아차렸다. 산파가 피 냄새를 가리기 위해 피운 향이라고 생각했는데그게 아니었던 모양이다.

"일단 모두 나와도 된다고 할 때까지 나오지 말고 여기 꼼짝 말고머물러라."

명회가 아랫것들에게 신신당부한 뒤 넋을 잃은 수양을 끌고 밖으로 나왔다.

"대군, 정신을 차리십시오!"

충격을 받은 수양을 흔들었다. 명회의 호통에 겨우 시선을 맞추었다. 정신이 들자 비로소 엉망진창인 절 마당의 풍경이 눈에 들어왔다. 우선 저 방 안에 있는 이들이 이 사실을 알기 전에 이것부터 치워야 했다. 혹여나 이 꼴을 윤덕이 보기라도 한다면 큰 충격을 받을 테니 그 전에 아무 일도 없었던 것처럼 만들어야 했다.

"군사들을 불러서 이걸…….."

"안 됩니다, 대군. 이 일이 밖으로 알려져선 아니 됩니다."

"그럼 이걸 우리 둘이 치우자고?"

수양답지 않게 말도 안 되는 소리를 중얼거리자, 명회가 답답해하며 가슴을 움켜쥐었다.

"그놈이 설마 절의 중놈들까지 다 죽이진 않았을 겁니다. 여인네들까지 안 죽인 걸 보면 어딘가 중놈들도 자빠져 있을 게 분명해요. 그들을 불러 치우게 하지요. 여기서 기다리십시오. 제가 그놈들을 찾아오겠습니다."

명회의 예상대로 비구들은 모두 눈과 입이 막힌 채 창고에 갇혀 있었다. 명회가 모두 풀어준 뒤 일단 그들이 무얼 얼마나 아는지 확인했다. 다들 피를 뒤집어쓴 야차 같은 사내가 뛰어 들어와 자신들을 모두 기절케 했다는 거 외엔 아무것도 몰랐다. 명회는 비구들에게 사찰의 시체들을 모두 치우게 했다.

"대군, 일단 그 부사놈부터 찾아야 합니다. 추격조를 보내시지요."

"추격조? 내 손자가 거기 있는데 어찌 그래?"

펄쩍 뛰며 막는 수양이 명회는 답답하기만 했다.

"대군, 설마 저 서찰을 곧이곧대로 믿으시는 겁니까?"

"그럼 아니라고?"

"제 생각에 저 서찰은 거짓입니다. 추격을 막기 위해 애를 바꿨다고 거짓말을 하는 겝니다. 김종서의 수하가 김종서의 유일한 자손을 두고 혼자만 살겠다고 도망갈 리 있습니까? 만약 정말로 김종서의 손자를 여기 두고 도망간 거라면, 더욱이 추격자를 보내셔야 합니다. 거기에 대군의 손자는 없습니다. 뭐 하러 도망치면서 굳이 대군의 손자를 데려갔겠습니까? 죽이고 가는 게 더 쉬울 텐데요."

명회의 말엔 거침이 없었고 일리도 있지만, 스스럼없이 제 손자의 목숨을 쉽게 입에 올리는 게 방자하기 그지없어 불쾌했다. 누구를 향하는지 정확히 말하기 어려운 분노가 치솟아 수양의 이마에 새파랗게 핏줄이 섰다.

"허니 조선팔도를 이 잡듯이 뒤져서라도 그자를 찾아내야 합니다. 그자를 찾아야 저 아이가 진짜 대군의 손자인지 아닌지 확인할 게 아닙니까."

들으면 들을수록 여러 이유가 겹쳐 머리끝까지 분노가 치솟았지만, 명회의 말을 트집 잡기엔 그른 게 없었다. 따지고 보자면 이 분노가 명회를 향하는 것도 우스운 일이었다. 수양이 긴 숨을 내쉬며 마음을 가라앉혔다.

"그래, 추격자는 보내도록 하지. 그건 자네 말대로 하는 게 맞겠네. 근데 대체 며늘아기에겐 이 일을 어찌 설명해야 한단 말인가?"

"설명하시면 아니 됩니다."

"아니, 저 젖먹이가 제 자식이 아닐 수도 있는데 말해주지 말란 겐가?"

"군부인뿐 아니라 도원군도, 그 누구도 알아선 아니 됩니다. 저와 대군을 제외하곤 아무도 이 일을 알아선 안 됩니다. 이왕이면 저 안에 있는 계집들까지도 모두 없애 뒷말이 나돌지 않게 해야 합니다."

"자네 대체 무슨 소리를 하는 게야!"

제 손에 피를 묻힌 대가를 손자가 받는 건가 싶어 가뜩이나 심란해 죽겠는데 여기서 더 피를 봐야 한다니. 아무렇지 않게 그런 말을 내뱉는 명회가 기막혔다. 결국 수양이 애써 참았던 분노를 터트렸다. 그러나 불이라도 뿜을 대군의 기세 앞에서도 명회는 침착했다.

"다들 오늘 여기서 대군의 손자가 태어났다는 것만 알지 김종서의 손자가 태어난 건 모릅니다. 배가 갈라진 저 시체는 저희가 죽였다 치고 어디다 묻어버리면 그만입니다. 오늘 여기서 김종서의 손자가 태어났다는 건 아무도 몰라야 합니다. 조금의 의심스러운 일도 없어야 합니다. 허니 일단 저 아이는 대군의 손자라고 공표하십시오. 그래야 뒷일을 처리하기 더 쉬워집니다. 저 아이를 죽일지 살릴지는 그 부사놈을 찾아낸 뒤 결정하면 될 일입니다. 지금 일을 시끄럽게 만들 필요가 없단 말입니다. 제 말뜻을 이해하시겠습니까?"

명회의 설명이 끝나자 그제야 수양이 입을 다물었다. 하긴 이 모든 게 알려져봐야 좋을 건 하나도 없다. 김종서와 수양대군의 손자가 동시에 태어났고 한 아이만 여기 남았다는 소문이 퍼지면, 아이가 진짜 자신의 손자여도 일생 진위문제로 시달릴 것이다. 당연히 그 부모까지 고통받을 게 분명했다.

그래, 명회의 말이 옳다. 아무도 모르게 죄다 묻는 게 최선이다. 부모조차 몰라야 했다. 만약 정말 저 아이가 김종서의 자손인 게 확실해진다면 그때 조용히 처리하면 될 일이다.

"일단 그 죽일 놈부터 찾는 게 우선입니다."

"그래, 알겠네. 찾아. 무슨 수를 써서라도 찾도록 해."

"네, 산파와 시종들은."

"자네가 알아서 처리하게."

"대군, 이왕이면 승려들도 처리해야 합니다."

"말도 안 되는 소리! 그 미친놈도 승려들은 죽이지 않은 거 못 봤나! 자넨 날 대체 어떻게 만들고 싶은 게야? 승려들은 어차피 아무 것도 보지 못했고 알지 못하네. 허니 건들지 말게. 해산하는 걸 본 여인들은 어쩔 수 없다지만 비구들은 어차피 아무것도 못 봤으니 손대지 말란 말이야!"

수양이 버럭 역정을 내자 명회가 입을 다물었다. 이 와중에 그런 걸 따지는 게 참으로 우습다는 생각이 들었으나 더 긁었다가 정말로 저를 내던질 거 같아 그만두었다.

"그놈을 찾아. 무슨 수를 쓰든 찾아. 조선팔도를 이 잡듯이 뒤져서라도 찾아!"

"예!"

박철이 데려간 아기가 누구의 손자든, 갓난아기를 안고 도피길에 올랐으니 찾기 어렵지 않을 것이다. 그리고 찾기만 하면 누구 자식인지 바로 알게 될 것이다.

허나 명회의 확신과 달리 끝내 박철을 찾지 못했다. 시간을 요하는 사태에 지체될 수밖에 없는 한계가 있었다. 불심이 깊었던 수양은 승려들을 죽이지 않았듯이, 군사들이 사찰을 뒤지는 건 허락지 않았다. 하지만 명회는 몰래 그 명을 어기고 조선팔도 사찰을 수색하는 건 물론이거니와 수상적은 승려들까지 모두 잡아들여 조사했다.

죽이지만 않고 잡아들여 족친다면 나중에 들켜도 감당할 수 있는 벌을 받을 거라 여겼다. 그러나 그리 난리를 쳤는데도 끝내 찾지 못했다. 비슷한 시기에 태어난 부모 없는 갓난아이까지 일일이 추적해 보았으나 아기도 철도 행방이 묘연했다.

결국 윤덕의 품 안에 안긴 그 아이는 현이라는 이름을 받고 수양의 공식적인 손자가 되었다. 그리고 사찰에 머물렀던 김종서의 며느리는 아이를 낳다 죽은 걸로 기록되었다. 명회와 수양은 씨도둑질은 못 하니 아이가 좀 크면 누구의 자손인지 확실히 알 수 있을 거라고, 마지막 희망을 걸었다. 허나 외탁을 한 현은 클수록 외가인 한씨 집안 사람들을 빼닮아 더욱이 누구의 씨인지 알 수 없었다.

그 후 세월이 흐르고 몸이 쇠약해지면서 수양은 더욱 불심이 깊어졌으나 명회는 그날 이후 절을 찾지 않았다. 부처의 뜻이 이렇다면, 알고 싶지 않았고 알 필요도 없었다. 무엇보다 부처님을 찾아 절을 올리기엔 그날 이후 가슴에 품어선 안 되는 칼 하나가 늘 매섭게 날이 서려 있었다.

이 빌어먹을 절을 결국은 자식 때문에 오게 되는구나, 이 절에서는 늘 누군가의 자식이 문제가 되는구나. 곱씹을수록 기막혀 명회는 저도 모르게 한탄했다. 몇십 년 전 그날처럼 절을 오르는 명회의 턱 끝까지 숨이 차올랐다.

* * *

쏟아지는 화살을 피해 현과 혜주, 신우는 일단 큰 바위 뒤로 몸을 숨겼다. 어이없게도 그 지경이 되고 나서야 셋은 서로 인사를 나누고 안부를 묻게 되었다.

"대체 여기까지 어찌 오신 겝니까?"

"낭자가 위험하니 빨리 흥인사로 가보라고 누가 그랬소."

"누가요?"

"모르겠소. 갑자기 와서 그러기에 앞뒤 가릴 거 없이 칼을 들고 나
선 거요. 대체 왜 승복을 입고 있는 거요? 그리고 저자는 누구요?"

"이자는……."

무어라 하는 게 좋을까. 길게 설명하면 더 이상할 듯하여 혜주가
대충 둘러대기로 했다. 어차피 오늘이 지나면 현과 신우는 다시는
보지 않을 사이이니 상관없다 싶었다.

"흥인사의 사미입니다. 어머니를 따라 사찰에 올 때마다 만난 사
이라 벗처럼 가까이 지냅니다. 제가 승복을 입고 있는 건, 편해서입
니다. 산길을 돌아다니기엔 이 옷이 편하니까요."

"허면 그리 입고 이자와 산에서 어울린단 거요?"

"왜요, 뭐 안 됩니까?"

뭐가 문제냐는 듯이 큰소리를 치는 혜주의 태도에 기가 찼다. 양
반집 아씨가 외간 사내랑 산에서 어울리는 게 뭐가 문제냐니, 그걸
몰라서 묻는 건가 싶었다. 사미라고는 해도 어쨌거나 사내는 사내
아닌가. 아니, 사미가 맞는지도 의문이었다. 머리를 안 깎았는데도
사미라고 할 수 있나? 따지려던 현이 순간 달라진 상황을 느끼고 입
을 닫았다.

"화살이 멈추었소."

신우의 나지막한 말에 현이 자기도 모르게 고개를 끄덕였다. 현이
나가보겠냐는 식으로 눈짓을 하자 신우가 일어설 채비를 했다. 그에

따라 혜주 역시 들썩였다.

"여기 있으시오."

누가 먼저랄 것도 없이 똑같은 말을 혜주에게 한 뒤 둘 다 놀라 멈칫하며 서로를 보았다.

"낭자는 여기 꼼짝 말고 있으시오. 나오라고 할 때까지 나오면 아니 되오."

먼저 정신을 차린 현이 당부했다. 불퉁하니 볼을 부풀렸던 혜주가 둘의 눈치를 보고는 다시 자리에 주저앉았다.

현과 신우가 눈짓을 나눈 뒤 동시에 벌떡 일어나 바위 밖으로 몸을 내밀었다.

"함정이군."

화살이 수북하게 꽂힌 곳에서 두어 걸음 물러선 자리에 칼을 뽑아든 복면 사내들이 에워싸고 있었다. 현이 허리춤에서 칼을 꺼내 들었다.

"너도 낭자를 데리고 몸을 피하거라."

자세를 고쳐잡고 신우에게 명령을 내리듯 말했다. 신우는 그러긴커녕 옆에 나란히 서더니 허리춤에서 칼을 뽑았다. 혹 이자도 한패인가, 아찔한 생각에 현이 두려운 표정을 숨기지 못하고 신우를 노려보았다. 그러나 그의 칼끝이 향한 방향은 복면을 쓴 이들이었다. 현이 비로소 안도했다.

"몇 명이나 상대할 수 있느냐?"

"실전은 처음이라."

"서로 등을 맞댄 채 같이 움직이자. 그래야 빈틈을 줄일 테니."

현과 신우가 서로 등을 맞대고 섰다. 복면을 쓴 자들이 기다렸다는 듯이 달려들었다. 신우와 현이 온 힘을 다해 상대했다. 눈앞의 상대와 싸우다가도 서로가 위험에 처했다 싶으면 자신의 등을 내주고라도 도왔다.

하지만 검술 훈련에 공을 들였더라도 둘은 실전 경험도 없는 애송이였고, 상대는 노련한 살수들이었다. 살수들은 건성으로 검을 들이대는 것 같았고, 둘은 악착같이 막았다. 어쩐지 농락을 당하는 것만 같아 약이 바싹 올랐다. 화가 나자 둘 다 누가 먼저랄 것도 없이 서로에게서 떨어지고 말았다. 그때였다.

"위험하오!"

신우의 경고에 현이 겨우 등 뒤에서 저를 노리는 칼날을 피했다. 숨이 차서 호흡이 가빴다. 이제 곧 둘 다 꼼짝없이 사로잡히게 생겼다는 섬뜩한 예감이 들었다. 검을 든 팔과 다리가 후들거려 더 이상은 못 버틸 것 같았다.

"웬 놈들이냐!"

때마침 호통 소리와 함께 정복을 입은 한 무리의 군사들이 산 위에서 달려 내려오고 있었다. 군사를 확인한 살수들이 등장할 때처럼 지체 없이 흩어져 숲으로 숨어들었다. 그야말로 눈 깜짝할 사이에 자취를 감추었다.

"월산군, 괜찮으시오?"

딸 혜주를 찾기 위해 산을 뒤지던 명회가 현을 발견했다. 칼을 들고 복면한 자들과 싸우는 모습에 기겁하고 달려온 거였다.

다리에 힘이 풀린 현이 털썩 자리에 주저앉자, 신우 역시 나무에 몸을 기댄 채 숨을 몰아쉬었다.

"아버지!"

바위 뒤에 숨어 있던 혜주가 아비의 목소리를 듣고 뛰쳐나왔다. 딸을 찾았다는 기쁨도 잠시, 명회는 딸의 복장을 보고 입을 쩍 벌렸다.

"아니, 너 대체 이게 무슨 꼴……."

"현아!"

그때 멀리서 현을 발견한 윤덕이 치맛자락마저 걷은 채 뛰어왔다. 현이 억지로 자리에서 일어났다.

"어머니."

"이게 어찌 된 일이냐? 괜찮은 게야? 어디 다친 데는 없고?"

윤덕이 나타나다니, 명회는 놀라면서도 혜주의 몰골을 보이고 싶지 않아 등 뒤로 딸을 감췄다. 윤덕은 현이 무사한지 살피고 나서야 명회를 발견하고 놀랐다.

"영상, 영상께서 여기 어쩐 일이십니까?"

"아, 그게……."

자초지종을 설명하기엔 딸의 꼬락서니가 맘에 걸렸다. 명회가 우물거리는 사이, 등 뒤에서 고개를 빼꼼히 내민 혜주를 윤덕이 발견했다.

"아니, 혜주 아니냐? 네가 여기 어찌……."

알은체를 하던 윤덕이 혜주의 옷을 보고 놀라 말문이 막혔다. 윤덕의 반응에 명회가 지끈거리는 관자놀이를 손으로 꾹꾹 눌렀다.

"잠깐, 설마 네가 갑자기 밖으로 뛰쳐나간 연유가 혜주 때문이더냐?"

불현듯 떠오른 생각에 윤덕이 현을 노려보았다.

"예, 누가 낭자가 위험하다고 제게 알려줬습니다. 그래서 이리 온 것입니다."

명회가 기막혀하며 혀를 찼다. 누가 짰는지 모르지만 참으로 기가 막혔다. 조금만 늦었더라도 아찔한 일이 벌어질 뻔하지 않았던가.

"함정이었군."

"예, 도착하고 나서야 알았습니다. 대체 누가 이런 짓을 꾸몄는지⋯⋯."

"그건, 저자에게 물어야겠지."

명회가 군사에게서 칼을 빼앗은 뒤 신우에게 겨누었다. 혜주가 기겁하며 명회의 팔에 매달렸다. 현 또한 놀라 명회를 막아섰다.

"아버지!"

"대감! 이자가 나를 도와주었소이다."

"아버지, 제가 아는 이온데⋯⋯."

"네년은 입 닥쳐라! 별당 아씨가 담장 밖에서 입 밖에 내기도 민망한 사고를 쳤으면 부끄러운 줄 알아야지! 수치도 모르는 게냐!"

"아버지!"

냉혹하게 밀쳐내자 놀란 현이 넘어지려는 혜주를 급히 부축했다. 그러는 사이 명회가 신우에게 한 걸음 더 다가섰다.

"누구냐, 네 놈이 대체 누구기에 감히 여기 있는 게냐? 누구냐!"

신우가 담담한 시선으로 위압적인 명회를 쳐다보았다. 아까 저 여인이 영상이라 불렀으니 칼을 겨눈 자는 한명회가 분명했다. 그에게 자신이 누구라고 말해야 할까.

신우는 알 수 없었다. 당연히 김종서의 손자라 할 수 없는 노릇인데, 그렇다고 해서 홍인사의 비구도 사미도 아니고 행자는 더더욱 아니었다. 사찰에 머물며 도율에게 키워진 아이라는 설명이 그나마 가능했다.

"다들 게서 뭣들 하는 것이냐!"

이번엔 내금위 군사들이 산을 타고 내려와 주위를 에워쌌다. 명회가 놀라 칼을 바닥에 내던진 뒤 예를 갖추었다.

"할바마마!"

수양이 부인 윤씨의 부축을 받으며 걸어와 명회 옆에 섰다.

신우가 얼른 바닥에 무릎을 꿇고 고개를 숙였다.

"영상, 이 소란은 다 무엇이오?"

"망극하옵니다, 전하. 월산군을 해치려는 사특한 무리가 있어 추궁하던 참이었습니다."

"월산군을 해하려는 무리가 있다니?"

"예, 소신이 조금만 늦었다면 큰 사달이 날 뻔하였습니다."

"제가 경솔하여 계략에 빠졌습니다. 다행히 때마침 영상께서 오시어 구해주셨습니다."

"영상이 큰일을 하였군."

"예, 감사한 일이지요. 허나 영상께서 저 아이를 그 영악한 무리 중 하나로 생각하시는 것은 오해입니다."

기회를 잡은 현이 얼른 신우를 두둔했다. 현의 손끝을 따라간 수양의 두 눈이 처음으로 신우에게 머물렀다. 승복을 입고 있는데도 머리가 긴 것이 가장 먼저 눈에 띄었다.

"이 아이는……."

"이 아이는 십수 년 전, 기근이 심할 때 죽어가는 걸 소승이 발견하고 구한 아이입니다. 그 인연으로 그때부터 제가 키워왔습니다."

멀찍이서 들리는 목소리에 모두의 시선이 그리로 향했다. 수양의 뒤편에 서 있던 도율이 느긋이 걸어와 가까이 섰다.

"도율이 거둔 아이라고?"

"예, 소승의 사찰에 같이 머물며 일을 도와주고 있습니다."

"허면 사미란 말인데, 어찌 머리가?"

"사미가 아닙니다. 처음엔 비구를 시킬 생각이었습니다만, 데려와서 키우다 보니 비구가 될 아이는 아니라서 조만간 내보낼 작정으로 머리를 깎이지 않았습니다. 이 나이쯤 되면 생년월일을 몰라도 사주가 보이는 법이지요. 아무래도 사주에 칼이 많은 듯해 중 될 팔자는 아닌가 보다 하던 참입니다. 이제 슬슬 떠나보내야 하는데, 영특하고 성품이 훌륭하여 아무렇게나 내보내고 싶지는 않아 미적이다 보니 여태껏 이곳에 머무는 중입니다."

"어쩐지 무예가 뛰어났습니다. 덕분에 제가 목숨을 구할 수 있었습니다."

"그래?"

"예, 영상께서는 의도적으로 접근한 자가 아닐지 의심하신 듯합니다만 스님께서 보증해주셨으니 이제 그 의심 푸셔도 되겠습니다."

"월산군께서 그리 쉽게 단정하실 일이 아닙니다. 누군가 제 여식과 월산군을 한곳에 몰아넣은 후 한꺼번에 제거하려 했는지도 모릅니다. 그런데 난데없이 그 소란의 한복판에 끼어든 놈이 갑자기 월산군을 도와 그들을 물리치다뇨. 그리고 그게 단지 우연이다? 소신은 그런 우연은 믿지 않습니다. 그건 우연을 가장한 음모지요."

"영상께서는 말씀이 지나치십니다! 사찰 근처에서 불미스러운 일이 일어난 데는 망극할 뿐입니다. 하마터면 월산군께서 화를 입을 뻔하였으니 전하께서 죄를 물으신다면 벌을 달게 받지요. 허나! 의도적으로 획책된 일인 듯이 말씀하시는 건 불쾌합니다. 제가 키운 아이가 무슨 큰 음모의 중심인 양 말씀하시는 것도 참기 어렵습니다. 영상께선 정말로 범인을 찾고 싶으신 겁니까, 아니면 따님과 함께 있던 이 아이가 거슬려 없애버리고 싶으신 겁니까?"

명회와 도율이 서로 지지 않고 팽팽하게 맞섰다. 굉장한 긴장감이 솟구쳐 숨조차 크게 쉬기 어려울 정도였다. 팽팽한 분위기를 깬 건 중전 윤씨였다. 의외였다.

"여기 영상의 여식이 어디 있습니까?"

명회의 뒤통수가 움찔했다. 반쯤 몸을 숨기고 있던 혜주가 앞으로 나와 수양과 윤씨에게 공손히 허리를 숙였다. 승복을 입은 혜주를 보자 수양과 윤씨가 놀란 얼굴을 숨기지 못했다.

이건 제가 잡아 족치려고 한 저놈이 도율 슬하의 아이인 것보다 더 최악이다. 대체 이 상황을 어찌 모면해야 하나, 천하의 한명회도 진땀이 날 지경이었다.

"영상의 따님께서 불심이 깊어 교리 공부를 좀 더 자세히 하고 싶어 하셨습니다. 아무리 비구들이라도 사내들인데 귀한 집 아씨를 그 속에 있게 할 수 없어 소승이 망극하게도 승복을 입으라 권하였습니다. 이제 와 보니 소승의 생각이 짧았습니다. 용서해주소서."

물에 빠진 명회를 구한 건 방금까지도 죽일 듯이 싸우던 도율이었다. 명회가 어색한 표정으로 도율을 보았다. 도율은 담담했다. 이 순간 명회는 제가 이 싸움에서 완벽하게 패배했음을 인정해야 했다. 도율이 제 딸을 두둔한 걸 사실로 만들려면 신우를 두둔하는 것에도 반박할 수 없었다. 지금은 혜주를 위해서라도 어쩔 수 없이 한걸음 뒤로 물러나야 할 것 같았다.

"불심이 깊은 건 기특한 일이오. 영상의 여식이 워낙에 빼어나 보통 아끼는 게 아니라더니, 그럴 만하군. 아니 그렇소, 중전?"

"그러하옵니다. 어여쁜 일이지요."

"그러고 보니 세 사람이 여기서 이리 만난 것도 부처님의 뜻이오, 부처께서 맺어주신 소중한 인연인 듯싶은데 도율의 생각은 어떠한가?"

"고려시대부터 집안 대대로 칼 쓰는 일을 하다 지금은 불가에 귀의한 보살님이 저 아이에게 칼을 직접 사사해주셨는데, 그분이 청출어람이라 하시더이다. 저야 칼에 대해서는 도통 모르니 실력도 가늠하지 못하지만요. 사주에 검이 있다고는 하나 사찰에 머무는 이에게 가르치는 게 옳은 일인지 고민이 깊었는데, 그 재주가 이리 쓰이다니 참으로 부처님의 뜻은 크고도 깊다는 생각이 듭니다."

"정말로 저 아이가 너를 도와 위험에서 빠져나올 수 있었더냐?"

"예, 할바마마."

현이 힘껏 고개를 끄덕이자 수양이 기특한 시선으로 신우를 보았다.

"고개를 들어보아라."

바닥에 납작 엎드려 있던 신우가 몸을 반쯤 일으켰다. 비스듬히 비치는 햇살 끝자락에 신우의 해사하고 말간 얼굴이 드러났다. 왜 도율이 승려를 시킬 수 없다고 했는지 알 만했다. 부처님만을 모시기엔 여러모로 아까워 보였다.

"장한 일을 했으니 상을 줘야겠군."

"망극하옵니다. 마땅히 해야 할 일을 했을 뿐입니다."

떨리는 와중에도 말끝까지 힘이 있었다. 단단한 음성이 차분했고 말하는 내내 몸에 흔들림이 없었다. 수양은 이 단정한 아이가 마음에 썩 들었다.

"머리를 깎지 않았으니 승려는 아니고, 그렇다고 해서 일반 백성이랄 수도 없으니, 대체 어떤 상을 줘야 마땅하오? 도율이 말해보시오. 무에가 좋겠소?"

"말씀드렸다시피 언젠가 내보내야 하는 아이라서 혹 나중에 병졸이라도 할까 싶어 검을 배우게 했습니다. 혹 시키실 일이 있으시다면……."

"그렇다면 내가 데려가도 되겠소이까? 검술이 그리 훌륭하다면 금위병을 시켜도 좋겠구려."

"전하, 아무리 스님께서 거두신 아이라 하나 근본을 알 수 없으니 바로 궐로 데리고 가시는 건 과합니다."

심상찮게 진행되는 전개에 놀란 명회가 얼른 끼어들었다. 윤씨와 윤덕 또한 고개를 끄덕였다.

"그럼 저 아이, 절 주시지요."

느닷없이 현이 눈을 반짝이며 끼어들었다.

"네게 달라?"

"예, 일개 병졸을 하기엔 지나치게 훌륭한 실력이었습니다. 제 칼이 되게 해주십시오."

"칼은 주인을 타는 법이라, 지나치게 잘 벼려진 칼은 잘못 쓰면 너를 다치게 할 수도 있음이야."

"할바마마께서도 날카로운 영상을 지금까지 쓰고 계시지 않으십니까. 저도 그리 해내 보이겠습니다."

당돌한 말에 잠깐 놀라던 수양이 이내 호쾌한 웃음을 터뜨렸다.

"과연 내 손자로고. 그렇다면 너는 저 아이가 영상만큼의 가치가 있다고 보느냐?"

"검의 가치는 검에 달린 게 아니라 쓰는 자에게 달린 것 아니겠습니까. 영상대감을 지금의 영상으로 만든 건 누가 뭐래도 할바마마이시옵니다."

굳어 있던 명회의 입가에도 미소가 피어올랐다. 현의 야망은 젊은 시절 수양과 꽤 닮았다. 그게 서로의 마음에 들었다.

"어떻소, 도율! 저 아이를 내 손자에게 주겠소?"

"그건 제게 물으실 일이 아니라 저 아이에게 직접 물어보소서. 불가에선 스스로의 의지를 제일 중요하게 생각하는 법입니다."

"그래? 좋아, 네게 묻겠다. 너, 월산군을 따라가겠느냐? 그에게 종사하겠느냔 말이다."

기다리던 질문이라고 해야 할지, 예상치 못한 전개라고 해야 할지 알 수 없었다. 상황이 이쯤 되자 신우는 어쩌면 명회의 말대로 그 함정조차 정말 저를 현의 곁으로 보내기 위해 만든 걸지도 모른다는 생각이 들었다. 명회의 의심이 옳았을지도 모른다. 이 모든 건 이 결말을 위해 조작된 거였을지도.

"그리하겠습니다. 성심을 다하겠나이다."

무엇을 바라 이런 일을 꾸몄는지 모르겠지만 저를 위해 만들어진 판이라면 그대로 움직여 줘야 했다. 어쨌거나 이건 처음으로 자신에게 주어진 기회였다. 덕분에 앞으론 철천지원수들의 등잔 아래 드리워진 그늘에서 의심받지 않고 그들과 같은 밥을 먹으며 살 수 있다. 그리된다면 모든 일이 다 실패한 데도 최소한 그들의 목숨만은 거둘 수 있을 것이다. 최소한의 복수라도 가능해지는 물리적 거리의 공간에 들어가게 되는 게 나쁜 일이라고 할 순 없었다.

"내일까지 준비시켜 월산군 댁으로 보내겠습니다."

"그리하게. 벌써 해가 지려 하니 다들 어서 내려가도록 합세."

"예, 전하."

너무 쉽게 모든 일이 순식간에 끝났다. 수양의 명에 따라 산을 가득 메운 수많은 이들은 한순간에 사라졌다.

그들이 모두 사라질 때까지 신우는 땅바닥에 무릎을 꿇고 앉아 일어나지 않았다. 스쳐 지나가며 현이 신우의 어깨를 두어 번 두드린 후 한 번 꾹 쥐었다 놓아주었다.

명회에게 끌려가며 혜주는 여러 번 신우를 돌아보았지만 끝내 눈인사조차 하지 못했다. 잠깐의 소란 이후 산은 이내 원래대로 고요해졌다. 그제야 마른 나뭇잎을 버석하게 밟으며 도율이 다가와 손을 내밀었다.

"일어나거라."

신우가 고개를 들어 도율을 보았다. 언제 울었는지 얼굴이 눈물범벅이었다. 도율이 소맷자락으로 신우의 젖은 얼굴을 꾹꾹 눌러 닦아주었다.

8장

연
緣

이십여 년 가까이 사찰에서 살았지만, 신우가 챙긴 제 몫의 짐은 단출했다. 겨우 봇짐 하나 등에 멘 신우가 도율에게 큰절을 올렸다.

철이 겹쳐 보여 도율은 콧잔등이 시큰했다. 떠나보내야 하는 순간은 어김없이 찾아왔다. 가야 할 것을 알았지만 보내는 마음이 내키지 않는 건 아마도 제가 제대로 된 비구가 아니기 때문일 거라고 도율이 요동치는 마음을 달랬다.

둘 다 의당 가야 할 자리에 가는 것임은 똑같으나 철을 보낼 때와 다른 건, 그때는 마음이 서운하긴 해도 일견 든든했으나 지금은 불안하다는 거다. 진정 보내는 게 맞나, 한편으로는 의심이 들 정도로 염려스러웠다.

"그동안 감사했습니다."

"다시는 안 볼 사이냐? 쓸데없는 소리."

"스님."

"네가 왜 그곳에 가는지, 너를 왜 그리 보내는지 누구보다 네가 잘 알 게다."

신우가 대답 대신 고개를 끄덕였다. 한 번의 고갯짓마다 천근의 무게가 양어깨 위로 내려앉는 기분이었다.

"처신을 잘해야 한다. 무슨 일이 생겨도, 무슨 말을 들어도 절대로 네 감정을 드러내서는 아니 돼. 네 마음에 품은 뜻을, 네가 머릿속으로 하는 생각을 누구도 알게 해서는 안 된다. 밤말은 쥐가 듣고 낮말은 새가 듣는다는 말은 단지 말조심을 뜻하는 것이 아니다. 가슴으로 품은 감정과 머리로 하는 생각은 어떤 식으로든 겉으로 드러나기 마련이니 낮이든 밤이든 누가 보든, 보지 않든 네 안과 겉을 모두 삼가라는 뜻이다. 네가 이뤄야 하는 일이 단지 일개 네 개인의 사적인 일만은 아니라는 것을 잊어선 아니 된다."

신우의 성정이 어떠한지는 데리고 키웠던 도율이 누구보다 잘 알았다. 경거망동하지 않을 것이라 믿어 의심치 않았다. 그럼에도 아직은 혈기 왕성한 나이라 실수하지 않도록 당부를 거듭했다.

"아무런 감정을 드러내지 말고 숨죽인 채 시키는 일을 하며 기다려라. 철이 조만간 너를 만나러 갈 게다."

"숨기는 것은 할 수 있으나 속이는 것은 내키지 않습니다."

키우긴 제가 키웠는데 연은 철과 맺은 아이였다. 그래서 그런지 볼멘소리조차 둘이 똑 닮은 게 기막혀 도율이 속으로 조금 웃었다. 애정을 담아 얼마 전 철에게 해주었던 조언을 똑같이 내놓았다.

"굳이 거짓을 말해 상대를 기만할 필요는 없다. 다만 언제나 진실을 말하며 솔직할 필요도 없다는 게다. 때론 적당히 숨겨진 진실이 거짓보다 상대를 더 속이기 쉬운 법이거든. 내 뜻을 이해하겠느냐?"

생각에 잠겨 있던 신우가 고개를 끄덕였다. 도율이 안도했다.

"어서 출발하여라. 오시(吾時) 전엔 도착해야지 그보다 늦게 가는 건 좋아 보이지 않을 게다."

"예."

"좋은 날, 다시 만나자꾸나."

철의 계획대로라면 그때 이 아이는 전혀 다른 신분이 되어 완전히 다른 얼굴을 하고 제 앞에 서 있을 것이다. 그땐 제가 키웠던 그 아이와 똑같은 아이라고 할 수 있을지 알 수 없는 일이다. 도율이 복잡한 심경을 발밑으로 꾹 내리누르며 신우를 배웅했다.

산에서 내려가는 동안 신우는 단 한 번도 뒤돌아보지 않았다. 그게 아마 행동으로 보여주는 결기인 모양이다. 당연한데도 서운한 걸 보면 역시 저는 제대로 된 비구가 아닌 게 확실했다.

"별 쓸데없는 거까지 철을 닮아서는."

그래선 안 되는 마음이지만 어쩔 수 없었다. 어차피 이번 생애 저는 여러모로 땡중이 되고 말 팔자였으니 말이다.

* * *

"그래, 어쩐지 지금쯤 네가 올 것 같더라니."

윤덕이 신우를 보며 반색했다. 시종으로 부리기엔 편치 않고, 어찌 보면 식객일 수 있는데 이상하게 윤덕은 이 아이가 싫지 않았다. 처음 볼 때부터 그랬다. 단지 수양이 마음에 들어 했다거나, 현을 위험에서 구해준 아이였기 때문만은 아니었다.

"그 봇짐이 네 짐의 전부더냐?"

"예."

"하기야 절에서 자랐으니 짐이랄 게 있었을까. 걱정 마라. 필요한 건 뭐든 다 준비해주마."

찢어지게 가난한 부모에게서 태어나 내내 절에서 자랐다고 믿기 어려울 만큼 깨끗한 얼굴에 정갈한 몸가짐, 차분한 분위기가 묘하게 윤덕의 호감을 샀다. 현이 곁에 나란히 서 있으면 주변에서 그 누구도 함부로 대하지 못할 거란 생각에 마음이 든든했다. 아마 그래서 좋은 모양이었다.

"이곳이 네가 머물 거처다. 부러 월산군이 쓰는 사랑채와 가장 가까운 곳으로 정하였다."

"네."

"지금 월산군은 학문을 배우러 스승에게 갔단다. 짐은 풀고 정리할 것도 없겠으니 우선 네 옷부터 맞춰야겠구나. 여기서도 승복을 입고 다닐 수는 없는 노릇이니 말이다. 이보게, 침모를 부르게."

"예, 마님."

"그리고 선전에 사람을 보내 내 급히 찾는다고 일러라."

"예, 마님."

현의 호위무사인 셈인데 집에서 부리는 종처럼 입힐 수는 없었다. 골격이 좋고 인물도 훤하니 제대로 입혀놓으면 썩 괜찮겠다며 윤덕이 흐뭇하게 신우를 쳐다보았다. 머릿속이 정신없이 바쁜 윤덕과 달리 신우는 고요했다. 이상하게 그 조용한 옆얼굴이 낯설지 않았다. 그리고 아무리 봐도 먹을 게 없어 버렸다는 비참한 부모를 둔 자식 같아 보이지 않았다.

"나이가 어찌 되느냐?"

"열아홉입니다."

"월산군과 같구나. 생일은?"

무심히 대답하려다 생일이 역모의 그날인 게 의심을 살 수도 있겠다는 생각이 들었다. 무어라 대답해야 하나, 고민하는 데 도율의 조언이 떠올랐다.

"그것이 부모 없이 절에서 자라……."

신우가 말끝을 흐리며 고개를 숙였다. 윤덕이 고개를 끄덕이며 더이상 캐묻지 않았다.

"하긴 사찰이니 생일상 같은 걸 챙겼을 리도 없겠지. 이제부터 네생일은 오늘로 하자. 마침 현의 생일과 그리 멀지 않으니 이 또한 인연이구나."

윤덕이 기뻐했다. 제 대꾸가 필요한 거 같지 않아 신우는 침묵했다. 잠시 후 침모가 오자 윤덕은 옷을 맞추라 명한 뒤 방에서 나갔다. 신우는 그제야 조금 크게 숨을 쉴 수 있었다.

언제나 비슷한 체구의 비구 옷을 물려 입어 몸에 맞도록 옷을 맞추는 건 처음이었다. 옷을 맞추는 과정이 모두 낯설었지만, 티를 내지 않으려 애를 썼다. 한바탕 소란이 지나고 행랑아범이 신우를 데리러 왔다.

그는 윤덕과 달리 당장 필요한 조언을 쏟아냈다. 집 안 곳곳의 위치라든지 하루의 시작과 끝은 어떠하며 그 속에서 무얼 해야 하는지 같은 것들이었다. 신우는 행랑아범이 거칠게 쏟아내는 말들을 하나도 놓치지 않고 기억하려 애썼다.

"여기 있는 말들은 다 자가께서 쓰시는 것이니 이제부터 네가 관리토록 해라."

"예."

마구간을 마지막으로 행랑아범의 집 소개가 끝이 났다. 현 혼자만 쓰는 마구간이라기엔 갖춰진 말들이 모두 훌륭해 신우의 눈길을 끌었다. 앞서 걷던 행랑아범이 돌아와 신우를 툭 쳤다.

"따라오지 않고 뭐하고 섰느냐?"

"말을 보고 있었습니다."

아무것도 모른다는 맹한 신우의 얼굴을 보자 답답한지 행랑아범이 가슴을 쳤다. 절에서만 지냈다더니 정말로 눈치가 더럽게 없었다. 아무래도 당분간은 꽤나 고생스러울 게 분명해 보여 벌써 머리가 지끈거렸다.

"말을 보고 섰으면 어째? 집을 둘러보는 일이 끝났으니 끝났다고 마님께 가서 고해야 할 거 아니냐!"

절에서 지낼 때는 자신의 일거수일투족을 궁금해하는 이가 없었지만 여기는 아니었다. 신우는 그제야 제가 어떤 위치의 어떤 처지로 이곳에 왔는지 깨달았다. 행랑아범의 뒤를 쫓으며 신우가 한숨을 내쉬지 않으려 급히 숨을 들이켰다. 이런 사소한 행동조차 함부로 하면 안 될 터였다.

"마님, 대충 급한 것들은 모두 가르쳐주었습니다."

"고생 많았네. 앞으로도 궁금한 게 있으면 뭐든 행랑아범에게 묻도록 해라. 이 집안 살림꾼이니라."

"예."

"행랑아범은 이만 가서 일 보도록 하게."

"예, 마님."

"너도 이만 네 처소로 가서 현이 올 때까지는 쉬어라. 얼마 안 되는 짐이지만 정리해야지."

윤덕이 문을 닫으려다 멈칫하였다. 신우가 아무런 움직임 없이 고대로 서 있었기 때문이다.

"뭐 더 할 말이 있느냐?"

"마구간에 말 한 마리가 아파 보였습니다."

"마구간에 말이 아프다?"

"예. 마의에게 보이는 게 좋을 성싶습니다."

절에서 자란 아이가 어찌 말까지 볼 줄 아는가. 그런 의문이 잠깐 들었지만, 이내 고개를 흔들었다. 무예도 그리 잘 배웠다는 아인데 말에 대해 모를 것도 없었다. 또 현이 이전에도 몇 번이나 행랑아범이 다 좋은데 말은 잘 관리하지 못한다며 투덜거리기도 했으니, 이 아이의 지적이 옳을 것이다.

"그러면 마의에게 보이고 오너라. 마의가 어디 사는지 물으면 행랑아범이 가르쳐줄 게다."

윤덕이 순순히 허락해주자 그제야 신우가 허리를 숙여 인사한 뒤 자리를 떴다. 행동거지에 군더더기가 없고 수다스럽지 않은 것도 마음에 들었다. 말이 많지 않지만 해야 할 말은 꼭 하는 데다 벌써 제가 할 일을 찾아서 하니 기특했다. 현이 사람 보는 눈이 참 좋다는 흐뭇한 생각을 하며 윤덕이 방문을 닫았다.

말을 데려가던 신우가 맞은편에서 걸어오는 혜주를 발견하고 걸음을 늦추었다. 신우와 눈이 마주친 혜주가 반가운 기색을 숨기지 못하고 뛰다시피 걸어와 얼른 곁에 섰다.

"제가 여기 온 것을 어찌 알았습니까?"

"어머니를 따라 절에 갔다가 찾았더니 스님께서 이른 아침에 벌써 떠났다고 알려주셨다오. 그래서 어머니께 배가 아프다는 핑계를 대고 먼저 내려왔지."

신이 나서 조잘거리던 혜주가 새삼스럽게 신우를 훑어보았다.

"이곳에서 보니 낯선 사람마냥 새삼스럽구려. 아마 승복이 아닌 옷을 입은 건 처음 봐서 그런가 보오."

침모는 낡아서 못 입게 된 현의 옷 가운데 하나를 급히 수선해 일단 입게 했다. 낡았다고는 하나 그래도 귀한 집 도련님이 입던 옷이니 승복보다는 훨씬 나을 거라는 거였다. 승복이 아닌 옷은 처음이라 부드러운 비단인데도 영 불편해 행동거지가 어색했는데, 그게 티가 났나 싶어 되려 찔렸다.

"이상합니까?"

조심스럽게 묻자 혜주가 얼른 고개를 저었다.

"아니오, 훨씬 잘 어울려서 그러오."

"그렇습니까."

괜히 수줍어진 혜주가 신우를 흘끔흘끔 훔쳐보다가 갑자기 걸음을 멈추었다. 그제야 너무 들떠서 내도록 신우가 건네는 말이 평소와 다르다는 걸 눈치채지 못했다.

"말투가 왜 그러오?"

신우가 무슨 말인지 모르겠다는 얼굴로 혜주를 보았다.

"왜 갑자기 그리 깍듯하게 존대하냔 말이오."

"여긴 사가입니다. 이곳에서는 아씨지요. 저는 월산군의 시종이고요. 사찰에서처럼 사형으로 서로를 대할 수는 없는 일 아닙니까. 여기서는 여기의 규율에 따라야지요."

신우의 말이 그른 게 하나 없어 혜주를 더 속상하게 했다. 왜 미처 그 사실을 깨닫지 못한 건지 아둔한 스스로가 한심했다. 바보같이 저는 오히려 신우가 현의 집에 머물게 되면 더 자주 보게 되리라 기대했다. 참으로 어리석었다.

어찌 별당 아씨가 군 자가의 시종과 어울릴 수 있단 말인가. 그건 별당 아씨가 승복을 훔쳐 입고 산을 돌아다니는 것보다 더 말이 안 되는 일이다. 산에서는 보는 눈이 없어도 여긴 숱한데 어떻게 그게 가능하리라 여겼을까. 속세가 어떤지 누구보다 잘 알면서 어떻게 그런 꿈을 꿨을까.

속상해진 혜주가 시무룩한 얼굴로 느릿느릿 걸었다. 그 걸음에 맞추어 걸으면서도 신우의 얼굴엔 그늘이 없었다. 저만 이렇게 서운하나 싶어 한층 더 속이 상했다.

"다 왔습니다. 저는 마의에게 말을 보이고 돌아갈 것이니 아씨도 이만 가보시지요."

꾸벅 인사를 하고 신우가 돌아선다. 혜주가 저도 모르게 그의 옷깃을 붙잡았다. 신우가 멈칫했다가 얼른 주위를 살핀 뒤 혜주의 손에서 옷을 빼냈다.

"보는 눈이 많습니다."

그러고는 왜 그러냐 한 번 묻지도 않고 돌아서더니 그대로 가버렸다. 옷자락이 빠져나간 손조차 펴지 못하는 혜주와 달리 신우의 태도엔 조금의 미련도 보이지 않았다. 혼자 남은 혜주는 서러움에 눈물이 날 거 같아 어금니를 꽉 깨물었다.

* * *

"왜 이리 늦게 온 게냐? 월산군께서 아까부터 기다리고 계신다."

살면서 한 번도 느리다 생각해본 적이 없는데 아무래도 여기서는 산에서보다 더 빨리 움직여야 하는 모양이다. 타박하는 행랑아범에게 고개를 숙이고는 급히 사랑채로 향했다.

"어, 그래. 마의에게 다녀왔다지? 말을 보고 마의가 뭐라더냐?"

"발정이 가까워져 입맛을 잃어 살이 빠진 거라고 하더이다."

"어쩐지, 그 말이 요즘 도통 뭘 먹지를 않아 내 꽤 신경이 쓰였는데 발정기였구나. 말을 볼 줄도 알다니, 참으로 잘 되었다. 행랑아범이 다 좋은데 말은 통 몰라서 꽤 고생했거든. 이제 너에게 맡기면 되겠구나."

현이 썩 기꺼워했다. 저의 별거 아닌 재주가 그에게 큰 호감을 샀으니 다행이었다. 무엇보다 제 몫의 딱 떨어진 일이 정해진 게 좋았다. 할 일을 찾으려 행랑아범 눈치를 살피며 종종거리지 않아도 될 테니 말이다.

"내 그날 정신없어서 묻지 못한 게 있는데 말이다."

"하문하십시오."

이 질문엔 또 얼마나 솔직해질 수 있을까, 현의 질문이 떨어지기도 전에 신우는 머릿속이 먼저 바빴다. 대체 뭘 물을 작정인지 사람이 없는데도 바짝 다가서며 목소리를 낮추었다. 저도 모르게 긴장했다.

"그, 낭자와 얼마나 가까우냐? 어찌 가까워진 게냐? 스님의 말씀대로 같이 공부만 한 사이 정도로는 보이지 않던데."

신우를 훑어보는 시선이 집요했다. 누가 들을까 걱정해서 그런 게 아니라 신우의 표정을 놓치지 않기 위해서인 모양이었다. 다행히도 이번 질문은 하나도 어렵지 않았다.

"어느 집 아씨인지 알지 못하고 가까이 지낸 것입니다. 아씨가 말

씀하신 대로 행자가 아니란 건 눈치챘지만 캐묻는 건 예의가 아닌
듯하여 모른 체했습니다. 산을 돌아다니고 싶어 하시기에 동행해 드
리며 이런저런 이야기를 나누었을 뿐입니다. 혼자 돌아다니게 내버
려두면 혹 큰일이 날까 염려되어 곁에서 모신 것뿐, 그 이상도 이하
도 아닙니다."

"허면 조금 가까운 사이긴 하겠구나."

"그걸 가깝다고 할 수 있을지는 모르겠습니다. 다만 서로 승복을
입고 만났으니, 신분을 드러낼 수 없는 아씨께서 벗처럼 대해주시긴
하셨지요."

"혹 자신이 무얼 좋아한다거나 고민이 있다거나 그런 이야기를
하진 않더냐?"

"……행자인 척하셨는데 어찌 솔직한 사담을 제게 말씀하셨겠습
니까. 궁금하시면 직접 물어보시지요. 자가께서도 가까이 지내는 사
이라서 구하러 오신 게 아닙니까?"

"구하러 간 거야, 가까워서 구하러 갔나. 그거야 그저……."

서슴없이 말을 내뱉으려다 현이 멈칫하며 눈치를 살폈다. 어디까
지 솔직해도 괜찮을지 알 수 없었던 탓이다. 현은 평생 말을 삼가고
행동을 조심하며 살아왔다. 그나마 근래 혜주 앞에서 손톱만큼 제
욕망을 드러낸 게 처음이었다.

그래도 이자 앞에선 조금 솔직해도 되지 않을까. 그런 생각이 들
었다. 집안의 시종들조차 다 어머니 사람들인데 신우는 처음으로 제
게 주어진 사람이다. 그러니까 생살여탈권이 손에 주어진 최초의 사
람이다. 그러니 조금 솔직해진다고 큰일이 생길 리 없다. 제 손에 목
줄이 쥐어져 있는데 이자가 뭘 할 수 있으랴.

그리 생각하자 마음이 조금 풀어졌다. 이런 건 인생에서 처음이었다.

"좋거나 가까워서 목숨을 걸고 구하러 간 건 아니야. 원하든 원치 않든 그 계집애와 내가 한배를 타서, 생사를 같이하게 되었으니 살려야 해서 간 게지."

과연 신우가 이 말을 이해했을까 싶어 현이 살피니 아니나 다를까 도통 모르겠다는 얼굴이다. 답답하기보단 오히려 안도가 되어 현은 호쾌하게 웃었다.

"혼인할 사이란 말이야. 아니 정확히는 혼인해야만 하는 사이란 말이지. 천하의 한명회 대감의 여식이잖나. 영상이 여식을 중전 만들 작정으로 키웠다는 소문이 자자해. 그러니 그 계집과 혼인해야지. 중전이 될 계집과 혼사를 치러야 내가 왕이 되지."

왕이 멀쩡히 살아있는데 차기 왕권을 입에 올리는 건 자칫하면 역모로 몰려 경을 치를 수 있다. 하지만 현은 당당하고 거리낌이 없었다. 정당하게 제게 올 자리임을 확신하는 자의 태도였다. 그리 확신하면서도 왜 혼인은 초조해하는지 모를 일이었다. 신우는 궁금한 속내를 저 깊숙이 숨기고 현을 보았다.

"마의에게 가는 길에 우연히 아씨를 만났습니다."

"오, 그래?"

"아씨가 말에 관심이 많아 보였습니다. 좋은 말 한 필을 선물하시는 게 어떠신지요?"

"그거 괜찮군. 썩 좋은 생각이야."

현이 신우의 어깨를 두드리며 만족스러워했다. 더 스스럼없는 현의 태도에 마음이 놓였다. 겨울을 대비해 도토리를 모으는 다람쥐마냥 지금은 그들의 신뢰와 호의를 모아야 할 때였으니 말이다.

* * *

"아씨, 월산군 자가께서 오셨습니다."

어제부터 수틀 앞에서 넋이 빠진 것 같은 혜주의 눈치를 살피며 내도록 발만 굴리던 여울이 뛰다시피 방으로 들어와 소식을 전했다.

"아씨에게 줄 선물을 가져오셨습니다요."

꽤 들떠 보였던 건 그래서였나 보다. 잔뜩 기대하는 여울과 달리 혜주는 여전히 시큰둥했다.

"뭘 가져오셨더냐?"

"말이요."

"말?"

"네, 말이요. 타는 말. 아주 잘생긴 검은 말 한 필을 가져왔더이다."

뜬금없이 뭔 말이래, 뚱한 얼굴로 미적거리며 바늘을 놓지 않던 혜주가 불현듯 떠오른 생각에 고개를 번쩍 들었다.

"월산군께서 혼자 오셨더냐? 아니면 누구랑 같이 오셨더냐?"

"예?"

"그러니까 내 말은, 월산군 옆에 누가 없더냔 말이다. 호위무사나 시종 같은."

"아, 예, 못 보던 얼굴이 하나 있긴 하더이다. 월산군 자가와 동년 배처럼 보이던 이가 하나 있었습니다."

그제야 혜주가 자리에서 번쩍 일어났다. 그리고 얼른 옷매무새를 정리하며 여울을 보았다.

"나 어때? 괜찮으냐? 입술에 연지라도 좀 찍을까?"

"아니에요, 고우십니다. 아주 예쁘세요."

혜주가 득달같이 움직이기 시작했다. 여울이 얼른 뒤를 쫓았다. 바쁜 마음을 티 내지 않으려 애를 쓰며 마구간으로 가는 내내 혜주의 가슴은 조금 설레었다.

그런데 기대와 달리 마구간에 서 있는 건 현뿐이었다. 주위를 두리번거리며 찾았지만, 신우는 어디에도 보이지 않았다.

"뭘 그리 찾는 거요? 여기 이 말이오. 내 직접 고른 아주 명마라오."

속 모르는 현은 가슴을 펴고 가져온 말을 자랑했다. 말은 정말 윤기가 흐르고 눈망울이 맑은 데다 허리가 곧고 엉덩이가 큰 것이 누가 봐도 좋은 말이라 할 만했다. 말을 잘 모르는 혜주가 봐도 잘생긴 말이었지만 그걸 보고 감탄할 정신이 없었다. 혜주가 정작 보고 싶었던 이는 없는데 대놓고 찾을 수도 없는 제 처지가 더 슬퍼졌다.

"감사합니다."

혜주가 시큰둥하게 감사하다 하자 현은 당황했다. 분명 걸어오는 발걸음도 가볍고 말을 보고 감탄하기도 했는데 왜 갑자기 시무룩해져서는 내키지 않는 감사를 전하는지 모를 일이다. 도무지 이해할 수 없는 변덕이었다.

"그, 언제 한번 같이 말을 타러 나갑시다. 내가 가르쳐주겠소."

말을 탈 줄 안다고 말할 기력도 없어 혜주가 고개만 끄덕였다. 영판 달라진 모습에 순간 현도 할 말을 잃었다. 둘 사이에 어색한 침묵이 내려앉았다.

"죄송합니다. 저희 아씨가 몸이 안 좋으셔서……."

눈치를 보고 여울이 끼어들었다. 현은 그제야 안도했다.

"어쩐지. 어서 들어가서 쉬시오. 말은 몸이 나아지고 나면 타러 갑시다."

"네."

꾸벅 고개 숙여 인사하곤 혜주가 먼저 돌아섰다. 혜주의 뒷모습을 보며 현이 한숨을 내쉬었다. 기껏 비싼 말까지 사 들고 왔는데 별 소득 없이 돌아가야 하는 게 황망했다. 아프다니 어쩔 수 없는 노릇이긴 한데 기운이 빠졌다.

"아프댄다."

대문 앞에서 기다리고 있던 신우를 보자마자 현이 툭 말을 내뱉었다.

"어디가 아프시답니까?"

무슨 탈이 났나 싶어 걱정되어 저도 모르게 진심이 담겨 나간 질문이었다. 뒤늦게 눈치를 보는데 현은 그런 걸 신경 쓰기는커녕 허탈하게 웃기만 했다. 예상치 못한 반응에 신우의 눈이 커졌다. 아무리 정략혼이라도 혼인할 상대가 아프다는 말을 전하면서 보일 태도는 아니었다.

"어이없지 않느냐? 나는 전하의 손자인데 고작 영상대감의 여식에게 이리 쩔쩔매야 한다는 게 말이야. 왕이 될 자가 중전이 될 여자에게 잘 보이기 위해 이리 갖은 애를 써야 하다니, 기막힌 일이지. 보통은 중전이 되고 싶은 계집이 내게 와서 아양을 떨어야 이치에 맞지 않냔 말이야. 헌데 거꾸로 가고 있으니, 나처럼 불완전한 왕손이 또 있을까?"

현이 씁쓸하게 제 처지를 곱씹었다. 그제야 신우는 왜 지금까지 현이 세손으로 책봉되지 못하고 있는지, 의문을 처음으로 가지게 되었다. 따져보면 현은 벌써 세손으로 책봉되었어도 하나 이상할 게 없었다.

수양에겐 아들이 둘 있었다. 첫째 아들은 현의 부친이었고, 십여 년 전에 병사했다. 둘째 아들이자 현의 숙부는 삼 년 전에 제 형처럼 병환으로 오랫동안 자리보전하다가 세상을 떠났다. 두 아들이 모두 죽었으니 이젠 그 자손 중 세손을 책봉해야 하는데, 나이로 보나 순서로 보나 의당 그다음은 현이었다. 허나 현은 특별한 이유도 없이 아직 국본으로 책봉되지 못하고 있었다.

신우는 어쩌면 자신이 궐 아닌 이 집에 오게 된 이유가 아직 현이 세손으로 책봉되지 못한 것과 상관 있을지도 모른다는 생각이 들었다. 아니, 분명히 상관이 있어 보였다. 문제는 당사자인 현조차 모르는 이유를 어떻게 알아내느냐 하는 거였다.

복잡한 속내를 감추려 애를 쓰며 현의 뒤를 쫓던 신우가 걸음을 멈추었다.

"이 집은 대체 누구 집이었길래 도성 한가운데 이 꼴로 있는 겁니까?"

한눈에 시선을 잡아끄는 몰골이 하도 희한해서 저도 모르게 튀어나온 질문이었다. 그 정도로 가옥의 형상이 기기괴괴했다. 아무리 봐도 여기 있어서는 안 되는 꼬락서니였다. 분명 어느 대단한 세도가가 살았을 법한데 지금은 완전 폐허가 되어 꼴이 엉망이었다. 도성 한가운데 이렇게 크고 흉한 폐허가 있는데 지나는 이들은 그러려니 여기며 눈길 한 번 주지 않았다. 도무지 기이하기 짝이 없었다.

현이 피식 웃었다. 물어보는 게 하나 이상해할 거 없다는 태도여서 신우가 뒤늦게 마음을 쓸어내렸다. 처음 보면 이상하게 보는 게 당연한 모양이었다.

"네가 아는지 모르겠다. 혹시 김종서란 이름을 들어봤느냐?"

할아버지의 이름이 나오자 신우의 아래턱에 힘이 들어갔다. 평정을 유지하려 애를 썼다. 현은 대답을 원한 게 아닌지 무심하게 말을 이었다.

"이 집이 김종서가 살던 집이다. 역적으로 몰려 죽은 자의 집이니 누구도 쉬이 건드리고 싶어 하지 않아 이 꼴이 되었다. 할바마마께서 공신들에게 상으로 주려 하였으나 하나같이 원치 않았다지. 배웠다는 유학자들이 귀신을 겁내기라도 하는 건지, 참 우스운 일이야. 그냥 허물어 버리면 간단한 일인데 무슨 연유에선지 할바마마께서 허물지 않은 까닭에 이 모양 이 꼴이다. 보기 흉하지?"

"예, 보기 좋지 않습니다."

이건 진심이라서 아무 꾸밈 없이 솔직하게 대답할 수 있었다.

"보기 흉해서 아무도 얼씬도 안 하는 이런 집에 김종서 귀신이 나타난다는 소문이 자자하다. 그 귀신을 보러 가끔 드나드는 이들이 있단다. 그러면 그 귀신이 소원을 들어주기라도 하는 건지 원. 굳이 안 없애는 할바마마의 의중도 나는 정말 모르겠다. 내가 왕이 되면 이놈의 집부터 해결할 참이다. 때려 부수든지 밀어버리든지."

현이 그런 짓을 하기 전에 내가 이 집을 되찾고야 말겠다. 신우는 그렇게 결심했다. 자꾸만 집을 향해 고개가 돌아가는 걸 의식하며 걸음을 재촉했다.

* * *

혜주는 쪼그려 앉아 말이 여물 먹는 걸 지켜보았다.

말을 타러 가자던 현의 말이 떠올랐다. 그러면 신우를 볼 수 있을 거다. 볼 수 있을지는 몰라도 단둘이 있지는 못할 거다. 눈인사도 나누기 어려울지 모른다. 신우와 스스럼없이 지내는 걸 들키기라도 하면 그가 현에게 어떤 꼴을 당할지 뻔했다.

산속에서 신분을 숨기고 있을 때가 자유로웠는데. 속세에서는 많은 제약에 묶여 인사조차 쉬이 나눌 수 없는 사이가 되고 말았다. 그래서 이 땅을 속세라 하는 모양이다. 세속적인 곳, 욕망이 우선인 곳. 거기다 자신은 속물적인 정치인의 딸이다.

그제야 저만큼이나 속물적이고 세속적인 주인을 모시게 된 신우가 과연 잘 적응할 수 있을지 걱정되기 시작했다. 산에서만 자라서 이런 생활을 처음일 텐데, 게다가 현은 그다지 너그러워 보이지도 않는데. 걱정이 꼬리에 꼬리를 물었다. 흘러가는 대로 생각에 잠겨 있던 혜주가 갑자기 자리에서 벌떡 일어났다.

"아씨, 갑자기 왜 이러십니까요?"

매여 있는 말을 끄르는 걸 보고 여울이 기겁했다.

"내 이 말을 가지고 월산군 댁에 가야겠다."

"에? 월산군 댁에요? 설마 돌려주시려는 건 아니시죠? 그건 예가 아닙니다."

"돌려주려는 게 아니야."

"그럼 왜 굳이 말을 가지고 가시려는 겁니까? 다루기도 힘드실 텐데. 설마 같이 타러 가시려고요? 그러면 이따 월산군이 돌아오실 시간에 가시지요. 지금은 가봤자 아니 계실 터인데."

세종이 끌어모아 키웠던 집현전 학자 중 상당수는 계유정난 이후 벼슬에서 물러났다. 그 후 수양의 설득으로 다시 돌아온 이도 있지만 상당수는 초야에 묻히길 자청했다. 그들 중 집안 형편이 넉넉한 이들은 고고한 학자로 남았지만, 구복이 원수인 이들은 학문을 가르치는 일로 생계를 이었다. 그래도 유학자이기에 학문을 가르치는 값을 돈으로 받는 건 염치 없어 했는데 그래서 나온 방법이 제자가 점심 전에 공부하러 가서 스승과 함께 점심을 먹고 오후에 집으로 돌아오는 거였다. 말이 좋아 점심이지 실은 온 식구가 다 먹고도 남을 만큼의 음식을 가져가는 게 관례였다.

"알고 있다."

그러니 딱 점심때인 지금 집에 현이 없을 거란 건 도성에 사는 양반들이라면 누구나 알 법한 상식이었다.

"헌데 지금 가신다고요?"

"그래서 지금 가려는 게다. 어서 채비해라."

미적거리다가 현과 마주치면 낭패였다. 혜주의 마음이 급해졌다.

* * *

"이리 직접 와서 감사 인사를 할 필요까지는 없는데. 영상께서 따님을 너무 잘 키우셨구먼."

혜주의 방문이 윤덕은 기꺼웠다. 혜주와 혼인이 늦어지는 게 신경 쓰이는 건 윤덕도 매한가지였다. 자존심에 차마 내색하지 못했는데 둘이 이리 정답게 지내다니 이보다 더 좋을 수 없었다. 자식 이기는 부모 없다는데 남녀상열지사가 먼저 일어난다면 천하의 한명회라고 뭔 수가 있으랴 싶었다.

"귀한 선물을 주셨는데 감사 인사는 얼굴을 뵙고 하는 게 예의지요. 또 부탁드릴 게 있기도 해서요."

"부탁? 월산군은 지금 집에 없는데."

"압니다. 월산군께 부탁드릴 일이 아니라서요. 다름이 아니라 선물 해주신 말이 갑자기 환경이 바뀌어서 그런지 먹이를 잘 먹지 않아 걱정되어 데려왔습니다. 저희 집엔 말을 잘 보는 이가 없어서요. 월산군께서 데리고 있는 그 아이가 말을 잘 볼 줄 안다고 하여……."

"아, 신우? 그렇지, 그 아이가 말을 잘 봐서 월산군이 안 그래도 마구간 관리를 맡기고 있지."

혜주가 무얼 바라는지 눈치를 챈 윤덕이 신우를 불러오게 했다. 그러다 문득 의아한 시선으로 혜주를 보았다.

"그러고 보니 두 사람 가까운 사이 아니었던가?"

"가깝다니요! 불경 공부를 함께 하긴 했으나 가깝지는 않습니다. 엄연히 신분이 있사온데……."

혜주가 말끝을 흐리자 안도했는지 윤덕이 고개를 끄덕였다.

"내 말실수하였다. 마음 상하지 마시게."

"오해하실 만합니다. 그런 꼴로 있었으니……. 아버지에게 엄한 꾸중을 들었습니다."

"영상께는 네가 더할 나위 없이 귀한 여식일 테니 그럴 만도 하지."

신우가 미리 존대하며 혜주에게 일깨우지 않았다면 자칫 윤덕의 함정에 걸릴 뻔했다. 혜주가 신우의 사려 깊음에 속으로 감탄했다.

"마님, 부르셨습니까."

윤덕이 창을 열었다. 마당에 신우가 두 손을 곱게 모은 채 서 있었다. 혜주가 반가운 기색을 감추려 애를 쓰며 덤덤하게 그를 보았다.

"아씨가 데려온 말이 어떻더냐? 말이 잘 먹지 않아 데려왔다는데, 마의에게 뵈어야 할 정도냐?"

신우가 고개를 들다 혜주와 눈이 마주쳤다. 짧은 순간에도 혜주의 시선이 애가 타는 걸 느꼈다. 이상한 일이다. 말은 멀쩡해 보였는데 왜 저런 눈으로 본단 말인가. 말을 걱정하는 게 아니다. 정말로 말이 아파서 온 것도 아니다. 헌데 말도 안 되는 핑계를 대고 찾아와 저리 애타게 보고 있다. 신우가 들끓는 머릿속을 정리하고 비로소 차분히 답을 내놓았다.

"영특한 말일수록 환경이 바뀐 것에 예민하게 반응하기 마련입니다. 월산군께서 특별히 고르신 좋은 말이라 건강에 문제가 있거나 하진 않습니다만, 아마 영상대감의 마구간이 마음에 들지 않아 투정을 부리고 있는 게 아닐까, 생각되옵니다."

혜주의 마음에 쏙 드는 기꺼운 답이었다. 만족한 답을 얻자 혜주가 윤덕이 보기 전에 얼른 고개를 돌렸다.

"하긴 똑똑한 말일수록 제멋대로 굴어 길들이기 어렵다는 얘기는 익히 들었다. 고 녀석이 무언가 맘에 들지 않아 성질을 피우는 모양이구나. 허면 네가 직접 영상 댁에 가서 말이 지내는 곳을 한번 살펴봐 주고 오겠느냐?"

"예, 그리하겠습니다."

"이리 마음 써주신다니 정말 감사합니다."

"당연한 일이지. 월산군이 기껏 선물해주었는데 잘못되기라도 하면 안 되니 말이야."

신우가 물러가고 그제야 안도한 혜주가 앞에 놓인, 이미 오래전에 다 식어버린 차를 마셨다. 차가 달았다.

윤덕은 혜주가 현을 보고 가길 바랐으나 아버지께서 좋아하지 않으실 것 같다며 완곡히 거절하자 더 권하지 못했다. 집을 나선 뒤 혜주는 여울까지 미리 집으로 보내버렸다. 비로소 혜주가 바라는 대로 신우와 단둘이 남았다. 말과 함께.

길은 산과 달리 사람들로 북적했지만 그래도 좋았다. 신우는 산에서처럼 고요했다. 저희를 살피는 이들이 아무도 없는 걸 확인한 뒤비로소 혜주가 하고 싶었던 말을 꺼내놓았다.

"여기서는 지낼 만하오? 월산군도 잘해주고?"

"예."

"속세에서 지내는 건 처음이잖소. 너무 복잡하고 낯설지 않소?"

"조금 그렇기는 합니다."

신우가 솔직하게 대답하며 혜주를 보았다. 혜주의 두 눈이 반짝거렸다.

"그래서 말이오, 내가 그대의 스승이 되어주려 하오."

"스승?"

"속세, 그러니까 산 아래 생활은 처음이고 심지어 정치는 더욱이처음이잖소. 허니 배워야 하지 않겠소?"

정치라는 말에 신우가 저도 모르게 뜨끔했다. 혜주가 무얼 알고 하는 말은 아닐 게 분명한데 난데없이 왜 저런 말을 하는지 의아했다.

"저는 벼슬아치도 아닌데 정치가 저랑 무슨 상관이라고요."

당황스러운 맘을 숨기고 덤덤히 대꾸하는데 혜주가 고개를 저었다.

"그대가 모시는 분이 정치의 한가운데 계시는 분으로 보위를 이어받을 가능성이 가장 높잖소. 그분의 호위무사인 그대가 정치를 모르면 아니 되지. 정치란 게 벼슬아치만 하는 일이 아니오. 사적인 욕망을 가진 사람들이 사는 곳에서 벌어지는 모든 일이 정치니 그대도 잘 알아야지. 괜히 이곳을 속세라 일컫겠소? 그대가 지내던 산속사찰과는 전혀 다른 곳이란 말이오. 그대는 지금까지 무욕한 스님들이랑만 지내왔잖소. 또래에 대해서만 모르는 게 아니라 욕망을 가진 성인들에 대해서도 아는 게 하나도 없지. 그들이 어떤 식으로 자신의 욕망을 숨기고 입으론 딴소리하는지, 욕망을 성취하기 위해 어떻게 움직이는지 전혀 모를 테니 내가 그걸 알려주겠다는 거요. 그걸 알아야 여기서 적응해서 살 수 있을 테니 말이오."

고민을 거듭해 쥐어 짜낸 생각이었다. 신우가 제발 제 뜻을 알아야 할 텐데 거절하면 어쩌나 걱정이 되어 말이 길어졌다. 아무리 생각해도 이 방법이 아니면 따로 만날 도리가 없었다.

신우를 계속 보고 싶었다. 이게 어디서 어떻게 비롯된 마음인지는 생각하지 않을 작정이었다. 일단은 흘러가는 대로 맡기고 싶었다. 그 끝이 어디일지 아직은 몰라도, 인생에서 한 번쯤은 그래 보고 싶었다.

"사람은 욕망의 동물이고, 그 욕망을 이루기 위해 기 싸움을 하는 모든 게 정치라오. 그것들이 어떻게 수레바퀴처럼 맞물려 돌아가는지 알아야 월산군에게도 도움이 될 거요."

혜주는 월산군을 내세워 설득하려 했지만, 사실 그녀의 제안은 지금 신우에게 매우 필요한 것들이어서 솔깃했다. 저는 이 속세에 대해 아무것도 몰랐다. 그런데 속세에 익숙해지기도 전에, 심지어 정치의 한복판에 들어가야만 했다. 가문의 복권을 위해 반드시 그래야만 했다. 목마른 자가 우물 판다고, 부탁해도 모자랄 판에 먼저 가르쳐준다니 되려 고마운 일이었다.

"뜻은 알겠고 감사한 일이지만 제가 그걸 어찌 배울 수 있습니까? 뭐든 배우려면 아씨를 만나야 할 터인데 사람들 눈을 피해 만날 방도가 없지 않습니까?"

신우를 보며 혜주가 씩 웃었다. 당연히 그 방도까지도 생각하고 온 거였다. 대책을 세워두지 않았다면 여기 와서 제안도 하지 않았을 거였다.

"어머니는 매일 진시에 절을 간다고 집을 나서면 미시에나 내려오시오. 어머니를 따라 절에 가게 되면, 어머니가 절을 하시는 사시에서 미시 사이엔 내가 무얼 하든 아무 상관도 안 하시지. 월산군도 보통 사시에서 미시 사이엔 공부한다고 집을 비울 터이니 그대도 그땐 시간이 나지 않소? 그 시간에 공부나 무술이나 뭐 그런 걸 하겠노라 허락을 받으면 집 밖으로 나올 수 있지 않겠소? 그때 우리 둘이 만나면 되지. 장소는 사람들이 절대로 가지 않는 귀신의 집이 있으니 거기서 봅시다. 거기라면 아무도 모르게 만날 수 있다오."

"귀신의 집?"

"아, 거기가 어딜 말하냐면."

"혹시 김종서 대감의 집을 말하는 겁니까?"

"그걸 어찌 아오?"

놀라는 혜주를 보며 신우가 씁쓸하게 미소를 지었다.

"어제 월산군과 함께 지나가다 봤습니다. 하도 큰 집에 수풀이 우거진 채 있길래 신기해서 물어보았더니 설명해주시더이다. 헌데 아무리 귀신의 집이라 해도 도성 한가운데인데 그곳에 드나들면 이상하게 보지 않겠습니까?"

"어제 못 봤소? 하나같이 그 집 앞을 지나갈 땐 걸음을 빨리하고 고개를 돌린다오. 허니 아무도 모를 거요."

신우의 입장에서 받지 않을 이유가 없는 제안이었다. 거기다 그 핑계로 그 집을 드나들 수 있게 되는 것도 나쁘지 않았다. 직접 들어

가서 제 눈으로 구석구석 살펴보고 싶었다.

"그리합지요."

"좋소. 근데 말이오, 공부할 때도 이리 깍듯하게 굴 필요는 없소, 같이 공부하는 동안은 사형이니까 적어도 그때만이라도 산에서처럼 말을 놓으시오."

"제게 가르쳐주신다면서요. 그러면 스승님이지 않습니까. 스승에게 말을 낮추는 제자가 어디 있습니까."

"내게 가르쳐줄 때 그대가 내게 스승이었소? 그대가 먼저 사형이라고 하지 않았소? 그때 그대가 가르쳐준 걸 이제 내가 보답하려는 것인데 어찌 내가 깍듯한 스승 노릇을 할 수 있단 말이오?"

어쩌면 혜주가 가장 바란 건 이것일지도 모르겠다. 혜주가 왜 이렇게까지 호의적인지 모르겠다. 허나 나쁘지 않았다. 아니 오히려 고마웠고 좋았다. 아무것도 돌려줄 수 없는데, 어쩌면 많은 걸 빼앗게 될지도 모르는데, 감히 이런 마음을 가져도 되나 싶었으나 제 마음이 그랬다.

김종서를 죽이는 데 가장 앞장선 수양과 명회. 수양의 손자를 지근거리에서 뫼시면서, 명회의 여식과 가까이 지내게 되었다. 부처님의 뜻은 어디 있는가. 어찌 이런 업연의 고리 속에 저를 던져놓으셨단 말인가, 답을 찾을 수 없는 의문들이 하루에도 수백 번씩 떠올랐다 가라앉았다. 여전히 답은 찾을 수 없었다. 그럴 땐 머리가 아니라 몸으로 살아야 했다.

"허락을 받아보겠습니다."

"내일부터 거기서 기다리고 있을 터이니 꼭 오시오. 내가 귀신에게 홀리는 걸 바라지 않는다면 꼭 와야 하오."

혜주가 집 안으로 들어갔다. 말은 핑계였다는 걸 알기에 신우는 따라 들어가지 않고 돌아섰다.

눈앞에 수많은 사람이 바삐 지나다니고 있었다. 이 모든 게 정치란다. 그 정치를 귀신의 집이 된 제 조부의 집에서 원수의 여식에게 배우게 되다니, 어쩌면 그 자체가 최고의 정치일지도 모르겠다. 그린 듯이 지어졌던 미소가 이내 사라졌다. 어느새 서늘한 얼굴을 한 신우가 재빨리 사람들 사이로 사라졌다.

신우가 현을 위해 저도 좀 더 무언갈 더 배워보고 싶다고 하자 다행히도 현은 기꺼워했다. 도율이 거두었고, 수양의 눈에도 든 아이라 그저 허드렛일하는 몸종으로 둘 생각도 없었는데 먼저 나서서 배우겠다니 썩 기특했다.

무얼 가르쳐주랴, 묻는 현에게 신우는 일단 도성의 지리조차 잘 모르니 틈날 때마다 그런 것부터 익혀 두겠노라 대답했다. 월산군을 가장 가까이서 뫼시고 빠르게 움직이거나 심부름해야 하는 몸인데 길조차 몰라서는 낯이 서지 않는다는 거였다. 길도 외우고 시전에서 물건 흥정도 해보며 속세에 사는 법부터 일단 몸에 익혀보겠다는 청을 현은 흔쾌히 허락해주었다.

그래서 신우는 현이 나올 때 함께 나왔다. 현은 공부를 하기 위해 스승 댁으로 갔고 신우는 거리에 남았다. 현이 공부를 마칠 때쯤 모시러 가기로 했다. 그때까지는 자유였다.

수양대군의 손자인 현의 허락으로 시간을 얻은 김종서의 손자가 사람들 눈을 피해 폐허가 된 김종서의 옛집에 들어섰다.

새삼스러운 시선으로 집을 둘러보았다. 누가 보는 것도 아닌데 내딛는 걸음걸음이 조심스러웠다.

"일찍 왔구려."

신우가 돌아보자 양 볼이 발갛게 상기된 혜주가 들어서고 있었다. 승복을 입은 채였다.

"어찌 승복을……."

"에이, 치마를 입고 산을 어찌 타고 내려온단 말이오? 걱정하지 마시오. 이건 빌린 거 아니오. 내 거요."

자기 거라 큰소리치는데 아무리 봐도 옷이 좀 크다. 이상하여 신우가 고개를 갸웃하자 혜주가 웃음을 터뜨렸다.

"들켰군. 그대 거요. 도율 스님이 주셨다오. 이제 그쪽은 입을 일 없으니 내가 입어도 되는 거 아니겠소? 허니 이제부터 이건 내 거요."

입을 리 없다고 단언하고 제 승복을 내주었다니, 어쩐지 도율에게 서운했다. 당연한 건데도 다시 돌아갈 수 없는 시절을 지나버렸다는 게 실감이 났다.

"내게 정치를 가르쳐준다고 하였잖소."

혜주는 역시 승복을 입길 잘했다 싶었다. 승복을 입어서인지 예전처럼 말을 거는 신우가 기꺼웠다. 기분이 한껏 좋아진 혜주가 신나게 고개를 끄덕였다.

"그럼 물어봅시다. 어찌하여 전하께서는 지금까지도 월산군을 세손으로 책봉하지 않으시는 거요?"

아, 혜주가 입이 헤 벌어졌다. 첫 질문부터 말문을 막히게 했다. 순식간에 목이 꽉 잠겨 단 한 마디도 입 밖으로 나오지 않았다. 신우는 재촉하지 않고 기다렸다.

침을 한 번 삼키고 혜주가 물었다.

"그게 왜 궁금하오?"

"내가 모시는 분에게 제일 중요한 문제이니 지금 내가 가장 알아야 할 일인 거 같아서 말이오. 아니오?"

맞는 말이었다. 속세 일은 관심 없는 숙맥일 거라 여겼는데, 큰 착각을 한 걸지도 몰랐다. 아니, 산에 살아 도리에 맑으면 세법도 빨리 익히는 걸까.

"솔직히 말하면 나도 잘 모르오."

둘러대거나 거짓말을 하는 게 의미가 없을 거 같아 혜주가 순순히 답했다.

"돌아가신 세자 저하 때문이 아닐지 추측할 뿐이라오."

"세자께선 언제 돌아가셨소? 삼 년이 아직 지나지 않았소?"

"아니, 다 지났소이다."

"허면 책봉을 더 미룰 이유가 없잖소? 혹 왕손 중 월산군보다 더 나은 이가 있소?"

"지금으로선 국본이 될 만한 자격과 자질을 갖춘 이는 월산군밖에 없소."

"헌데 나라의 근본이라고까지 불리는 그 국본을 대체 왜 아직 세우지 않는 거요?"

그건 비단 신우뿐만 아니라 조선의 많은 사람이 궁금하게 여기는 중대사였다. 다들 삼년상이 지나면 세손 책봉이 이루어질 줄 알았는데 수양은 그러지 않았다. 거기다 수양의 건강이 나빠지면서 신료들은 재촉하기 어려운 처지가 되었다. 심약해졌어도 여전히 권력을 움켜쥔 왕 앞에서 차기 권력을 논하는 건 자진시켜 달라고 나서는 거나 진배없었다. 그래서 다들 쉬쉬하며 눈치만 살피다 이 문제를 거론하기 위해 찾은 이가 명회였다.

결과적으로 그건 더 나쁜 선택이 되고 말았다. 그 문제만큼은 명회가 수양보다 더 엄격했다. 어쩌면 이것조차 정치적으로 이용했던 건지 모른다. 명회를 찾은 자들은 얼마 지나지 않아 역심을 품었단 죄목으로 정전에서 사라졌으니까. 그 뒤로는 아무도 국본을 입에 올리지 못했다.

"국본으로 세우는 이마다 명이 길지 못하니 책봉을 꺼리시는 게 아닐까 짐작할 뿐이오."

처음엔 떠돌던 얘기였는데, 시간이 지날수록 꽤나 그럴듯해져 이젠 다들 그리 여겼다. 수양이 하도 많은 사람을 죽여 원한을 사서 나쁜 일들이 생기는 거라는 소문도 돌았다. 그래서 아들 다 잡아먹은 자리에 손자를 앉히는 게 겁이 나 책봉이 늦어진다는 거였다.

"전하께서 직접 말씀하신 거요?"

"그렇지는 않소."

"그대 아버지의 짐작이오?"

"그것도 아니오."

명회는 그런 소문에 코웃음을 쳤다.

"그렇다면 그 모든 게 다 뜬소문일 뿐인데, 진짜 연유는 무엇인지 여쭤보지도 않았소?"

"않았소."

"궁금하지 않소?"

"궁금하지 않소. 왜 궁금해야 하오?"

답을 줄 수 없는데 계속 캐물으니 짜증이 났는지 혜주가 버럭 신경질을 냈다. 그러자 신우가 진심으로 모르겠단 표정을 지었다.

"그대는 국본과 혼인할 몸이잖소. 헌데 신랑감이 정확히 정해지지 않은 채 세월이 이리 흘러가고 있는데 그게 궁금하지 않단 거요?"

"누, 누가 그러오? 국본과 혼인할 거라고? 혹 월산군께서 그러시오? 그거야 그분 뜻이지, 나는!"

"월산군이 아니라 누구라도 그리 생각할 거요. 나라도 내 슬하에 여식밖에 없는데 내가 일인지하 만인지상의 자리에 있다면, 내 여식을 조선 최고의 자리에 앉힐 욕심을 내겠소. 어느 아비가 아니 그러겠소?"

반박할 말이 없었다. 세상 물정이 어두울 테니 속세를 가르쳐주겠다고 큰소리를 친 게 무색했다. 무안해지기까지 하니 약이 올랐다.

"내 알아보고 오리다. 정확한 답을 가르쳐주겠소. 그러면 될 거 아니오!"

혜주가 발끈해 큰소리를 쳤다. 신우가 담담하게 고개를 끄덕였다. 그의 잔잔한 고요를 좋아했는데 지금은 그렇게 얄미울 수가 없었다. 혜주가 씩씩거리며 돌아섰다.

* * *

한참이나 뒤척이다 신우는 결국 일어나 앉았다. 잠이 오지 않았다. 정신이 또렷했다. 단순히 몸을 혹사시킨다고 잘 수 있을 것 같지 않았다. 아직 다 끝맺지 못한 일이 남아 온몸과 정신이 잠들기를 거부하는 거였다. 허니 그 일을 마쳐야 했다. 어쩔 수 없었다.

신우가 소리 없이 몸을 움직였다. 방을 나와 아무도 없는지 확인하고 훌쩍 담을 넘었다. 뛰어넘을 때는 소리 내지 않았지만, 바닥에 떨어질 때는 잔 소음이 일었다. 담벼락에 몸을 바싹 낮추고 안에서 기척이 나는지 살폈다. 고요했다. 다시 몸을 일으켰다. 그리고 달리기 시작했다.

달빛을 피해 어둠 속으로 몸을 숨겨 달려온 곳은 김종서의 집이었다. 한 번쯤은 홀로 이 집 안을 둘러보고 싶었다. 주위를 살핀 다음 얼른 안으로 들어갔다.

수풀이 우거진 집 마당을 지나 가장 안쪽에 있는 사랑채 앞에 멈췄다.

"아⋯⋯."

신우의 입에서 저도 모르게 안타까운 탄식이 새어 나왔다. 사랑채 앞에 놓인 댓돌엔 엉겨 붙은 핏자국이 여전히 선명했다. 이건 누구의 피일까. 제 부친일까 조부일까. 조부와 친부는 대문 근처에서 참변을 당했다고 했다. 그렇다면 이 피는 일개 시종의 것일지도 모른다. 아니 혹 조부나 친부가 도망치다 여기까지 왔던 걸까. 마지막 숨을 거둔 곳은 여기일까.

신우가 가만히 눈을 감았다. 철에게 들었던 그날 밤이 생생하게 머릿속에서 그려진다. 안개가 걷히자 그날이 드러났다.

그날, 수양은 보여줄 게 있다며 늦은 밤 이 집에 들어섰다. 안으로 들이려 했으나 수양은 거절했다. 어쩔 수 없이 종서는 대문가에 선 채 달빛과 호롱불에 의지하여 그가 준 서찰을 읽기 위해 애를 썼다. 그러느라 수양이 철퇴를 내려치는 걸 막지 못했다.

그 일격을 시작으로 집 곳곳에서 끔찍한 살육이 자행되었다. 하룻밤 사이에 김종서 일가는 산산조각났다. 사내들은 모두 죽었고 계집들은 모두 노비로 팔려나갔다. 아마도 밤새 환하게 불을 밝혔을 이 집은 그날 밤, 인간 백정에 의해 사람 잡는 도살장이 되었을 것이다.

머릿속에서 사람들이 고통스럽게 울부짖자 그 소리가 귓가에 쟁쟁했다. 이 시간 여기서 들려선 안 되는 소란이다. 신우가 번쩍 눈을 떴다. 누군가 자신의 어깨를 덥석 움켜쥐었다. 신우가 놀라 돌아보았다.

"어찌 여기 계신 겁니까!"

철이었다.

"누가 보기라도 하면 어쩌려고 여기 계시난 말입니다!"

달빛에 반쯤 드러난 철의 얼굴이 야차 같았다. 제가 알던 철이 아니다. 아니, 철이기는 한가? 명회나 수양이 아니고 진짜 철이 맞는가? 꿈을 꾸는 건가?

신우가 일순 멍해졌다. 두 눈에 초점이 사라지자, 철이 양 어깨를 쥔 채 마구 흔들었다.

"어서 가십시오! 다시는, 다시는 여기 오시면 안 됩니다. 아시겠습니까?"

철이 신우의 등을 세차게 떼밀었다. 그제야 번쩍 정신이 든 신우가 내달렸다.

신우가 집 밖으로 사라지고 난 후에야 철이 숨을 몰아쉬었다.

"조심성이 저리 없으셔서야 어쩌나."

"조심성이 없어서 그러셨겠나. 와보고 싶으셨던 게지. 어찌 안 와보고 싶으시겠나?"

"그 마음이야 알겠지만……."

"그만합세. 이제 안 오시겠지. 더 말할 거 없네."

어둠 속 여기저기서 말소리가 들리더니 이내 희끄무레한 달빛 아래 사람들이 모습을 드러냈다.

"서둘러 움직입시다. 시간이 얼마 없습니다."

철이 사랑채 앞 마루에 가져온 보자기를 끌렀다. 보자기 안에는 종이가 수북이 쌓여 있었다. 어둠 속에서 튀어나온 손들이 각기 그것들을 한 움큼씩 가져갔다.

"각자 자신이 맡은 구역, 잊어먹으면 안 됩니다."

"이 사람아, 설마 그걸 잊을라고."

"이걸 얼마 동안 붙여야 할까."

"그놈들 귓가에 들어갈 때까지 소문이 퍼지려면 아마 계절이 바뀌어야 될 게요."

"좋지. 본래 추울 땐 싸우는 거 아니거든. 개나리 피고 진달래 피는 시절이면 움직이기 딱 좋을 때네 뭐."

"우린 움직이기 좋고, 쟤넨 농번기라 사람 동원하기 어려울 테니 더할 나위 없소이다."

자조 섞인 낮은 웃음소리가 어둠 속에 퍼져나갔다. 그러다 이내 누가 먼저랄 것도 없이 한 사람씩 어둠 속으로 사라졌다.

얼마 지나지 않아 텅 빈 집 안에 철이 혼자 남았다. 새삼스럽게 둘러보다가 신우의 시선이 머물렀던 댓돌을 쳐다보았다. 엉겨 붙은 핏자국을 보자 한숨이 절로 나왔다. 이걸 보고 무슨 생각을 했을까. 감히 짐작조차 하기 어려웠다. 철이 남은 종이와 보자기를 챙겨 들었다. 이내 그도 어둠 속으로 묻혔다.

도성에서 사람들이 가장 깊이 잠들어 있을 축시였다. 주경야독하는 선비도 이때까지 깨어 있기는 어려운 법이다. 특히 겨울의 축시는 달조차 얼어붙어 빛을 내지 않는 시간이었다.

불침번 서는 보초들조차 몸을 웅크린 채 꾸벅꾸벅 조는 그 축시에 어둠을 타고 한 무리의 사람들이 움직이기 시작했다. 그들은 어둠 속에서만 움직였다. 그래서 그들이 누군지 무얼 하는지 알 수도 없었다. 묘시쯤 되어 첫닭이 울고 새벽이 희끄무레하게 밝아오면 비로소 그들이 지나간 흔적을 보게 될 것이다.

이른 아침, 우물에 물을 뜨러 가던 이가 어제 보이지 않던 방을 발견하고 걸음을 멈추었다. 아직 잠이 덜 깬 눈을 비비며 애써 방을 읽던 이가 어이없다는 듯이 웃으며 돌아섰다. 그럴 만도 했다.

김종서의 손자와 수양대군의 손자가 뒤바뀌었고, 그래서 지금 수양대군의 손자인 월산군이 실은 수양대군의 손자가 아니라 김종서의 손자라니. 대체.

9장

혼란
混亂

혜주가 찻상을 들고 사랑채로 들어섰다. 책을 보던 명회가 눈을 가늘게 뜨고 딸을 쳐다보았다.

"네가 어쩐 일이냐?"

끔찍이도 사이가 좋은 부녀지간인데 근래 들어서는 소원하다 못해 냉랭할 정도였다. 명회를 대하는 혜주의 태도가 싸늘해진 까닭이다.

거리를 두는 혜주가 낯설고 서운해 명회는 왜 저러는 거냐고 부인 민씨에게 하소연하기도 했다. 민씨는 혼례가 늦어져 신경질을 부리는 것 같다고 긴 한숨을 내쉬었다. 절에 따라와서도 혼자 산을 쏘다니는 걸 보면 가슴에 울화가 차는 모양인데 저러다 시집도 가기 전에 병이 나는 거 아닐지 모르겠다는 지청구를 늘어놓았다.

명회는 겉으로는 쓸데없는 소리 말라 했지만, 속으로는 그럴 만도 하다고 이해했다.

"아버지 차 시중이야 본래 제가 하던 일 아니었습니까?"

갑자기 현의 집에 드나들기 시작했다는 걸 보면 원망이 쌓였다는 민씨의 말이 영 그른 건 아닌 모양이다. 혜주의 혼사가 늦어지는 데는 여러 이유가 있었지만, 아직 딸을 떠나보내고 싶지 않은 아비의 이기심도 적지 않았다. 헌데 이제 다 컸다고 아비를 귀찮아 하는 것 같아 못내 서운했다.

"그랬지. 근데 요즘은 통 아니 했잖느냐."

어릴 때부터 중전이 될 거라고 가르친 아이다. 다른 사내도 아닌 현에게 호감을 가지는 건 당연했다. 그래서 아직 지켜봐야 하는 명회의 심경은 복잡했다. 모두가 현이 보위를 이을 거라 확신하고 혜주 역시 그리 알고 있으나 정작 결정권자인 자신과 수양만은 결론을 내리지 못하고 있었다. 그래서 혜주의 혼례도 정해지지 못한 거였다.

다른 가능성과 대안이 나타나면 현은 당장 버려질 패였고, 그럴 가능성이 완전히 사라지지 않는 한 그 불확실한 패와 제 딸을 묶을 수는 없었다.

"근래 좀 소원하였던가요. 날이 갑자기 추워져 제가 게을러진 모양입니다. 서운하셨습니까?"

"퇴청한 후 쉴 때 네 어여쁜 얼굴을 보며 담소를 나누는 게 늙은 애비의 유일한 낙인데, 도통 보여주질 않으니 좀 서운하긴 하였다."

명회의 농에 혜주가 환한 미소를 지었다. 명회의 마음 한구석에 꽁하게 쌓아두었던 앙금이 눈 녹듯이 사르르 사라졌다. 젊어서부터 인물 없다는 말을 지겹게 들어온 명회로서는 어떻게 저한테서 저리 예쁜 딸이 난 건지 볼 때마다 신기하기만 했다.

"앞으로 게으름 피우지 않겠습니다."

"그래, 어찌 그리 기특한 결심을 다 하였누?"

"생각해보니 이리 아버님 차 시중을 들 날도 멀지 않은 거 같아서요."

웃으며 건네는 말속에 뼈가 있다. 가만 보니 기분이 좋아져서 온 게 아니라 분명한 목적을 가지고 건넨 차 한 잔이다. 바라는 게 있어 아비가 원하는 모양새로 온 거다. 일종의 거래를 위한 형식을 갖추었다고나 할까. 이마저도 제 자식답다 생각하며 찻잔을 들었다.

"그래, 찻값을 치러줄 터이니 하고 싶은 말을 해보아라."

얼마나 비싼 값을 치러야 할지는 몰라도 명회는 기꺼이 그 값을 내어줄 용의가 있었다. 명회답지 않은 너그러움이 혜주에게만 통했다.

"월산군께서 지금까지 세손으로 책봉되지 못한 연유가 무엇입니까?"

예상한 질문이니 그리 비싼 차는 아니다. 그래도 아직은 제 손안에 있는 자식이라는 것이 반가워 명회의 기분이 조금 좋아졌다. 다만 저 질문이 온전히 혜주의 자의인지 아니면 현이 시킨 건지, 그것도 아니라면 현과 가까워져 자연스레 궁금해진 건지 궁금하긴 했다.

"빨리 혼인하여 궐에 들어가고 싶으냐?"

농을 치듯 가벼이 웃었지만 노회한 정치인의 면모가 슬그머니 드러났다.

"내가 너를 좀 더 끼고 살고 싶어서 혼례가 늦춰지는 게다. 혼례가 늦어지니 세손 책봉도 미뤄지는 게지."

거짓말이다. 온통 다 거짓이다. 혜주는 기민하게 알아차렸다. 저 표정과 말투는 정치인의 태도와 언어다. 질문의 본질을 빗겨 나면서 핵심에서 빠져나가려는.

예전이라면 순순히 그 말을 믿고 기뻐하며 아비 품에 다정히 안겼을지도 모른다. 하지만 이젠 그리 넘어갈 수가 없다. 더 이상 세상 물정 어두운 어린아이가 아니다. 이렇게 나온다면 저도 더 이상 한

명회 여식으로 이 대화를 이어 나갈 수 없었다.

"설마 역심을 품고 있다고 고백하시는 겁니까?"

놀란 명회가 차를 삼키지 못하고 목에 걸려 기침을 쏟아냈다. 감히 제 자식 입에서 나올 거라곤 단 한 번도 생각해본 적 없는 말이 나왔으니, 천하의 한명회라도 놀라지 않을 수 없었다.

"너, 너, 그게 대체 무슨 말이더냐!"

찻잔을 쾅 내려놓으며 명회가 발끈했다. 열이 확 올라 목덜미가 얼룩덜룩해진 명회와 달리 혜주는 침착했다.

"국본을 세우는 걸 반대하심은 나라의 근간을 흔들리게 함이니 그것이 역심이 아니면 무어란 말입니까. 다른 자리도 아니고, 국본입니다. 나라의 근본이요. 신하 된 자가 나라의 근본을 세우는 걸 꺼리다니 그보다 큰 중죄가 어딨단 말입니까. 역심을 품은 게 아니라면……."

"네 이년! 감히 어찌 그런 말을!"

차마 더 들을 수 없어 명회가 펄펄 뛰었다. 다 식은 차를 단숨에 들이키자 겨우 마음이 좀 가라앉았다. 열이 올랐다 내렸다 난리를 피우는 명회를, 혜주는 시선도 깔지 않고 직시했다. 그 꼬락서니가 얄미워 명회가 딸을 노려보며 이를 갈았다.

"경솔히 지껄이지 마라. 가뜩이나 네 어미가 너를 너무 버릇없이 키웠다고 나를 타박하는데 이리 방자하게 굴어서야 어찌 궐의 안주인이 될 수 있단 말이냐."

"허니 솔직히 말씀해주십시오. 대체 왜 책봉을 미루시는 겁니까?"

도통 물러설 기색이 없자 명회가 이번엔 혀를 차며 긴 한숨을 내쉬었다. 더 이상은 안 되겠다 싶어 명회는 자신이 말할 수 있는 만큼만 솔직해지기로 했다.

"너도 알다시피 전하께서 근래 옥체가 예전만 못하시다."

"그러니 더욱더 세손을……."

"어리석은 소리! 전하의 옥체가 미령하시기에 책봉이 더 늦어지는 게야. 신료들도 더 권하기가 어려운 거고. 본래 쇠약해질수록 놓기 싫어지는 게 권력이다. 그리고 자신이 건강하지 못하기 때문에 뒤를 이을 후계가 젊고 강건한 게 싫은 법이고. 예전이었다면 호쾌하게 처리했을 일들이지만 몸이 온전치 못하면 마음도 심약해지고 불안이 높아져 더 할 수가 없게 된단 말이다. 그게 권력을 가진 인간의 한계이자 비애지."

아비의 말을 혜주가 온전히 다 이해하긴 어려웠다. 당연한 일이다. 혜주는 어리고 건강했으며 아직 권력을 갖지 못했으니 말이다.

"설마 전하께서 손주인 월산군을 의심……."

"그만하거라."

명회가 혜주를 노려보며 말을 잘랐다. 허나 명회는 말을 막음으로써 오히려 혜주가 하고픈 말을 대신 해준 셈이 되고 말았다. 놀랍지만 곱씹어보면 그리 놀랄 일도 아니다. 애초에 조카를 죽이고 차지한 왕좌다. 아무리 핏줄이라도 젊은 현이 두려운 게 당연했다. 본래 사람은 자신이 한 일에 빗대어 세상을 보기 마련이다.

"전하께서 기력을 차리시게 되면 책봉하실 게다. 하지만 그걸 신하 된 도리로서 권하긴 어려운 법이야. 허니 기다려라. 이 애비도 기다리고 있지 않느냐. 설마 너를 처녀로 늙어 죽게 내버려두겠느냐."

"처녀로 늙어 죽을 건 걱정도 하지 않습니다."

"그래? 처녀 귀신이 될까 염려되어 이리 대드는 게 아니란 말이냐?"

처녀 귀신이라니, 말도 안 되는 소리다. 제 가치가 떨어질 때까지 명회가 데리고 있을 리 없다. 아비로 믿어서가 아니라 정치인 한명회가 어떤지 알기 때문에 의심하지 않는다. 그 순간 명회의 눈빛이 날카롭게 변했다.

"네 시집이 걱정되어 궁금했던 게 아니라면, 설마 월산군과 어울리다 정분이라도 난 게냐? 시집 못 갈까 걱정이었던 게 아니라 월산군과 혼인하지 못할까 봐 걱정되어 물은 게야?"

"아닙니다! 정분이라니, 당치도 않습니다."

혜주가 펄쩍 뛰며 부인했다. 화들짝 놀라며 두 손까지 내젓는 게 거짓은 아닌 듯했다. 비로소 마음을 놓았다.

"명심해라. 너는 한명회의 여식이다. 일인지상 만인지하, 영상의 장녀란 말이다. 말 나오지 않게 조심 또 조심하여라. 혼인하기 전 어울리는 사내가 있다는 건 그 상대가 누구든 무조건 계집에게만 흠이 될 뿐이다. 몸가짐을 삼가고 흠 잡힐 여지를 남겨선 아니 된다."

"월산군 댁에 드나들지도 말라는 말씀입니까?"

이대로 별당에 갇히기라도 하면 낭패다. 그제야 더럭 겁이 난 혜주가 조심스럽게 명회의 눈치를 살폈다.

"그럴 것까지야."

비로소 제 맘에 들게 눈치를 살피는 혜주를 보니 마음이 노곤해져 명회가 몸을 보료에 기댔다.

"월산군의 마음은 얻되, 네 마음은 단속하란 말이다. 심지어 혼인하고 난 뒤에도 그래야 해. 그래야 계집이 사내를 다룰 수 있는 법이거든."

아비의 훈계를 들으며 혜주는 답답해지는 심정을 가누려 찻잔을 들어 입술을 축였다.

　내게는 너그러운 아버지, 어머니에게는 나쁜 남편, 인간적으로는 믿을 수 없는 사내, 똑똑하지만 현명치 못하며 권력은 가졌으되 평판은 나쁜 남자. 하나로 명쾌하게 정의 내릴 수 없는 인간을 아버지로 둔 자식의 마음이 어떤지 명회는 죽었다 깨어나도 모를 것이다. 그게 얼마나 자식의 삶을 절름발이로 만드는지, 중요한 순간마다 누가 끌어당기기라도 하는 것마냥 비틀거리게 하는지, 명회는 상상도 하지 못할 거다. 이런 속내를 털어놓아도 심약한 계집이라고 혀를 차며 한심해할 게 뻔했다.

　"이만 나가 보겠습니다."

　누구에게도 마음을 주지 않지만 타인의 마음은 쉬이 얻으며 그걸 가벼이 여기고 내키는 대로 이용하는 사람이 제 아비였다. 혜주는 늦었지만 지금이라도 아비의 손에 붙들린 제 마음을 되찾아오기 위해 노력하는 중이었다.

　"그래, 쉬거라."

　"안녕히 주무십시오."

　방을 나서는 혜주의 걸음은 그 어느때보다 무거웠다. 하지만 어느새 생각에 빠진 명회는 그것을 알아차리지 못했다.

＊ ＊ ＊

　"본래 자식은 삼년상까지도 치르는 법이 아닙니다. 다들 전하의 어심을 헤아려 기다려주었던 게지요. 이젠 그 삼 년마저도 벌써 지난 지 오랩니다. 더 미룰 명분조차 없습니다. 책봉하셔야 합니다."

"아직 스물이 되기까지 몇 년 남지 않았나. 스물이 되기 전까지도 찾지 못하면, 그땐 책봉하세."

"전하!"

"만약 책봉했는데! 그 직후에 내 핏줄이 아니라는 게 밝혀지면 어찌하나! 책봉된 뒤 그 죽일 놈이 네 진짜 손자는 여기 있다고 나타나기라도 하면 어쩌란 말이야!"

그리되면 그때 드디어 찾은 박철과 박철이 데려온 놈을 죽여버리면 그만이라고 내뱉고 싶었다. 사실 명회에겐 현이 진짜 수양의 손자든, 김종서의 손자든 상관없었다. 어차피 제대로 된 왕재 교육을 받으며 자란 건 현이었다. 박철의 손에서 어찌 컸는지도 모를 근본 없는 놈이 왕이 되는 것보다 현이 보위에 오르는 게 이치에 옳았다.

하지만 그런 말을 할 순 없었다. 수양은 결코 이해하지 못할 테니. 이런 속내를 들키기라도 하면 수양은 절대 용서치 않을 것이다.

핏줄에 눈이 멀면 저렇게까지 아둔해지는가, 한심하기는, 아직도 아들 낳을 희망을 못 버리는 저도 다를 게 없었다. 부질없는 희망에 여전히 모든 걸 걸고 있는 수양이 기막힌 한편 그 심정이 이해되지 못하는 건 아니라서 참언할 수도 없었다.

사내에게 자식이란 이토록 끔찍한 양날의 검이다. 평생 죽을힘을 다해 대업을 이루어본들, 빌어먹을 자식놈이 그걸 제대로 잇지 못하면 자신의 평생이 형편없어지는 건 한순간이었다. 그래서 자식이 사주에서 최고의 명예인 동시에 저를 치는 살이 되기도 하는 모양이다.

그걸 수양에게서 보았다. 과연 돌아가신 세종께서는 수양을 어찌 보고 있을까. 어쩌면 이 모든 건 죽은 세종이 산 수양에게 벌을 내리려 만든, 이승의 지옥도는 아닐까.

그렇더라도 벗어날 방법은 있다. 철이 데려간 게 누구든 괘념치 않고, 내가 키운 놈을 자손으로 인정하고 왕좌에 앉혀버리면 그만이다. 핏줄이라는 욕망을 버리면 번뇌가 사라지고, 박철이 저지른 일도 헛짓거리로 만들 수 있다. 허나 수양은 그러질 못했다. 그래서 그의 지옥은 시간이 지날수록 더 크고 깊어졌다. 종내에는 심신을 모두 갉아먹을 만큼.

"전하, 제가 말씀드린 건 생각해보셨습니까."

"생각하고 말고 할 것도 없이 말도 안 되는 소리라고 하지 않았나."

"전하, 말도 안 되는 소리가 아니라 지금으로선 그게 가장 좋은 수입니다."

"월산군이 저리 멀쩡한데 잘산군을 세손으로 세우는 게 어찌 가장 좋은 수란 말인가!"

"그야 당장 월산군을 세손으로 세울 수 없으니……."

"세운다니까! 박철 그놈을 찾아 사실만 확인하면 내일 당장이라도 책봉한다질 않나."

"하오나 전하, 그 박철을 언제 찾을지 알 수 없지 않습니까."

"그렇다고 멀쩡한 형을 두고 어찌 아우를 세손으로 세운단 말인가. 신료들에겐 뭐라 할 것인가. 그리고 당장 부부인과 월산군이 그걸 받아들이겠나? 아니, 거기까지 갈 것도 없이 중전부터가 기함할 걸세."

"그거야……."

말이야 만들어 내면 그만이다. 잘산군이 더 어리니 왕재 교육을 받기에 적합하다고 둘러대면 될 거 아닌가.

"그리고 자네, 무인정사를 잊었나? 그 일이 왜 일어난 건지 잊은 게야! 월산군 대신 잘산군을 세손으로 책봉하면 태종대왕의 유지를 어기는 것과 진배없음을 어찌 모르나. 그리고 큰아버님께서 왜 나를 지지해주셨는지 자네도 알잖나. 잘산군을 택했다가 월산군이 그 일에 앙심을 품는다면 훗날 무슨 일이 벌어질지 어찌 알아. 내 후대에 또다시 형제끼리 칼을 맞대는 일이 일어나기라도 하면 대체 내가 역사에 어찌 기록되겠나? 자네는 내가 역사에 폭군이나 암군으로 남기를 바라는 건가!"

"전하, 어찌 그런 말씀을 하시옵니까. 이미 전하는 성군이시옵니다."

"성군까지는 바라지도 않아. 나는 다만 죽어 아바마마께서 나를 용서하실 수 있을 만큼만이라도 내가 왕 노릇 했기를 바랄 뿐이야. 그래서 박철을 찾길 기다리는 게야. 후대를 제대로 세우지 못하면 내 죽어도 아바마마를 뵐 낯이 없단 말일세."

수양이 괴로워하며 양손에 얼굴을 파묻었다.

"어쩌면 이 모든 게 다 업보지. 나도 이 괴로움 속에서 빠져나가는 법을 모르는 게 아니야. 내가 어리석어 이리 괴로워하는 게 아니란 말일세. 다만 이 모든 게 업보라면 내가 다 겪어내야 하는 일이라면, 최대한 내가 당해야 하므로 버티는 걸세. 내가 당해서 조금이라도 이 죄를 갚을 수만 있다면 그게 내가 할 수 있는 최선이니 말이네. 내가 당할 만큼 다 당하고 나면 그때는 내 손주를 돌려주시지 않겠나 싶어서 말이야."

명회가 더 말하지 못하고 조용히 물러났다. 저렇게까지 완강한데 제 뜻을 더 우기는 건 신하 된 자의 도리가 아니었다. 그저 충심을 담아 수양의 바람이 이루어지길 빌어줄 수밖에 없었다.

* * *

폐가로 향하는 혜주의 걸음이 급해 보였다. 만나서 들려줄 말이 많았다. 제가 생각해도 이해할 만한 답을 얻었으니 신이 났다. 어제와 달리 비스듬히 문이 열려 있었으나 의심하지 않고 안으로 쏙 들어갔다. 그 바람에 벽에 붙은 벽보는 보지 못했다.

조금 뒤에 나타난 신우는 폐가 근처를 괜히 서성이며 두리번거렸다. 지나는 이들은 이 집에 아무런 관심이 없어 보였다. 그런 데도 들어설 엄두가 안 났다. 어젯밤 철은 이곳에 다시는 걸음하지 말라고 했다. 무섭게 화를 내던 그 얼굴이 아직도 생생했다.

한숨을 내쉬며 신우가 등을 돌리고 왔던 길을 되돌아갔다. 그러다 걸음을 멈춘다. 다시 돌아선다. 고민이 깊은 이마에 내 천 자로 주름이 깊게 팼다.

지금 저 안에는 혜주가 기다리고 있을 것이다. 가지 않으면 마냥 기다릴 거다. 앞으로는 오지 못한다고 알려주기 위해서라도 일단 오늘은 가야 했다. 오늘이 마지막이다, 마지막이란 말을 하러 가는 거다, 그렇게 스스로를 설득하며 신우는 폐가로 들어섰다. 제 생각에 빠져 있느라 신우 역시 벽보 따윈 보지 못했다.

"왜 이리 늦었소!"

마당으로 들어서는 신우를 보고 혜주가 반색했다. 저를 반기는 화사한 미소를 보자 잔뜩 긴장한 몸이 비로소 풀렸다.

"내 알아 왔소이다. 왜 전하께서 세손 책봉을 미루시는지, 제대로 알아 왔소이다."

신이 난 혜주가 조잘거리며 어제 명회에게 들었던 이야기를 늘어놓았다.

헤주의 말은 제법 그럴싸했다. 아니, 제가 지금까지 들었던 이야기 중 가장 일리가 있었다. 지은 죄가 있으니 자신의 손자조차 겁이 나는 모양이다. 하긴 작은아버지가 조카를 죽였는데, 손자가 할아비를 배신하지 못할 것도 없다. 이거야말로 자신이 쳐놓은 덫에 제가 걸린 꼴 아닌가.

스스로가 저지른 잘못에 대한 벌은 하늘이 내리는 것도, 부처가 내리는 것도 아니고 그 행위의 결과에 매이게 되는 것. 그게 가장 큰 벌이라는 도율의 말이 이제야 이해가 갔다.

제가 만든 세상에 갇혀 평생을 벗어나지 못하고 몸부림치는 것, 자신의 욕망에 운명의 목줄을 쥐여주고 끌려다니게 되는 것, 수양은 지금 그 벌을 받고 있었다.

"어떻소? 꽤 괜찮은 스승을 둔 거 같지 않소? 내가 아니면 누가 이런 걸 가르쳐주겠소?"

헤주가 으쓱하며 뿌듯한 표정을 지었다. 귀여웠다. 마음이 한층 더 느슨해진 신우가 웃으며 고개를 끄덕였다.

"맞는 말이오. 고맙소."

진심이었다. 헤주가 아니라면 누가 이런 걸 알려주겠는가. 대사를 계획하는 데 큰 도움이 되는 정보였다.

"그러니 앞으로 절대 수업 빼먹지 마시오!"

더 이상 못 온다는 말을 하러 온 건데 그만 발목이 잡히고 말았다. 이 집에 오면 안 되는데, 더 이상 올 수 없다는 말을 차마 할 수 없었다. 아니, 하고 싶지 않았다. 왜냐면 이 집이 아니면 헤주를 만날 데가 없기 때문이다. 여길 오는 걸 포기 한다는 건 헤주와 만나지 않겠다고 결심하는 것과 같았다.

"그럽시다."

굳이 따지자면 혜주를 꼭 만나야 하는 사이는 아니었다. 거기다 이 집을 드나드는 위험을 감수하면서까지 만나야 할 이유는 더더욱 없었다. 머리로 생각하자면 이 집에 오지 않아야 하고 혜주와 만나지 말아야 했다.

문제는 신우의 마음이 그러고 싶지 않은 것이다. 이 집에 오고 싶었고 혜주를 만나고 싶었다. 뭐가 더 앞선 마음인지는 알 수 없었다.

"오늘 궁금한 건 또 뭐요?"

"어……. 도성의 지리를 좀 알고 싶소이다. 삼정승 육판서의 집이 어디인지도 궁금하고."

"그건 왜 알려고 하오?"

"월산군을 뫼시고 다니려면 도성 어디에 뭐가 있는지 잘 알아야 하지 않겠소? 심부름도 해야 할 거 아니오."

"하긴 그렇군. 자, 그럼 내가 이리 설명해줄 테니 잘 보시오."

마당에 쪼그려 앉은 혜주가 나뭇가지 하나를 집은 뒤 흙바닥에 그림을 그리기 시작했다. 동그란 뒤통수를 보며 신우가 소리 없이 한숨을 내쉬었다.

낮에 혜주와 함께 드나드는 건 괜찮을 거다. 밤에만 오지 않는다면 철이 알 리 없으리라.

"앉아 보시오."

땅바닥에 도성 지도를 다 그린 다음 신우를 끌어당겼다. 신우가 그녀 옆에 주저앉았다.

"여기가 숭례문이오. 그리고 요기가 육조거리고……."

폐가 앞을 사람들이 바쁘게 지나다닌다. 벽에는 여전히 벽보가 붙어 있다. 잠시 후 조용히 문이 열리더니 문 사이로 승복을 입은 혜주가 재빨리 빠져나왔다. 순식간에 바쁘게 움직이는 사람들 사이로 숨어든다.

잠시 후 열린 문 사이로 신우가 나와 대문을 닫았다. 마음이 급한 만큼 서두르는 바람에 신우는 혜주처럼 자연스럽게 사람들 틈에 섞이지 못했다. 마주 걸어오던 사내가 부딪힐 뻔하자 있는 대로 신경질을 냈다.

사내가 제 분을 못 이겨 씩씩거리다 우연히 벽에 붙은 벽보를 발견했다. 처음엔 대충 보는 바람에 무심히 돌아갔던 사내의 고개가 뒤늦게 무언가를 깨닫고 화들짝 놀라며 다시 제자리로 돌아온다.

어느새 사내의 발걸음이 거리에서 벗어나 벽 쪽을 향했다. 벽보 앞에 선 사내가 적혀 있는 글을 읽기 시작했다. 벽보에는 계유정난 밤에 흥인사에서 일어난 일이 아주 상세하게 적혀 있었다. 현장에 있지 않았으면 알 수 없는 내용들이었다. 철이 수양에게 남긴 서찰의 내용까지 덧붙여져 있었다.

벽보를 유심히 읽어 내려가던 사내는 그만 실소를 터뜨렸다. 사내는 고개를 절레절레 젓더니 다시 길로 걷기 시작했다. 사내마저 떠나자 을씨년스러운 바람만 벽보를 스치며 지나갈 뿐이었다.

해가 떨어지자 날이 점점 어두워졌다. 벽보가 보이지 않을 정도의 어둠이 내리기 전, 길을 걷던 이들 중 몇몇이 벽보를 발견했다. 개중 몇은 보고도 그냥 지나갔고, 몇은 가까이 다가가 벽보의 내용을 읽었다. 하지만 읽은 이들의 반응은 하나같이 똑같았다. 다들 기막혀하며 끝까지 읽지도 않고 근처를 떠났다. 대수롭지 않게 여기는 태도였다.

그럴 만도 했다. 벽보에 적힌 모든 내용이 지어낸 이야기가 아니라 진실이란 것을 알아차릴 이는 수양과 명회뿐이었으니 말이다.

해가 졌다. 날이 어두워졌다. 해가 떴다. 날이 밝았다. 해가 뜨고 지는 여러 날 동안 여전히 벽보는 그 자리에 붙어 있었다.

벽보는 언문으로 적혀 있었다. 그래서 우연히 지나가다 발견하고 읽는 이들은 하나같이 미천한 자들이었다. 간혹 양반들이 벽보를 보더라도 언문인 걸 보고는 읽지도 않고 지나쳤다. 언문을 읽을 줄 몰라서이기도 했고, 언문이니 읽을 필요 없다고 여기기 때문이기도 했다.

가물에 콩 나듯 지나가다 우연히 벽보를 발견하고 읽는 이들조차도 하나같이 비웃으며 대수롭지 않게 여겼다. 대놓고 침을 뱉거나아예 벽보를 떼서 바닥에 버리고 가는 이들도 있었다.

그렇게 억지로 누군가 떼어내거나 혹은 비와 바람에 자연스레 벽보가 사라지는 일도 왕왕 있었지만, 하루가 채 지나기도 전에 벽보는 사라졌던 그 자리에 다시 붙었다. 눈이 맵지 않은 이들은 벽보가 사라졌다는 걸 눈치채지 못할 정도였다.

시선을 끌지 못했지만 언문으로 쓰인 그 벽보는 변함없는 내용으로 늘 있던 그 자리에 꾸준히 붙었다. 도대체 누가 이토록 열심히 인지, 어찌 이리 감쪽같은지 신기할 정도였다. 그 지독한 벽보는 첫눈이 올 때까지 그 자리에 붙어 있었다. 여전히 그날까지도 그걸 지나가다 우연히라도 보는 이가 하루에 열 명이 채 되지 않았음에도 불구하고.

* * *

첫눈이 내려 민씨 부인이 사찰에 오르지 못하자, 혜주와 신우는 더 이상 만날 수 없게 되었다. 혜주가 미리 신우에게 귀띔해둔 덕에 다행히 폐가로 헛걸음하는 우를 범하진 않았다.

미리 언질을 주었으니 신우가 저를 폐가에서 기다리지 않을 거란 걸 알면서도 외출을 하지 못하자 애가 탔다. 이대로 저 눈이 다 녹을 때까지 마냥 기다리고 있을 수는 없단 생각이 들었다. 그러다 해가 바뀌고 혼례를 치른다면, 그래서 제가 궐에라도 들어가게 되면 신우와는 이제 영영 볼 수 없게 된다. 왠지 모르지만 그런 생각이 떠오르자, 마음이 초조해졌다.

고심하던 혜주를 구한 건 이번에도 말(馬)이었다. 혜주는 다시 말이 아프다는 핑계를 대고 현의 집을 찾았다. 덕택에 두 사람은 눈을 맞으며 거리를 오붓이 걸을 수 있었다. 혜주는 신우에게 땅바닥에 그림을 그려가며 설명했던 그 장소들을 나란히 걸어가며 직접 가르쳐줄 수 있었다. 혜주에게 배운 걸 제 발로 돌아다니며 복습할 수 있자, 신우는 좋아했다. 그런 신우를 보자 뿌듯하고 기뻤다.

"가르친 보람이 있으니 기쁘오."

허나 그 연유만으로는 질척이는 땅을 걸으면서도 전혀 불쾌하지 않은지 다 설명하긴 어려운 일이었다.

* * *

"오셨소? 내 낭자를 기다리고 있었소."

말을 핑계 삼아 현이 없는 사이 두어 번 더 찾아가 신우를 만났다. 그랬더니 세 번째 방문엔 현이 아예 기다리고 있었다.

"내 스승님께 말씀드려 오늘 하루 쉬기로 했다오. 삼고초려도 아니고 세 번이나 낭자가 헛걸음하게 할 수는 없는 노릇 아니오.”

그에겐 그리 생각하는 게 당연했다. 내키지 않았지만 혜주가 애써 미소 지었다. 신우는 늘 그렇듯 내색이 없고, 현은 무척 기분이 좋아 보였다.

“말을 마의에게 데려다주는 건 이놈에게 하라 하고, 우린 무얼 할까?”

당연하건만 신우에게 하대하는 현의 태도가 불쾌했다. 거기다 신우 없이 현과 단둘이 시간을 보내고 싶지 않았다.

“겨울이라 날이 추워지니 투정을 부리는 거라고 마의가 걱정하지 말라고 하였습니다. 그저 좀 움직이게 해주면 나아질 거라 하여 여기까지 끌고 왔던 겁니다. 허니 오늘은 마의에게 데려가지 않아도 됩니다.”

“그래요? 그 말 참 여러 가지로 속 썩이는군. 그러면 그 똑똑한 말이나 타고 좀 멀리 나가 볼까요?”

내키지 않았다. 혜주가 고개를 저었다.

“그럼 무얼 하고 싶소?”

일단 이 집에서 나가고 싶었다. 그러려면 신우까지 셋이 해도 이상치 않은 일을 생각해 내야 했다. 혜주의 머릿속이 바빴다. 다행히 좋은 생각이 떠올랐다.

“사정*에 가시지요.”

“낭자도 활을 쏠 줄 아시오?”

“국궁은 나라에서도 아녀자들에게 권하는 것을요. 제가 어쩌면

---

* 활 쏘는 사람들이 무예 수련을 위해 활터에 세운 정자.

자가보다 활 솜씨는 나을지도 모릅니다."

새침한 말에 현이 유쾌한 웃음을 터뜨렸다.

"내 두 눈으로 직접 보고 싶군. 어서 갑시다."

혜주가 가슴을 쓸어내렸다. 적어도 단둘이 남지 않아도 된다는 것만으로도 좋았다.

겨울이라 사정엔 사람이 없었다. 여울이 재빠르게 움직인 덕에 딱 맞게 사정으로 혜주의 활을 가져왔다. 여울과 신우한테서 각자의 활을 건네받아 둘이 활을 쏘기 시작했다.

"영상께서 여러모로 신경 써서 잘 가르치셨군."

쏘는 족족 혜주의 활이 과녁의 중심을 맞추자 현이 진심으로 감탄했다.

"왜요, 계집이 지나칩니까?"

"무슨 소리, 그리 말하는 걸 보니 낭자에게 내 인상이 여전히 좋지 않은 모양이군. 나는 여인의 능력을 무시하거나 역할을 한정 짓는 사람은 아니오. 애초에 그런 부류였다면 낭자에게 내 처지를 솔직히 말하며 도와달라 하지도 않았겠지. 나는 할마마마를 보며 내 어머니 손에서 자랐소. 두 분 다 여걸이라 할 만한 분들이시지. 장차 부인 될 낭자가 그분들 못지않은 사람이라 기쁘고, 이리 잘 키워주신 영상께 감사하게 생각한다오."

예상치 못한 대답이었다. 혜주가 놀란 표정을 하자 현이 피식 웃었다.

"이런, 아무래도 내가 오해를 아주 단단히 산 모양이군. 할마마마께서는 뭐든 할마마마와 함께 하시는 걸 제일 좋아하시오. 아버지도 돌아가실 때까지 여인이라곤 어머니밖에 모르셨고. 나 역시 계집을

탐하는 성정은 아니오. 내게 유일한 여인인 낭자와 함께할 수 있는
게 많을수록 나는 좋소. 진심이오."

감동적인 고백이었으나 혜주는 현의 진심에 오롯이 집중하지 못
했다. 바쁘게 움직이는 신우가 시선 끝에 자꾸만 걸렸기 때문이다.
화살을 챙기고 활을 챙기고 춥지 않게 불을 계속 피우느라 정신없
어 보였다. 추위에 고스란히 드러난 손이 새빨갛게 부어오른 것을
보자 혜주가 신우를 불러세웠다.

"너도 활을 쏴보지 않겠느냐. 칼도 잘 다룬다면 활도 쏠 줄 알겠
지?"

혜주를 따라 현도 신우를 보았다.

"그래, 한번 해보아라. 낭자의 활 말고 내 활을 쓰도록 해라. 그게
네 손엔 더 맞을 것이다."

현이 거리낌 없이 선뜻 제 활을 내밀었다. 하지만 신우는 고개를
저으며 뒤로 물러났다.

"제가 어찌 감히 아씨와 자가의 활에 손을 댈 수 있겠습니까."

활은 당연히 쏠 줄 알았다. 하지만 실력을 드러내거나 뽐낼 자리
가 아니었다.

현은 겸손하게 사양하는 신우의 태도가 마음에 들었다. 데리고 있
을수록 괜찮은 아이였다.

"그래, 조만간 네 활을 따로 맞춰주마. 내가 궐에 들어가면 네가
금위병이 되어야 할 터이니 당연히 궁술에도 능해야지."

"감사합니다."

신우가 허리를 깊이 숙였다. 혜주는 보기 좋은 시종이라며, 칭찬
하고 웃어줘야 한다는 걸 알았지만 아무리 애를 써도 입꼬리가 위

로 올라가지 않았다. 마음이 한없이 불편했다.

* * *

"내일도 우리 집에 오시겠소?"

혜주를 집 앞까지 데려다주며 현이 조심스럽게 물었다. 가지 않겠다고 대답하려다 시선 끝에 멀찍이 떨어져 서 있는 신우가 걸렸다.

"내일은 공부하러 가셔야 하지 않습니까?"

"그래야지. 허니 낭자도 내일은 집에 계시오. 헛걸음하지 않게 내 공부하지 않는 날 연통을 줄 터이니 그때 놀러 오시구려."

오늘 같은 방식으로는 다시 어울리고 싶지 않았다. 하지만 이제 더 이상 현을 빼고 신우와 단둘이 만날 방도는 없어 보였다. 가슴이 답답해졌다. 이대로 눈 녹기를 마냥 기다려야 하나 싶은데, 그때쯤 되면 물정을 다 알게 된 신우가 폐가에 만나러 올지 의문이었다. 현이 신우의 외출을 허락해줄지도 알 수 없었다.

"저 때문에 학문을 소홀히 하시게 된다면 제가 참으로 면목이 없지요."

어떻게든 신우와 둘만 어울릴 방도를 찾아야 했다.

"낭자와 어울리는 것도 내게는 중요한 공부요. 말하지 않았소, 할바마마도 할마마마와 모든 걸 함께 하신다고."

그 순간 꽤 기막힌 생각이 혜주에게 떠올랐다. 이 제안을 부디 현이 받기를 바라며 조심스럽게 입을 열었다.

"자가께서 고뿔이 들어 외출이 어려우니 스승님께 와주십사 부탁드리면 들어주실까요?"

"들어주실 거요. 이전에도 몇 번 오셔서 가르쳐주신 적이 있다오."

"그럼 스승님께 댁으로 와 달라고 부탁드려 집에서 공부하십시오."

"나더러 집에서 공부하라고?"

"네, 제가 자가의 공부가 끝날 때까지 댁에서 기다리겠습니다. 매일 공부도 하시고 저와 시간도 보내시고요."

"정말 그리 해주겠소?"

"제게 마음을 많이 써주셨으니까요."

현이 기쁨을 감추지 못했다. 혜주의 시선 끝에는 여전히 신우가 걸려 있었다.

* * *

저녁을 먹고 나서 바둑을 두는 게 현과 신우의 일과가 되었다. 신우가 바둑을 둘 줄 알고 심지어 꽤 잘 둔다는 사실을 알게 된 후부터 그는 현과 윤덕의 맞상대가 되었다.

현과 윤덕은 바둑 실력이 꽤 좋은 편인데, 신우의 실력을 확인하고는 오랜만에 호적수를 만났다며 좋아했다. 둘은 신우의 실력이 자신들과 비등하거나 그보다 조금 못한 줄 알았다. 신우는 그리 여기도록 내버려두었다. 신우의 바둑 상대는 늘어났지만, 여전히 신우의 바둑 실력을 정확히 아는 이는 도율과 철뿐이었다.

신우가 신중하게 흰돌을 내려놓았다. 이기기 위한 한 점이 아니었다. 티 나지 않게 잘 지기 위한 한 점이었다. 이기는 것보다 져준다는 낌새를 주지 않고 지는 게 훨씬 어려웠다.

"내가 이겼군. 어째 근래엔 내가 계속 이기는 거 같아."

기분이 좋으면서도 현은 갸웃했다. 현의 바둑 실력은 아직 윤덕에게 미치지 못했다. 윤덕의 상대도 해주는 신우가 저한테 자꾸 지는 게 의아했기 때문이다.

"아무래도 자가와 바둑을 둘 때는 밤이라 제가 집중하지 못하는 모양입니다."

현이 의심할 걸 대비해 미리 생각한 변명을 꺼내며 신우가 멋쩍게 웃었다.

"어허, 체력이 달릴 정도로 일이 많은 게냐?"

"그게 아니라 산에서는 이보다 훨씬 일찍 잠들었으니까요. 몸에 익은 습이 아직 다 고쳐지지 않아 그렇습니다."

"그럴 만도 하지. 참, 요즘도 밖에 공부하러 다니느냐?"

"아닙니다, 눈이 온 뒤로부터는 다니지 않습니다. 이제 더 이상 다닐 필요가 없을 듯합니다. 어지간한 건 다 배웠습니다."

"그래? 그러면 이제 다른 공부할 거리가 필요하겠군."

현이 책장 앞으로 가 서책 하나를 꺼내 가져왔다. 신우가 절하며 두 손으로 공손히 받았다. 논어였다.

"이전에 본 적이 있느냐?"

"아니요, 처음 봅니다."

"하긴 본 적이 없을 테지. 사찰에서 자란 네가 이런 책을 읽을 일이 무에 있었겠느냐."

사실 이미 오래전에 읽은 책이다. 모르는 글자는 도율이 가르쳐주었고 자세한 내용은 철이 알려주었다. 현의 책장에 꽂힌 수많은 서책 중 신우가 읽지 않은 책은 없었다. 현의 서가를 둘러보고 나서야 신우는 철이 얼마나 애쓰고 공들여 저를 가르쳤는지 새삼 깨달았더랬다.

"글은 읽을 수 있을 테지만 내용까지 이해하긴 어려울 게다. 읽다가 모르는 글자가 나오거나 막히는 구절이 나오면 스스럼없이 물어보거라."

"예."

"이건 내가 네게 고마워서 내리는 상이기도 하다."

"상이요?"

"그래, 아무래도 낭자가 내 집을 드나드는 데 거리낌이 없어진 건 네 덕도 있는 거 같거든."

"그럴 리가요. 저 같은 놈이 무어라고 감히 그런."

"그래도 같이 불경을 공부한 사이가 아니더냐. 새침한 아씨에게 네가 꽤 좋은 핑곗거리가 될 만하지. 어쨌거나 아는 사람이 생긴 셈이니 말이다."

싱글거리며 웃는 현을 보고 신우는 어찌 반응해야 할지 난감했다. 말을 아끼면 음흉한 속내가 있는 것처럼 보일 테고 말을 장황하게 늘어놓으면 의심을 살 것 같았다. 혜주와 관련된 일엔 사소한 것마저도 이토록이나 어렵고 조심스러웠다.

"아, 그러고 보니 낭자가 바둑을 둘 줄 알던가?"

두 눈을 반짝이며 진심으로 궁금해하는 현의 얼굴을 보고서야 신우는 깨달았다. 현이 저와 혜주를 같이 입에 올리는 데 거리낌 없는 이유가 자신을 사내는커녕 사람으로도 여기지 않기 때문이라는 걸.

현에게 자신은 칼이나 활처럼 손에 딱 맞고 쓰기 좋은 도구일 뿐이다. 그리고 당연히 혜주도 그리 여기리라 확신하는 게 분명했다. 그러니 현은 혜주와 저가 가까이 지내는 게 좋기만 한 거다. 자신은 사내는커녕 사람도 아니니까.

"영상이 워낙에 잘 키웠다고 소문이 자자하니 응당 가르치셨을 거 같긴 한데, 그 성정을 보면 도무지 배우지 못했을 거 같기도 하고."

다행이다 싶으면서도 형언할 수 없이 가슴이 시렸다. 지금까지 현이 베푼 건 호의가 아니라 시혜였던 것이다. 그 다정함과 따뜻함에 문득문득 꽤나 혼란스러워하고 괴로워했던 스스로가 어리석었다.

"내가 공부하는 동안 네가 낭자에게 바둑을 가르쳐주면 어떻겠느냐?"

"낭자께서 배우겠다고 하시면 그리하겠습니다."

지금까지는 현의 입에서 혜주가 언급될 때마다 온몸의 솜털 하나까지 바싹 설 정도로 긴장했는데 이제 그러지 않아도 되겠다. 한결 편안해진 마음으로 현의 제안을 받았다.

"싫다고 해도 권해봐야지. 권해서 어떻게든 배우게 할 테다. 뭐든 둘이 함께할 수 있는 게 늘어나는 건 좋은 일 아니냐."

신우가 아무런 대답도 하지 않자, 현이 그럴 줄 알았다는 듯 피식 웃었다.

"절에서 자란 네게 계집에 대해 의논해본들 무의미하겠지."

신우는 잠자코 듣기만 했다. 현은 아랑곳않고 혼자 껄껄거리다 이내 진지해졌다.

"나는 이왕이면 낭자와 금실 좋은 부부가 되고 싶다. 계집을 많이 거느리는 것도 사내다운 일이라고들 하지만 한 사내가 죽을 때까지 한 여인과만 의좋게 지내는 것도 참으로 사내다운 일 아니더냐. 충과 의가 대장부가 마땅히 가져야 할 덕목이라면, 그 충과 의를 여인에게 지키는 것도 장부다운 일이지."

"참으로 지당한 말씀입니다."

저 말이 진심인지 아니면 한명회의 여식을 아내로 맞아야 하는 처지를 합리화하려 만들어 낸 논리인지는 알 수 없었다. 어쨌거나 저런 생각이라면 계집의 처지에선 일생 편안할 터이니 혜주에겐 다행이다. 신우가 진심으로 공감하여 고개를 끄덕이자, 현의 얼굴이 이내 환해졌다.

"만약 낭자가 이미 바둑을 둘 줄 안다면 상대해 실력이 어느 정도인지 알아보거라. 그래서 내게 알려다오."

"예."

"바둑을 둘 줄 안다 해도 그리 실력이 빼어나진 않을 터이니 너무 인정사정없이 이기진 말고."

"명심하겠습니다."

신우는 두 번 되묻는 법이 없었다. 시키는 일에 대해 군말도 없었다. 당연히 수다스럽지도 않았다. 거기다 몸가짐도 단정했다.

"너는 자라는 내내 불경을 많이 읽었을 테니 글 읽는 걸 싫어하진 않겠지?"

"예."

"그거 아느냐? 영상도 할바마마를 만나기 전에는 일개 문지기에 불과했다."

신우는 현에게 처음으로 생긴 자신의 사람이었다. 가까이 지내다 보니 애정이 생기기도 했지만, 단순한 시종이 아니라 제 사람이라 생각하니 더 애틋하게 생각되기도 했다.

"나는 네가 영상만 못하다고 생각하지 않는다."

표정이 거의 없는 신우인데 이번만큼은 놀라고 당황한 기색을 숨기지 못했다. 그 모습에 현이 만족스럽게 웃었다.

"허니 학문을 게을리하지 말아라. 네가 무엇이 될지는 내가 정할 테니 정해주는 자리에 걸맞은 자격을 갖추도록 노력하거라."

신우가 무어라 답해야 좋을지 알 수 없어 그를 쳐다보기만 했다.

"어찌 이렇게까지 해주느냐는 표정이로구나."

"예, 소인은 그리 재주가……."

"네 재주가 잘나고 못나고는 내게 중요치 않다. 네가 내 사람이라는 게 중요하지."

아, 결국은 똑같은 이치였다. 자신의 도구이니 그 도구가 값비싸고 좋아야 하는 거다. 다른 누구도 아닌 자신이 쓸 도구이니 말이다. 단지 그뿐이었다. 잠깐 긴장했던 신우의 몸에서 다시 힘이 빠졌다.

"아버지가 돌아가셨을 때, 내가 세손으로 책봉되지 못하고 궐에서 나와야 했던 건 나와 어머니를 지켜주는 이가 하나도 없었기 때문이다. 정치는 사람을 이용하는 일이라고 흔히들 생각하지만, 나는 사람의 마음을 얻는 게 정치라 생각한다. 할바마마가 보위에 오른 것도 결국은 마음을 얻은 이들이 도운 덕분이지. 나는 네가 나의 첫 사람이라 믿는다. 허니 나를 도와다오. 그 보상은 충분히 해주마."

일개 문지기를 영의정 자리에 올린 수양처럼 자신도 절에서 자란 고아를 높은 자리에 올려보고 싶은 모양이다. 그래야 보는 눈이 탁월하고 키우는 능력이 뛰어난 사람이 되는 셈이니 말이다. 결국 속내는 자신을 높이고 싶은 거다.

"성심을 다하겠습니다."

저를 믿는다는 건 사실일 것이다. 그러니 보상을 주면 더 충성하리라 확신하는 것도 진짜다. 현의 사람에 대한 이해는 딱 거기까지였다. 그렇다면 딱 그 수준에 맞는 사람처럼 굴면 될 일이다. 그 정도에 현은 만족할 것이다. 오히려 더 빼어나 보이면 경계할 테다.

"안에 있느냐?"

윤덕의 인기척에 신우가 일어나 밖으로 나왔다. 찻상을 든 윤덕이 밖에 서 있었다. 신우가 얼른 찻상을 건네받으려 하자 윤덕이 고개를 저었다.

"너는 내가 나올 때까지 잠시 밖에서 기다리거라."

윤덕이 들어가고 이내 방문이 닫혔다. 조용히 뒷걸음질로 물러난 신우가 방에서 보이지 않도록 어둠 속에 몸을 숨겼다.

* * *

"그래서 내게 대신 말해달라?"

"저보다는 어머니께서 말씀하시는 게 낫지 않겠습니까. 스승님께서도 더 믿으실 테고요."

"그러니 나보고 네 거짓말에 협조해달라는 거 아니냐?"

"거짓말이라니요! 이전에도 겨울에 스승님께서 집으로 와주신 적이 왕왕 있지 않습니까. 그리고 제가 공부를 안 하겠다는 게 아니잖습니까……."

현이 귀엽게 말끝을 늘어뜨리며 윤덕에게 매달렸다. 오랜만에 보는 아들의 애교에 윤덕의 마음이 말랑해졌다. 그렇다고 해서 걱정마저 사라지는 건 아니었다.

"네 부탁을 내가 어이 거절하랴. 허나 그 아이가 이 집에 드나드는 걸 영상께서 어찌 생각하실지 그건 걱정이구나."

"자식 이기는 부모는 없는 법이지요. 보세요, 어머니도 저를 이기지 못하시잖습니까."

아들의 넉살에 그제야 윤덕이 웃음을 터뜨렸다. 밉지 않게 눈을 흘기는 어머니를 보며 현이 이내 진지해졌다.

"어머니, 저는 내년도 올해처럼 허무하게 보내고 싶지 않습니다."

무엇을 말하는지 알아차렸으므로 윤덕이 애틋한 시선으로 아들을 바라보았다.

"어영부영하다 할바마마께서 돌아가신 뒤에야 입궐하고 싶지 않습니다. 보위에 오른 뒤 왕재 교육을 제대로 받지 못했다는 신료들의 염려를 듣고 싶지 않습니다. 걱정은 얼마 지나지 않아 저를 비난할 구실이 될 테니까요. 배우지 못했다는 핑계로 신료들은 옭아매려 들 테고 저는 휘둘리게 되겠지요. 요즘 들어 곰곰이 생각해보니 영상이 바라는 게 바로 그것일지도 모르겠다는 생각이 듭니다. 제가 신료들에게 꼼짝 못 해 결국은 영상 뜻대로 움직이는 것, 그걸 영상이 원하는 게 아닐까요?"

"그럴지도 모르지, 영상이라면."

의경세자가 사망한 뒤 왜 월산군 대신 해양대군을 세자로 책봉했는지 다들 의아해했다. 월산군이 어려서라고 수양은 둘러댔으나 그 말을 곧이듣는 이는 아무도 없었다.

사람들은 자신들이 알지 못하고, 풀지 못한 문제가 있는 걸 싫어해서 어떤 식으로든 답을 찾으려 했다. 숱하게 많은 말들이 나왔다. 들으려 애쓰지 않아도 자연히 윤덕의 귀에 들어왔다. 윤덕은 무심하게 흘려보내려 애썼다. 담고 있으면 고여서 병이 될 게 뻔했으니까.

하지만 어떤 말들은 그리되지 않았다. 윤덕이 너무 기가 세서 영상이 좋아하지 않아 수양이 손자를 내쳤다는 말은 특히나 마음속에 깊이 박혔다.

현이 태어난 날 있었던 찝찝한 일까지 더해지면 마치 제가 자식 앞길 막는 어미가 된 것 같았다. 그런 기분이 들게 하는 영상이 원망스러웠고, 현이 혹시나 그 말을 듣게 된다면 자신을 탓하지나 않을까 더럭 겁이 났다.

"영상이 전하의 유약한 심정을 이용하고 있음이야."

하지만 이 모든 게 영상의 욕심 때문이라면 제 탓이 아닌 게 된다. 현이 조금도 망설이지 않고 모든 화살을 영상에게 돌리는 게 고마웠다.

"영상은 분명 제 여식을 궐로 시집 보내고 싶을 겁니다. 사가에서 혼인시키고 싶지 않을 거예요."

"그렇겠지."

"해서 영상이 혼인할 수밖에 없는 상황으로 끌고 들어가려 합니다. 여식의 혼사를 궐에서 하고 싶으면 저를 하루빨리 책봉할 수밖에 없게, 제가 그리 만들겠습니다."

"네 뜻은 알겠다, 다만 내가 걱정하는 것은."

"어머니."

현이 손을 뻗어 윤덕의 손등을 어루만졌다. 윤덕의 손을 쓸며 애틋한 눈으로 바라보았다.

"어머니의 손을 잡고 나온 그 길로, 어머니의 손을 잡고 돌아가겠습니다."

"현아."

"지아비를 잃고 비통한 심정으로 걸어야 했던 그 길을, 이제 지아비보다 더 든든하게 자란 아들의 손을 잡고 기쁘게 걸어가는 겁니다."

227

오로지 그 목표만을 위해 살아왔다. 궐에서 나온 날부터 하루도 빠짐없이 그 길을 다시 걸어 궐로 돌아가는 걸 상상했다. 이제 그날이 머지않았다. 아니 머지않게 만들 것이다.

"밤이 늦었다. 이만 자거라. 고뿔 들었다고 거짓말을 해주는 건 괜찮지만, 거짓말이 참이 되면 그땐 화를 낼 게다."

"예."

윤덕이 방을 나섰다. 댓돌에 놓인 신을 신으려는 순간, 신우가 조용히 다가와 도와주었다.

찬바람을 맞으며 오래 서 있었는지 스치는 몸에 냉기가 서려 있었다. 이 날씨에 밖에서 너무 오래 기다리게 했구나 싶어 윤덕은 미안해졌다.

"이야기가 길어지는 바람에 오래 기다렸겠구나. 미안하다."

윤덕이 방으로 돌아오자마자 찬모를 불러 따뜻한 차를 가져오라 일렀다.

"괜찮습니다."

"고뿔이라도 들까 봐 그런다."

"월산군께 옮기지 않을 것이니 염려치 마십시오."

저를 걱정하는 말에 곧장 나오는 대답이 듬직했지만 한편으론 안쓰러웠다. 무엇보다 어미인 자신도 거기까지는 생각지 못했는데 마음 씀씀이가 놀랍기도 했다.

"네가 아플까 봐 걱정한 게다. 월산군을 염려한 게 아니야. 허나 네가 그리 월산군을 위해준다니 참으로 고맙고 기특하구나."

제 식구가 될 아이여서인지 처음부터 마음에 들더니 데리고 있으면 있을수록 기꺼웠다. 이제 곧 큰일을 치러야 하는 현에게 이런 아이가 생겨 참으로 다행이었다.

"어서 차를 들어라."

윤덕이 내어주는 따뜻한 차를 신우가 공손히 받았다. 찻잔을 들어 마시고 내려놓기까지 아무런 소리를 내지 않는 게 감탄스러울 정도였다. 어지간한 승려도 이렇게까지 깨끗하진 못할 터인데, 신우는 볼수록 놀라웠고 마음에 들었다.

"하문하시지요."

"응?"

"하문하실 일이 있어 자가의 눈을 피해 저를 부르신 게 아닙니까."

거기다 눈치가 없지도 않았다. 내도록 절에서만 자랐으니 물정에 어두워야 마땅한데 신우는 그렇지 않았다. 그것도 윤덕의 마음엔 흡족했다.

"그래, 네게만 긴히 물을 게 있어 이리 불렀다. 네가 보기엔 한씨 낭자와 월산군이 어떠해 보이느냐?"

"무엇이 어때 보이냐는 것인지……."

"절에서만 자라 잘 모르는 게냐? 그렇다곤 해도 자연스러운 남녀의 이치까지 모를 정도로 아둔하진 않을 텐데. 남녀상열지사에서 이야기하는 그런 일들이 둘 사이에서 일어나고 있느냐 묻는 게다. 월산군이 한씨 낭자를 마음에 들어 하는 건 확실한데 한씨 낭자도 그런 게냐? 아니면 혹 월산군이 아닌 다른 목적이 있어 이 집을 드나드는 거 같으냐?"

혜주가 그 정도로 영악하다고 생각지는 않았다. 하지만 사람 일은 또 모르는 거여서 윤덕은 그 아이를 꼼꼼히 살펴보고 싶었다. 혜주의 잦은 방문이 저와 월산군을 감시하려는 명회의 뜻이 아닐까 하는 의심을 떨칠 수가 없었기 때문이다.

"소인이 어찌 감히 아씨에 대해 함부로 입에 올릴 수 있겠나이까. 무엇보다 제가 아씨를 두고 마님과 이야기 나눈 걸 월산군께서 아시면 절대 용서치 않으실 겁니다. 감히 답할 수 없는 문제이옵니다."

비록 윤덕이 원하던 답은 아니었으나 신우의 대답은 다른 의미로 윤덕의 마음에 쏙 들었다. 입이 무거웠고 말을 삼갈 줄 알며, 무엇보다 현을 우선했다. 경거망동하지 않고 제 위치를 알아 처신이 올바른데 현을 위하기까지 하니, 더 캐물어 본들 원하는 답을 얻기는 어려울 것 같았다. 원하는 걸 얻지 못했지만 하나도 화가 나지 않았다.

"도율 스님이 보고 싶지 않느냐?"

뜬금없는 물음에 신우가 눈을 동그랗게 떴다. 내도록 고요한 얼굴에 잔물결처럼 드러난 감정이 귀여웠다. 이리 보니 현보다 어려 보인다. 하도 어른스러워 늘 윤덕의 눈엔 신우가 현의 형처럼 보였더랬다. 윤덕의 입가에 인자한 미소가 떠올랐다.

"도율 스님과 이리 오랫동안 떨어져 있는 건 처음이지 않느냐. 뵙고 싶지 않아?"

"괜찮습니다."

"사찰의 다른 스님들이 보고 싶지도 않고?"

"예."

"혹 도율 스님이 뵙고 싶다거나 사찰에 가야 할 일이 생기면 부담 없이 말하거라. 언제든 네가 원하면 보내주마. 약조하마."

"감사합니다."

"그리고 이거."

윤덕이 미리 준비해 서랍 안에 넣어둔 보자기를 꺼내 건넸다. 조심스럽게 매듭을 풀자, 두툼한 솜이 누벼진 두루마기가 들어 있었다.

"옷깃은 내가 직접 달았다. 네 첫 겨울 두루마기는 왠지 내가 해주고 싶어서 말이다. 마음에 들면 좋겠구나."

물끄러미 옷을 보던 신우가 저도 모르게 옷깃을 손으로 찬찬히 쓸었다. 왜 이리 이상한 기분이 드는지 모르겠다. 빳빳한 옷깃이 손끝을 스쳐 지날 때마다 손에 화끈하니 열이 올랐다. 분명 추웠는데 이건 어디서 나온 열기란 말인가.

"그러고 보니 어미가 직접 지어주는 옷은 처음이겠구나."

신우가 아까보다 더 커진 눈으로 윤덕을 쳐다보았다. 윤덕이 그 어느 때보다 환하고 인자한 미소를 지으며 신우를 보았다.

"무에 그리 놀라느냐? 당연히 나를 네 어미라고 여겨야지. 물론 똑같을 순 없겠지만, 나를 어미처럼 월산군을 형제처럼 여겨다오. 부탁이다."

오롯이 신우를 위한 마음 씀씀이가 아니다. 이 역시 현을 위한 도구로 보고 베푸는 시혜다. 현과 마찬가지로 윤덕도 아들을 위해 저를 이용하려는 것이다. 윤덕과 현, 둘 다 똑같았지만 왜 받아들이는 제 마음이 이리 달라지는지 신우는 이해하기 어려웠다. 현에게는 단호히 거두어지던 제 마음이 윤덕에겐 그리되지 않았다. 복잡하게 들썩이는 마음을 가라앉히려 애쓰며 윤덕이 달았다는 옷깃만 일없이 쓰다듬었다.

10장

일수
一手

"바둑을 두어본 적이 있습니까?"

신우가 흑돌을 건네며 조심스럽게 물었다.

혜주가 고개를 저었다가 끄덕였다. 그게 무슨 뜻이냐고 표정으로 물었다. 혜주가 낮은 한숨을 내쉬었다.

명회는 바둑 두는 걸 즐겼다. 제일 좋아하는 취미이니 의당 딸에게도 가르치려 했다. 하지만 번번이 실패했다. 아비의 간절한 뜻이라 혜주도 배워보려 했다. 허나 이해하기 어려웠고 무엇보다 재미가 없었다. 어머니가 억지로 가르쳤던 수놓기만큼이나 별로였다. 그나마 수놓기는 서툴게 배우기라도 했지, 바둑은 끝내 배우질 못했다.

그 바둑을 인제 와서 신우에게 배울 줄은 몰랐다.

"아버지도 가르치다 포기하셨으니, 그대도 내가 배울 거란 기대는 마시오. 그냥 이 핑계라도 대야 의심을 사지 않을 거 같아 배우겠다고 한 거요."

신우가 가르친들 바둑에 취미를 붙일 것 같지는 않았다. 다만 바둑이라는 좋은 구실을 거절할 이유가 없었다. 덕분에 별채에 호젓하게 바둑판을 사이에 두고 단둘이 마주 앉으니 이 얼마나 좋은가. 혜주는 속 편하게 그리 생각하기로 했다.

"배우셔야 합니다. 제가 가르치겠다 약조해 드렸거든요."

그러나 신우는 아닌 모양이다. 혜주의 미간에 깊이 주름이 졌다.

"이보시오."

"영상대감께서는 바둑을 잘 두십니까?"

"잘 두시지. 매우 즐기신다오."

"당나라 현종 때 왕적신이라는 이가 바둑을 둘 때 명심해야 할 열 가지 규율을 정해 위기십결(圍棋十訣)이라 하였습니다. 혹 영상대감께서 바둑을 가르치실 때 알려주셨습니까?"

"글쎄, 들으면 알 것 같기도 하고."

어정쩡한 대답에 신우가 작게 웃었다. 신우가 혜주 편에 놓인 흑돌을 집어 들더니 하나를 바둑판 위에 올려놓았다.

"부득탐승(不得貪勝), 무조건 이기려고만 바둑을 두면 도리어 실력을 다하지 못하니 지나치게 이기려고만 들지 마라."

"욕망에 사로잡히지 말란 거로군."

"예."

바둑을 가르쳐준 도율은 세상사 이치가 이 네모난 판 안에 다 들어 있다고 했다. 그러니 바둑에 통달하면 속세에서 사는 데 어려움이 없을 거라는 것이다.

"입계의완(入界宜緩), 상대방의 경계를 넘어갈 때는 눈치채지 못하게 서서히 들어가라."

신우가 다시 흑돌을 집어 바둑판 위에 올려놓았다.

"공피고아(攻彼顧我), 상대를 공격 하기 전에 자기 자신을 먼저 살펴라."

"왜 자꾸 내 돌을 집어 올려놓는 것이오?"

"저와 아씨의 실력 차이만큼 아씨의 돌을 미리 깔아두는 겁니다. 이를 접바둑이라 합니다."

"몇 점이나?"

"둘의 실력 차이에 따라 달라집니다. 석 점이 될 수도, 넉 점이 될 수도, 열 점이 될 수도 있지요."

"오늘은 몇 점이오?"

그게 고민이었다. 가르쳐본 적이 없으니 가늠이 되지 않았다. 흑돌을 너무 많이 올렸다가 현이 들어와 확인하고 제 실력을 알아차릴지 걱정이 되기도 했다. 생각이 길게 이어지느라 신우의 손이 느려졌다.

"내 이래서 바둑을 배우질 않은 거요. 답답해서."

툴툴거리는 말에 그제야 정신이 든 신우가 다시 흑돌을 집어 판 위에 올려두었다.

"신물경속(愼勿輕速)이라 합니다. 바둑은 한 수 한 수 깊이 생각하면서 둬야지, 경솔하게 빨리 둬선 안 된다는 게지요."

"왜 그래야 하오? 바둑판이 이리 넓고 이 위에는 흑돌밖에 없는데도 그 한 수가 그리 중요하오?"

"중요합니다. 바둑은 단 한 수 때문에 전세가 뒤집힐 수 있기 때문입니다. 쉽게 말하자면 땅따먹기지요. 이 바둑판 위에서 내가 얼마나 많은 집을 짓느냐가 승패를 결정합니다. 하지만 바둑을 두는 동안은 현재 얼마나 취하고 있느냐보다 무엇을 취하고 있느냐에 집중

해야 합니다. 내가 아무리 많은 집을 가졌더라도 앞으로 상대가 무엇을 가지려는지, 무엇을 가질 수 있을지 대비하지 못하면 한순간에 승패가 뒤집히거든요. 그래서 때론 사소취대(捨小就大), 즉 작은 걸 버리고 큰 걸 먼저 얻어야 합니다. 또 기자쟁선(棄子爭先)도 해야 하고요. 내 돌 몇 점을 내어주더라도 상대의 선수를 취할 수 있다면 그를 택해야 한단 거지요. 당장 눈앞의 이득에 연연하지 않고 앞날을 내다볼 수 있어야 승리할 수 있습니다."

"한 점을 놓을 때마다 그 앞날의 앞날까지도 모두 계산하여 한 점씩 둬야 한단 것이오?"

"그렇습니다. 그를 수 계산이라 하지요. 한 수가 아니라 수십 수를 생각해야 합니다. 내가 이 돌을 놓는다면 상대는 어디에 놓을지, 상대가 거기에 놓는다면 또 나는 어디에 놓을지. 수많은 계산 후에 한 점씩 놓아야 합니다. 거기다 동수상응(動須相應), 내 돌과 상대방의 움직임에 맞출 줄도 알아야 합니다. 피강자보(彼强自保), 상대가 강한 곳에 놓인 내 돌은 살펴야 하지만 세고취화(勢孤取和)이니 함부로 싸우려 들어서는 아니 되고요."

이렇게 들으니 흥미로웠다. 혜주는 비로소 아비가 왜 그토록 바둑에 심취했는지 알 것 같기도 했다. 정치와 하나 다를 바 없지 않은가.

"마지막 하나가 남았구려."

신우가 마지막 열 번째 흑돌을 바둑판 위에 올려두었다.

"마지막은 봉위수기(逢危須棄)입니다."

"잔인하군. 위험하면 버려라. 내 편이라도?"

"네, 내 편이라도."

혜주가 신우를 새삼스럽게 바라보았다. 윤덕이나 현과 상대해줄 정도로 바둑을 잘 둔다면, 과연 자신이 이 사내에게 가르쳐줄 게 있긴 했을까. 감히 정치를 가르쳐주겠노라 자신했던 게 우스운 일 아니었나.

애초에 더 배워야 할 게 없었던 사람이었는지도 모른다. 그래서 도율이 하산하는 걸 허락했던 걸지도. 절에서 자라 아무것도 모를 거라는 건 제 좁은 소견이었을 뿐이다. 호락호락하지 않을 두 사람에게 불만 하나 나오지 않게 이리 잘 처신하고 있는 것만 봐도 그렇다.

"둬보시지요."

"어디 두면 되오?"

"두고 싶은데 둬보세요. 바둑은 한 수씩 두면서 배워야 빨리 배웁니다."

곱씹어보면 그는 말도 잘 탔고 칼도 잘 썼으며 글도 읽을 줄 알고, 심지어 바둑도 둘 줄 안다. 거기다 눈치도 빠르고 언행에도 절도가 있어 누군가의 입에 오르내리지도 않는다.

절에서 평생 살았다는 이가 그런 건 다 언제 배웠을까. 도율이 가르쳤을까. 아무리 승려를 시킬 생각이 없었다고 해도 과한 가르침이다. 제가 아는 어지간한 집안의 도련님들 대부분은 신우만 못했다.

"자, 제가 여길 두면 흑돌이 흰돌에 완전히 포위되게 되지요. 이리 되면 제가 이 흑돌을 가져가는 겝니다. 허나 아씨가 여길 두시면, 제가 완전히 포위할 수 없게 되지요. 한 점 물러 드릴 테니 다시 둬보세요."

대체 이 사내의 정체는 뭘까. 의문을 가지기엔 지나치게 늦은 감이 있으나 이제야 궁금해졌다. 이래서 아는 만큼 보이는가 보다. 신우에 대해 알면 알수록 오히려 그의 정체에 대한 의문이 커졌다. 어쩌면 신우에 대해 하나도 모르는 건 아닐까. 신우가 보여주는 모습도 이 잘 짜인 바둑판처럼 꾸며진 건 아닐까.

바둑돌을 내려놓는 신우의 크고 기다란 손이 눈에 들어왔다. 손마디마디가 불거진 굵직한 손엔 푸른 핏줄이 서 있었다. 그제야 혜주는 절에서 허드렛일하며 자랐다기엔 신우의 손이 거칠지 않다는 걸 깨달았다. 오히려 검을 쥔 부분과 붓을 쥔 부분에 굳은살이 박여 있었다. 일을 한 손이 아니었다. 대체 내도록 왜 몰랐던 걸까. 무에 홀리기라도 했던가.

혜주가 혼란스러운 눈으로 신우를 보았다. 바둑판을 들여다보느라 아래로 눈을 내리깐 신우의 반듯한 이마와 수려한 콧등이 보였다. 긴 속눈썹은 사내답게 두드러진 광대에 그늘을 지우고 있었다. 두근, 그 순간 혜주의 가슴이 뛰기 시작했다.

* * *

밤새 많은 눈이 소복이 내려앉았다. 그 바람에 오늘 하루 현은 공부를 쉬게 되었고, 그래서 오늘 혜주의 바둑 스승은 현이었다. 며칠 동안 신우에게 배우면서 재미를 붙였는데 오늘 다시 바둑이 지겨워졌다.

"들어가겠습니다."

바둑돌을 대충 내려놓고 있던 혜주는 밖에서 신우 목소리가 들리자 그제야 자세를 꼿꼿이 했다. 실력이 도통 늘지 않는 이 대책 없는 아가씨를 어쩌 가르쳐야 하나 고민하던 현도 뒤늦게 고개를 들었다.

"좀 드시면서 하시지요."

신우가 가져온 건 따끈한 생강차와 잘 구운 가래떡 그리고 곶감이 놓인 다과상이었다. 뒤늦게 허기를 느낀 현이 반색했다.

"마침 잘 왔구나."

찻상을 내려놓자마자 현이 곶감부터 집어 들었다. 신우가 둘에게 차를 따라준 뒤 자리에서 일어났다.

"저기."

그대로 나갈 게 분명해서 혜주가 급히 신우를 붙잡았다. 신우와 현의 시선이 혜주를 향했다. 혜주가 붙잡았던 소매를 침착하게 놓았다.

"내 물어볼 게 있어서 말이다."

"하문하시지요."

"말이 얼음 위에서도 움직이느냐?"

"네?"

뜬금없는 질문이었다. 신우는 당황했고 현도 눈이 휘둥그레졌다.

"말이 얼음 위에서 움직이느냐니, 그게 무슨 소리요?"

"그러니까 제 뜻은, 이런 날씨에도 말이 움직일 수 있느냐는 겁니다."

"움직일 수야 있을 거요. 눈길은 걸어 다니니까. 근데 말이 얼음 위에서는 걷지 못할걸? 그렇지?"

"예, 아마 그럴 겁니다. 확실히는 모르겠습니다. 저도 얼음 위에서 말을 타본 적은 없어서."

"나도 빙판길에 말을 타본 적은 없다. 근데 겨울에도 말을 타고 다니는 걸 보면 빙판 위에서도 걸을 수 있을 것 같기도 하고. 겨울이라도 사절단은 오니까."

"그건 그렇지요."

신우를 붙잡으려 아무렇게나 던진 말인데 신우와 현이 무척이나 진지해지고 말았다. 당장 마의라도 찾아가 따져 물을 기세라 혜주가 웃음을 터뜨렸다.

"두 사람 다 참 아둔합니다. 내가 진짜 말이 빙판 위에서 움직일지 안 움직일지가 궁금해서 그걸 물었겠습니까?"

"그럼?"

"말을 타고 싶단 겝니다. 이 날씨에."

꺼내놓고 보니 방에 꼼짝없이 갇혀 이 재미없는 바둑을 현과 두는 것보다야 차라리 나가는 게 낫겠다 싶었다.

"밤새 눈이 내렸을 터이니 강이 얼었겠지요? 그걸 보러 가고 싶습니다. 아주 오래전에 아버지와 함께 마포나루에 가서 강이 언 걸 본 적이 있어요. 참으로 절경이었습니다. 이젠 제가 직접 말을 타고 구경 가보고 싶습니다."

"말을 탈 줄 아시오?"

말을 탈 줄 몰랐던지 현이 놀라 되물었다. 흘긋 신우를 쳐다보곤 혜주가 고개를 끄덕였다.

"잘 타진 못하지만 탈 줄은 압니다."

"이 날씨에 자칫 다치면 어쩌려고."

"천천히 가면 괜찮습니다."

"그래도 미끄러지기라도 하면……, 아, 네가 낭자의 말을 끌면 되겠구나."

현과 혜주의 눈이 동시에 신우를 향했다. 신우가 고개를 끄덕였다.

"예, 그리하겠습니다."

고민하던 문제를 해결해 현의 얼굴이 밝아졌다. 신우도 같이 말을 타면 안 되냐고 물으려다 혜주가 입을 다물었다. 그런 말은 누가 들어도 의심을 살 만했다.

밤새 내린 눈과 추워진 날씨에 거리는 한적했다. 다행히 윤덕의 말군*은 혜주에게 잘 맞았다. 현은 어머니의 말군을 장차 며느리 될 여인이 입은 모습에 뿌듯했다.

말에 올라타고부터 혜주는 눈을 내리깐 채 입을 꾹 다물었다. 현에겐 막상 타보니 무서워 긴장하는 걸로 보였지만 그게 아니었다. 혜주는 말을 끌고 앞서 걸어가는 신우를 보며, 제 속에서 몰아치는 혼란스러운 생각들에 사로잡혔다.

"많이 무섭소?"

결국 심심한 현이 먼저 말을 건넸다. 헌데 대체 얼마나 신경이 곤두서 있는 건지 아무 반응이 없었다.

"많이 무섭냔 말이오."

답답해진 현이 손을 뻗어 말고삐를 붙든 혜주의 손을 살짝 잡았다가 놓았다.

"이보시오."

그제야 혜주가 소스라치게 놀라며 돌아보았다. 지나치게 질린 얼굴이 당황스러웠다.

"무에 그리 놀라는 거요. 그리 무섭소? 이만 말에서 내리겠소?"

"아니, 아닙니다. 다른 생각을 좀 하느라."

"대체 무슨 생각을 했길래 그리 화들짝 놀라는 거요? 누가 보면 무슨 큰 죄라도 지은 줄 알겠소."

---

* 조선시대 양반과 상류층 여성이 말을 탈 때 입었던 바지.

죄라면 죄였다. 혼인할 예정인 사내를 바로 옆에 두고도 다른 사
내만을 생각하고 있었으니까.

"어머니의 옷이 잘 맞는구려."

"예. 오랫동안 입지 않으셨다는 데도 어찌 이리 곱게 잘 보관하신
건지 참으로 놀랍습니다. 이 옷이 없었다면 오늘 말을 탈 수 없었을
테니 감사할 따름입니다."

"어머니는 뭐든 함부로 버리시지 않으니까. 그 옷이 낭자에게 꼭
맞아서 어머니께서 무척 기뻐하셨다오."

"안 맞았다면 말을 못 탔을 테니까요."

"그게 아니라, 맞춘 게 아닌데도 어머니의 옷이 낭자에게 꼭 맞는
걸 보니 우리 식구가 될 사람이라고 좋아하신 거라오."

자신의 혼례는 정해져 있다. 저리 말하지 않아도 이미 알고 있다.
정해져 있기에 현과 어울리는 걸 명회도, 민씨 부인도 눈감아주는
거다. 세상이 뒤집히지 않는 한 저는 현과 혼인할 것이다.

그 사실이 가슴에 맺혀서 숨쉬기가 어려웠다. 너무나 당연한 일이
고 저 역시 기다리던 일인데 근래엔 그 사실이 혜주를 불편케 했다.
어찌할 수 없는 일인데 자꾸만 뒤로 미루고 싶었다. 할 수 있는 한
최대로 미루고 싶었다. 그런 마음을 가지고 있으면서도 하루라도 빨
리 혼인하고픈 현과 어울리는 제 꼴이 우스웠다.

"어머니가 혼례 때 아버지에게 받은 가락지가 있다오. 내 그걸 낭
자에게 주려 하오. 아버지도 그걸 할마마마께 받으셨다고 들었소.
대대로 큰 며느리에게 물려주는 집안의 가보라더군. 잘 끼고 있다가
우리 큰아들이 태어나 혼인할 때가 되면 그때 물려주시오. 어머니께
서는 세월이 유수 같다고 하시더이다. 그걸 아버지께 받은 게 엊그

제 같은데 벌써 며느리에게 줄 때가 된 게 믿기지 않으신다면서. 우리에게도 그런 날이 금방 오겠지?"

"자가와 그런 이야기까지 하고 싶지 않습니다."

더 이상 듣고 있기 괴로워 혜주가 고삐를 당겨 멈춰 세웠다. 순식간에 싸늘하게 얼어붙은 분위기에 현이 놀랐다.

"몸이 좋지 않습니다. 이만 집으로 돌아가겠습니다."

"낭자."

"너도 따라올 필요 없다. 혼자 가겠다. 빌려주신 말과 옷은 집에 도착하면 따로 보내드리지요."

혜주의 냉랭한 기세에 신우가 쥐고 있던 고삐를 놓치고 말았다. 그사이 혜주는 말을 제집 방향으로 돌렸다. 현도 놀라 급히 말을 돌렸다.

"이보시오!"

"따라가지 마시지요."

금방이라도 쫓아가려는 걸 신우가 붙들었다.

"아무리 거리에 사람이 없다고는 하나 두 분이 언쟁하시는 걸 누가 보기라도 한다면 이야깃거리가 됩니다."

신우의 말을 생각하던 현이 고삐를 당겨 말을 멈춰 세웠다.

"여인네란 원래 저리 변덕스러운 존재인가?"

정말로 궁금한 모양이지만 그 질문에 신우는 답해줄 수가 없었다.

"하긴 네게 물어도 모르겠지. 나도 모르는데 네가 어찌 알겠느냐. 어머니는 저러지 않으시는데, 그건 어머니라서겠지? 여느 여인들은 다 저런 걸까, 아니면 유독 저 낭자만 저런 걸까. 영상이 어지간히 어리광을 받아주고 키운 모양이다. 저건 꼭 서너 살짜리 아이가 제 뜻대로 안 된다고 떼쓰다 삐지는 것과 다를 바 없지 않으냐. 그 서너 살짜리 아이는 이유라도 있지, 이건 뭐 매양 이유도 없이 갑자기 팩 하고 돌아서니 나 원 참. 저 비위를 맞출 불쌍한 사내가 나라는 게 기막힐 따름이다."

곱씹을수록 기막히고 화가 났다. 대체 영상은 여식 교육을 어찌했기에 저 모양이란 말인가. 생각할수록 울화가 치밀어 점점 얼굴이 붉어졌다. "내가 대체 뭘 어쨌다고 저런단 말이냐."

"아무래도 나이 든 이야기를 너무 빨리하셔서 그런 게 아닐까요?"

"뭐?"

"사람은 누구나 늙는 걸 꺼리지요. 사람들이 절에 와서 비는 가장 큰 소원이 덜 늙고 덜 아프게 해달라는 거더이다. 헌데 자가께서 몇 십 년 뒤의 이야기를 꺼내시니 마음이 상한 게 아닐까 싶습니다. 본 래 사람들은 먼 훗날을 생각하고 싶어 하지 않는 법이니까요."

"하기야 사내들보다 여인들이 나이 드는 데 더 예민하긴 하지. 참 나, 호호 할머니가 된 제 모습을 상상하기라도 한 건가. 뭐 늙는다고 해서 그리 못생겨질 인물도 아닌데 무에가 걱정이야. 제가 늙을 때 나는 안 늙나. 젊으나 늙으나 어차피 제 팔자에 사내란 나밖에 없을 것이고 나는 젊으나 늙으나 예쁘다 해줄 텐데 대체 뭐가 걱정이라고."

여전히 투덜거려도 현은 기분이 아까보단 한결 나아진 듯 보였다.

"하여튼 계집은 골 아프고 까다로운 존재인 건 확실하다. 나야 어쩔 수 없이 상대가 정해져 이 꼴을 보면서도 물릴 수 없다지만, 너는 잘 따져보고 혼인하여라. 아니다, 네 혼처는 내가 잘 따져주마. 아주 어질고 현명하기는 어머니 같으면서 성질은 그보단 유순한 여인으로 내 꼭 찾아주겠다."

신우가 대답 대신 가만히 고개를 숙였다. 현이 말을 집 방향으로
돌렸고 신우가 잰걸음으로 쫓아갔다.

* * *

집에 돌아오자마자 혜주는 하루 종일 먹은 걸 다 게워 냈다. 샛노
란 물이 나올 때까지 토하고 난 뒤엔 몸에 기력이 없어 그대로 쓰러
지고 말았다.

집안은 발칵 뒤집혔고 바로 의원을 데려왔다. 의원은 날이 추워
몸살이 난 것 같으니, 몸을 따뜻하게 해야 한다고 했다. 꼼짝 말고
잘 쉬면서 몸조리나 하란 건 병명을 찾지 못했단 거였다. 하지만 혜
주는 알았다. 이건 화병이었다.

절절 끓는 방에 요를 깔고 누운 혜주는 머리가 깨질 것처럼 아팠
고 가슴은 금방이라도 터질 듯이 답답했다. 잠도 오지 않았다. 의원
이 지어준 약은 두어 모금도 삼키지 못하고 뱉어냈다.

고요한 방 한가운데 홀로 누워 혜주는 생각에 빠져들었다. 현은
잘못한 게 하나도 없었다. 신우의 태도도 흠잡을 데가 없었다. 헌데
그 속에서 날뛰는 제 마음은 어디서 기인한 건지 알 수 없었다. 이
들끓는 마음을 어찌 가라앉혀야 좋을지 몰랐다.

아, 실은 이 마음이 어디서 비롯된 것인지, 이 괴로움이 어디서 온
건지 알고 있다. 언젠가 문득 신우와 바둑을 두다 그 반듯한 얼굴을
보고 이리 잘생긴 사내가 어찌 양반댁 도령으로 태어나지 못한 건
가, 생각했기 때문이다. 그러고는 제 생각에 소스라치게 놀라 손에

쥔 바둑돌만 시끄럽게 만져댔다.

알고 있다. 이 병은 신우가 아무것도 아니기 때문이다. 왕자까지 바라지도 않았다. 그저 어느 양반댁 도령이기만 했어도 좋았을 게다. 그럼 최소한 아버지에게 말이라도 꺼내볼 수 있었을 테니까. 반대하더라도 싸워볼 수는 있었을 테니까. 그랬다면 지금처럼 시작도 하기 전에 꺼트려버려야 하는 괴로움은 없었을 테지.

"안에 있느냐?"

퇴청한 명회가 옷도 갈아입지 못하고 곧장 달려왔다. 혜주는 가만히 누워 있었다. 지금 심정으로는 현보다 더 꼴 보기 싫은 게 아버지였다.

애초에 아비가 자신의 욕망을 투영하여 키우지 않았더라면 이리 아플 일도 없었을 게다. 신우는 똑똑하고 글도 잘 읽는 데다 이미 수양의 눈에도 들었고 도율이 신분을 보장해준 양인이니 능히 과거를 치러 벼슬에 나갈 만한 인재였다. 관직에 나가면 양반이니 저와 혼인하지 못할 것도 없었다. 아비가 욕심이 없는 사내였다면 그리고 아비의 뜻대로 키워져 그와 똑같은 욕망을 가진 비정한 여인이 아니었다면 지금 이리 괴롭기는커녕 신우와 희망이란 꿈을 꿀 수도 있었다.

"많이 아픈 게냐?"

이 모든 건 아비 탓이었다. 나는 내 방식대로 행복하게 살 수도 있었다. 허나 아버지 때문에 행복이 무엇인지도 모르는 팔푼이가 되었다. 제 행복과 아비의 행복을 구분하지 못해서 괴로워하면서도 아비의 욕망을 놓지도 못하는 등신이 되었단 말이다.

"그러길래 추운데 말은 뭐 하러 타서는."

"저를 걱정하시는 겁니까, 제가 아파 시집을 못 보내면 아버지의 권력에 흠집이 생길까 걱정하시는 겁니까?"

얼굴에 핏기 하나 없이 창백한 걸 보면 아픈 게 분명한데 쏘아붙이는 말투엔 독기가 가득했다. 서슬 퍼런 기세에 명회가 혜주를 새삼스럽게 쳐다보았다.

"너, 무슨 말을 하는 게냐?"

"저를 시집보내 중전으로 만들어야 아버지가 돌아가실 때까지 편안하시겠지요. 아들 없는 집이니 딸 장사라도 해야 할 테니까요."

"혜주야!"

"어차피 치러야 하는 혼사이고, 조선팔도가 제가 누구랑 혼인하는지 다 알고 있는데 미적거리긴 왜 미적거리시는 겁니까. 차라리 빨리 혼례를 올리고 싶습니다."

"너 설마 시집가고 싶어서 병이 난 게냐?"

"예, 시집가고 싶습니다. 시집가고 싶어서 병이 났어요!"

이렇게 힘들 바에야 차라리 빼도 박도 못하게 혼인을 해버리는 게 낫겠다 싶었다. 궐에 들어가면 신우를 만날 수 없을 것이고, 눈에서 멀어지면 마음에서도 멀어질 테니.

설마 상사병으로 죽기야 할까. 궐에 들어가 정신없이 살다 보면, 자식이라도 태어나면 이 마음도 언제 그랬냐는 듯 사그라들지 모른다.

"너 설마, 혹시, 월산군이랑 무슨 일을 저지른 건 아니겠지?"

명회의 말끝이 가늘게 떨렸다. 천하의 한명회가 떨고 있었다.

"서, 설마, 월산군이 네게 무슨 몹쓸 짓이라도 했더냐? 그런 게야? 둘이 무슨 일이라도 저지른 건 아니겠지? 응?"

"대체 무슨 말씀을 하시는 겁니까?"

명회의 말을 이해하지 못하고 혜주가 인상을 찌푸렸다. 혜주의 반응을 보고도 명회의 이마에 깊게 팬 주름은 펴지지 않았다. 뒤늦게 혜주는 명회가 무얼 생각하는지 천천히 깨달았다. 그 무엇보다 그게 명회에게 타격이 되리라는 것도.

"못 할 것도 없지요."

"무어라?"

"과년한 사내와 계집이 만나 정분이 나면 못 할 일이 무에."

"미친 게냐! 어디 감히 그런 근본도 모르는!"

흥분하여 벌게진 얼굴로 고함을 지르더니 명회가 얼른 입을 다물었다. 혜주가 고개를 돌려 아버지를 똑바로 보았다.

근본도 모르는…… 이라니, 설마 아비가 제 속내를 눈치챈 건가 싶어 등골이 서늘해졌다. 혜주와 명회가 각기 다른 이유로 시선을 피해 고개를 외로 꼬았다. 방 안에 무거운 침묵이 내려앉았다. 숨이 답답해질 즈음 명회가 헛기침을 하며 입을 열었다.

"방자한 말을 함부로 지껄이지 마라. 누가 들을까 무섭다. 네가 누구의 여식인지 잊어먹지 말라는 얘기다."

혜주가 그걸 잊지 못해 이리 아픈 거라고 울컥하여 쏘아붙이려다 말았다.

"전에 말했듯이 네 혼례는 궐에서 치러야 한다. 그러니 아직 책봉되지 않은 월산군과 지나치게 가까이 지내 구설에 오르지 않도록 조심하거라."

"어차피 월산군 외엔 제가 시집갈 사내도 없지 않습니까."

"제발 좀! 외출 금지령을 내려 집 안에 가두랴? 그래야 정신을 차리겠느냐? 경거망동하지 말아라. 혼인할 사내가 월산군밖에 없다고 해서 혼인 전에 그 사내와 마구 어울려도 된다는 게 아니야! 그건 훗날 혼인을 한 뒤에 월산군에게도 흠 잡힐 수도 있는 일이야. 허니 몸가짐을 삼가란 말이다."

늘어놓는 명회의 말에 신우 얘기는 없었다. 근본도 모르는 놈이 신우를 가리키는 건 아닌 듯했다. 비로소 안도했다. 그렇다면 설마 그게 월산군을 일컫는 말일까. 그럴 리가 없지 않은가. 월산군이 근본이 왜 없어?

궁금하여 더 캐묻고 싶은데 이미 명회는 피곤한 얼굴로 자리에서 일어나고 있었다. 붙잡을 기력도 없어 혜주가 눈을 감았다.

"쉬어라."

명회가 방을 나섰다. 문이 닫히자 비로소 혜주는 긴 한숨을 내쉬었다.

이내 방이 어둑해졌다. 어두컴컴한 방 안에서 혜주의 눈만 반짝였다. 여전히 잠은 오지 않고 정신은 또렷했다. 두통은 한결 나아졌다. 생각은 여전히 많았으나 아까와는 달랐다. 명회가 부지불식간에 내뱉은 말 한마디가 가슴에 끝없는 파문을 만들어 냈다. 대체 어떻게 나온 말일까…….

"잠들었느냐?"

"아닙니다."

민씨 부인이 미음을 가져왔다. 혜주가 몸을 일으켰다.

"연하게 쑤었으니 먹어보아라. 이마저도 안 먹으면 기력이 달려 더 아플 게다."

"네."

민씨가 후후 불어 식힌 미음을 건넸다. 묽어서 물과 다를 바 없는

미음은 목을 넘어갔다. 서너 숟갈 순하게 받아먹자, 민씨가 안도의
한숨을 내쉬었다.

"아버지와 그만 싸우거라."

아랫것들을 시키지 않고 직접 온 건 할 말이 있어서였나 보다. 혜
주가 흘깃 모친을 보았다. 주름진 눈가에 피곤한 슬픔이 내려앉아
있었다.

"네가 어지간한 사내들보다 더 똑똑해서 그나마 내가 아들 못 낳
았어도 조금이나마 낯을 들고 살았다. 네 아버지가 너를 워낙에 예
뻐하셔서 내가 얼마나 마음이 놓였는지 아느냐. 그런데 요즘 대체
왜 그러는 게야. 너답지 않게 왜 그래. 둘이 좋아죽더니 요즘은 왜
그리 서로 못 잡아먹어 안달인 게야. 너 그럴 때마다 내 마음이 어떤
지 아니. 얼마나 이 어미가 마음을 졸이는지 아느냔 말이다."

민씨의 목소리가 떨리더니 눈가에 눈물이 맺혔다. 미음 그릇을 내
려놓은 민씨가 혜주의 이마를 쓸었다.

"네 아버지가 얼마나 고생해 이 자리까지 올라왔는지 누구보다
내가 잘 안다. 헌데 나는 네 아버지에게 아들을 낳아주지 못했다. 아
들이 없어 이 가문을 이어받지 못한다면 네 아버지의 고생은 헛것
이 되고 말아. 그걸 뻔히 알면서도 네 아버지는 양자를 들이지도 않
았고 밖에서 자식을 보지도 않았어. 그게 고맙고 미안해서 이 어미
가 그리 사찰을 열심히 다니는 게다. 이제 와 내가 어찌 아들을 낳겠
니. 희박한 일이란 걸 누구보다 내가 잘 알아. 그래도 열심히 불공을
드리면 그 정성을 알아주셔서 너나 네 동생이 잘될 수도 있지 않느
냐. 그 바람이 부처님께 가 닿았는지 자랄수록 네가 부족함이 없어
내가 얼마나 기뻤는지 모른다. 네 아버지가 못난 아들보다 네가 몇

곱절은 낫다며 자랑할 때마다 내가 얼마나 뿌듯했는지 아느냐?"

한때는 아버지가 자신에게 희망과 기대를 걸고 있는 게 좋았다. 아비의 유일한 희망이 자신이라는 게 기쁘고 뿌듯하기도 했다. 그래서 더 잘나고 싶었다. 아버지가 어딜 가나 자랑스럽게 내세울 수 있는 자식이 되는 게 혜주의 유일한 바람이던 시절이 있었다.

"네가 중전이 되어 낳은 아들이 보위를 이으면 아들을 얻지 못한 네 아버지의 한이 조금이나마 풀리지 않겠느냐? 너는 아버지의 유일한 희망일 뿐 아니라 내 유일한 꿈이다. 그러니 제발 아버지의 뜻에 어긋나지 말아라. 나를 위해서라도 그래 다오, 혜주야."

하지만 동생이 태어난 이후 아버지의 그 조건부 애정이 얼마나 덧없는지 깨달았다. 마냥 아비에게 잘 보이고 싶어 발버둥 쳤던 시간이 지나자 덧없음과 허무함이 찾아왔다. 그건 지금까지도 자신을 방황케 했다. 아비의 목표가 사라지자 인생의 목표도 사라졌기 때문이다. 자신은 무엇을 바라고 무엇을 원하고 무엇으로 행복한가. 알 수 없었다.

그걸 깨닫자 서글펐고 비참했으며 명회에게 화가 나 견딜 수 없었다.

"그만 우세요. 어머니 말씀대로 하겠습니다. 이러다가 제가 아니라 어머니가 병이 나시겠어요. 그만 우셔요."

혜주는 여전히 자유롭지 못했다. 아버지에게 화가 나서 어쩔 줄 모르겠는 지금도 어머니가 울고 속상해하는 건 보기 싫어 어떻게든 달래주고 싶었다.

"약조하는 거다."

"약조하겠습니다."

어머니가 나가고 어둠 속에 다시 홀로 남았다. 후두둑, 눈물이 두

꺼운 이불 위로 떨어졌다. 입술을 깨문 채 소리도 못 내고 한참 동안 어깨를 들썩이며 울었다.

* * *

혜주는 며칠을 호되게 더 앓았다. 혜주가 아프단 걸 현이 알게 된 건 그로부터 사흘 뒤였다. 현은 윤덕이 챙겨준 약재를 챙겨 들고 병문안을 왔다. 아플 때 몸이 약해지면 마음도 여려지기 마련인데 그럴 때 챙기지 않으면 서러움이 오래간다고 윤덕이 조언했기 때문이다.

"아씨, 아씨, 월산군께서 오셨습니다요."

여울이 신이 나서 달려왔다. 겨우 몸을 추스른 혜주는 미음을 떠먹고 있다가 시큰둥하게 수저를 내려놓았다.

"왜?"

"아씨가 아프다니까 몸에 좋다는 온갖 것들을 다 가지고 오신 모양입니다. 병문안을 오신 게지요. 아씨를 한 번 뵙고 가고 싶다는데 마님께서 돌아가라 하셔서 지금 실랑이 중이십니다."

멀쩡해도 보고 싶지 않은데 꼴이 엉망이니 더 보고 싶지 않았다. 어머니가 알아서 돌려보내시겠거니 싶었다. 미음 그릇을 받은 여울이 넌지시 눈치를 보며 말했다.

"안 만나보십니까?"

"뭐 하러?"

"그래도 아씨를 보러 오신 건데."

"됐다."

이불에 다시 누우려 자리를 잡는 혜주를 보며 여울이 시무룩해졌다. 펑곗김에 저도 신우를 보고 싶었기 때문이다. 그런데 누우려던 혜주가 다시 몸을 반쯤 일으켰다.

"그, 약재를 월산군이 직접 가져오셨더냐?"

"예? 예, 월산군이 가져오셨지요."

"그래? 혼자 들고 올 정도면 뭐 양도 별로고 귀한 것도 없는 모양이지?"

"아니요, 아닙니다. 전 또 무슨 말씀이라고. 당연히 늘 데리고 다니는 시종에게 들리셨지요. 얼마나 많은지 그 덩치 좋은 사내가 다 휘청거릴 정도였습니다요. 제 말씀은 월산군께서 손수 마련해 오셨다는 거였지요. 설마 그 귀한 분께서 그게 얼마나 되든 직접 들고 오셨을 리 있습니까요."

신우를 데려왔다는 말에 혜주가 눈을 질끈 감았다가 떴다. 한 번은, 한 번은 정리해야 했다. 그 누구를 위해서가 아니라 자신을 위해서 그래야만 했다. 그리고 이런 결심이 섰을 때 저질러버려야 했다. 미적거리다 보면 끝내 제자리걸음일 거다.

"허면 가서 잠시 기다리시라고 전해라. 그리고 너는 내가 단장할 수 있게 좀 도와주고."

"예예, 그리하겠습니다."

무에 그리 신나는지 여울이 밖으로 뛰어나갔다. 혜주가 끙, 소리를 내며 자리에서 몸을 일으켰다.

* * *

"많이 아픈 거요?"

토라진 김에 아픈 척하는 걸지 모른다고 조금 의심하기도 했는데 창백하게 질린 얼굴에 푹 꺼진 눈가를 보니 정말로 아팠던 모양이다. 잠깐이나마 꾀병을 의심했던 게 미안해진 현이 걱정스럽게 혜주의 안색을 살폈다.

"괜찮습니다."

"괜히 보자고 했구려. 이리 몸이 상했을 줄 알았으면 내 약재만 주고 갈 걸 그랬소."

"아닙니다. 애써 귀한 것들을 가지고 걸음 하셨는데, 그냥 돌려보내면 예가 아니지요."

"예는 무슨, 아픈 사람 앞에서 어찌 그런 걸 찾는단 말이오. 차를 내올 것도 없소이다. 보았으니 되었소. 이만 일어나겠소."

혜주의 몸이 금방이라도 아래로 꺼질 것만 같아 마음이 쓰였다. 당돌하고 되바라지게 굴어서 그동안 몰랐는데 이제 와 보니 정말 마르고 연약한 계집이었다. 한 줌도 채 되지 않을 것 같은 이의 기를 꺾겠다며 지지 않으려 했던 게 민망할 지경이었다. 참으로 사내답지 못했다.

"저기……."

자리에서 일어나는 현을 혜주가 애타는 시선으로 올려보았다. 현이 무릎을 굽혀 얼른 혜주와 시선을 맞추었다.

"왜 그러오? 의원을 부를까?"

"그게 아니라 제가 몸이 약해져서인지 시주를 좀 하고 싶어서요. 도율 스님께 기도를 부탁드리고 싶사온데……."

"신우를 시키면 되겠군. 그리하시오. 내 두고 가겠으니 편히 쓰시오."

"감사합니다."

"무얼, 낭자가 낫는 게 우선이지. 태종께서도 왕후가 병상에서 일어나지 못하실 때 승려들을 불러 기도하게 하셨다질 않소. 도율 스님의 기도로 그대가 빨리 나을 수 있으면 좋겠소."

현의 말은 진심이었다. 그는 성격이 오만방자하긴 해도 나쁜 사내는 아니었다. 잔혹하거나 몰인정하지 않았다. 또래 사내들보다 훨씬 나았다. 그리고 그게 혜주를 더 괴롭게 했다.

"난 이만 가보겠소. 안 그래도 마른 몸이 부서질 거 같아 보여 마음이 좋지 못하오. 도율 스님의 기도가 효과가 있으면 좋겠구려."

"감사합니다."

"고마우면 얼른 나으시오. 완쾌했다는 연통이 오기를 기다리고 있겠소."

차라리 개차반이거나 엉망진창이면 중전 자리가 아무리 탐이 나도 혼인할 수 없다고 거절할 수 있을 텐데 그럴 수도 없었다. 누가 봐도 현은 그런 사내가 아니었으니 말이다. 거기다 그의 말대로 계집을 탐하지도 않고 남편 노릇 제대로 해준다면 심지어 좋은 지아비라 할 만했다. 이 혼사를 거절할 그 어떤 명분도 혜주에겐 없었다.

"들어가도 되겠습니까."

"들라."

그러니 이건 그저 스쳐 지나가는 봄바람에 불과해야 했다. 별당에 내도록 갇혀 지내다가 처음 만난 사내라서 잠시 헷갈린 거여야 했다. 제 것이 될 수 없다는 걸 너무 잘 알아서 오히려 더 갖고 싶은 헛된 욕망에 불과해야 했다.

"시키실 일이 있다 들었습니다."

"긴히 할 말이 있어 불렀다. 후에 네 주인이 묻거든 내가 서찰 하나를 주어 도율 스님께 전해 드리고 왔다고 하여라."

금방이라도 스러질 것처럼 기운이 없었으나, 혜주는 몸을 꼿꼿이 세우고 신우를 똑바로 보려 애썼다. 완연히 달라진 혜주의 태도와 말투를 깨닫자 신우는 가슴이 내려앉았다. 할 말이 무엇인지 말하지 않아도 짐작이 갔다. 짐작이 가서 듣기 싫었다. 듣지 않는다고 달라질 게 없지만, 듣고 싶지 않았다. 당장이라도 자리를 박차고 나가 도망치고 싶었다.

"이제 다시는 단둘이 만날 일은 없을 게다. 사형으로 지내는 일도 앞으로는 없을 것이다."

제 대답이 필요치 않다고 생각되어 신우는 침묵했다. 그리고 혜주는 되묻지조차 않는 신우가 서운했다.

"앞으로는 네게 지금처럼 하대할 것이며 깍듯한 대우를 받겠다. 나는 네 안주인이 될 사람이니 말이다."

"예."

짧게 대답하며 부복하는 자세가 곧았다. 아무런 동요 없는 모습을 보고 있자니 기가 막혔다. 이 사내는 자신이 갑자기 왜 이러는지 이유조차 궁금하지 않은 모양이다.

"……너는 아무렇지도 않으냐?"

울컥한 혜주가 신우 가까이 몸을 당겨 앉았다.

"너는 나와 어울리면서 아무런 감정도 없었더냐? 이리 쉽게 네, 하고 수긍할 정도로 네게 나는 아무것도 아니었더냐?"

거짓을 말하고 싶지 않았다. 하지만 진실을 말할 수도 없었다. 그래서 신우는 침묵했다. 자신의 침묵을 혜주가 어찌 오해할지 걱정이 되었으나 자기 처지에선 침묵이 할 수 있는 최선이었다.

"나는 너를 좋아하였다."

혜주가 끝내 울음을 터뜨렸다. 가늘게 흐느끼며 말을 이었다.

"허나 천지가 개벽해서 네가 어느 그럴싸한 가문의 아들이 되지 않는 한, 우리는 맺어질 수 없다. 그런데 너에 대한 감정을 정리하지 못한 채, 너를 옆에 두고 내가 월산군과 맺어질 순 없는 노릇 아니더냐. 그건 정말 사람 할 짓이 아니지. 그래서 정리를 하려 너를 부른 것이다. 그런데 정말 쓸데없는 짓을 하였구나. 너는 아무렇지도 않았는데 나 혼자 그랬나 보구나. 그렇다면 정말 우습지 않느냐. 나 혼자 들끓은 마음을 나 혼자 식혔으면 될 일인데 굳이 너를 불러들여 고백한 꼴이 되었으니 이 얼마나 우스우냐. 네가 네 주인에게 충실하여 이걸 말하기라도 한다면, 경을 치겠구나."

"그럴 일은 없을 테니, 안심하십시오."

신우가 바로 대답했다. 차마 고개를 들 수는 없었다. 눈을 마주 보고 안심하라 말해주고 싶었지만, 우는 얼굴을 보면 파도에 무너지는 모래성처럼 스스로 허물어질까 두려웠다.

혜주에게 아무 감정이 없을 리 없다. 그리고 혜주가 저를 어찌 생각하는지 눈치채지 못할 정도로 바보도 아니다. 하지만 신우는 어떤 내색도 할 수 없었다. 해선 안 되는 몸이었다. 그래서 모른 척 흘려보냈다. 자연스레 지나가길 빌었다. 누구보다 움켜쥐고 싶었기에 어서 손에서 빠져나가길 빌었다. 지금 이 처지로 혜주와 맺어질 수 없는 건 당연했고, 천우신조로 혼인을 하기 전에 가문이 복권된다 하여도 혜주와 감히 맺어지길 바라선 안 될 일이었다.

부모님의 원수였다. 돌아가신 제 부모님과 조부모님을 생각한다면 어찌 한씨 집안의 여식과 혼인할 수 있겠는가. 그러니까 어차피 이 감정은 어떻게든 흘려보내야 하는 거였다. 저 깊숙한 마음 아래 가라앉아서 아무도 몰라야 하는 거였다. 이렇게 혜주가 입 밖으로 내놓으면 안 되는 거였단 말이다.

"이만 물러가거라. 너를 더 보고 있기가 괴롭구나."

신우는 끝까지 혜주의 시선을 피하며 고개를 숙인 채 뒷걸음질 쳐 방에서 나왔다. 신을 신고 나서도 쉬이 자리를 뜨지 못하고 신우는 한동안 우두커니 서 있었다. 방 안에서 숨죽인 울음소리가 들려왔다. 눈을 질끈 감았다가 힘들게 뜨고 난 후에야 신우가 겨우 걸음을 뗐다.

여긴 낮에도 밤에도 듣는 귀와 보는 눈이 많은 속세다. 그러니 제 감정과 속내는 마당 나무에조차 들켜선 안 된다. 순식간에 표정을 가다듬은 신우가 느린 걸음으로 명회의 집을 빠져나왔다. 혜주의 심부름을 하느라 절에 다녀왔다고 하면 되니 곧장 현에게 돌아가지 않아도 된다는 게 지금 유일한 위로였다.

정처 없는 발걸음이 자연스레 폐가를 향했다. 마치 제집인 양 익숙하게 안으로 들어섰다. 대문을 지나 가장 깊숙한 사랑채 앞마당에 들어서고 나서야 신우의 몸이 무너졌다. 주저앉은 신우의 눈앞에 핏자국이 묻은 댓돌이 보였다. 그 댓돌을 붙잡고 뒤늦은 울음을 터뜨렸다.

11장

고해
苦海

혜주는 앓아누운 지 엿새째 되어서야 자리를 털고 일어났다. 사실 더 앓고 싶은데 그랬다간 제 어미가 병이 날 것 같아 원대로 아프지도 못했다. 억지로 자리를 털고 일어났지만 실은 여전히 기력은 하나도 없었고 정신도 산란했다.

"여울아."

"예."

"시전에 가자."

"예? 아씨 아직 안색이 창백한데 벌써 외출하시려고요?"

"그래, 내도록 방에만 있었더니 갑갑하구나. 바깥 공기를 쐬며 좀 걷고 싶다."

꼼짝도 하고 싶지 않았지만 제가 좀 움직여야 민씨와 명회도 안심할 것 같아 혜주는 억지로 외출 준비를 했다.

며칠 사이 혜주의 세상은 완전히 뒤집혔는데 바깥은 하나 변한 게 없었다. 여전히 사람들은 바쁘게 움직였고 시전은 소란스러웠으며 물건들은 쌓여 있었다. 매양 봐와서 익숙했던 그 세상이 며칠 만에 낯설어졌다.

"아씨, 노리개라도 사시겠습니까? 구경 갈까요?"

시전에 나오자 오히려 표정이 더 나빠진 혜주를 보고 여울이 비위를 맞추려 애를 썼다. 아직 다 낫지 않았는데 외출한 탓인지 한층 안색이 좋지 않았다. 가뜩이나 흰 얼굴이 더 하얘져서 정말 백지장 같았다. 이러다 길에서 쓰러지기라도 하면 낭패였다. 지켜보는 여울의 마음이 초조했다.

"아씨, 어딜 가십니까요? 아씨!"

혜주가 갑자기 몸을 돌리더니 어딘가를 향해 미친 듯이 걷기 시작했다. 어찌나 걸음이 빠른지 여울이 뒤쫓아가기가 벅찰 정도였다. 며칠 동안 아팠던 사람이라고 믿기지 않았다. 여울이 거의 뛰다시피 걸어 겨우 혜주를 따라잡았다.

"아씨, 어딜 가시는 겁니까요?"

혜주가 대꾸 없이 걸음을 더 빨리했다. 열심히 뒤쫓기 바쁘던 여울은 혜주가 어디로 향하는지 뒤늦게 깨닫고 경악했다.

"아씨, 안 됩니다. 거길 왜 가시는 겝니까! 안 됩니다요!"

여울이 막아서려 했으나 혜주가 한 발 더 빨랐다. 여울이 뒤늦게 혜주의 허리춤을 붙든 채 매달렸다.

"아씨, 제발요. 거기 가시면 안 됩니다요. 귀신이 나온다는 소문이 파다한 폐가에 왜 가시려는 겝니까!"

"이거 놔라!"

"못 놓습니다요."

폐가로 들어가려는 혜주와 말리는 여울이 사이에서 실랑이가 벌어졌다. 기운 없는 혜주는 여울이를 떨쳐내지 못하고 대문 앞에서 버틸 뿐이었다. 여울은 두 다리를 단단히 땅에 박고 혜주의 허리를 붙들고 매달렸다. 그런데 스르르 혜주의 몸에서 힘이 빠져나가는 게 느껴졌다. 혹 정신을 놓기라도 한 건가, 덜컥한 여울이 얼른 안색을 살폈다.

"아씨?"

다행히 혜주는 말짱했다. 단지 눈을 크게 뜬 채 벽에 붙은 벽보를 보느라 정신없을 뿐이었다.

"아씨도 참, 아씨는 이런 걸 뭣하러 보십니까요."

여울이 손을 뻗어 혜주의 눈앞을 휘휘 저으며 방해했다. 그러고도 모자라 벽에 붙은 벽보를 떼어내려 애를 썼다. 혜주가 여울의 팔을 붙들어 막았다.

"너 알고 있었느냐?"

"쓸데없는 소문이니 신경 쓸 거 없습니다요. 그러기에 여길 왜 와서는, 말릴 때 들으시지."

혜주의 눈을 피하며 여울이 더듬거렸다.

"너 글을 읽을 줄 모르지 않느냐? 헌데 이걸 어찌 알아?"

여울은 한문은 물론이거니와 언문조차 읽을 줄 몰랐다. 혜주가 언문을 가르쳐주려 한 적도 있었지만, 시큰둥하니 배우려 들지 않았다. 그런데 대체 이 벽보의 내용을 여울이 어찌 안단 말인가.

"그, 그거야 읽어야 압니까요. 말씀드렸다시피 저와 같은 아랫것들이 뭐 볼 필요가 있간디요."

"그럼?"

"들어서 알지요. 말해주는 입이 한둘이 아닌데……."

눈치를 보며 여울의 목소리가 점점 작아졌다.

"이 벽보가 근래에 붙은 게 아니란 말이냐?"

"겨울이 되기 전에 붙었다는 이들도 있고, 봄부터 봤다는 사람들도 있고 하여튼 정확히 언제부터인진 모르겠지만 붙은 지 꽤 오래됐다고들 합니다. 도성 내에 이걸 모르는 이가 드물걸요."

"나는 지금까지 몰랐는데? 혹 아버지나 어머니는 아시느냐?"

"두 분 다 아마 모르실 겝니다. 아시면 이게 아직 여기 붙어 있을 수 있겠습니까요."

"도성 내 알 사람들은 다 안다며?"

"아, 그거야 이런 내용을 감히 누가 대감마님께 고하겠습니까요. 그러니 도성 내 사람들이 다 알아도 대감마님이랑 마님은 모르실밖에요."

혜주가 생각에 잠긴 듯 조용해졌다. 여울이 어쩔 줄 모르며 눈치를 살폈다.

"그럼 월산군도 아직 모르겠구나."

여울은 뜬금없는 말에 잠시 당황했지만, 이내 흔연한 얼굴로 고개를 끄덕였다.

"그 댁에도 누가 알려줄 리 없으니 모르실 테지요. 그분들이 알았어도 이 벽보가 아직 붙어 있을 리 없지요. 어떻게든 이거 붙인 놈이 누군지 찾아내서 벌써 경을 쳤을 겝니다."

그 벽보는 겨우내 그 자리에 붙어 있었다. 몇 번이나 눈이 왔어도 그래서 몇 번이나 젖어 떨어졌어도 다음 날이면 그 자리에는 여전히 똑같은 벽보가 붙었다. 그쯤 되자 하나둘씩 읽는 이들이 늘어나기 시작했고, 읽는 이들이 많아지자, 가물에 콩 나듯 믿는 이들도 생겨났다. 그렇게 시간이 흐르자 드디어 사람들 사이에 소문이 돌기 시작했다.

몇몇은 상전에게 잘 보이고 싶은 마음에 벽보를 뜯어 가져갔다. 그러나 그걸 본 상전은 벽보를 붙인 몹쓸 놈을 찾기보다는 벽보를 뜯어온 놈을 족치며 역정을 냈다. 그러고는 자기는 이걸 본 적 없다며, 절대로 모르는 일이라고 아랫것들을 단속하기 바빴다.

아직 땅을 적신 피가 다 마르지 않은 때였다. 사거리에 사지가 찢어진 사육신의 시신이 흩뿌려졌던 기억이 모두에게 선명했다. 엮이고 싶지 않은 게 당연한 일이라, 공론화시키기보단 묻어두고 싶어 했다.

그런 일들이 벌어지는 와중에도 여전히 벽보는 같은 자리에 붙어 있었다. 누군가 억지로 떼어내기도 하고 한동안 대체 누가 붙이는지 감시하느라 벽보가 없는 날들이 이어지기도 했지만 아주 잠시만 지켜보던 이가 한눈을 팔아도 기어코 벽보는 제자리로 돌아왔다. 누군가 봐야 하는 사람들이 아직 봐주지 않은 모양이다. 아마도 그놈의 벽보는 누군가 봐줄 때까지 붙어 있을 작정인 게 분명했다.

그랬던 연유로 이렇게 혜주의 눈에도 띄고 만 것이다. 어쩌면 그걸 바라서 계속 벽보가 붙어 있었던 건지도 모르겠다.

"이게 여기만 붙었다더냐?"

"도성 내에서는 여기만 붙었답니다. 헌데 소문으로는 다른 데도 붙은 걸 본 사람들이 있다고는 합니다."

"그러면 소문이 도성 내에서만 도는 게 아니겠구나."

"아씨, 그만 갑시다요."

"가만있어라. 더 입을 열면 돌아가서 매질할 테다."

얼음장처럼 차갑고 서늘한 혜주의 눈매에 여울이 목을 움츠리며 입을 다물었다.

"설마……."

분명 벽보의 내용은 누가 들어도 어이없을 만큼 말도 안 되는 소리였다. 도성에 소문이 짜해도 저희 식구만은 모르는 게 당연했다. 이걸 굳이 말로 옮기는 사람이 이상해 보일 게 분명해 전하지 않았을 테다.

혜주 역시 코웃음을 쳤을 일이지만, 그러지 못한 건 얼마 전 명회가 했던 말이 떠올랐기 때문이었다. '근본도 모르는'이라고 했다. 똑똑히 기억한다. 잊을 수가 없다. 그게 신우인 줄 알고 제 발이 저렸으니 말이다.

신우를 가리키는 게 아닌데 대체 왜 그런 말을 한 건지 몰랐으나, 제 마음이 들킨 건 아니니 다행이라 여겨 그냥 넘겼더랬다.

만약 이 벽보의 내용이 사실이라면 명회가 '근본도 모르는'이라는 말을 왜 했는지 이해가 간다. 명회 입장에서 현은 정말 '근본도 모르는' 놈이지 않은가. 왜 현의 책봉이 늦어지는지, 그에 따른 제 혼인도 왜 자꾸 미뤄지는지도 명쾌해진다.

그동안 혜주가 품고 있던 모든 의문이 단숨에 풀렸다. 문제는 의문은 풀렸는데 실타래는 더 엉켰다는 것이다. 이게 진짜 사실이라면 이건 대체 어디서부터 풀어야 답이 나오는 문제인지 알 수 없었다.

정말 현이 왕의 손자가 아니라 김종서의 손자란 말인가. 그렇다면 진짜 왕의 손자는 어디서 자라고 있단 말인가. 아니, 제대로 자라기나 했을까? 아직 살아있기는 할까? 만약 어디서 어떻게 자랐는지도 모를 놈이 갑자기 나타나 제가 왕의 손자라고 우긴다면, 그리고 그걸 왕이 믿어준다면 저는 그놈과 혼인하게 되는 걸까? 단지 왕의 손자라는 이유만으로? 어찌 보면 현보다 더 '근본도 모르는' 그놈과 혼인해야 한단 말인가!

적어도 현은 제대로 된 교육을 받고 자랐다. 취향이 아니라 그렇지 나쁜 신랑감이랄 수는 없었다. 그런데 어디서 어떻게 자랐는지도 모를 사내가 단지 왕의 손자란 이유만으로 혼인해야 한다고? 차라리 현이 더 낫겠단 생각이 들었다. 뒤바뀐 게 신우가 아닌 이상 이건 정말이지 최악의 상황이었다.

"헉!"

자기도 모르게 떠올린 말도 안 되는 상상에 혜주가 입을 틀어막으며 숨을 들이켰다. 옆에 선 여울이 놀란 눈으로 쳐다보았다.

"아씨, 왜……."

"입 다물래도!"

여울이 다시 한번 목을 웅크리며 물러났다. 벽보를 노려보는 혜주의 두 눈에 빨갛게 핏발이 섰다.

말도 안 되는 생각이다. 그런데 왜 그런 생각이 떠올랐는지 모르겠다. 너무 말도 안 되는 내용의 글을 보고 있자니 머릿속이 엉망으로 뒤엉켜서 미쳐버린 게 분명했다.

그런데 정말 말도 안 되는 걸까? 아니, 왕의 손자가 뒤바뀌었다는 말도 안 되는 일이 사실이라면 제 상상이 사실이 아닐 것도 없지 않은가? 이보다 더한 일이 못 일어날 건 또 뭐란 말인가!

"아이고, 아씨."

혜주가 미친 여자처럼 벽보를 떼기 시작했다. 기겁해서 말리려던 여울이 혜주의 서슬에 뒤로 물러났다. 기어코 벽보를 뜯어낸 혜주가 그것을 곱게 접어 품에 넣었다. 그리고 허리와 등을 곧게 편 채 아무 일도 없다는 얼굴로 걸음을 옮겼다.

＊ ＊ ＊

"오랜만에 오셨습니다."

도율이 혜주와 민씨 부인을 보고 합장했다.

"예, 스님 그동안 잘 지내셨지요?"

"사찰의 비구야 무슨 일이 있을라고요. 아씨께서 건강을 회복하신 것 같아 다행입니다."

"예, 다행히 건강해져 부처님께 감사드리러 왔습니다. 아프면서 철이 난 건지 먼저 가자고 말하더이다. 아무래도 스님께서 빌어주셔서 일찍 나은 것 같다고요."

"소승이 한 게 무에 있다고요. 다 마님의 공덕입니다."

"감사합니다, 스님."

민씨 부인과 혜주는 인사를 마치고 대웅전으로 들어갔다. 민씨 부인은 늘 그렇듯 절을 올리며 기도했고, 혜주도 몇 번 절하는 척하다가 나왔다. 곧장 마당에 나와 있는 도율을 찾았다.

"스님."

"예."

"부처님께 감사드리고 싶어서 오기도 했지만, 실은 스님께 신우에 대해 묻고 싶은 게 있어 왔습니다."

"신우요?"

"예."

"혹 그 아이가 방자하게 아씨께 실수라도 한 겝니까?"

"네? 아니요, 그럴 리가요."

"그럼 아씨께서 왜 그 아이에 대해 궁금해하시는 겁니까?"

고개를 갸웃하는 도율을 보며 혜주가 입술을 깨물었다.

"그……."

둘러댈 말이 떠오르지 않았다.

"제가 혼인하면 신우도 제 사람이 될 터이니 미리 알아두는 게 도움이 될 것 같아서요."

내키지 않는 변명이었으나 당장은 이보다 더 좋은 핑곗거리를 찾을 수 없었다.

"하긴 바깥양반의 사람이어도 안주인이 알아야지요. 후에 신우도 혼인해야 할 터인데, 그리되면 그건 또 다 아씨의 일이지 않겠습니까. 월산군께서 거기까지 신경 쓰긴 어려우실 테니까요."

신우의 혼인이라니, 생각하고 싶지도 않은 일이다. 혜주가 저도 모르게 구겨지려는 얼굴을 애써 가누었다.

"하문하시지요. 무엇이 궁금하신 겁니까?"

"생일이 언제인지, 어쩌다 절에 오게 되었는지, 정말로 부모 형제는 모르는지, 그런 게 궁금합니다."

"신우가 너무 근본이 없는 게 마음이 걸리신 모양이군요."

"그게 아니라……."

"그러실 수 있습니다. 그런 생각이 드시는 게 당연해요. 아씨의 불안을 없애 드리고 싶은데 이걸 어쩌지요. 확답을 드릴 수 있는 게 하나도 없으니 말입니다."

"아무것도 모르신다고요? 스님께서 거두신 아이라면서요."

"예, 굶어 죽을 뻔한 걸 구한 거라고 하였지요. 그건 맞는데, 제가 직접 구한 게 아니라서요. 시주를 받으러 돌아다니다 만난 어느 거지 왕초가 제게 그리 말하며 키워달라 맡긴 아이입니다."

"그렇군요……."

혜주는 온몸의 힘이 쭉 빠지는 기분이었다.

"그 왕초가 어디서 어떻게 주운 아이인지, 부모는 어땠는지 말하지 않더이까?"

"예, 다만 제게 맡길 때 막 젖을 뗐을 때였어요. 그때가 봄이 지나 여름이 되기 전이었으니 아마 태어나기는 지난겨울이었겠지요. 지난겨울이 어땠는지는 또렷이 기억하니 나이는 틀림없습니다."

"지난겨울이요?"

"네, 난이 있었거든요."

도율이 말하는 난이 계유년에 있었던 일이라는 걸 깨닫자마자 혜주의 심장이 다시 뛰기 시작했다.

"부모는 모르지만 그래도 한데서 난 아이는 아닐 걸로 짐작됩니다. 키울수록 기품이 있었고 재주도 빼어났으니까요. 절에 맡겨졌지만 승려를 시키기엔 아깝다 싶을 정도로요. 그러니 부디 잘 부탁합니다. 무엇이든 하나를 가르쳐주면 열을 아는 아이니 잘만 쓰시면 능히 큰일도 할 겁니다."

혜주는 도율이 그 난에 부모를 잃은 아이라고 짐작하는 것 같았다. 수없이 죽었던 신료들의 자식 중 하나로 추측하는 것이다. 하긴 당연한 일이다. 방에 붙은 대로 그날 김종서의 손자가 태어났다는 건 여태껏 아무도 몰랐으니, 도율이 알 리도 만무했다.

"혹시 도성에 붙은 방을 보신 적이 있으십니까?"

"도성엔 많은 방이 붙지요. 무슨 방을 말씀하시는 겁니까?"

망설이던 혜주가 곱게 접어 품에 가져온 벽보를 건넸다. 벽보를 반쯤 펴던 도율이 기겁하며 마구 구겼다. 혜주가 놀라 도율의 손을 붙잡았다.

"스님."

"태워버리렵니다."

"스님!"

"태워버리셔야 합니다!"

"스님!"

"이걸 가진 게 그나마 아씨라서 다행인 줄 아세요. 잘못하면 이런 벽보는 가지고 있는 것만으로도 역모죄를 뒤집어쓸 수 있습니다. 아시겠습니까?"

"스님, 저는 이게 혹시."

"무얼 생각하시는지 모르겠지만, 입 밖으로 절대 내지 마세요. 아씨가 호기심에 경거망동하셨다가 애꿎은 목숨이 수없이 죽어 나갈 수도 있음이에요!"

도율이 혜주에게서 벽보를 낚아챘다.

"마님께서 나오십니다. 이만 가세요. 저는 오늘 아씨와 병환 얘기만 나누었습니다. 그 밖에 다른 이야기는 하지 않은 겝니다!"

도율이 막 대웅전에서 나오는 민씨 부인에게 합장한 후 돌아섰다.

혜주가 복잡한 심경으로 도율의 뒷모습을 물끄러미 쳐다보았다.

"무슨 일이더냐? 스님은 바삐 어딜 가시는 게야?"

"급한 일이 있다고 하셨습니다."

"그래? 스님께 드릴 말씀이 있다더니 이야기는 잘 나누었느냐?"

"예, 제 병환이 어찌 부처님 덕에 나았는지 가르침을 받았습니다."

"무어라 하시더냐?"

"몸의 아픔은 마음에서 비롯되는 것이니 마음 앓이를 너무 많이 하지 말라고 하시더이다."

"좋은 걸 배웠구나."

뿌듯한 얼굴로 민씨가 돌아서자 혜주가 뒤를 따랐다.

두 사람이 사찰을 내려가는 걸 확인한 뒤에야 기둥 뒤로 피했던 도율도 제 사찰로 돌아갔다.

아무도 없는 도율의 작은 사찰은 고요했다. 새소리만이 들리는 처소에 홀로 앉은 도율이 비로소 품에 숨겨온 벽보를 꺼내보았다. 벽보에 적힌 내용을 찬찬히 읽으니 바로 어제처럼 그날 밤의 일이 생생하게 떠올랐다.

* * *

피투성이가 된 철이 신우를 품에 안고 처소로 들이닥쳤다. 도율은 야차 같은 모습에 기함했다가 그 품에 안긴 핏덩이를 보고는 오히려 초연해졌다. 애써 설명하지 않아도 무슨 일이 벌어졌는지 알만했다.

도율은 승복을 찾아 철에게 입히고 먼저 상투부터 잘랐다.

"몸을 피하기 전에 산으로 숨어 일단 머리부터 깎아라."

"스님, 아이는."

"아이는 내 알아서 할 터이니 너부터 몸을 피하거라. 다른 스님들은?"

"아직 아무것도 모르실 겁니다."

"이제 곧 일어나실 시간이다. 스님들이 잠에서 깨기 전에 눈을 가린 후 모두 광에 가두어라."

"광에요?"

"다른 스님들은 아무것도 몰라야 화를 피할 게 아니더냐!"

승복을 갈아입자마자 도율은 철을 암자에서 쫓아냈다. 그리고 저도 옷을 챙겨입은 후 아이를 품에 안고 산을 탔다. 그가 향한 곳은 관리의 수탈을 피해 산으로 도망쳐 약초를 캐며 생활하는 구덕네였다. 그 집에 돌이 갓 지난 아이가 있었다.

구덕과 구덕네는 탯줄도 떼지 않은 갓난쟁이를 안고 온 도율을 보고 기겁했으나 군말 없이 아이를 받아 젖을 물렸다. 세상에 별별 사연을 가진 이들이 다 도율을 찾는다는 걸 누구보다 그들이 잘 알았다. 자신들도 야반도주 후 도율을 찾아간 덕에 이리 목숨을 부지할 수 있었기 때문이다.

도율은 아기를 맡기고 곧장 마을로 내려갔다. 그리고 시주를 받으며 하루를 꼬박 보낸 후 밤이 되어서야 사찰로 돌아갔다. 며칠간 사찰을 비우고 시주를 받으러 다니느라 아무것도 모른 척했다. 수양과 명회는 흥인사의 말사 주지에 불과한 도율을 크게 신경 쓰지 않았고 다행히 의심을 피했다. 그들이 도율과 철의 관계를 모르는 덕분이기도 했다.

얼마 안 지나 군사들이 무얼 찾는지 산을 샅샅이 뒤지고 다닌다는 소문이 돌았다. 걱정된 도율이 깊은 밤을 타고 구덕네를 찾았다.

아이는 고 며칠 새 뽀얗게 살이 올라 있었다.

"어찌나 순하고 무던한지, 이런 아라면 열도 키우겠습니다요."

"고맙네. 내 데려가겠네."

"젖어미는 구하셨습니까요? 그냥 지가 더 데불고 있어도 되는디."

"아닐세. 내 데려가겠네. 그리고 자네들도 당분간 몸을 피하는 게 좋겠네."

"왜요?"

"아래는 난리가 났어. 자네들 때문이 아니라 다른 일로 관군들이 곧 들이닥칠 걸세. 잠시 피해 있는 게 좋겠어."

"지들이 피할 데가 어딨다고요."

"자네들 살던 집으로 돌아가 며칠간 쥐 죽은 듯이 있으면 아무도 모를 걸세. 잠시 피했다가 다시 오게나."

구덕네도 급히 짐을 꾸렸다. 다시 만나자고 약속한 뒤 도율은 아이를 품에 안고 사찰로 돌아왔다.

예상한대로 그날, 군사들이 도율의 사찰까지 들이닥쳤다.

도율은 자리를 잡고 앉아 목탁을 두드리며 불경을 외웠다. 신우는 바닥에 넓게 펼친 승복 아래 숨겨두었다. 아기는 바닥에 누워 승복을 이불 삼아 잠이 들었다. 군사들이 온 사찰을 뒤지며 시끄럽게 굴어도 도율은 꿋꿋이 목탁을 치며 불경을 외웠다.

군사들은 사찰 주변까지 샅샅이 뒤졌으나 차마 목탁을 두드리며 불경을 외는 도율을 건드리지는 못했다. 도율은 제 옷 아래 숨겨진 아기가 잠에서 깨 울음이라도 터뜨릴까 불안해 미칠 지경이었다. 억겁과도 같은 시간이 지나고 군사들도 모두 사찰을 떠났다. 그러고도 한참이나 더 지나서야 떨리는 손으로 승복을 걷었다.

"아가!"

언제 깬 건지 눈을 똘망하게 뜬 채 손을 쪽쪽 빨고 있었다. 놀란 도율과 시선이 마주치자, 신우는 무얼 알기라도 하는 것처럼 벙긋 웃었다. 울컥 감정이 치솟은 도율의 눈가에 눈물이 맺혔다.

"아가."

아이를 품에 안고 어르며 도율이 울음을 삼켰다. 그제야 확신할 수 있었다. 이 아이는 부처님이 지켜주고 계신다고, 허니 무슨 일이 있어도 이 아이는 살아남아 제 할 일을 하고야 말 거라고.

다음 날 도율은 신우를 품에 숨긴 채 사찰을 떠났다. 그 길로 곧장 다리 아래 무리 지어 사는 각설이패를 찾았다. 모아온 시주를 건네면서 품 안에 데리고 온 아기도 그들에게 맡겼다.

"젖먹이니 젖을 뗄 때까지만 맡아다오."

"어느 집 앤데요?"

"도성에 무슨 난리가 났는지는 알 거 아니냐. 저 사나운 군사들이 부모를 죽이고 애마저 죽은 줄 알고 지나갔는데 다행히 어미가 감싼 덕에 애는 죽지 않고 살았다. 너희와 별 다를 바 없는 처지니 도와다오."

"며칠 전에 여까지 겨 들어와서는 한바탕 난리를 치더라니. 염병, 여기 뭐가 있다고 괜한 행패지. 너도 참 태어나자마자 팔자 사납게 됐다."

도율에게 시주를 많이 얻어먹기도 했고 또 부모 잃은 갓난쟁이가 안쓰러웠던 각설이패는 다행히 도율의 부탁을 거절하지 않았다. 군사들이 이미 도성을 다 휩쓸고 간 터라 다시 여길 기웃거리진 않을 테다. 각설이패에게 아이를 맡기고 돌아서며 그제야 한숨 돌렸다.

각설이패는 반년 동안 신우를 잘 키워주었다. 도율은 시주 얻은 쌀을 가져다주며 신우가 커가는 모습을 틈틈이 살폈다. 그리고 이제 미음을 먹어도 된다는 말을 듣고서야 도율은 신우를 사찰로 데려왔다. 웬 아이냐 물으면 각설이패한테서 데려온 아이라 했다. 거짓말도 아니었다.

그때쯤 현의 이름이 공표되었다. 도율은 '현(賢)'의 한자를 파자하여 아기에게 '신우(臣友)'라는 이름을 지어주었다. 신우는 도율이 쑤어주는 미음을 받아먹으며 하루하루 콩나물마냥 쑥쑥 자랐다. 어린데도 손발이 크고 골격이 반듯하니 분명 기골이 장대한 장부로 클 것이었다.

그만큼 시간이 지났어도 철은 나타나지 않았다. 도율은 불안한 마음이 들 때마다 그의 생존을 빌며 목탁을 두드리고 불경을 외웠다. 신우는 그 목탁 소리를 들으며 잠이 들었다. 순한 아이였다.

신우가 돌이 되던 날, 드디어 철이 왔다. 영락없는 땡중의 행색인 철을 보고 도율은 기가 막혔다.

"네 아이다."

철은 떠난 지 딱 일 년 만에 신우를 다시 볼 수 있었다. 신우는 철을 낯설어하지도 않고 덥석 안겼다.

"네 자식이란 말이다."

"스님, 그게 무슨……."

"네가 이 아이를 자식이라 여기고 키우지 않으면 제대로 키울 수 없다는 뜻이다. 네 자식이라고 마음으로 받아들이고 키워야 한단 말이다."

도율에게 아이의 출생에 대해 자세히 설명하지 못했다. 그러니 저리 말하는 게 당연하다 싶어도 당황스러운 마음은 어쩔 수가 없었다. 감히 어찌 신우를 자식으로 삼을 수 있단 말인가.

"네가 어떤 마음으로 이 아이를 품었든, 품에 안은 이상 그 아이는 네 자식일 수밖에 없다. 인간이면 마음이 그리 가는 게 당연한 순리란 말이다. 마음이 그리 간다면 머리와 행동도 그에 따라야 한다. 그래야 아이가 제대로 클 수 있음이야. 네가 온몸과 마음으로 이 아이를 받아들이지 못한다면 제대로 키울 수 없어. 허니 네 자식이라 생각하고 키워라. 그래야 네가 원하는 대로 키울 수 있을 거다."

도율의 설명을 듣자 비로소 그 뜻을 이해할 수 있었다. 철이 품에 안긴 신우를 꽉 끌어안았다.

"알겠습니다, 스님. 제 자식입니다."

그렇게 신우는 철의 자식이 되었다. 그날 이후로 철은 몸과 마음을 정리하고 아버지가 되어 신우를 키워냈다. 충성스러운 김종서의 수하가 키워낸 아이가 지금 수양대군 손자의 최측근이 된 것이다.

* * *

혜주가 방문했다는 말에 현은 버선발로 뛰어나왔다. 혜주에게 인사를 받고 있던 윤덕은 반색하며 달려오는 현을 보고 기막혀했다.

"날이 춥다며 사랑채에 내도록 궁둥이를 붙이고는 꼼짝도 안 하더니, 낭자가 왔단 말에 이리 온단 말이냐?"

"낭자, 몸은 좀 괜찮아졌나 봅니다."

윤덕의 볼멘소리를 한 귀로 흘리며 현이 혜주의 안색을 살폈다. 이전보다 좀 마르긴 했으나 그래도 양 볼이 발긋한 걸 보면 어지간히 낫긴 한 모양이었다. 며칠 동안 신경이 쓰였던 현은 제 눈으로 확인하고 나서야 비로소 안도했다.

"예, 그동안 심려를 끼쳐드린 게 죄송하여 직접 찾아뵙고 인사 드리려고 왔습니다. 어머니께서도 가보라고 하셨고요."

"그래, 걱정하긴 하였다. 건강해진 모습을 보니 기쁘구나. 내 너를 붙잡고 오랜만에 수다를 떨고 싶으나 아무래도 이만 보내줘야 할 성싶다. 가보아라."

윤덕의 배려에 현이 눈짓으로 고마워했다. 윤덕이 밉지 않게 현을 노려보며 혀를 찼다.

"저기 안쪽으로 자리하시오. 저기가 아랫목이라 제일 뜨겁다오."

사랑채로 혜주를 데려와 늘 앉던 안쪽 자리를 권했다. 혜주가 놀라 두 손을 내저었다.

"어찌 저러러 상석에 앉으라 하십니까."

"낭자는 아직 아픈 사람 아니오. 허니 이 정도 배려는 받아도 되오."

"그래도 이건 너무 과합니다."

어느새 두툼한 방석 두 개와 토끼털로 만든 담요를 가져온 신우가 혜주가 늘 앉던 자리에 놓아주었다. 그리고 화로를 가까이 당겨주었다.

"이거면 충분합니다."

"누구 사람인지 눈치도 빠르고 손도 빠르군."

현도 그제야 썩 기꺼운 얼굴로 자리에 앉았다. 곧이어 신우가 따끈한 생강차와 구운 밤을 가져왔다. 그리고 고구마 몇 개도 들고 와 화로에 올려두고 나갔다.

"드시오. 혹 불편하면 좀 더 부드러운 걸 달라고 할까?"

"아닙니다. 이거면 충분합니다."

혜주가 생강차를 마시며 조심스레 현의 눈치를 살폈다. 어찌 입을 떼야 좋을지 몰라 망설여졌다. 겨우 문장을 정리하고선 찻잔을 내려놓고 현을 바라보았다.

"자가께서는 계유년의 그날 태어나셨다지요?"

"그렇소, 어머니는 운명이라고 하시지."

"허면 부부인은 친정에서 몸을 푸셨나 봅니다? 그게 아니라면 어찌 날짜가 그리 겹칠 수 있었겠습니까."

"아니요, 나는 흥인사에서 태어났다오. 어머니께서 아들을 바라시고 부처님께 비느라 몇 달 동안 흥인사에 머무셨다더군. 그러다 예정일보다 좀 이르게 진통을 느끼셨는데 마침 그날이 그날이었던 게요. 허니 어머니는 운명이라 믿으실 수밖에."

태어난 날이 이러니 왕좌가 네 운명이라면서도 윤덕은 그 말을 할 때마다 묘하게 표정이 울적해지곤 했다. 궐 밖으로 쫓겨나야 했던 경험과 여전히 책봉 받지 못한 작금의 상황이 마뜩잖아 그런가 보다고 현은 짐작했다.

흥인사에서 태어났다는 말은 혜주의 의심을 확신으로 바꾸기에 충분했다. 벽보에 적힌 내용과 한 치 한 푼 다르지 않았다. 무엇보다 현이 흥인사에서 태어났다는 건 처음 들었다. 어미에게 물었을 때도 부부인의 친정에서 몸을 풀지 않았겠느냐고 짐작 가는 대답만 했다.

왕실 자손이 어디서 태어났는지를, 영상의 부인이 모르는 건 흔치 않은 일이다. 거기다 현이 태어난 곳이건만 흥인사에서 윤덕을 본 적이 없다. 모두 다 같이 산속에서 마주쳤던 그날을 제외하고는 말이다. 자식을 낳은 절이니 해마다 시주를 하고 방문하기 마련인데 윤덕은 여태껏 그러지 않았다는 거다. 그 모든 정황이 의심을 확신케 하는 근거가 되었다.

"갑자기 그건 왜 물으시는 게요?"

현은 뒤늦게 혜주가 평소답지 않다는 걸 깨달았다. 그녀는 단 한 번도 자신의 개인사를 궁금해한 적이 없다. 취향이나 흥미조차 물은 적이 없는데 그보다 더 근본적인 데 호기심을 가지니 의아했다.

"혹 저잣거리에 떠도는 소문을 들으신 적 있으십니까?"

"소문? 내 소문 말이오?"

"예."

"나와 관련된 소문이 어디 한두 개겠소? 왜, 해가 바뀌니 또 새로운 소문이 돌기라도 하오? 무어라 하오? 해가 바뀌어도 여전히 책봉되지 못한 걸 보고 이번엔 다들 어떤 트집거리를 찾아 떠들어대고 있소? 새로운 흠이라도 들었소?"

"그런, 그런 건 아닙니다."

"그런 저잣거리 소문엔 관심 없소. 그런 데 일일이 신경 쓰면서 살았으면 제명대로 못 살지. 다만 염려가 안 되는 건 아니오. 삼인성호라고, 세 사람만 모이면 없는 호랑이도 만드는 법이지. 언젠가는 그 말을 믿는 이가 나오게 마련이거든. 그 말을 믿는 이가 낭자가 아니기만을 바랄 뿐이오."

"예."

찔린 데가 있는 것처럼 혜주가 시선을 피했다. 순식간에 가슴이 뛰며 숨이 가빠오는데 티 내지 않으려 애를 썼다.

"혼례를 서두릅시다. 아버님께 말씀드려주시오."

뭘 오해했는지 현의 입에서 그런 말이 불쑥 나왔다. 혜주는 찬물을 뒤집어쓴 것처럼 정신이 번쩍 들었다.

"우리가 혼례를 치르면 책봉도 앞당겨질 것이오. 저잣거리 소문을 잠재우는 가장 좋은 방법이라오."

"혼례는 제가 관여할 일이 아닙니다."

"낭자의 혼례인데 어찌 낭자가 관여할 일이 아니란 말이오?"

어이없다는 듯 쳐다보는 현을 보자 혜주는 발끈하고 말았다.

"어찌 여인이 혼인하고 싶다고 아버지를 조를 수 있단 말입니까. 제게 그러라 시키실 게 아니라 정말 저와 혼인하고 싶으시다면 자가께서 전하를 조르시면 될 일 아닙니까. 왜 그러진 못하시고 저를 부추기시는 겁니까."

"아, 그거야……."

"설마 전하께 저와 혼인하겠다고 말할 자신이 없으신 겁니까? 사내답게 그럴 자신이 없어서 저를 이용하시려는 겁니까?"

순식간에 얼굴이 벌겋게 달아오른 현이 벌떡 일어났다.

"낭자와는 말이 길어지면 좋게 끝나질 않는군. 건강이 회복된 지 얼마 되지도 않은 사람이 외출을 오래 해서 좋을 게 없을 터이니 이만 가시오."

화가 난 현이 문을 벌컥 열고 나갔다.

"신우야, 낭자를 댁으로 모셔다드려라."

신우가 달려와 혜주 앞에 부복했다. 가슴을 겨우 진정시키고 혜주도 일어났다.

"집으로 데려다주시오."

놀란 신우가 고개를 들었다가 얼른 다시 숙였다.

혜주는 여울을 먼저 보냈다. 복잡한 거리에는 혜주와 신우 둘만 남았다. 신우는 두어 보 뒤에서 따라걷다가 혜주가 사람들에 치여 이리저리 휘청이자 놀라 곁으로 다가섰다.

신우가 나란히 붙어 걷자 혜주가 입을 열었다.

"도율 스님께 그대의 부모님에 대해 여쭤보았다오."

불과 얼마 전에 아랫것으로 대하겠노라 했는데, 어느새 어투가 다시 돌아왔다. 왜 갑자기 다시 말을 높이는 건지, 궁금하고 신경이 쓰여 신우는 혜주의 말에 집중하지 못했다.

"듣고 있는 거요?"

대꾸가 없자 혜주가 멈춰 서서 신우를 올려다보았다. 재촉하는 얼굴을 보자 그는 그제야 정신이 번쩍 들었다.

"부모님 말이오. 혹시 찾아본 적 없소? 찾으려 노력해본 적도 없고? 혹 누가 찾아와 부모님을 안다고 말하지도 않더이까?"

대답할 수 없는 질문이라 난처해진 신우가 가만히 고개를 저었다.

"아무것도 모르는 모양이군. 어찌 그리 지내온 거요? 답답하지도 않았소?"

신우는 '말할 수 없다'는 의미로 고개를 저은 것인데 혜주는 '모른다'라는 의미로 받아들였다. 거짓을 말하진 않았으나 오해는 생겼다. 하지만 자청한 거라 굳이 해소하고픈 생각은 들지 않았다.

혜주가 방향을 잡고 걸음을 옮겼다. 신우가 급히 뒤따랐다. 갈림길에서 혜주가 집이 아닌 반대편을 택했다. 이곳으로 가면 폐가다. 왜 다시 그곳을 가려는가. 당황한 신우가 혜주를 붙잡으려는데 혜주의 걸음이 빨라졌다.

"아씨."

부지런히 걸어 어느새 폐가 앞에 다다랐다. 예상대로 폐가 담벼락엔 여전히 그 벽보가 붙어 있었다. 혜주가 뒤늦게 쫓아온 신우를 돌아보았다.

"이걸 본 적 있소?"

처음이다. 더 이상 혜주와 폐가에서 만나지 않게 되면서 방문하지 않았다. 혜주와 만나려고 들렀을 때도 누가 볼 새라 급하게 들어갔다 빠져나오느라 주위를 살필 새가 없었다.

"읽어보시오."

이 집 앞을 서성이는 게 불편했지만 신우는 주위를 살핀 뒤 벽보를 읽기 시작했다. 그리고 이내 귓가를 쟁쟁하게 울리던 소음이 먹먹하게 사라졌다. 충격과 경악에 사로잡히는 신우의 표정에서 혜주는 눈을 떼지 못했다.

"여기 이리 붙은 게 몇 달이나 되었다더군. 도성 내 알만한 사람은 다 안다는데 우리 집과 그 댁만 아직 모르는가 보오. 나도 얼마 전에 알았소."

"대체 누가 이런 헛소문을……."

"헛소문이라 확신하시오?"

혜주의 물음은 답을 구하는 게 아니었다. 놀란 신우의 눈이 화들짝 커졌다.

"나는 헛소문이 아니라 진실일 수 있다고 생각하오. 그리고 어쩌면 뒤바뀐 채 자란 진짜 전하의 손자를 내가 이미 만났을지도 모르겠고."

그 말을 바로 이해하지 못해 신우는 고개를 갸웃했다.

"혹시 운명을 믿으시오?"

뜬금없는 질문이었다. 신우가 그답지 않게 당황하여 허둥거렸다. 그에 반해 혜주는 침착했다. 신우는 혜주가 자기 식대로 저를 문제 속으로 끌고 들어가고 있다는 걸 알아차렸다.

"운명 말입니까?"

"그렇소. 운명이니 인연이니 하는 걸 믿냔 말이오."

"저는 사찰에서 불경을 배우며 불자로 자랐습니다. 한때 비구를 꿈꾸기도 했지요. 당연히 전생에서부터 이어져 온 업연을 믿습니다."

"그러면 그대는 그대가 월산군과 나와 인연이 된 것도 운명이라 믿겠군."

이 대화가 무얼 깨닫게 하려는 건지 알아차리기 위해서는 던져진 질문에 최선을 다해야 한다. 신우는 신중하게 속엣말들을 골라냈다.

"수많은 우연이 운명이 되는 거지요. 연이 있으니 만난 거겠으나 연은 연일 뿐입니다. 그 연에 의미를 부여하는 건 인간의 사감입니다. 그리고 사감이 들어가면 연을 제대로 바라보지 못하는 법입니다. 씨앗이 떨어져 나무가 자라 열매를 맺는 건 그저 자연의 순리지만 그 맺힌 열매가 중하다 하찮다 결정하는 건 인간의 욕망이지요. 자연엔 존귀가 없습니다. 그렇듯이 수많은 우연의 결과와 과거 업연의 결과로 인연이 맺어지는 건 자연스러운 순리일 뿐이에요. 그것에 인과성을 따지고 의미를 부여하는 건 인간의 욕망에 불과합니다."

"속세는 그 욕망의 힘으로 돌아가는 세상이지. 그래서 나는 속세의 논리대로 그 욕망에 나를 한번 걸어볼 생각이오. 그리고 그대도 이미 속세에서 살기로 작정한 이상 타인의 욕망 때문에 좌지우지되고 싶지 않다면 그대만의 욕망을 가져야 하오. 어떤 욕망을 가질지 그리고 그 욕망의 실현을 위해 어찌 움직이는 게 가장 좋을지 생각해두는 게 좋을 거요."

혜주가 고개를 돌려 다시 벽보를 쳐다보았다. 신우의 시선은 이미 벽보에 붙박여 있었다. 어찌하여 이 긴 이야기를 꺼낸 건지 이해하지 못한 채 대화가 끝났다. 선문답에서 아무런 답도 찾지 못하고 아무것도 깨닫지 못한 건 처음이었다.

12장

나락
奈落

장대비가 쏟아져 해가 자취를 감추자 낮인데도 방이 어두웠다.

혜주가 어두운 방 가운데 오도카니 앉아 생각 속으로 침잠했다. 현과 신우, 두 사람과 상관있는 모든 말들을 또렷하게 떠올렸다. 도율이 했던 말, 명회가 했던 말 그리고 현이 했던 말, 혹은 지나다 들었던 말까지 단 하나도 흘려보내지 않았다.

혜주는 흩어진 말들을 머릿속에 정리하고, 정리된 내용을 바탕으로 숙고한 끝에 모험을 해볼 만하다는 결론에 이르렀다. 무엇보다 딸을 반드시 중전으로 만들고야 말겠다는 야망을 가진 아비가 머뭇거리는 것과 후계자 1순위인 현이 세손으로 책봉되지 않는 현실이 혜주에게 힘을 실어주었다.

벽보를 보는 순간 모든 게 분명해졌다. 현의 출생이 의심스럽다면 명회와 수양의 미적거림은 당연한 거였다. 조금도 의심할 바 없이 아귀가 딱 맞아떨어졌다.

다만 뒤바뀐 아이가 신우가 아닐 수는 있다. 계유년의 난에 명회와 수양에게 희생된 어느 가문의 자식일지 몰랐다. 누구도 알 수 없는 일이다. 아무도 모르니 맞다고 우겨본들 확인할 수도 없지 않나. 그런 발칙한 생각이 들었다.

왕의 손자가 신우라고 우기며 들이밀어 본다고 뭐 문제 될 게 있을까. 왕의 손자가 아니라고 거절당한대도 김종서의 손자로는 인정받을 수 있을 테니 말이다. 그리된다면 적어도 김씨 가문의 자손이니 양반이다. 이건 신우를 왕의 손자 혹은 양반의 손자로 만들 수 있는 기회였다.

물론 아직 공식적으로 김종서는 역모의 수장이다. 하지만 김종서의 손자인지 제 손자인지 정확히 모르는데 고심 끝에 하나를 택한들, 남은 하나를 역모의 자손으로 몰아 죽일 수는 없을 테다. 신료들 역시 다른 하나를 죽이라고 왕에게 권할 순 없을 것이다.

왜냐면 아무리 하나를 골라도 택하지 않은 이가 수양의 손자가 아니라는 확신을 그 누구도 할 수 없을 것이다. 그리된다면 결국 좋으나 싫으나 김종서 가문을 복권하는 방향으로 여론은 흘러갈 테다. 그리하여 가문이 복권된다면 최소한 신우는 양반의 자손이 된다.

혜주에겐 어느 쪽이든 손해 볼 게 없다. 신우가 왕의 손자라면 저는 중전이 될 테고, 왕의 손자가 아니라 김종서의 손자라면 정경부인쯤은 될 수 있을 테니까.

"아이고, 깜짝이야. 아씨, 주무시는 게 아니면 불을 켜고 계시지 왜 이러고 계신답니까. 어두워서 잠깐 조시는 줄 알았습니다요."

여울이 방으로 들어서다가 방 가운데 꼿꼿이 앉은 혜주를 보고 놀란 가슴을 쓸어내렸다.

"아버님은? 퇴청하셨더냐?"

"예, 방금 오셨습니다요. 그거 알려드리려고 왔지요."

"사랑채로 가겠다."

"저녁 안 듭시고 지금 바로요?"

"그래, 우산을 들어라."

쏟아지는 빗줄기가 어찌나 굵은지 우산을 썼는데도 사랑채까지 가는 동안 치마 아랫단이 흠뻑 젖었다. 불쾌해야 하는데 오히려 이 비가 묵은 체증을 쓸어내는 것만 같아 시원했다. 명회를 만나러 가면서 이리 기쁜 적은 참으로 오랜만이었다.

"퇴청하셨습니까."

"그래, 몸이 많이 나은 모양이구나."

"예, 이제 다 나았습니다."

"다행이다. 너 간병하느라 네 어미 얼굴이 반쪽이 됐어. 비도 오는데 굳이 뭐 하러 이리 왔누? 겨울비에 다시 감기 들면 어쩌려고."

가벼운 걱정을 늘어놓았지만 그래도 딸이 마중 온 게 반가워 명회의 얼굴이 환해졌다. 인사만 하고 나갈 줄 알았는데 털썩 자리에 앉자, 명회도 맞은편에 나붓이 앉았다. 또 무슨 하고픈 말이 있는 건가, 호기심 어린 눈으로 딸을 빤히 쳐다보았다.

"아버지, 도성에 퍼져나가는 소문에 대해 들으셨습니까?"

대체 이 말이 어찌 이 아이 입에서도 나온단 말인가.

명회가 허탈한 기색을 감추지 못하고 이마를 손으로 쓸었다.

"혹시 월산군에 대한 걸 말하는 게냐?"

"이미 알고 계셨습니까?"

"너까지 알고 있단 말이냐? 너까지 알 정도면 정말 세상 입 가진 사람들은 다 알겠구나."

명회도 알고 있을 줄은 몰라 혜주도 두 눈이 휘둥그레졌다.

"언제부터 아셨습니까?"

명회가 귀찮은 한숨을 내쉬었다.

"오늘 들었다. 너는 언제부터 알았느냐?"

미리 알고서 모른 체했던 게 아니라니 다행이다. 혜주가 안도했다.

"소녀는 안 지 한 사나흘쯤 되었습니다."

"허어, 네가 나보다 먼저 알았구나. 기가 막힐 일이군."

혜주마저도 소문을 들었다니, 백성들과 양반들은 물론 벼슬아치
들까지 시끄러울 대로 시끄럽다는 말이 허풍이 아닌 모양이었다.

벽보는 몇 달째 그 자리에 계속 붙었고, 벽보로 저잣거리가 들썩
이기 시작한 지도 벌써 오래였다. 하지만 양반네들은 소설(小雪)을
지나 대설(大雪)이 될 때까지 어떤 소문이 어떤 식으로 백성들 사이
에서 퍼져나가고 있는지 몰랐다.

대설이 지나자, 알음알음 그들 귀에도 들어갔으나 벼슬아치들이
알게 된 건 더 뒤였다. 궐에 드나드는 이들은 정월(正月)이 가까워져
서야 떠도는 소문을 듣기 시작했다. 그러고도 벽보에 등장하는 인
물들이 진상을 알게 된 건 해가 바뀌고 난 뒤였다. 기막힌 일이 아닐
수 없었다.

오늘 명회에게 벽보 이야기를 해준 이는 좌상이었다. 그마저도 며
칠이나 망설이고 망설이다 꺼내는 거라 했다. 그는 소문의 당사자인
윤덕과 현에게는 불쌍해서 차마 알리지 못했고, 수양과 명회에게는
무서워서 말하지 못했다고 했다.

좌상이 보여준 벽보에 적힌 내용은 놀라웠다. 분명 그 자리에 있
었던 이가 아니라면 절대 모를 내용이었다. 좌상은 '허황한 이야기'

라고 못 박았으나 명회는 이 내용이 '진실'이라는 걸 알았다. 이게 진실이라는 걸 알 수 있는 이는 세상에 단 세 명이다. 명회와 수양 그리고 도망쳐서 아직 잡히지 않은 철. 그러니까 이 벽보는 철이 붙인 게 분명했다.

명회는 부러 펄펄 뛰면서 좌상을 몰아세웠다. 좌상은 억울해하며 도성에서 이 소문을 모르는 이는 명회와 수양 그리고 윤덕과 현뿐일 거라 했다. 이미 퍼질 대로 다 퍼진 소문이라 이제 와 단속해 본들 아무 소용 없을 거라고도 것이다. 대감 앞에서 다들 말을 조심해서 그렇지 관직에 있는 이들 중에서도 모르는 이가 없다는 것이다.

그런데 혜주도 이미 알고 있다. 자신이 제일 마지막에 아는 거라는 좌상의 말이 틀리지 않았다는 생각에 소름이 돋았다. 진짜 믿는 이는 없겠지만, 어쨌거나 이런 소문이 퍼져나간다는 건 수양에겐 악재였다.

가뜩이나 수양은 정통성에 대한 열등감이 컸다. 그래서 그놈의 혈통을 놓지 못해 현을 세손으로 책봉하는 것도 망설이지 않은가. 그런데 이런 소문까지 듣는다면 그가 어떻게 나올지 예측조차 하기 어려웠다. 거기다 벽보를 붙인 게 철일 테니 살아있는 손자를 찾겠다고 선언이라도 하다면 대체 정국은 어찌 돌아갈 것인가. 눈앞이 아찔해졌다.

명회의 표정이 어두워질수록 혜주의 눈앞은 점점 환해졌다. 얼어붙은 땅에 푸른 싹이 돋아나는 걸 발견한 기분이다. 두근대며 날뛰려는 가슴을 가라앉히며 혜주가 명회 가까이 당겨 앉았다.

"아버님, 이 벽보에 대해 어찌 생각하십니까?"

"무얼 어찌 생각해! 이 내용에 대해 생각하고 말 게 무에 있느냐?

누가 봐도 허황하고 말도 안 되는 소리거늘."

"진정 그리 생각하십니까?"

"월산군이 태어나자마자 가장 먼저 뵌 게 나다. 이건 정말 말도 안
되는 소리야. 내 반드시 이 벽보를 쓴 자를 찾아내 사지를 찢어놓을
테다."

"정말 그리 허황한 말이라면 그럴 필요가 있을까요. 아버지답지
않으십니다."

"너! 지금 무슨 소리를 하는 게냐?"

"정말로 허황한 뜬소문이라면 무시하고 지나가면 될 일이니까요.
본래 소문엔 신경 쓰지 않으시는 분 아니십니까? 헌데 사지를 찢어
놓아야겠다니, 그건 소문이 아니라는 걸 자인하는 거나 진배없지 않
습니까?"

혜주의 지적은 비약되었지만, 그래도 명회는 뜨끔했다.

"제 생각엔 그게 소문이 아니라 진실인 성싶습니다. 벽보의 내용
이 사실이라야 저를 둘러싸고 벌어진 모든 일이 아귀가 맞으니까요.
왜 제 혼례가 늦어지는지, 왜 아버님께서 월산군을 마뜩잖아하시는
지, 왜 월산군의 책봉이 자꾸만 뒤로 미뤄지는지, 그 벽보가 설명해
주고 있지 않습니까."

"혜주야……."

목구멍이 바싹 타들어 가는 기분이었다. 저를 닮은 자식이다. 그
저 호통치고 쫓아내서 될 일이 아니었다. 아무리 엄하게 대해도 겁
먹지 않을 것이다. 이 녀석을 어찌해야 할지……. 애가 탔다.

"아버님께서 더 놀랄 소식을 더해드릴까요? 제 생각엔 진짜 전하
의 손자가 무척이나 가까이 있는 듯합니다."

"전하의 손자가…… 가까이 있어?"

"예."

"별 해괴망측한 소리를 다 하는구나. 너 설마 이런 얘길 어디 가서 떠들고 다니진 않았겠지? 혹 월산군에게 지껄이기라도 했더냐?"

"아직 아무에게도 하지 않았습니다. 전하의 진짜 손자를 찾는 영광을 아버님께서 누리셔야 하니까요."

"하! 그래, 들어나 보자. 대체 네가 생각하기에 누가 전하의 진짜 손자란 말이냐?"

"신우요."

"신우?"

"월산군 댁에 있는 신우 말입니다. 도율 스님께서 거두신 그 아이요."

명회가 입을 딱 벌린 채 할 말을 잃었다. 그러다 이내 미친 사람처럼 웃기 시작했다. 정말 정신이 나간 사람처럼 목청을 높여 웃어댔다. 장대비 소리에 묻히지 않았다면 안채에 있던 민씨마저 놀라 달려올 정도로 기괴한 웃음소리였다.

"너 며칠 아프더니 머리가 어떻게 된 게 아니냐?"

"두 사람 무척 닮았지요. 키도 같고 외양도 비슷하고. 거기다 월산군이 태어난 흥인사에서 자랐고. 혹 조금의 의심조차 품으신 적이 없으십니까?"

"그런 식으로 꿰맞추자면 전하의 손자가 조선 팔도에 몇백 명은 될 것이다!"

코웃음을 치며 큰소리를 쳤으나 등 뒤로 진땀이 흘렀다. 믿을 수 없지만 천 분지 만 분지 일로 혜주의 말이 사실이라면 정말 등잔 밑이 어두웠다고밖에 할 수 없다. 왜 여태껏 깨닫지 못했던가. 문득 처음 그 아이를 만났을 때 불쾌했던 감정이 떠올랐다. 그 느낌이 이런 연유에서 비롯된 것이던가.

"더 이상 이야기하고 싶지 않다. 물러가라."

명회가 역정을 내며 손을 내저었다. 이만하면 되었다, 만족한 혜주가 일어나 절한 뒤 사랑채에서 나왔다. 한결 기분이 좋아진 혜주의 얼굴을 보며 여울이 고개를 갸웃했다.

"옷을 갈아입으셔야지요?"

"괜찮다. 어차피 이제 곧 잘 건데, 뭐."

방으로 돌아온 혜주는 여전히 싱글거렸다. 명회의 반응은 모험을 해도 좋다고 허락한 거나 마찬가지였다. 자, 이제 문제는 신우가 왕의 손자라는 걸 전하께 어찌 알리느냐 하는 것이다.

윤덕에게 가서 말해볼까? 아니다. 윤덕은 제 아들이 바뀌었다는 걸 결코 납득하지 못할 게다. 어머니를 졸라볼까? 평생 아버지를 거스른 적 없으니 제 말을 들어줄 리 없다. 도율 스님은? 속세에 관여하지 않으려 하실 게다. 거기다 신우가 위험에 빠질지도 모르는 일이니 오히려 말릴 것이다.

결국 혜주는 누군가 대신 전할 수는 없다는 결론에 이르렀다. 직접 전하를 뵙고 고해야 했다. 그래야 마음이 놓일 테다. 제 뜻과 생각을 저보다 더 똑바로 전할 사람은 자신밖에 없었다. 허면 입궐을 해야 하는데 어떻게…….

혜주의 얼굴에 금세 수심이 깊어졌다. 살면서 단 한 번도 생각해보지 못한 난관에 봉착했다. 왕을 직접 만나는 게 이리 어려운 일일 줄이야! 왕을 만나 원을 풀고 싶은 백성들은 얼마나 속이 터지고 답답할지 비로소 알 것 같았다. 그래서 돌아가신 전하께서 신문고를 만드신 모양이다.

신문고……. 신문고!

혜주의 눈이 반짝 빛났다. 정월 한 달 동안은 누구나 아무 때나 신문고를 울릴 수 있었다. 새해 한 달 동안은 억울한 백성들의 이야기를 모두 들어주고 해결해주겠다는 왕의 의지였다. 내일 아침 일찍 나가 신문고를 두드려야겠다.

이런 묘안이 떠오른 걸 보면 하늘도 돕는 것만 같았다. 드디어 답을 찾아내자 얼굴에 화색이 돌았다. 모든 문제가 해결되니 이번엔 배가 고팠다.

"여울아, 저녁은 아직이냐?"

밀려드는 허기를 참지 못해 혜주가 자리에서 일어났다. 찬모와 수다를 떠느라 저를 잊은 모양이라 여기며 방문을 열려는데 문이 꼼짝도 하지 않았다.

"이게 왜 이러지? 여울아, 여울아! 방문이 어찌 안 열리는 게냐!"

문고리를 잡아 흔들며 혜주가 고함을 쳤다. 미친 사람처럼 문을 흔들어 댔다.

"아씨, 대감마님께서 아씨가 방에서 나가지 못하도록 문을 걸어 잠그라 하셨습니다요."

여울의 울먹이는 목소리가 밖에서 들려왔다. 기막혀서 혜주가 입술을 깨물었다.

"아씨, 마님과 제가 열심히 빌고 있으니 조금만 참으셔요. 조금만 참아보셔요."

틀렸다. 여울과 어머니가 아무리 빌어도 명회는 이 문을 열어주지 않을 것이다. 직접 이 문제를 해결하기 전에는 저를 빼닮은 사고뭉

치를 결코 집 밖으로 내보내지 않을 작정인 게다. 분기를 참지 못해 발을 쾅 굴렀다가 털썩 주저앉았다.

왕의 진짜 손자를 찾았다면 오히려 기뻐할 일이건만. 헌데 왜 자신을 가둔단 말인가. 그렇게 하면서까지 꾸미려는 일이 무어란 말인가. 혜주의 불안한 시선이 어두운 방 끝을 더듬었다.

도무지 명회가 무슨 생각을 하는지 짐작하기 어려웠다. 다만 그가 생각을 행동으로 옮기기 전에 무슨 수를 쓰든 이 방에서 나가야 했다. 여기서 나갈 방도를 찾아야 했다.

"여울아, 거기 있느냐?"

혜주가 나직이 여울을 불렀다. 대답은 들려오지 않았다. 명회가 여울마저 떼어놓고야 만 거다.

"여울아, 여울아!"

방문을 두드리며 울먹였지만, 거센 빗소리에 울음소리는 금세 파묻히고 말았다.

* * *

거센 빗줄기에 눈을 뜨기조차 쉽지 않았다. 앞에 선 상대마저 흐려져 움직임을 짐작만 할 수 있을 뿐이었다. 이런 날씨에 대련하는 건 미친 짓이다. 무엇보다 신우는 현의 몸이 상할까 걱정되었다.

"그만 들어가시지요. 마님께서 걱정하십니다."

"검을 제대로 잡아라. 네가 지금 대충 상대하고 있는 걸 내가 모를 줄 아느냐? 제대로 할 때까지 나는 절대로 들어가지 않을 것이다."

쏟아지는 빗줄기만큼이나 현이 거세게 신우를 몰아붙였다. 다시

금 부딪쳐 오는 검을 피해내고 신우가 거리를 두고 떨어졌다. 현의 두 눈이 분노로 이글거렸다. 신우를 향한 게 아니라 제 속에서 차오르는 열기를 감당하지 못해서다.

감정을 스스로 다룰 수 없을 때 검을 잡으면 안 되는 법이다. 감정이 주체할 수 없을 정도로 차올랐을 때 검을 잡으면, 반드시 그 검은 누군가를 다치게 한다. 그 말을 해주고 싶었으나 현이 지금 그 말을 들을 리 없었다.

"검을 제대로 잡으래도!"

신우가 어쩌지 못하고 검을 쥐었다. 저런 상대와 대련을 해본 적은 처음이다. 감정을 주체하지 못하는 상대와는 어떻게 맞붙어야 할지 모른다. 모르니 배우라는 부처님의 뜻인 모양이다. 신우가 복잡해지려는 마음을 다잡으며 차가운 시선으로 현을 쳐다보았다.

빗속에서 두 검이 맞부딪치자, 작은 번개가 치듯 빛이 번쩍였다. 팽팽하게 힘겨루기하던 둘이 서로를 밀어내며 떨어졌다. 미친 듯이 달려드는 현을 적절히 피하며 신우는 상대가 중심을 잃도록 유도한다. 잠깐 현이 비틀거리는 틈을 타 신우가 현의 허리춤을 향해 검을 들이밀었다. 현이 몸을 옆으로 굴려 겨우 피한 뒤 신우의 목 끝을 노렸다. 힘으로 밀어붙이자, 신우가 뒤로 밀려난다.

"검술은 제 몸을 지키고 상대를 해하기 위함입니다. 하지만 지금 자가께서 하시는 검술은 스스로를 해하려 함이니, 어찌 이것을 대련이라 할 수 있단 말입니까!"

"으아아악!"

현이 신우를 와락 밀어낸 뒤 검을 집어던졌다.

"아아악! 아아아악!"

현이 다시 고함을 내질렀다. 그건 세상을 향해 토해내는 울부짖음이었다. 고통에 몸부림치는 현을 신우가 안타깝게 바라보았다.

"나는 자라는 내내 인내했다. 인내만이 내게 주어진 유일한 길이었으니까. 그런데 그 인내의 결과가 이거라니, 기막히지 않으냐. 그래, 나는 나를 해하고 싶다. 어리석고 순진했던 나를 해하고 싶어. 이제부터 절대로 바보같이 인내하며 살지 않겠다. 인내하였단 이유만으로 출생을 의심받아야 한다면 차라리 이리처럼 한번 물면 놓지 않는 인간이 되겠다!"

혜주가 다녀간 뒤 현은 아랫것들을 불러 소문이 무엇인지 닦달했다. 처음엔 다들 말하려 하지 않았으나 어르고 달래고 그것도 모자라 겁박까지 하자 결국 벽보의 내용을 털어놓았다.

내용도 충분히 충격적인데, 더하여 현이 얌전하고 어른들 말씀을 잘 듣는 걸 보면 김종서의 손자인 게 확실하다고, 수양의 손자라면 성격이 저리 안 닮진 않았을 거라고 수군거린다는 소문까지 덧붙인 게 치명적이었다.

"들어가시지요. 마님께서 걱정하십니다."

아랫것들의 말이 끝나기 무섭게 검을 들고 나간 현은 미친 사람처럼 휘둘러댔다. 윤덕은 아들이 빗속에서 칼을 휘두른다길래 걱정되어 무슨 영문인지 알아보았고, 결국 그녀마저 소문을 알게 되었다.

"어머니는 무얼 걱정하시는 걸까? 혹 어머니도 내가 친아들이 아닐지 걱정하시는 건 아닐까."

"자가!"

세차게 내리던 비가 어느새 멎었다. 추운 날씨에 한참이나 비를 맞은 현의 얼굴은 핏기 없이 파리했다.

"자가, 괜찮으십니까?"

다가가 부축하려는데 현의 몸이 아래로 꺼졌다. 신우가 엎어지려
는 현을 끌어안았다.

"자가, 자가!"

그대로 현은 정신을 잃었다. 신우가 그를 업고 뛰기 시작했다.

* * *

"이제 곧 열은 내릴 겁니다."

"큰 병은 아니지?"

"몸살입니다. 걱정하지 마십시오. 건강한 체질이니 금방 나으실
겁니다. 약을 한 제 지어 보내드리지요."

침을 정리해 넣으며 의원이 흔연히 대답했다. 윤덕이 가슴을 쓸어
내리며 애틋한 시선으로 아들을 바라보았다.

"의원님을 모셔다드리고 약을 받아 오거라."

"예."

마당에 서 있던 신우가 다녀오겠다며 윤덕에게 인사했다. 고개를
끄덕여주었다. 신우와 의원이 나란히 마당을 나섰다. 그 뒷모습을
보자 코끝이 찡하더니 눈물이 핑 돌았다. 신우가 아니었다면 지금
현이 이리 빨리 안정을 찾지 못했을 것이다. 부처님이 모자를 불쌍
히 여겨 복덩이를 보내준 게 분명했다.

윤덕이 아들을 내려다보았다. 아직 고열에 시달리는지 얼굴이 힘
들어 보였다. 보기만 해도 닳을까 애틋한 아들이었다. 누가 뭐래도
제 배로 낳은 아들이었다. 대체 왜 그런 끔찍한 소문이 도는지 이해

하기 어려웠다. 현이 얼마나 마음 아팠을지 짐작조차 가지 않았다. 분대로 하자면 소문을 내고 퍼뜨린 작자들을 모두 다 잡아들여 매질을 하고 싶었다.

"자식을 못 알아보는 어미가 세상천지에 어디 있다고……."

이건 명백히 궐내 분란을 유발하기 위한 모략질이었다. 너무나 뻔한 수작이다. 그런데 이런 뻔한 술수에 넘어가는 이가 어찌 이리 많을 수 있단 말인가. 도원군만 살아있었어도 이따위 수치는 당하지 않을 터인데. 이건 다 집안의 가장이 없어 무시하는 거였다. 일찍 죽은 지아비가 오늘처럼 원망스러운 적이 없었다.

"마님, 마님!"

윤덕은 시끄러운 발소리를 내며 달려와 목청껏 부르는 행랑아범의 행실에 눈살을 찌푸렸다.

"조용히 하지 못할까. 왜 이리 호들갑이야!"

"마님, 영상대감께서 오셨습니다. 급히 찾으십니다."

"지금 뵙기 어렵다고 전해라. 내일 날 밝으면 뵙자고."

영상, 그 작자를 지금 보고 싶지 않았다. 현과 저의 삶을 고달프게 하는 덴 그도 한몫하고 있는 셈이다.

"그리 말씀드렸는데 반드시 나오셔야 한다고 하십니다."

행랑아범이 두리번거리다 창가에 붙어 서서 목소리를 잔뜩 낮추었다.

"오늘 밤, 월산군 자가의 운명이 걸렸으니 당장 나오시랍니다."

윤덕이 분기탱천하여 자리에서 일어났다. 감히 명회가 제 아들의 운명을 입에 올리는 게 분했다.

"이 밤에 대체 무슨 일입니까?"

윤덕은 대문을 박차고 나갔다가 명회가 군사들을 끌고 온 걸 보고 멈칫했다. 이게 무슨!

감히 해서는 안 될 생각이 순간 머리에 떠올라 대문 앞을 막아섰다.

"대체 뭐 하는 짓입니까? 감히 군사들을 끌고 여길 오시다니요!"

명회의 시선이 분노한 윤덕의 얼굴에 끈적하게 가 닿았다. 익숙한 얼굴인데 오늘따라 새삼스러웠다. 명회의 머릿속에 단 한 가지 생각만이 떠올랐다. 닮았다!

등골이 서늘해졌다. 왜 이제야 알았단 말인가. 윤덕과 신우도 닮았다. 특히 눈매와 입매가 꽤 비슷했다. 신우가 단번에 이들 모자와 수양의 호감을 산 건 당연했는지도 모른다. 오래 봐온 비슷하고 익숙한 얼굴이기에 낯설지 않았을 테다.

"왜 오셨냔 말입니다!"

대꾸 없이 빤히 쳐다보기만 하는 명회가 답답해 윤덕이 발을 구르며 고함을 쳤다.

"오늘 제가 이리 온 건 부부인과 월산군을 지키려는 제 충심이라는 걸 아셔야 합니다."

외양이 닮았다고 꼭 모자(母子)라는 걸 증명하는 건 아니다. 만약 신우가 김종서의 손자여도 윤덕을 닮을 수 있다. 실제 윤덕과 순덕은 나이 차이가 났어도 쌍둥이처럼 닮은 자매였다. 그러니까 윤덕과 신우가 닮았다는 게 그날 그 절에서 태어난 아이라는 증좌는 될 수 있을지 몰라도 수양의 손자라는 증좌는 아니었다.

"충심이요? 충심이 있는 신하가 감히 군사를 끌고 이리!"

허니 이건 충심이다. 나라의 혼란을 막고 역모의 씨앗을 제거하기 위한 충심 말이다. 신우가 김종서의 손자라면 죽이는 게 마땅했다.

"신우, 그 아이 어디 있습니까?"

"네?"

"신우 말입니다. 도율이 주고 월산군께서 거두었던 아이, 신우요."

"그 아이는 왜 찾으십니까?"

"그 아이를 제게 주세요. 허면 부부인과 월산군에겐 아무 일도 일어나지 않을 겁니다."

"영상, 이 무슨!"

"고작 그 아이와 월산군의 안전을 맞바꾸시려는 건 아니시겠지요? 어디 있습니까, 그 아이!"

발끈하던 윤덕은 신우와 현을 같은 저울에 놓고 비교하는 듯한 명회의 표현에 멈칫했다.

"연유를 말씀해주세요. 제가 그 아이를 왜 내주어야 합니까?"

"모르시는 게 나으실 겁니다. 아무것도 모르시는 게 부부인과 월산군에게 나아요. 그 아이만 내어주세요. 그럼 조용히 물러가겠습니다."

명회의 두 눈이 위험하게 번쩍거렸다. 신우를 내어줘선 안 된다. 저자가 가만두지 않을 게 분명하다. 하지만 신우와 현을 바꿀 순 없었다.

"여기 없습니다. 심부름을 보냈어요."

"하, 심부름이요?"

"월산군이 아파 의원이 다녀갔습니다. 의원을 모셔다드리고 약을 받아오라고 시켰어요."

명회의 위험한 시선이 윤덕을 유심히 살폈다. 뱀이 온몸을 타고 지나가는 듯한 서늘한 눈길에 윤덕이 저도 모르게 몸을 떨었다.

"가자!"

거짓말이 아니라는 걸 확인한 명회는 곧장 군사들을 끌고 의원댁으로 향했다.

군사들이 다 물러가고 나자 윤덕이 그제야 휘청거렸다. 행랑아범이 얼른 부축했다.

왜 신우를 찾는 걸까. 찾아서 대체 무얼 하려는 걸까. 생각하면 아득했다. 가슴께가 우직하게 아팠다.

"이 일은 없었던 게다. 오늘 아무 일도 없었던 게야."

"예, 마님."

윤덕은 아무 생각도 하지 않기로 했다. 아무 일도 없었다면 아무 생각도 하지 않았을 테니까 아무 생각을 하지 않는다면 아무 일도 없었던 거다.

* * *

"이 산을 샅샅이 뒤져라. 해가 뜨기 전까지 반드시 놈을 찾아야 한다!"

"예!"

신우는 아슬아슬하게 명회의 손아귀를 피해 갔다. 당연히 있을 줄 알았던 월산군의 집에 없더니, 의원 집에서도 명회가 도착하기 얼마 전에 떠났다고 했다. 약첩을 들고 나가면서 신우는 이 약을 오늘 밤에 바로 먹여야 하느냐고 물었다고 했다. 오늘은 그냥 푹 자게 내버려두고 내일 아침부터 달여서 먹이면 된다고 했더니 알겠다고 했단다.

명회는 군사를 끌고 곧장 흥인사로 향했다. 절에 들렀다 갈 생각으로 물어본 거라 유추했기 때문이다.

뿔뿔이 흩어진 군사들이 산을 구석구석 뒤져가며 올랐다. 겨울인데다 흠뻑 내린 비 때문에 길이 미끄러워 수색이 쉽지 않았다. 하지만 해야만 했다. 날이 밝기 전에 이 조선팔도에 수양의 손자는 단 하나, 현만 있어야 했다.

애초에 명회는 현이 진짜 수양의 손자든 아니든 상관없었다. 그러니 지금도 둘 중 누가 진짜 수양의 손자인지도 관심 없었다. 그러나 수양의 손자로 의심받을 만한 배경을 가진 신우의 존재는 지금 명회에게 호재였다. 신우를 죽인 뒤 김종서의 손자를 처단했다고 그 머리를 수양에게 던져주면 현의 혈통 문제를 해결할 수 있기 때문이다.

현이 책봉을 받게 되면 혜주와 혼인하게 될 테고 저는 장차 왕의 장인이 될 것이다. 그거면 됐다. 그 결론에 이르는 데 필요한 게 신우의 목숨이라면 그건 정말 싼값이었다.

만에 하나 신우가 수양의 손자라고? 그게 무슨 상관인가. 어차피 제 손자도 아닌데. 무엇보다 제 뜻대로 국정을 운영하기엔 신우보다 현이 훨씬 나았다. 그래서 현이 수양의 손자여야 했다. 현이 수양의 손자여야 했으니, 신우는 김종서의 손자여야 했다.

"찾았습니다!"

명회가 말고삐를 소리 난 방향으로 틀었다. 도율이 주지로 있는 사찰 근처였다.

당도하니 명회의 군사들이 신우를 잡아두고 있었고, 그 옆엔 도율도 있었다. 군사들은 도율의 기세에 눌려 차마 신우를 더 험하게 다루지는 못하고 그저 붙잡고만 있었다.

"영상의 군사들이었소? 이게 뭐 하는 짓이요!"

명회를 본 도율이 버럭 역정을 냈다. 말에서 훌쩍 뛰어내린 명회가 칼을 뽑아 도율의 목 끝에 가져다 댔다. 신우뿐만 아니라 군사들이 모두 놀라 숨을 들이켰다.

불교의 위상이 고려 때보다 많이 낮아졌다고는 하나 아직도 스님은 존경받는 위치였다. 거기다 수양의 불심이 큰 까닭에 도성 내 사찰과 승려들은 여전히 괜찮은 대접을 받았다. 그런 승려의 목에 칼을 대다니, 상상조차 어려운 불경한 일이었다.

"묻는 말에 제대로 대답하지 않으면 네 목을 찌를 것이다."

칼끝이 목에 닿았어도 도율은 위축되지 않았다. 군사들은 이를 도승의 통달함이라고 할 테지만 명회의 눈엔 칼이 어떤지 알지 못해 부리는 객기에 불과했다.

"저놈의 부모가 누구냐?"

"길에서 죽어가는 걸 구한 아이라 모른다고 전에 말했소만."

"그게 거짓이 아니라 진실이더냐? 부처님께 맹세할 수 있느냐?"

"진실이오."

두 사람의 시선이 팽팽하게 부딪쳤다. 명회가 피식 웃으며 칼을 뒤로 물렸다.

"진실이라니 다행이구나. 그 이상의 진실을 내가 원하지 않으니 너는 이만 죽어줘야겠다."

그 말이 끝나자마자 명회가 도율을 죽이려 팔을 내뻗었다. 그 순간, 갑자기 어디선가 화살들이 날아오기 시작했다.

명회가 균형을 잃고 비틀거리다가 손에서 칼을 놓치고 말았다. 하늘에서 화살이 쏟아지자 군사들이 일제히 바닥에 엎드려 피하기 바빴다.

잠시 후 화살비가 그치자, 하나둘씩 조심스럽게 고개를 들었다. 명회 역시 두리번거리다 몸을 일으켰다. 놀라운 일은 그 뒤에 벌어졌다. 칼끝이 명회의 목에 닿았다.

명회가 눈을 굴려 위를 보았다. 칼을 겨눈 자가 다름 아닌 도율이었다. 어떻게 이럴 수가! 더 놀라운 일이 이어서 벌어졌다. 뒤편에서 군사들이 우르르 몰려왔다. 관군이었다. 예상치 못한 관군들을 맞닥트리자 명회는 한 번 더 당황했다.

"뭣 하느냐, 이것들을 모두 포박하라!"

"예."

도율의 명에 관군들이 명회의 군사들을 결박하기 시작했다. 갑작스럽게 벌어진 일이라 명회의 군사들은 반항 한 번 못 해보고 손쉽게 붙들렸다.

"무엄하다! 내가 영상인데 감히 누굴 포박하는 게야? 저 땡중 놈을 붙들지 않고 어딜 손대려는 게야!"

뒤늦게 정신을 차린 명회가 고함을 질렀다.

관군들이 당황해 동작을 멈추고 명회와 도율을 번갈아 쳐다보았다. 도율이 눈짓을 했다. 멈추지 말고 마저 하라고. 다시 관군들의 움직임이 바빠졌다.

"걱정하지 마시오. 이들이 영상의 군사들과 영상을 전하께 모시고 갈 터이니 말이오."

"뭐라? 전하?"

"모르셨나 보구려. 전하께서 월산군에게 위해를 가하려는 놈들이 언젠가 또다시 이 산에 나타날 거라 확신하시어 사찰을 감시케 하셨다오. 이들은 전하의 명을 받은 자들이오. 영상께서는 전하께 가셔서 영상이 그때 월산군을 해하려는 자가 아니었다는 걸 해명하셔야 할 게요."

"해명? 내가?"

"그래야 하지 않겠소? 사병을 이끌고 이 새벽에 쳐들어와 나와 월산군의 시종을 죽이려 했잖소. 대체 왜 그랬는지 전하께서도 무척 궁금해하시지 않겠소?"

도율이 칼을 거둬 다시 명회에게 건넸다. 명회가 신경질적으로 칼을 낚아챘다.

"영상은 잘 뫼셔라. 전하께 직접 해명하실 게다. 영상의 사병들이 허락받은 군사들이라면 전하께서 풀어주실 거고, 허락받지 않은 군사들이라면 따로 처분을 내리시겠지."

도율은 승려답지 않게 위엄이 넘쳤다. 기세에 질린 명회가 고개를 돌리다 그 옆에 선 신우를 보았다. 이 아사리판 속에서 신우는 기이할 정도로 적막했다. 아무 일도 없었다는 듯 무심해 보였다. 평온한 얼굴을 보자 명회의 목구멍이 오그라드는 것처럼 바싹 탔다. 무언지는 몰랐다. 절대로 일어나서는 안 되는 일들이 일어나고 있다는 불길한 예감이 명회의 등 줄기를 타고 서늘하게 올라왔다.

* * *

문을 두드려도 보고, 목청껏 불러도 보고, 고함을 지르며 울어도 보고, 문고리를 흔들어도 보고, 창을 긁어도 보았다. 할 수 있는 짓은 다 했으나 문은 열리지 않았다.

혜주는 두려웠다. 아비는 심연을 알 수 없는 자였다. 명회를 두려워하는 이들은 그의 권력보다 그가 무슨 짓이든 저지를 수 있는 자여서 공포를 느꼈다. 혜주 역시 마찬가지였다.

얼마 전까지 자리보전한 데다 저녁도 굶은 채 난리를 쳤더니 거의 탈진 상태가 되고 말았다. 결국 문 앞에서 대자로 드러누웠다. 눈앞이 빙빙 돌고 기운이 하나도 없어 이대로 정신을 잃을 것 같았다.

그 순간 슬며시 방문이 열렸다. 어라, 그 난리 친 게 허무할 정도로 간단히 열리는 게 기막혔다. 문이 열리고 달빛이 길게 방 안으로 들어오자 꿈을 꾸는 줄 알았다. 아니면 정신을 잃기 전에 보는 환상 같은 것일지도 몰랐다.

문을 열고 들어선 이는 복면을 쓴 사내였다. 중키에 어깨가 딱 벌어진 사내는 한눈에 봐도 살수(殺手)였다. 아비가 저를 죽일 작정인가. 그런 생각마저 들었다. 명회라면 능히 그러고도 남을 거다.

정신을 차리지 못하는 혜주를 물끄러미 보다가 사내가 입속으로 무언가를 밀어 넣었다. 독약인가 싶은데 거절할 기력도 없어 그대로 받아먹고 말았다. 놀랍게도 입속에 들어온 게 달았다. 혜주는 제가 먹고 있는 게 엿이라는 걸 알았다. 얼마 지나지 않아 흐릿하던 눈가가 또렷해졌다. 몸을 일으켰다. 저를 죽이러 온 자는 아닌 게 분명했다.

"누구요?"

혜주가 반쯤 무릎을 꿇고 앉은 사내를 쳐다보았다. 사내는 복면으로 온 얼굴을 다 가려 눈만 보일 뿐인데 어두운 방에서도 안광이 번쩍였다. 살수의 눈빛이 아니었다. 그 눈빛은 총명하고 현명하며 용기 있는 자의 반짝임이었다.

혜주가 정신 차린 것을 확인하자 사내가 품속으로 손을 넣었다. 품에서 꺼내 보인 건 벽보였다. 혜주가 놀라 사내를 빤히 보았다.

"그걸 가져가 신문고를 울려 왕에게 전하시오. 왕의 진짜 손자는 신우라고."

"당신, 누구요!"

"내가 누구인지 따질 시간에 나와 함께 이 집을 빠져나가는 게 먼저일 것 같소만."

사내가 업히라는 듯 혜주 앞에서 등을 보이며 돌아앉았다. 외간 사내의 등에 업혀도 될까, 이 사내를 믿어도 되는 걸까, 의심이 들었으나 지금으로선 다른 선택지가 없었다. 무엇보다 이 사내와 자신의 목적이 같다. 그렇다면 일단은 호의를 받아야 했다.

결심한 혜주가 사내의 목을 감싸며 제 무게를 실었다. 사내가 아주 가볍게 혜주를 업고 자리에서 일어났다.

사람 하나를 업고도 걸음은 무척이나 가벼워 소리가 나지 않았다. 심지어 그 상태로 단숨에 담을 넘었다. 사내는 어둠 속을 빠르게 뛰었다. 차가운 바람이 양 볼을 스치고 지나갔다. 사내의 등에 고개를 파묻었다.

잠시 후 그가 조심스럽게 혜주를 내려주었다. 그제야 주위를 둘러보았다. 신문고 앞이었다.

"이제 곧 닭이 울 거요. 그때 이 신문고를 두드리면 되오."

혜주가 고개를 끄덕이자, 사내는 곧장 몸을 돌려 사라졌다. 곧 첫 닭이 울었다.

혜주가 신문고 앞으로 다가갔다. 추워서 오그라붙은 손을 힘주어 펴고 차가운 북채를 집어 들었다. 그리고 북을 두드리기 시작했다.

* * *

"무어라! 영상의 여식이 신문고를 두드리고 있다고?"

막 침전을 나서던 수양은 대전내관이 고하는 말이 믿기지 않아 걸음마저 멈춘 채 되물었다.

"무슨 일인지는 모르고?"

"전하께서 오셔야만 고하겠다고 했답니다."

"영상은?"

"보이지 않는다고 합니다."

"그럼 영상의 여식 혼자 나와 신문고를 두드렸단 말이냐? 그것도 첫닭이 울자마자?"

"예."

하도 믿기지 않는 일이라 내관도 송구스러워 어쩔 줄 몰라 했다.

기막힌 일이었다. 무슨 꿍꿍이가 있는 걸까. 가장 먼저 드는 생각은 의심이었다. 영상이 제 딸을 앞세워 하고픈 말을 하려는 건가. 근래 영상의 여식과 월산군이 부쩍 가까이 지낸다는 소식을 들었다. 만약 얼른 혼례를 올리게 해달라고 하는 거라면 어쩌나. 그러면 빼도 박도 못하게 현을 책봉해야만 한다. 그런데 굳이 왜 신문고를……

"나가셔야 합니다, 전하."

나가고 싶지 않았다. 나가서 무슨 말을 들을까 두려웠다. 하지만 신문고를 두드린 백성을 외면할 순 없었다. 수양은 많은 세월이 흘렀지만 아직도 백성에게 신망을 얻지 못하고 있음을 누구보다 잘 알았다. 왕이 된 과정이 원만치 않기도 했지만 거기 더해 자신을 도운 신료들의 횡포를 지적하지 않고 내버려두어서였다. 잘잘못을 따져 그들을 다 쳐내고 나면 자신 역시 버림받을까 봐 두려웠다.

"가자."

그런 처지를 뻔히 아는데 노회한 명회가 여식을 시켜 신문고를 두드리게 할 리는 없다. 그럼에도 수양은 참을 수 없는 분노가 치솟았다.

"주상전하 납시오!"

수양이 가는 걸음걸음마다 군관이 목청 높여 외쳤다. 내금위 군사들이 한발 앞서 나아가 신문고에 몰려든 백성들을 멀찍이 떨어지게 했다. 행색이 불량한 자들은 쫓겨났고 나머지는 납작 엎드려 고개를 땅에 처박았다. 혜주 역시 긴장한 채 바닥에 엎드렸다. 이내 궐문이 열리고 수양이 모습을 드러냈다.

"무슨 일로 신문고를 울렸더냐?"

걸어오는 내내 불쾌한 생각만을 떠올린 까닭에 가벼이 묻는 말인데도 날이 서 있다. 혜주는 대답 대신 가져온 벽보를 내밀었다. 벽보를 건네받아 수양에게 전하는 금위대장의 손끝이 파르르 떨렸다. 그 벽보가 무엇인지 이미 알고 있었기 때문이다.

벽보를 읽어 내려가던 수양의 얼굴이 서서히 창백해지더니 이내 새빨갛게 달아올랐다. 이게 명회의 모략질이라 확신한 수양은 벽보를 찢어 혜주에게 내던졌다.

"방자한 년이, 감히 내게 이런 걸 내밀어? 이걸 주려고 네가 신문고를 울렸더냐? 누가 시켰더냐! 네 아비냐?"

잡아먹을 듯이 으르렁거리는 수양의 반응에 혜주가 당황했다.

"당장 고하지 못할까! 누가 네게 이리 발칙한 걸 내게 갖다 바치라고 시켰냔 말이다!"

혜주가 다급히 외쳤다.

"전하, 저는 그 뒤바뀐 아이를, 전하의 친손자를 찾아드리려 이리 온 것입니다. 저는 전하의 손자가 누군지 알고 있습니다."

"내 손자가 누군지 알아?"

이건 또 무슨 개수작이란 말인가, 수양이 코웃음을 쳤다. 이런 글까지 써서 결국은 현을 손자로 인정하게끔 만들려는 명회의 심보가 고약하기 짝이 없었다. 단단히 벌을 내려야겠다고 결심한 순간, 도승지가 다급하게 다가왔다.

"전하, 급히 고할 게 있사옵니다."

"기다려라."

"전하, 급한 일이옵니다."

대체 오늘은 왜 이리 짜증 나는 일이 많은 건가. 감정을 참지 못한 수양이 도승지를 죽일 듯이 노려보았다. 하지만 그는 물러서지 않고 오히려 한 발 더 다가섰다.

"전하, 영상께서 붙잡히셨습니다."

"그게 대체 무슨 말이냐? 영상이 붙잡혔다니?"

"어제 흥인사 근처에 몹쓸 놈들이 나타나 도율 스님을 해하려 했습니다. 그래서 전하께서 준비시켜 둔 군사들이 도율 스님을 구하고 그놈들을 붙잡았더니 그게 영상과 영상의 사병들이었답니다. 도율 스님이 월산군을 해한 게 영상의 사병들일 수도 있으니 붙잡으라 명하셔서……."

이건 대체 무슨 말인가. 수양이 당황하여 도승지를 빤히 쳐다보았다. 그가 정신없이 말을 덧붙였다.

"마침 그 옆에 월산군을 모시는 신우라는 아이도 같이 있었던 터라……."

"그 아이입니다!"

귀를 쫑긋 세운 채 엿듣고 있던 혜주가 얼른 고함을 질렀다.

혜주는 그토록 궁금해했던 제 아비의 속셈이 무엇인지 깨달았다. 신우를 죽여 모든 것을 덮으려 한 아비의 뜻이 이루어지지 않았다니, 천운이다. 그렇다면 명회가 여기 도착하기 전에 모든 사실을 고해야 했다.

"신우, 그 아이가 전하의 진짜 손자입니다."

혜주의 말이 끝나기 무섭게 주변을 둘러싼 공기가 차갑게 얼어붙었다. 그 많은 사람이 하나같이 숨 쉬는 것조차 잊은 채 경악을 금치 못하는 시선으로 혜주를 쳐다보았다.

혜주가 납작 엎드렸던 몸을 서서히 일으켰다. 그리고 고개를 들어 수양을 똑바로 쳐다보았다.

"신우라는 자가 잃어버린 전하의 손자입니다."

털썩, 수양이 정신을 잃고 바닥에 쓰러졌다.

"전하, 전하!"

그리고 저 뒤에서 걸어오던 명회 역시 다리에 힘이 풀려 그 자리에 주저앉고 말았다.

13장

택현
擇賢

이른 아침부터 빈청에 모인 신료들의 얼굴엔 수심이 가득했다. 영상의 자리는 비워둔 채 둘러앉은 신료들 사이에 무거운 공기가 내려앉았다. 섣불리 말을 꺼내기 어려워 다들 눈치만 살피는데 우의정이 헛기침하며 목을 가다듬었다.

"그, 그 벽보의 내용이 그럼 사실이었단 말이오?"

우의정이 물꼬를 트자 비로소 긴 침묵이 깨지면서 수군거리는 소리가 나왔다. 누가 먼저랄 것도 없이 우의정의 말을 받아 이어 나갔다.

"어느 미친놈이 장난치는 건 줄 알았는데 말이오."

"장난치고는 너무 구체적이긴 했습니다. 진짜 그걸 모두 본 사람이 쓴 것처럼 상세했으니까요."

"설마 그 벽보를 영상께서 붙이신 건……."

호판이 조심스럽게 꺼낸 말에 좌상이 자리에서 튀어 오를 기세로 펄쩍 뛰었다.

"말도 안 되는 소리! 내 어제 말씀드리니 깜짝 놀라며 펄펄 뛰시더이다. 이거 붙인 놈을 반드시 찾아 사달을 내겠다고 하시던걸."

"사달을 낼 생각을 하셨으면서 어찌 여식에겐 신문고를 울리게 시키신 거요?"

"설마 영상께서 시키셨을까요."

"아비가 시키지도 않았는데 딸년이 그런 짓을 저질렀다고? 우리 집 딸년도 감히 안 할 짓을 설마 영상대감의 여식이 그랬을 리 있소. 누구 자식인데."

"대감께선 사병을 이끌고 사찰로 갔다질 않습니까. 그놈, 아니, 아니 그분 모시러 간 거 아니겠습니까?"

"뫼시러 간 건지 잡으러 간 건지 누가 알겠소!"

"아, 전하의 손자인데 모시러 간 거지."

"그럼 뫼셔와서 전하께 뵈어드리면 될 일이지, 뭣 하러 신문고까지 울리는 요란을 피운단 말이오? 그것도 여식을 시켜서."

"많은 이들에게 알리기 위함이 아니었을까요?"

"그걸 많은 이에게 알려서 뭐 하게? 보위를 이을 자가 진짜인지 가짜인지 여태껏 몰랐다는 걸 백성에게 알려서 뭐 좋을 거라고?"

"맞소, 많은 이에게 알리려고 그랬다는 건 말이 안 되오. 무엇보다 한참 영상의 여식과 월산군 사이에 혼담이 오갔잖소?"

"소신도 그래서 월산군 책봉을 미리 준비하시는구나 했는데……."

"그럼 설마 혼담도 없던 일이 될까요?"

"그럴 리가 있소. 아마 영상께서는 지금도 둘 중 택하라면 월산군이실걸?"

말을 툭 내뱉고 나서 우의정이 뒤늦게 두리번거리며 목소리를 낮추었다.

"솔직한 말로 그이는 어디서 어찌 자랐는지, 모르잖소. 진짜인지도 모르는 일이고. 벽보대로 뒤바뀐 아이가 있다고 쳐도, 그 뒤바뀐 아이가 신운가 뭔가 하는 그 아이라는 보장이 어딨소?"

우의정 말에 신료들이 누가 먼저랄 것도 없이 고개를 끄덕였다. 좌의정이 좌중을 둘러보더니 가슴을 치며 답답해했다.

"설마 다들 진짜로 바뀌었다고 믿으시는 게요?"

"아니면? 실제 그때 김종서의 며느리가 홍인사에서 발견됐잖소."

"그때 그 며느리도 만삭이긴 했지. 그래서 아무리 그래도 낼모레 몸 풀 여자를 굳이 죽여야 했냐고 말이 많았잖소."

"뭐 태어나자마자 죽으나 뱃속에서 죽으나 매한가지 아닌가."

"쯧쯧쯧, 거 말 좀! 아무튼 애를 밴 채 죽은 줄 알았지, 낳고 죽었을 줄이야."

"벽보대로라면 배를 갈랐다잖소."

"그 시신을 본 이가 아무도 없는 거요? 시신의 배가 갈라져 있었으면 희한해서라도 말이 돌았을 텐데."

"그때 홍인사의 처리는 영상께서 주도하셨소. 그래서 그 며느리가 어디 묻혔는지도 아는 이가 없다 하오."

소란은 순식간에 사라지고 다시 빈청은 고요해졌다. 김종서는 충신이었다. 모두가 알았다. 그에게 씌워진 역모는 누명일 뿐, 김종서는 사심 없는 충신이었다는 걸 말이다. 그런 충신의 아무 죄 없는 며느리가 어찌 그리 참혹하게 죽어야 했단 말인가. 비록 수양의 편에 붙어 권력을 잡아 살아남았다 할지라도, 사람의 도리를 아는 자라면 마음이 불편해지는 게 당연했다.

"영상께서는 그 벽보 자체가 혼란을 일으키기 위한 거짓부렁이라고 하셨소."

분위기를 환기시키려 좌상이 언성을 높였다.

"바뀌었다고 거짓부렁을 하는 게지. 진짜로는 아니 바뀌었단 말이오. 말이 안 되잖소."

"그러면 지금 예판이 데리러, 아니 모시러 간 분은 전하의 손자가 아니라 김종서의 손자란 말이오?"

"그자가 거기서 태어난 자가 맞다면 그런 거지."

"그렇다면 영상께서 어제 사병을 이끌고 흥인사에 가신 게 이해가 갑니다. 역당의 손자이니 조용히 처리하려 하신 게 아니겠습니까."

"그러면 대체 영상의 여식은 신문고를 왜 울렸단 말이오?"

돌고 돌아 또 제자리다. 답답했다. 그때 요란스러운 발소리가 들리더니 빈청 문이 벌컥 열렸다. 다들 놀라서 돌아보자, 얼굴이 상기된 예판이 숨을 몰아쉬며 서 있었다.

"닮았소!"

단말마의 외침에 신료들의 눈이 휘둥그레졌다. 앉아 있던 이판이 얼른 예판에게 자리를 양보했다. 예판이 숨을 헐떡이며 털썩 주저앉았다.

"닮았단 말이오?"

"닮았소이다."

"아이고, 그쪽이 진짜인가 보오. 월산군은 전하를 닮지 않으셨잖소!"

"세상에 어찌 이런 망측한 일이⋯⋯."

"허면 월산군은 어찌 되는 게요?"

"부부인께서 본인이 키운 게 친아들이 아니라 김종서 손자였다는 걸 믿으실까 모르겠구려."

한 마디씩 덧붙일 때마다 이야기는 걷잡을 수 없이 심각해졌다. 놀란 예판이 다급히 손을 내저으며 고함을 질렀다.

"아니, 아니, 그게 아니라, 그게 아니오!"

예판의 외침에 신료들이 부풀려 가던 말을 멈추고 일제히 쳐다보았다.

"이분도 외탁하셨소. 부부인과 닮았소이다."

예판의 말이 끝나기 무섭게 한숨과 탄식이 여기저기서 터져 나왔다.

"부부인과 닮은 건 당연하지! 부부인과 김종서 며느리가 자매였잖소! 잊어버린 게요?"

좌상이 버럭 짜증을 내자 모두 고개를 끄덕이다가, 이내 무언가를 깨달은 듯 하나둘씩 얼굴이 핼쑥해졌다.

"닮았다면 사, 사촌이 맞긴 맞단 건데."

"그럼 그 절에서 태어난 아이가 맞긴 한 거요?"

"만약 둘 다 그 절에서 태어났다면 아, 아이를 뒤바꾸었다는 벽보의 말이 사실이란 말이오?"

호판이 저도 모르게 목청을 높였고, 다들 새하얗게 질린 얼굴로 서로를 쳐다보았다.

이미 벌어진 사태에서 최선의 해결책은 신우가 수양을 닮은 거였다. 그러면 신우를 세손으로 책봉하면 되니 말이다. 차선은 신우가 누구도 닮지 않은 거였다. 그땐 신우를 거짓이라고 몰아 쫓아내거나 김종서의 손자로 죽이고 현을 책봉하면 되니 말이다. 그런데 신우역시 현처럼 외탁했다니 최악이다. 그럼 둘 중 누가 누구인지 어찌 골라낸단 말인가?

"정말 닮았소? 그리 닮았다오?"

"월산군이 좀 더 뽀얗고 살이 올랐을 뿐 이목구비나 골격은 흡사합니다."

"아, 바깥에서 험하게 자란 쪽이 얼굴이 까칠하고 살이 안 찐 게 당연하지."

"예, 정말 딱 그 정도 차이밖에 없더이다. 월산군만큼 좋은 옷을 입히고 치장하면 형제라 해도 믿겠더이다."

"일 났네, 일 났어."

"대체 이 일을 어찌하면 좋단 말이오."

우의정이 발을 구르며 거의 울먹이다시피 했다. 피로 시작한 권력의 끝은 또다시 핏빛일 수밖에 없는가. 하나가 왕의 손자라면 하나는 역모의 자손이다. 하나가 책봉되는 순간 하나가 죽어야 한다는 뜻이다.

그런데 누가 누군지 확신할 수 없는 상황에 산 자와 죽을 자를 어찌 가려낼 수 있단 말인가. 신료들은 누구의 편에 서야 하는가, 너나 할 거 없이 머릿속으로 다들 살생부의 악몽을 떠올리며 몸을 떨었다.

"그, 그, 벼, 벽보를 붙인 놈을 찾으면 되지 않겠습니까. 그놈은 누가 누군지 알 테지요. 지가 저지른 일이니까!"

더듬거리며 내놓은 이판의 해결책에 모두 그렇다며 한목소리였지만, 호판만이 고개를 저었다.

"그놈 말은 믿을 수 있소? 만약 그놈이 악심을 품고 거짓 증언을 한다면 어찌할 것이오? 김종서의 손자를 전하의 손자라고 증언하면? 그래서 전하의 손자가 죽게 되면? 죽이고 나서야, 실은 니들이 죽인 놈이 전하의 손자다, 하고 밝힌다면 그땐 어찌할 것이오?"

"죽이고 나서 밝히면 그나마 다행이지. 보위에 오른 뒤에 실은 내가 김종서의 손자다, 하고 천명하시기라도 하면 어쩌오? 이제부터 김씨가 조선을 잇고 가문의 복수를 하겠다면!"

끔찍하고 섬뜩하기 짝이 없는 상상인데 문제는 이대로 가다가는 저게 영 실현 불가능한 일이 아니라는 거였다.

"주, 죽이지 말아야지. 누가 전하의 손자로 정해지든 남은 이를 죽여선 아니 되오."

"남은 게 김종서의 손자잖소!"

"그래도 죽이면 안 되지! 하나를 죽이는 게 이 일을 저지른 놈들이 바라는 걸 거요. 그러니 죽이면 안 되오."

"아마 전하께서도 못 죽이실, 아니 안 죽이실 겁니다."

"그래, 김종서의 손자이기만 한 게 아니지. 따지자면 부부인의 조카잖소. 허니 주, 죽이지 않고 살려도 꽤, 괜찮을 거외다."

부부인이 거론되자 좌상이 무릎을 쳤다.

"부부인께선 누가 아들인지 알아보시지 않으실까? 왜 천륜이라잖습니까."

"아무리 천륜이래도 낳은 정보다 기른 정이란 말도 모르오? 거기다 지아비까지 일찍 잃어 아들이면서도 집안의 기둥이라 매우 의지했을 텐데. 월산군에 대한 부부인의 사랑이 얼마나 끔찍한데, 부부인께 물으면 의당 월산군이 친아들이라 할 겁니다."

"하긴 부부인께서는 월산군의 책봉이 늦어지는 일로 전하께 서운한 티를 내시기까지 하셨지요. 본래 그런 내색을 조금도 하지 않으시는 분이 오죽 답답하셨으면……."

"그건 전하께서 너무 하셨던 게지. 너무 미루긴 했잖나."

"설마 월산군이 친손자인지 확신이 없으셔서 책봉을 미루신 걸까요?"

공판의 조심스러운 물음에 모두 눈치만 살필 뿐 섣불리 반응하지 못했다. 그러나 예판만은 그럴듯하다며 고개를 끄덕였다.

"솔직히 나는 벽보를 보자마자 그 생각이 들었다오. 누가 봐도 책봉을 미룰 이유가 없는데 전하께서 미적거리셨잖소. 예조에서 조심히 권했다가 호통만 듣고 쫓겨나기가 몇 번이었는지 열 손가락까지 세다가 잊어버렸소이다."

"그 말인즉슨 전하께선 뒤바뀐 걸 이미 알고 계셨다는 거요?"

"당연히 아셨겠지. 벽보대로라면 그날 그걸 확인한 게 전하랑 영상이라잖소."

"알고만 계신 게 아니라 바뀌었다 믿기까지 하셨으니, 책봉을 망설이신 거지요."

큰일이다. 왕이 중심을 잡지 못한다면 정국은 요동칠 게 뻔했다. 왕이 갈지자 행보를 한다면, 뒤쫓아가다 낙오되거나 반대편에 서는 신료들은 죽음을 면치 못할 수도 있다. 어느새 입안이 바싹 말라 끈적하게 달라붙는 입술을 떼며 우상이 억지로 입을 열었다.

"영상의 의중은? 전하만큼이나 영상의 뜻도 중요하잖소."

"그걸 모르니 미칠 노릇이지. 여식은 신문고를 울렸고 본인은 사병을 이끌고 야습했으니 대체 무슨 생각인지 알 수가 없잖소."

"부녀가 정반대 행동을 하다니. 거참, 대체 무슨 꿍꿍이인지……."

돌고 돌아 또다시 제자리다. 몇몇 신료가 이젠 가슴을 치며 답답함을 호소했다.

"혹 둘에게 다 선을 대기 위함이 아닐까요?"

"무에? 그게 뭔 소리요?"

"누가 대통(大統)을 이을지 모르는 일이잖습니까. 괜히 한쪽을 지지했다가 지지하지 않은 쪽이 보위에 오르면 큰일이니, 그때를 대비해 여식을 이용한 거 아닐까요?"

"설마 그렇게까지."

좌상이 경악한 얼굴로 고개를 저었다. 아무리 뱀 같은 명회라 해도 아들도 아닌 딸을 그런 식으로 이용한다고는 믿기 어려웠기 때문이다.

"우리끼리 이러는 거 쓸데없는 짓이오. 영상대감께 직접 물읍시다."

"그러고 보니 영상께서는 왜 아직 안 오시는 게요? 어디 계신 게요?"

"여식과 함께 있지 않겠소?"

"아니요, 영상대감은 대전 앞에서 석고대죄 중이시오. 아무래도 사병이 문제가 된 듯하오."

"그러면 영상의 여식은 어디 있소? 분명 궐로 들어왔는데."

"전하께서 정신이 드시자마자 찾으셔서 지금 전하를 알현하고 있소이다."

* * *

"신문고를 울리기 전에 네 아비에게 신우가 내 손자라는 사실을 알렸느냐?"

수양의 날선 질문에 혜주가 잠깐 숨을 멈추었다. 만약 수양의 손자라는 사실을 알면서도 군사를 움직였다면 이건 역모다. 헌데 아니라 한다면 어찌 아비에게 말도 하지 않고 신문고부터 울렸느냐 물으실 거다. 외통수다. 빠져나갈 방도를 찾아야 한다.

"말씀드렸습니다만, 믿지 않으셨을 뿐 아니라 제가 정신이 나갔다고 생각하셨습니다."

"정신이 나가? 어이해서?"

"전하의 손자를 자신이 알아보지 못했을 리 없다며, 간악한 자들이 분란을 일으키기 위해 음모를 꾸미고 있는 거라 확신하셨습니다. 미욱한 제가 휘둘리는 걸 한심하게 여기셨습니다. 아버님 눈에는 신우가 너무 부족해서, 전하의 손자라고 믿으실 수 없으셨던 겁니다."

"그래서 군사를 이끌고 절에 쳐들어갔다?"

"그게 아버님의 충심이셨습니다. 그 충심이 옳지 못하게 발현된 것에 죄를 물으시는 건 온당하오나 아버님의 충심을 의심하지는 마옵소서. 아버님은 진심으로 전하와 조정을 위해 분란의 싹을 잘라버리려 하신 겁니다."

수양이 옆에 앉은 중전 윤씨를 쳐다보았다. 윤씨가 그 말이 맞다는 듯 고개를 끄덕였다. 중전까지 두둔했지만 수양은 개운치 않았다.

"네 아비가 네 정신머리까지 의심하며 거짓이라고 펄쩍 뛰었는데도 너는 신우가 내 손자라 확신하였더냐?"

"예, 그리하여 신문고를 울린 것입니다. 충심에서 나온 아버님의 어리석은 행동을 막기 위해서라도 신문고를 울려야만 했습니다. 전하께서 아셔야 하니까요."

"네 아비는 신우가 내 손자가 아니라는데 너는 어찌하여 신우가 내 손자라는 게냐? 네 판단력이 네 아비보다 낫단 말이냐?"

"아버님은 신우에 대해 잘 모르십니다. 스치듯 몇 번 보셨을 뿐입니다. 허나 저는 오래전, 사찰에 있을 때부터 신우를 봐왔습니다. 같이 공부하기도 했습니다. 저는 신우가 전하의 손자라고 믿습니다. 전하께서도 직접 하문해보시면 확신하실 수 있을 겁니다."

혜주의 당돌한 대답에 수양과 윤씨의 몸이 동시에 움찔했다. 그때 사찰에서 스치듯 봤을 뿐이라 솔직히 신우의 외양이 잘 기억나지 않았다. 그저 키가 현과 비슷하게 컸다는 것과 처음 보는데도 이상하게 낯설지 않았다는 것 정도만이 수양에게 남은 인상이었다.

처음 보는데도 싫지 않았다. 그래서 명회가 기꺼워하지 않는다는 걸 알면서도 그를 두둔하고 현에게 주기까지 했다. 그 익숙함이 핏줄의 당김이었을까. 설마 그랬던 걸까.

"그 아이가 그리 특별하냐?"

수양의 목이 잠시 멨다. 윤씨가 위로하듯 수양의 손을 감싸 쥐었다.

"말해보아라. 그 아이가 무에 그리 특별해서 내 손자라고 확신하는 게냐?"

부복해 있던 혜주가 조심스럽게 몸을 일으킨 후 고개를 들었다. 수양의 두 눈에 물기가 어려 있는 것이 보였다. 마른침을 삼킨 혜주가 천천히 입을 열었다.

"그 아이는……."

* * *

"그냥 저를 부르시지, 뭐 하러 사병을 움직이셔서는."

명회의 처남이자 병판인 민 대감이 석고대죄하는 명회 옆에 바싹 붙어 앉아 꿍얼거렸다.

"전하께 고하지 못하고 조용히 처리해야 할 일이었으니 사병을 쓸 수밖에."

"아, 전하 모르게 저한테 조용히 처리해달라 하셨으면 제가 쥐도 새도 모르게……."

"쓸데없는 소리! 전하 모르게 내가 자네와 관군들을 움직였으면 그 역시도 역모야."

나라에서 금지하는 사병을 움직인 건 전하께서 역모라고 생각 안 하실 것 같냐는 말을 차마 내뱉지는 못하고 민 대감이 입을 삐죽였다.

"전하께서 군사들을 준비시켜 놓은 건 자네도 몰랐던 일이란 말인가?"

"예, 금군에 아주 은밀하게 내리신 명이었다 합니다."

"설마 몇 달이나 준비시켜 두셨단 말인가. 그럴 리는 없을 텐데."

아무 기약없이, 언제 올지 모르는 역당의 무리 때문에 한정없이 군사들을 대기시켰다는 게 믿기지 않았다. 명회가 무언갈 더 물으려는데 병판이 더 빨랐다.

"근데 그 아이 말입니다. 정말 전하와 닮았습니까?"

대꾸하기 싫은 명회가 병판에게서 고개를 돌렸다. 마침 저쪽에서 걸어오는 금군들이 보였다. 호랑이도 제 말 하면 온다더니, 금군이 호위하여 데려오는 건 신우였다. 명회를 따라 고개를 돌렸다가 신우를 본 병판의 얼굴이 새하얗게 질렸다.

"저, 저, 저기, 저……."

더듬거리는 병판이 무슨 말을 할지 뻔했다. 피로했다. 명회가 눈을 감았다가 느리게 떴다. 그 사이 신우가 대전으로 들어가고 혜주가 거기서 나왔다. 명회의 눈빛이 순식간에 사나워졌다.

"전하께서 무어라 하시더냐?"

병판이 질문을 던졌으나 혜주는 대답 대신 명회 옆에 앉았다.

"전하께 아버님께서 역심을 품으신 게 아니라 충심으로 군사를 움직인 거라고 말씀드렸습니다. 벽보를 조금도 믿지 않았기 때문에, 나라에 혼란을 일으킨 자를 처단하려 한 아버님의 충심을 알아달라고 했더니 믿으시더이다."

"하, 그래서 지금 네게 고마워하란 게냐?"

"나라에서 금지한 사병을 키운 걸로도 모자라 그 사병으로 전하의 손자일지도 모르는 분을 해할 뻔했습니다. 역모로 몰릴 위기에서 제가 구해드린 것이니 고마워하셔야지요."

"너야말로 내게 고마워해야. 네가 신문고만 울렸다면, 네 주장은 미친 소리로 끝날 수도 있었어. 그런데 내가 군사를 움직인 덕분에 네가 미친 게 아니라 나까지 움직일 정도로 근거 있다는 걸 모두에게 확인시켜준 셈 아니냐. 허니 네가 내게 고마워해야지. 덕분에 네 뜻대로 되었으니 말이다."

"그런가요, 아버지 말씀대로 질러가든 둘러가든 종내는 제 뜻대로 되었으니 참으로 아버지 딸답지 않습니까."

명회가 헛웃음을 지으며 혜주를 노려보았다. 아비가 이글거리는 맹수의 눈빛으로 저를 보는 건 처음이었다. 이게 명회를 싫어하는 이들이 흔히 말하는 뱀눈인가. 혜주가 아비를 새삼스럽게 바라보았다.

"제게 진 게 그리 분하십니까?"

"내가 너한테 졌다고? 너는 아직도 이게 너와 나의 싸움이라고 생각하고 있느냐? 어리석은 것!"

뜻밖의 말에 혜주가 미간을 찌푸렸다.

"내가 겨우 네게 진 게 분하다고 이런 줄 아느냐? 아니다. 장성한 자식에게 늙은 부모가 지는 건 기쁜 일이지 화낼 일이 아니야. 내가 분한 건 내가 바둑돌이 되었기 때문이다."

자신만만하던 혜주의 표정에 비로소 미세한 균열이 생겼다.

"정녕 생각해본 적 없느냐? 어찌하여 모든 일이 이리 딱딱 맞아떨어지는지. 너는 이게 그냥 우연이거나 혹은 네 운수라고 믿었더냐. 아니야, 어쩌면 너와 나는 바둑돌에 불과할지도 몰라. 내가 백돌이고 네가 흑돌인 셈이지."

"그게 무슨 말씀입니까?"

"지난밤 일어난 모든 일은 처음부터 누군가에 의해 정해진 판이고, 우린 바둑돌처럼 그들이 놓는 대로 움직였을 뿐이란 말이다!"

명회도 처음부터 그리 생각한 건 아니었다. 처음엔 혜주가 신문고를 울렸다길래 놀라기만 했다. 한편으론 그런 해결책을 끝내 생각해내다니 제 딸이구나 싶었다. 그런데 석고대죄하느라 앉아서 간밤의 일을 곱씹다보니 모든 일이 지나치게 자연스러운 게 오히려 부자연스러웠다.

하필이면 신우를 쫓아 흥인사까지 갔던 것 그리고 기가 막힌 순간에 나타난 군사들, 거기다 더해 신문고가 울린 그 시간까지, 모든 게 지나치게 완벽했다. 이렇게까지 모든 게 맞아떨어지면 결코 우연이랄 수 없었다.

이건 분명 이리 움직일 줄을 알고 동선에 맞추어 판 함정이다. 허면 대체 누가 어떻게 그리할 수 있단 말인가. 문제는 여기부터였다. 저를 돌로 쥔 이가 누구인지 모르겠다는 것!

많은 이들은 명회를 음습한 음모론자나 모략꾼으로 알았다. 실은 그 반대였다. 명회는 상상력이 뛰어나지도 않았고 의심이 깊은 성향도 아니었다. 오히려 명회는 제가 보고 듣고 확인한 것만 믿는 현실주의자였다. 그래서 정확한 현실을 파악하기 위해 정보를 수집하는 데 보통 사람들보다 훨씬 더 많이 골몰했다. 그렇게 수집한 정보를 바탕으로 몇 수, 몇십 수를 내다본 후 가장 필요한 최고의 한 수를 만들어 냈다.

대부분 명회만큼 많이 알지 못하기 때문에 명회와 같은 결과를 내지 못했다. 그래서 명회의 진짜 힘이 어디서 나오는지도 알지 못했다. 명회가 음모론에 모든 걸 거는 의심 많은 망상 병자였다면 결코 이 자리까지 올라오지 못했을 것이다.

그래서 지금 명회는 당황스러웠다. 손에 쥔 정보가 너무 없기 때문이었다. 거기다 어디서부터 어찌 구해야 할지도 막막했다. 그런데 이미 판은 돌아가고 있다. 더욱 분한 건 그들이 바라는 대로 움직이는 그들의 돌이 되고야 말았다.

"나는 평생을 바둑돌을 쥔 자였는데, 이제 내가 바둑돌이 되었다는 게 통탄스럽기만 하다. 거기다 우리를 손에 쥔 자들이 누구이며, 대체 우리로 어떤 집을 지으려 하는지 알 수가 없어 화가 나 견딜 수 없는 게야. 내가 원치 않은 판에 들어와 버렸다는 것, 그리고 나를 이 판에 끌어들인 자가 어떤 자인지 모르니 이 판을 뒤엎을 수조차 없다는 것, 그게 분해 미치겠다. 거기다 이 판에서 너와 나는 색이 다른 돌이 되고야 말았으니, 이 얼마나 기막히냐."

넋두리하듯 말을 마치고 명회가 혜주를 살폈다. 혜주의 표정이 좀 전과 달리 복잡해 보였다. 다행히 알아들은 듯했다. 앞으로 지금처럼 경거망동하지는 않을 것이다. 그럴 것이라 믿었다.

부녀 사이에 오가는 대화가 복잡해 듣다 말고 병판은 멀찍이 떨어져 서 있었다. 명회가 딴청을 피우는 병판을 불렀다.

"혜주를 집으로 데려다주게."

"예."

"그리고 내가 아까 이른 말을 신료들에게 가 전하시게."

"예."

혜주는 입만 벙긋거리다 아무 말 없이 병판을 따라갔다. 혜주와 병판이 시야에서 완전히 사라지고 나자, 명회가 다시 눈을 감고는 대전을 향해 부복했다.

* * *

"어머니, 저기!"

현이 걸음을 멈추고 윤덕에게 손짓했다. 정신없이 따라오던 윤덕이 아들의 손끝을 따라 시선을 들었다. 병판과 혜주가 걸어오고 있었다.

"어머니, 병판께 지금 어떤 상황인지 물어보세요. 저는 낭자에게 왜 그랬는지 묻겠습니다. 일단 전하를 뵙기 전에 지금 일이 어찌 되어가고 있는지 알아야지요."

"그래, 그러자. 내가 병판대감께 묻고 네가 낭자에게 묻는 게 모양새도 낫겠지."

옷매무새를 정리하고 숨을 고르는 사이 병판과 혜주도 둘을 보았다. 윤덕이 먼저 알은체를 하며 병판에게 다가갔다.

"대감, 전하께서는 어찌하고 계십니까?"

병판이 소리죽여 설명하느라 그늘진 쪽으로 향했다. 병판과 떨어져 혜주만 남자 현이 가까이 붙어 섰다. 움찔하며 떨어지려 하자 현이 쑥 팔목을 잡아끌었다. 아파서 하마터면 악, 소리를 지를 뻔했다. 눈치를 살피듯 고개를 드니 현의 눈빛이 무감해 보였다.

"사병을 끌고 신우를 잡으러 흥인사로 간 영상과 신문고를 울려 신우가 전하의 손자라 알린 낭자, 그 두 가지 행위가 뜻하는 게 뭘까 생각하고 또 생각했소. 헌데 아무리 고민해봐도 명쾌한 답이 안 나오더이다. 신문고를 울린 게 영상이 시킨 일이라 여겼는데, 이건 영상의 방식이 아니야. 결국 둘의 뜻이 갈라져 각자 제 식대로 일을 다룬 거라는 결론밖에 안 나오더군. 대체 부녀가 왜 갈라졌을까, 어이하여 낭자가 아비의 뜻을 어겼을까? 명쾌한 답은 하나밖에 없었소."

말을 멈추고 현이 매섭게 혜주를 노려보았다.

"낭자가 신우에게 연심을 품어 그 아이가 왕의 손자이길 간절히 바라다 미쳐버렸다는 것!"

혜주의 눈빛이 갈피를 잡지 못했다. 불안에 떠는 모습을 지켜보며 현이 서늘한 미소를 지었다.

"그래, 그게 아니라면 감히 이런 일을 벌일 수가 없지."

혜주가 대체 왜 이런 일을 벌인 건지 처음엔 도무지 이해할 수 없었다. 생각을 거듭하다 문득 혜주가 드나들기 시작한 게 신우가 오고부터라는 걸 깨달았다. 지금까지 자신에게 호감이 있어 그런 거라 여겼다. 그런데 큰 착각이었던 거다.

혜주가 보고 싶었던 상대는 자신이 아니라 신우였던 거다. 그래서 신문고를 울린 거였다. 혼인하고 싶은 상대가 신우니까, 신우를 왕의 손자로 만들어야만 했던 거다.

그걸 깨닫자 분노가 치솟고 열이 올랐다. 감히 이 망측한 계집이 고작 신우 따위와 저를 같은 저울에 올려두고 재고 있었다. 출신조차 모르는 근본 없는 종놈 따위와 저를 견주었다는 게 기가 막힐 만큼 분했다.

"두고 보시오. 내 반드시 전하의 손자라는 걸 증명해 내고 낭자와 혼인할 테니. 다만 낭자에게 청혼하며 했던 약속을 지키리라 기대하진 마시오. 낭자는 이 나라에서 가장 고독한 왕비로 기록될 것이오. 일평생 사랑하지 않는 사내의 등만 바라보며 헌신하게 될게요. 내 반드시 그리 만들 것이오."

현이 비로소 혜주를 놓아주었다. 현이 내도록 붙들고 있던 팔목이 욱신거렸다. 말을 다 마쳤는지 윤덕과 병판이 다가왔다. 혜주가 병판의 등 뒤로 슬며시 몸을 숨겼다.

"가자."

윤덕과 현이 멀어지는 걸 지켜보다 병판이 걸음을 옮겼다. 혜주가 종종거리며 그 뒤를 따랐다.

"무어라 하시더냐? 속이 말이 아닐 텐데."

"별말씀 안 하셨습니다."

혜주의 얼굴이 그사이 해쓱해진 걸 보고 병판이 더는 캐묻지 않았다. 병판도 혜주가 한 짓을 도무지 이해할 수 없었다. 부녀에게 제가 다 알기는 어려운 꿍꿍이가 있으리라 여길 뿐이었다.

혜주는 어느새 침울해졌다. 왕을 알현하고 나올 때만 해도 자신만만했다. 하지만 명회의 속내를 듣자, 지난밤 사내가 떠올랐다. 정말 이 판이 처음부터 그럴 작정으로 만들어진 걸까. 저 역시 이용당한 거고. 그렇다면 신우와의 첫 만남은? 그것조차 우연이 아니었던 걸까. 떠오르는 온갖 생각에 머릿속이 복잡했고 마음도 일렁였다. 바둑돌이라니…….

이러나저러나 계집으로 태어난 이상 저는 바둑돌로 놓일 수밖에 없는 팔자였다. 그걸 새삼 확인하고야 말았다. 바둑돌이 될 수밖에 없다면, 최소한 원하는 이의 손에 쥐이는 게 낫겠다. 이러나저러나 이용당할 거라면 신우에게 이용당하겠다고, 혜주는 복잡한 마음의 가닥을 애써 부여잡았다.

이미 일은 저질렀고 여기까지 온 이상 어떻게든 신우가 왕의 손자여야만 한다. 아비가 수양을 왕으로 만든 것처럼 이젠 자신이 신우를 왕의 손자로 만들 차례였다.

* * *

"고개를 들라."

신우가 몸을 반쯤 일으키며 자세를 바로 했다. 창가를 통해 들어오는 긴 겨울 해가 옆얼굴을 비추었다. 반듯한 이마와 단정한 골격이 드러났다. 수양이 저도 모르게 숨을 들이켰다.

가늘게 떨리는 수양의 손을 윤씨가 가만히 붙잡았다. 수양이 돌아보았다. 그녀의 눈빛 역시 흔들리고 있었다. 시선이 마주치자 누가 먼저랄 것도 없이 고개를 돌려 다시 신우를 보았다.

이 자리가 떨릴 법도 한데 자세가 조금도 흐트러짐 없이 꼿꼿했다. 몸가짐이 정갈하고 단정하여, 신우가 앉은 주위로 공기조차 느리고 고요하게 흐르는 것처럼 느껴졌다.

"네 부모에 대해서 들은 바가 있느냐?"

"도율 스님께서 죽어가는 부모 곁에서 저를 구하셨다고 하셨습니다. 소인이 아는 건 그게 전부입니다."

음성도 차분하고 진중했다. 이 모든 게 도율의 가르침에서 나온 몸가짐인지 아니면 왕가의 핏줄에서 나오는 기품인지 구분하기 어려웠다. 문득 그가 앉은 품새와 고요한 음성에서 죽은 도원군이 겹쳐 보이자 수양이 소스라치게 놀랐다. 저도 모르게 움찔해 윤씨를 쳐다보았다. 윤씨도 저와 같은지 떨림을 감추지 못했다.

수양이 차마 말을 더 잇지 못하고 입을 다물었다. 침묵이 세 사람 사이에 무겁게 내려앉았다. 흔들림 없는 신우의 태도가 수양과 윤씨의 마음을 뒤흔들어 어지럽게 했다.

"전하, 월산군과 부부인 드셨사옵니다."

내관의 알림이 무거운 고요를 깨뜨렸다. 수양이 몸을 부르르 떨며 마른침을 삼켰다. 마음이 일렁여 눈앞까지 어지러워 몇 번이나 눈을 꿈쩍이고 나서야 비로소 앞에 앉은 이를 다시 볼 수 있었다.

"밖에 영상도 있느냐?"

"예, 여전히 석고대죄 중이옵니다."

"영상과 부부인만 들라 하라."

"전하, 월산군은……."

"영상과 부부인만 들고 나머지는 모두 물러가라."

작은 소란이 일어나더니 침전의 문이 열리고 윤덕과 명회가 안으로 들어왔다. 수양은 여전히 신우에게서 눈을 떼지 못하고 있었다.

명회와 윤덕은 신우를 보고 움찔했다가 이내 좀 떨어진 곳에 앉았다.

"두 사람은 이미 이 아이가 누군지 알겠지?"

"예."

"그래, 두 사람의 의견은 어떠한가?"

이리 대놓고 물을 줄은 몰랐던지 윤덕은 소스라치게 놀란 얼굴로 수양과 신우를 번갈아 보았다. 대체 이 아이를 앞에 두고 무슨 말을 어찌해야 한단 말인가, 혼란스러웠다. 윤덕이 머뭇거리는 사이 명회가 먼저 대답했다.

"소신은 벽보를 믿지 않습니다. 그리고 저 아이 역시 전하의 손자가 아니라고 생각하옵니다. 제대로 된 증좌도 없고, 누가 쓴지도 모르는 벽보이지 않습니까?"

"그 벽보의 내용이 사실이라는 걸 자네와 나는 알지 않나. 그리고 누가 쓴지도 짐작 가는 이가 있지 않은가."

수양의 말은 단호했고, 윤덕의 입에선 한숨 같은 탄식이 터져 나왔다. 벽보의 내용이 사실이었구나, 윤덕은 오늘에서야 비로소 진실을 알았다. 아이를 낳고 정신을 잃어 지워진 그 시간의 진실이었다. 무슨 일이 있었다고 짐작은 했지만, 이 일만은 아니었기를 빌었다. 그런 끔찍한 일이 벌어졌는데, 정작 당사자는 몇십 년 동안 아무것도 몰랐다니, 통탄할 노릇이었다.

"벽보의 내용이 사실이라 해서 저 근본도 모르는 아이가 그 아이라는 보장을 누가 한단 말입니까. 벽보의 내용이 사실인 것과 저 아이는 별개입니다."

명회가 반박했지만, 수양은 조금도 동의하지 않는 얼굴로 신우와 윤덕을 향해 고갯짓했다.

"그대의 여식이 그러더군. 눈으로 보면 믿게 될 거라고. 그대의 눈엔 증좌가 보이지 않는가? 살아있는 증좌가 눈앞에 있는데 어찌 손바닥으로 하늘을 가리려는가!"

윤덕과 명회가 동시에 신우를 쳐다보았다가 얼른 고개를 돌렸다. 깔끔하게 차려입고 해가 비치는 밝은 자리에 단정히 앉은 신우는 바로 누군가를 떠올리게 해서 말 그대로 살아있는 증좌였다. 반박할 수 없었다.

"벽보를 붙인 놈을 잡아 오면 누가 누군지 알 수 있지 않겠습니까?"

겨우 정신을 차린 윤씨가 어렵게 내어놓은 말이었으나 명회가 고개를 저었다.

"그자가 사실을 고하겠습니까? 이런 끔찍한 일을 저지른 자를 어찌 믿을 수 있겠습니까."

그 말도 맞았다. 누가 내쉬는지도 모를 낮은 한숨이 여기저기서 새어 나왔다.

"그러면 대체 어쩌란 말인가……."

＊ ＊ ＊

"이 일을 어찌하면 좋단 말이오."

빈청에 앉은 신료들이 서로를 쳐다보며 한숨을 모로 쉬고 가로 쉬었다. 그때 문이 벌컥 열리더니 병판이 뛰어 들어왔다. 신료들이 화들짝 놀라 일제히 그를 쳐다보았다.

"어찌 되었소?"

"여기 이러고 있을 게 아니오. 우리 다 대전으로 가야 하오."

"전하께서 택하신 게요?"

"전하께서 어찌 택하시겠소! 부부인도 누가 누군지 모르시는 판에."

"그런데 우리가 가서 뭘 어쩌오?"

"우리가 간해야지. 왕재 시험을 통해 둘 중 하나를 택현하자고!"

"그게 대체 무슨!"

"무슨 말을 하는 게요!"

"제정신이오?"

병판의 말에 모두가 경악하며 두 손을 내저었다. 누가 누군지 핏
줄인 어미도, 조부도, 조모도 분간 못 하고 있는데 감히 신하들이 시
험을 통해 하나를 택하자고 하자니, 이건 뭐 다 같이 죽자는 거였다.

"왜 아주 사약을 내려달라고 하지?"

"아이고, 사약이면 곱게 죽는 거지. 전하께서 그 말을 듣고 철퇴나
안 휘두르시면 다행이지."

"무슨 미친 소리를 하는 게요, 대체!"

"미친 소리라니, 이건 영상대감의 생각이시오."

펄펄 뛰던 이들은 병판의 입에서 영상이 언급되자 비로소 조용해
졌다.

"영상께서 내게 은밀히 이 말을 전하라 하셨단 말이오. 신료들에
게 대전으로 와 전하께 왕재 시험을 거쳐 택현을 하시라 권해야 한
다고."

"왜, 왜, 영상은 왜 그런 생각을 하신 게요?"

"생각해보시오. 이 조선을 위해서나 우리를 위해서나 둘 중 누가
왕이 되는 게 낫겠소? 어디서 어찌 자랐는지, 닮기만 했지 실은 전
혀 다른 핏줄인지도 모르는 자가 왕이 되는 게 낫겠소, 아니면 잠시
나마 궐에서 자라며 교육받은 월산군이 왕이 되는 게 낫겠소?"

그리 묻는다면 누구라도 월산군을 선택할 것이다. 다른 쪽은 아는

이가 아무도 없으니 말이다. 아무것도 모른다는 건 예측할 수 없다는 것이고, 예측이 불가하다는 건 정치에 있어 가장 위험한 인물이라는 뜻이었다. 조심스레 눈치만 살피는 신료들을 훑어보다가 병판이 목소리를 낮추었다.

"막말로 누가 누군지 당사자들도 분간 못 하는 판 아니오. 전하께서 건강도 안 좋으신데 갈대처럼 이리저리 흔들리다 어느 날 갑자기 승하하시기라도 하면? 우린 정말 큰일 나는 거요. 우리만 큰일이요? 그리되면 이 나라가 바람 앞 등불이외다. 만약 전하께서 돌아가신 뒤 둘이서 서로 왕이 되겠다고 싸움이라도 벌어지면? 이 도성이 다시 피로 물드는 거요. 다들 그걸 원하는 건 아니잖소."

"그, 그래선 아니 되지."

"그랬다간 정말로 민심이 등을 돌릴 것이오."

"하긴 왕재 시험을 거쳐 고르자고 하면 전하께서도 거부할 명분이 없으시지."

"거부하긴커녕 오히려 좋아하실 수도 있소."

"그렇지. 사실 전하께서도 얼마나 난처하시겠소."

"그리고 자격을 갖춘 이가 왕이 되는 게 맞지."

"암, 하늘이 내리는 자리인데 아무나 앉아선 아니 되지."

"월산군 입장에서도 그게 좋을 거요. 자신이 더 월등하다는 걸 모두에게 보여주고 나서 책봉을 받는다면 얼마나 개운하겠소."

"아무렴!"

현재 왕도 만족시키고 이어서 보위에 오를 차기 왕도 흡족게 할 최선의 수였다. 신료들은 역시 명회가 좋은 방법을 생각해냈다며 입을 모았다.

"어서 갑시다."

"우리만 가면 아니 되지. 대청에도 들러 다른 이들도 데려갑시다."

"그럽시다. 빨리빨리 움직입시다. 지체할 시간이 없어요."

병판이 서둘렀다. 신료들이 우르르 자리에서 일어나 앞다투어 빈
청을 나섰다.

* * *

대전 안에서 드문드문 말소리가 새어 나오긴 했으나 무슨 말인지
알아들을 수 있을 정도는 아니었다. 얼마 지나지 않아 저도 부르지
않을까 기대했지만 그러지 않았다. 운명이 걸린 이는 두 사람인데,
둘 중 하나는 들어가 있고 하나는 들어가지조차 못하고 있었다. 들
어가 있는 이가 신우이고 들어가지 못한 이가 자신이라는 게 현을
비참하게 했다.

어찌하여 이십여 년 가까운 세월 동안 왕의 손자로 살아온 저가
대전 밖에서 하염없이 기다리는 처지가 되었단 말인가. 어디서 어떻
게 자랐는지, 진짜인지 가짜인지조차 모르는 저 치가 대전에서 왕과
중전, 부부인, 영상과 함께 있단 말인가. 어떻게 이럴 수가 있단 말
인가.

어쩌면 이게 제 운명이 이미 정해졌음을 알려주는 걸까. 이리 두
는 것으로 너는 내 손자가 아니라고 말이 아닌 행동으로 알려주고
있는 걸까. 두려웠다.

두려워서 비참한데도 한 발짝도 움직일 수가 없었다. 이대로 궐
밖으로 나가면 영영 돌아오지 못할 거 같아 찬 바람을 맞으며 현은

망부석처럼 대전 밖에 서 있었다. 대전내관들이 눈치를 살피며 어쩔 줄 몰라 하는 걸 뻔히 알면서도 꼼짝하지 않았다. 여기서까지 밀려 나면 정말로 끝일 것 같아서.

시간이 얼마나 흘렀을까, 잔잔히 땅을 울리는 진동이 느껴졌다. 우르르 몰려오는 발걸음 소리였다. 놀란 현이 저도 모르게 고개를 돌렸다. 수십 명의 신료들이 다가오고 있었다. 저들이 갑자기 왜? 분명 이 안에서 벌어지는 일과 관련이 있을 테다. 이 움직임은 제게 유리할까, 불리할까. 당혹스러운 와중에도 손익을 따지느라 현의 두 눈이 갈피를 잡지 못했다.

"월산군."

가장 앞서 달려온 이가 병판인 것을 확인하고 나서야 현은 마음을 놓았다. 최소한 병판과 영상은 우리 쪽이니 윤덕은 걱정 말라고 했다. 그제야 차분히 달려온 이들의 면면을 살폈다. 모두 현을 안타까운 시선으로 보고 있었다. 됐다, 현이 비로소 긴장을 풀고 겸손한 척했다.

"월산군께서는 잠시 물러가 계십시오."

"소신들이 전하께 간할 것이오니 월산군은 자리를 피하시는 게 좋겠습니다."

우상과 좌상이 거듭 권하자, 현이 병판을 보았다. 병판이 고개를 끄덕였다. 어쩔 수 없이 현이 대전에서 물러났다.

"전하, 삼정승과 육판서를 비롯한 조정 신료들이 뵙기를 청하나이다."

대전내관이 목청껏 소리쳤다. 그 소리를 등 뒤로 들으며 현은 무거운 걸음을 옮겼다.

                                    * * *

“잘 다녀오너라.”

“예, 어머니. 심려치 마세요. 잘 해내겠습니다.”

신료들의 뜻대로라면 누가 봐도 신우가 불리한 싸움이었다. 수양
은 내키지 않아 했으나 모두의 뜻이 강경했으며 거절할 명분도 없
었다. 거기다 당사자 두 사람이 제안을 순순히 받아들였다. 수양은
결국 신료들의 의견대로 시험을 통해 더 왕재에 적합한 이를 택현
하기로 했다.

그 첫 번째 시험으로 현과 신우에게 각각 동래와 진포로 가 왜구
를 소탕하라는 명이 떨어졌다.

“동래현령으로 있는 오 대감은 고집은 세지만 강직하고 충직한
사람이라 신료들 사이에 평판도 좋고 전하께서도 신임하는 분이시
다. 공을 세우는 데 치중하여 오랫동안 나랏일을 해온 분의 심기를
거슬러서는 아니 된다. 알지?”

병판은 진포를 현에게 권했으나 현은 누가 봐도 왜구가 더 극성맞
고 현령이 강경하여 일하기 어려운 동래로 가겠다고 나섰다.

신우보다 압도적으로 빼어나다는 걸 증명하기 위해서는 어려운
자리에 가야 하는 법이다. 어려운 일일수록 해내기만 한다면 큰 공
으로 돌아올 터였다. 자신 있었다. 현이 먼저 동래를 택하면서 자연
스레 진포로 신우가 내려가게 되었다.

“어머니의 걱정이 무색할 정도로 수월히 일을 끝내고 올 터이니
두고 보십시오.”

“현아…….”

"염려보다 잘하고 오라 격려해주세요."

도성 밖까지 나와 배웅하는 윤덕은 얼굴에 수심이 가득했다. 그에 반해 현은 자신감에 넘쳐 있었다. 이게 기회라 생각했기 때문이다. 드디어 자신이 얼마나 빼어난지 만천하에 알릴 수 있게 되었으니 기쁘기 그지없었다. 이제 정말 책봉이 머지않았다.

"그래, 믿는다. 몸 건강히 다녀오너라. 내 너를 너무 오랫동안 붙잡고 있었구나."

"네. 벌써 앞서간 이들이 얼마나 멀리 간 건지 보이지도 않습니다. 서둘러 쫓아가야겠습니다."

가벼운 농을 던지며 현이 환하게 웃었다. 윤덕이 두 팔을 벌리자 현이 살포시 안겼다. 두 손으로 현의 너른 등을 쓰다듬으며 어느새 이렇게 컸나 싶어 새삼 감격스러웠다.

현이 말에 올라타 옆구리를 차자, 흙먼지를 날리며 달리기 시작했다. 윤덕이 손수건으로 입을 가린 채 말이 보이지 않을 때까지 한참을 서 있다가 돌아섰다.

"너는……."

두어 걸음 발을 뗐던 윤덕이 맞은편에서 오는 신우를 발견하고 멈추어 섰다.

윤덕을 보고 신우가 말에서 내려 인사했다. 사람도, 짐도 많았던 현과 달리 신우는 단출하게 꾸린 봇짐을 등에 맸을 뿐이다. 거기다 함께 가는 이는 시강원의 젊은 관리 한 명뿐이었다. 저렇게 가서 뭘 어쩌려는 건지, 신우의 행색을 살피던 윤덕은 더럭 걱정이 앞섰다.

"이게 다란 말이냐?"

"예."

그나마 저 젊은 관리조차도 수양이 붙여주었을 것이다. 누가 봐도 이 시험은 현의 책봉을 위함이라 누구도 신우를 도와주지 않았다. 거기다 신우 역시 무엇을 어떻게 도와달라 할지 알지 못하니 돌아가는 상황을 그저 받아들였을 것이다. 새삼 이 모든 게 신우에게 지나치게 잔인한 시험이라는 생각이 들었다.

저 꼴로 진포에 내려가 저 아이가 무슨 일을 할 수 있단 말인가, 왜 이런 일을 저 아이가 겪어야 한단 말인가. 이 일의 끝에 현이 책봉된다면 그 뒤 저 아이는 어찌 될 것인가.

"가서 다치지 않게 몸을 사리거라."

고작 이 정도가 신우에게 할 수 있는 조언의 전부였다. 허나 진심이었다. 이 아이가 다치지 않기를 바랐다. 어디서 나타났는지도 모르는 아이인데 믿지 않았다. 정말로 조카라서 핏줄이 당겨서일지도 모르겠다. 그게 아니라면…….

불현듯 드는 무서운 생각에 윤덕이 황급히 고개를 저었다. 조카다. 조카라 그런 것이다. 조카도 핏줄이라 애정과 관심이 생기는 게다. 그리 죽어버린 언니에게 미안하니까 혼자 남은 조카에게 안쓰러운 마음이 드는 건 당연한 거다. 애써 그리 생각을 정리했다.

"절대로 다쳐선 아니 된다. 싸움에 직접 뛰어들지 말란 말이다. 알겠느냐?"

"예."

저를 보는 윤덕의 눈빛엔 가슴이 일렁일 정도로 애틋함과 걱정이 묻어났다. 그게 당황스러웠다. 현처럼 저를 원망할 거라 생각했다. 어찌 감히 네까짓 게 내 아들과 견주려 하느냐고 매몰차고 차갑게 굴 줄 알았다. 일이 터진 뒤 마주친 현의 눈빛이 딱 그랬으니까.

"어서 가거라. 늦겠다."

"예."

윤덕의 심정을 이해하기 어려웠다. 설마 정말로 윤덕마저 헷갈리고 있는 것인가. 그녀마저 제가 아들일지 모른다고 여기는 걸까? 그래서 저렇게 걱정스럽게 저를 보는 걸까?

수양이 헷갈리는 건 신우를 믿어서가 아니라 현에 대한 의심이 깊어서였다. 그날의 일을 겪으면서 생긴 오랜 불신으로 현을 믿지 못해 신우에 대한 의혹을 거두지 못하는 거였다.

윤덕은 그날에 대한 기억이 없어 평생 현을 제 아들이라 믿고 살았다. 그런 윤덕이 어찌하여 저를 불신하지 않는단 말인가. 전혀 기대치 않았던 윤덕의 신뢰가 오히려 신우를 어지럽게 했다. 왜 당신은 나를 믿는가? 내가 누구라 생각하여 염려하고 걱정하는 것인가?

복잡한 심경으로 말에 올라타 옆구리를 세게 걷어찼다. 말이 긴 울음소리를 내며 달리기 시작했다. 한참을 달려가다가 돌아보았다. 윤덕이 여전히 그 자리에 서서 저를 보고 있었다. 마음이 다시 일렁였다. 더 세게 말의 옆구리를 찼다. 말이 더 빨리 달리기 시작했다.

14장

선택
選擇

"참으로 놀랍지 않습니까?"

대청은 삼사가 썼는데, 빈청에 비해 신료들의 품계가 낮은 만큼 나이 역시 대체로 어렸다. 그러나 직의 특성상 빈청의 신료들보다 행동거지가 훨씬 더 엄격하고 엄숙해서 대청의 공기마저도 빈청보다 무거웠다.

"놀랍소. 정말 놀라운 일이야."

빈청이 나랏일을 논하는 곳이라면 대청은 빈청에서 논한 나랏일과 빈청에서 일하는 신료들의 옳고 그름, 잘잘못을 따지는 곳이다. 잘 벼려진 칼날을 날카롭게 세우고 있다가 필요할 때 거침없이 베는 게 바로 이들의 일이라 문신들의 무신이라고도 했다. 칼을 든 이상 칼에 베이는 것도 아랑곳하지 않아 뜻을 관철하기 위해선 목숨을 초개처럼 버리는 것도 두려워하지 않았다. 그래서인지 대청은 언제나 온기 없이 싸늘했다.

"강 사서가 보내온 서찰에 따르면 제대로 의관을 갖춰 입고 본격적으로 일을 하기 시작하자 참으로 옥골선풍이라, 보는 이마다 감탄하고 호감을 보인다더군."

그런데 오늘은 여느 때와 달리 대청과는 어울리지 않는 훈훈한 공기가 몽글몽글 부풀어 오르고 있었다. 대청에 모인 삼사 신료들은 하나같이 처음 엿을 먹은 아이처럼 들떠 어쩔 줄 모르는 얼굴로 앞다투어 말을 이었다.

"그 핏줄이 어디 가겠습니까. 본래 외가가 인물 좋기로 유명하지 않습니까."

"단지 외양만 빼어난 것이 아니라 품행이 방자하고 언행에 절도와 기품이 있다는군. 까다롭기 그지 않는 강 사서가 칭찬을 늘어놓을 정도니 알만하지."

"일 처리만 보아도 그럴 만합니다. 참으로 그 품행과 언행에 걸맞지 않습니까."

"돌아가신 선왕 전하가 떠오르네. 선왕께서도 무력보다는 통상과 외교를 통해 평화적으로 문제를 해결하려 하셨지."

"그게 유학자의 방식이지요."

"맞습니다. 그러고 보니 참으로 오래 잊고 있었어요."

"그러니까요. 우리조차 잊고 살았어요."

달포 전 왜구를 소탕하러 현과 신우는 각각 동래와 진포로 내려갔다. 현은 내려가고 얼마 지나지 않아 군사를 일으켜 왜구를 몰아냈다는 소식을 전해왔다.

군사들을 매복시켜 깊은 밤 쳐들어오는 왜구들을 한 발 앞서 기습해 대승을 거두었다고 했다. 본래의 목적은 일찌감치 달성했으나 왜구들의 재침을 대비해 항구에 방어진지를 구축하느라 아직 동래에 머무는 중이었다.

"저는 그걸 유학자의 방식이라고 볼 수 있을지, 조금은 염려스럽습니다."

"그게 무슨 말인가?"

동래에서 일찌감치 승전보가 올라온 것과 달리 진포로 내려간 신우는 한동안 이렇다 할 소식이 없었다. 신료들은 그가 아무런 성과도 내지 못하는 거라 여겼다. 그런데 얼마 전 진포에서 놀라운 소식이 전해졌다. 신우가 왜구와 평화 조약을 맺었다는 것이다.

내려가자마자 신우 역시 군사를 매복시키는 전술로 왜구들을 사로잡는 데 성공했다. 하지만 현이 왜구들을 한 놈도 남기지 않고 모두 죽여버린 것과 달리 신우는 모조리 생포했다. 그리고 잡혀온 왜구 중 우두머리를 찾아 독대한 후 무역을 제안했다.

진포에 머물러 있던 부원수 최 장군은 왜구를 믿을 수 없다며 극렬하게 반대했다. 그러나 신우의 중재로 첫 거래를 한 뒤 왜구들이 가져오는 물건이 나쁘지 않은 걸 확인하고 마음을 열었다.

왜구들이 가져오는 염장된 생선이나 소금 등은 진포와 멀지 않은 충청도 일대에선 매우 필요로 하는 물건들이었다. 거기다 충청도는 내륙의 곡창지대라 왜구들이 원하는 곡식을 얻을 수 있었다. 서로의 요구가 맞아떨어진다는 걸 깨달은 최 장군은 항구를 열어 거기서 상거래가 이루어지도록 했다.

몇 건의 자잘한 사고가 일어나긴 했으나 달포가 지나면서 금세 서로 적응하며 안정기에 접어들었다. 그러자 비로소 신우는 그 소식을 조정에 올렸다.

"제가 염려하는 건 그게 유학자의 풍모가 아니라는 거지요. 불자의 가르침에 따라 살생하지 않기 위해 그리 행동하는 게 아닐까요? 사찰에서 자랐다면서요."

동부승지가 눈썹을 늘어뜨린 채 걱정을 늘어놓자 대제학이 인자한 미소를 지었다.

"그건 염려 마시게. 대체 어찌 배운 건지 사서삼경은 물론이고 논어에, 맹자에 대학연의까지 통달하셨다는군."

"강 사서가 그러더이까?"

"조용하고 말수가 없으나 묻는 말에 거침이 없고 모르는 게 없으시다고 고 깍쟁이 강 사서가 아주 옴팡 엎어졌어."

"그 책벌레가 감탄할 정도니 학문의 깊이가 보통은 아닌가 봅니다."

"사찰에서 자랐는데 그 서책들을 다 알다니, 아무래도 왕손이라 신경 써서 가르친 게 분명합니다."

"그럴 목적으로 데려갔을 테니 잘 가르쳤겠지."

"제대로 준비시키느라 늦게 내보낸 것일 수도 있어."

"하긴 친자로 인정받고 책봉까지 되어야 비로소 김씨 가문의 복권도 꾀할 수 있을 거라 여겼을 테니까요."

김종서 얘기가 나오자 들떴던 공기가 금세 가라앉았다. 우부승지가 분위기를 풀기 위해 애써 들뜬 어투로 말을 이었다.

"저희 입장에서도 그분이 월산군보다 낫지요. 월산군이 보위에 오르면 지금과 다를 바 없이 영상과 공신들의 천하가 될 게 아닙니까. 그리되면 집현전은 완전히 잊히지 않겠습니까."

"집현전이 무에야, 이리 가다간 유학조차 뒷전으로 밀려날 판이야. 전하께서 불교를 숭상하셔서 승려들이 활개 치고 다니는 것도 모자라 공신들이 귀족 노릇까지 하고 있으니 지금 이 나라 꼴이 고려와 다를 바가 없어. 정말 통탄할 노릇 아닌가."

수양의 집권 이후 사육신과 생육신의 난을 겪으면서 집현전은 유명무실해진 지 오래였다. 세종이라는 버팀목 아래 자란 집현전 학자들은 수양을 인정하지 않았고, 그런 유학자들에게 수양은 분개했다.

집현전이 사라진 후 유학자들은 초야에 묻혀 후학 양성에 힘을 쏟았고, 그들이 길러낸 젊은 학자들은 과거에 급제해 삼사의 관직을 얻게 되었다. 그로 인해 삼사의 신료들은 자신들만이 진정한 학자라는 자부심이 상당했다. 그도 그럴 것이 수양이 권력을 잡기 위해 끌어들인 자들의 면모가 대부분 일천했는데, 공신이라는 이유만으로 삼정승과 육판서를 도맡았기 때문이다.

"우리가 그토록 바라는 성리학이 이 조선에 씨앗을 뿌릴 수 있느냐, 없느냐가 다음 보위에 달렸음이야."

"영상께서 월산군을 지지하고 계시니 월산군이 보위에 오르신다면 그쪽으로 또 공신첩을 남발하실 게 뻔합니다."

"그리되면 정녕 이 조선은 고려와 똑같아질 겁니다. 공신의 자식들은 음서제로 관직을 차지하는 걸로도 모자라 부모 덕으로 높은 자리에 오를 테니 말이에요. 유학의 기틀 위에 세운 나라가 그리 타락하게 둘 수는 없어요."

"만약 우리가 그분에게 힘을 실어준다면 우릴 잊지 않으시겠지."

"지지하는 세력이 아무도 없는 와중에 우리가 나선다면 고마워하지 않겠습니까?"

"우릴 고마워하시고 빚을 졌다고 여기신다면 보위에 오르신 뒤 불교를 멀리하시겠지요?"

"아무렴, 아무 뒷배도 없다가 우리 덕에 힘을 얻게 되면 누구보다 눈치를 살필 테지. 전하께서 공신들의 눈치를 살피는 것처럼."

자신만만한 대제학의 말에 젊은 신료들이 서로 기대에 찬 눈빛을 주고받았다.

"어쩌면 전하께서도 우리가 나서주길 바라실지도 몰라."

내도록 듣기만 하던 대사헌이 말을 보탰다.

"그건 또 무슨 말씀입니까?"

"생각해보게. 영상께서 지지하시는데도 그 긴 세월 동안 월산군을 책봉하지 않으시고 미적이셨잖나. 그건 전하의 의중이 월산군에게 없다는 뜻이야. 어쩌면 전하도 눈치를 보고 계신 걸지도 모른단 말이지."

일리 있는 지적이었다. 누구보다 수양이 빨리 세손을 책봉해주길 바란 게 삼사의 젊은 신료들이었다. 그들은 현이 어서 궐에 들어오길 바랐다. 그래야 그에게 성리학을 제대로 가르쳐줄 수 있다고 생각했기 때문이다. 헌데 수양은 책봉을 미적거렸고, 그사이 현은 명회의 여식과 어울렸다.

현과 명회를 둘러싼 소문들은 젊은 신료들을 좌절케 했다. 그 와중에 갑자기 나타난 신우는 그야말로 한 줄기 빛이었다. 수양의 의중마저 신우에게 기운다면 이보다 더 좋을 수 없었다.

"그럼 이럴 때 우리가 지지하고 나서면 전하께서도 힘을 얻으시겠군요."

"아무렴."

"허면 오늘 회의에서 우리가 먼저 나서서 밀어주면 어떻겠습니까?"

"좋은 생각이네. 어차피 그런 걸 먼저 꺼내는 게 우리 일 아닌가."

"전하께서 어떤 반응을 보이실지 살필 수도 있겠군."

대청의 신료들이 들떠 서로를 보며 고개를 끄덕였다. 기대에 잔뜩 부풀어 굳어 있던 얼굴이 한껏 풀어지자 앳된 티가 역력해서 모처럼 다들 제 나이로 보였다.

＊ ＊ ＊

"그 모든 일을 행하는 데 있어 조금의 미흡함이 없어 부원수도 매우 흡족해했다고 합니다. 덕분에 지역의 많은 백성이 소금을 아주 값싸게 얻을 수 있게 되어 민심이 안정되었다니 이게 다 전하의 복이시옵니다."

정전에서 조례를 하던 중 현과 신우가 거론되자, 삼사의 신료들이 앞다투어 신우의 칭찬을 늘어놓았다.

"피 한 방울 흘리지 않고 그러한 성과를 끌어냈으니 참으로 훌륭합니다."

삼사의 속내를 눈치채곤 명회가 코웃음을 쳤다. 저들은 신우를 지지하는 게 아니다. 자신이 지지하는 현을 반대하는 것이다. 그렇다면 이 싸움에서 질 수 없었다. 명회가 목을 가다듬었다.

"적과 제대로 맞서 싸우지 못한 건 용기가 없는 거지요. 싸우라고 보낸 자리인데 싸우지 못한 건 칭찬할 일이 아닙니다."

명회가 운을 떼자 육조가 동조하고 나섰다.

"지금 잠깐 숙이는 척할 뿐, 왜놈들은 약속을 지키는 족속들이 아닙니다."

"수틀리면 안면 몰수할 게 뻔해요. 한두 번 겪습니까."

"도둑놈에게 곳간을 내어주는 걸 어찌 무역이라 할 수 있단 말입니까!"

육조의 비난이 거세지자, 대사헌이 말허리를 자르며 끼어들었다.

"그렇다고 해서 매양 생업에 종사하는 백성들을 전쟁터로 내몰 수는 없는 노릇이지요. 할 수 있는 한 싸우지 않고, 누구도 피 흘리지 않은 채 일을 끝내는 게 옳습니다."

"조선은 유학의 나라이지 무인 정권이 아니지 않습니까. 그리고 굳이 따지고 보자면 진짜 싸움은 본래 문신들이 해왔지요. 강감찬 장군이 무신이었습니까, 문신이었지. 피 흘리지 않았다고 하여 싸우지 않는 게 아니지요. 오히려 싸우지 않고도 문제를 해결했다는 건 더 잘 싸웠다는 반증이 아니겠습니까?"

"그 말씀은 자칫하면 월산군이 무얼 잘못했다는 것처럼 들립니다. 무조건 싸우지 않는 게 옳다고 주장하는 건 싸우지 못한다고 자인하는 것과 다를 바가 없어요."

한껏 비아냥거리는 명회의 말에 대사헌이 뜨끔하여 노려보았다.

"동래와 진포는 지역적 특성이 다릅니다. 동래 근처에는 너른 평야가 없어요. 그래서 백성들조차 쌀 수급에 어려움을 겪고 있습니다. 거기다 동래의 지역 특산물 역시 왜구와 별 다를 바가 없으니 거래하기도 마땅찮습니다. 동래의 왜구는 날생선에 꼬인 파리 떼란 말입니다. 파리 떼는 쫓아내야지, 그것들과 거래할 수는 없는 노릇 아닙니까. 월산군이야말로 가장 빠르고 명쾌하게 그 지역에 맞는 일 처리를 하신 겁니다."

"진포에 과연 부원수같이 훌륭한 장군이 안 계셨어도 그 일이 성사되었을지 의문입니다. 사실상 부원수가 다 차려놓은 밥상 아닙니까."

명회의 말이 끝나기 무섭게 병판이 동조하고 나서자, 빈청의 신료들 사이에서 그에 공감하느라 작은 소란이 일어났고, 대청의 신료들 사이에선 불만 섞인 말들이 터져 나왔다. 양측이 팽팽히 맞서 금방이라도 큰 싸움이라도 벌어질 기세였다.

"그만들 하시오."

수양이 중재하고 나섰다. 명회와 대사헌이 고개를 숙인 채 뒤로 반보 물러났다.

"결과적으로 둘 다 우열을 가릴 수 없이 잘했다는 거 아닌가."

수양의 말에 빈청의 신료들은 움찔했고, 대청의 신료들은 기뻐했다. 둘을 동시에 칭찬하는 수양의 발언은 아무것도 아니었던 신우를 현과 비슷한 반열에 올려놓은 셈이다. 오히려 수양의 심중이 신우에게 치우쳤음을 드러내는 것과 다름없었다.

"그러하옵니다, 전하."

대사헌에 이어 대제학마저 기꺼운 기색을 감추지 못했다.

그들을 지켜보는 수양의 심경은 복잡했다. 삼사의 신료들이 오랫동안 지켜본 현이 아니라 왜 낯선 신우를 더 지지하는지 그 의중을 충분히 짐작했다. 그리고 제 마음도 그와 같다는 걸 부정하기 어려웠다.

왕이 되고 싶었다. 형이 살아있을 때는 감히 생각지 못했으나, 형이 죽고 나자 욕망이 피어올랐다. 형의 아들이라는 이유만으로 왕이 된 철부지 어린아이보다 자신이 부족할 건 조금도 없었다. 그래서 난을 일으켜 왕이 되었다. 왕이 되기 위해, 권력을 잡기 위해 어쩔 수 없이 다소 부족한 이들의 힘을 빌렸다. 그 힘으로 왕이 되었으니 평생 그들 눈치를 살필 수밖에 없었다. 얻은 게 있으니 잃는 것도 생기는 게 세상의 이치라, 어쩔 수 없다고 여기며 살았다.

하지만 나이가 들고 몸이 아파오자 지난날 저지른 일들에 대한 회한이 종종 수양을 덮쳤다. 악몽을 꾸다 땀에 흠뻑 젖은 채 잠에서 깨는 일이 잦아졌다. 자식들이 하나둘 저를 앞서 떠나자 과연 왕이 된 게 제 인생에서 정녕 행복한 일이었나 곱씹게 되었다. 난을 일으켜 왕이 되지 않았더라면 자식들이 죽지 않았을지도 모른다는 생각이 자꾸만 들었다. 그런 생각이 들 때마다 현을 보기 꺼려졌다.

정녕 저게 내 손자가 맞는지 의심이 들 때면, 그날의 기억이 마치 어제 일처럼 생생하게 떠올랐다. 결국 난을 일으켜 이 모든 끔찍한 일들이 벌어지고 말았다는 생각을 멈출 수가 없었다. 그럴 때면 권력을 잡으라 부추겼던 공신들이 끔찍스러웠다. 저는 이 불행의 늪에 빠뜨려 놓고 자기들은 희희낙락하는 게 꼴 보기 싫었다. 결국 자신은 저들의 부와 권력을 위한 제물이 아니었나 하는 생각에 사로잡혔다. 그럴 때마다 그날처럼 철퇴를 휘둘러 저들을 모두 때려죽이고 싶었다.

현이 보위에 오른다면 결국 저와 다를 바 없는 삶을 살 게 뻔했다. 제 손자인지 의심스러워 책봉을 미적거린 것도 있지만, 현이 보위에 오른 뒤 일어날 일들이 내키지 않아 망설인 것도 있었다. 제 삶을 대물림하기 싫었다. 그건 현에게도 못할 짓이었고, 이 나라 조선에도 망조였다. 다음 대를 제대로 세우지 못해 조선이 쇠락의 길을 걷는다면 저는 역사에 사마의와 다를 바 없는 평가를 받게 될 것이다. 그리되게 내버려 둘 순 없는 노릇이었다.

보아하니 공신들에게 짓눌려온 삼사는 신우가 택현되길 바라는 모양이다. 만약 신우가 보위에 오른다면 공신들로부터 권력을 빼앗을지도 모르겠구나 싶었다. 신우와 삼사가 손을 잡고 공신들을 견제하는 그림을 상상하자 나쁘지 않았다. 오히려 기대되기까지 했다.

"외람된 말씀이오나 전하, 신신은 진포에서 벌어진 일을 전해 듣자마자 세종대왕이 떠올랐나이다. 대왕께서 왜놈들과 통상조약을 맺었던 과정과 참으로 흡사하지 않사옵니까."

대제학의 말에 수양이 눈을 질끈 감았다. 그 역시도 생각하지 않은 바가 아니었다. 둘을 내려보낼 때 수양은 신우가 아무것도 못 해낼 줄 알았다. 아니, 어쩌면 마음 한편으로 그러길 바랐는지도 모르겠다. 한쪽이 월등해야 택현이 쉬울 터였다. 그리고 둘 중 따지자면 현이 빼어나 택현되는 게 여러모로 무난했다. 그래서 더 이상 자신이 번뇌에 빠지지 않도록 말이다. 그나마 강 사서를 신우에게 붙여 준 건 최소한의 양심이자 도의였다.

현이 왜구를 단숨에 인정사정없이 무찔렀다는 소식을 듣고 중전 윤씨는 수양의 젊은 시절이 떠오른다 했다. 수양은 씁쓸하게 웃기만 했다. 저였어도 그 나이에 왜구를 토벌하러 내려갔다면 그랬을 터였다. 현의 소식이 전해지고도 한참 동안 신우에게선 연락이 없었다.

"감히, 어찌 그런 망발을 한단 말인가! 어느 안전이라고 함부로 지껄이는 게야! 세종대왕이라니!"

꽤 시간이 흘러 신우가 왜구 문제를 해결했다고 알려오자, 수양의 가슴이 덜컥거렸다. 신우의 일 처리는 자신과 닮지 않았다. 오히려 신우는 수양에게 제 형을, 제 아비를 떠오르게 했다. 그토록 닮고 싶었으나 닮지 못한 면모였다.

"그만하라."

수양이 탁자를 내리치자 신료들이 일순 조용해졌다. 그러자 좀 전에 대전으로 들어와 눈치만 살피던 서장관이 조심스레 나섰다.

"전하, 사신이 방금 평양에 도착했다고 합니다."

서장관이 전해온 소식에 자잘한 한숨들이 정전에서 터져 나왔다. 공녀를 바라고 오는 명나라 사신은 언제나 골칫거리였다. 거기다 이번 사신 강욱은 특히나 몹쓸 자였다. 따로 뇌물을 챙겨주지 않으면 황제께 가서 무슨 말을 지껄일지 몰랐다. 안 그래도 난감한 요구를 뻔뻔하게 관철하기 위해 저딴 자들만 보낸다고 의심될 정도로 고약한 놈들만 왔는데, 강욱은 그중에서도 가장 악질이었다.

"전하, 이번 사신 접대를 두 분께 맡기심이 어떠한지요?"

"사신 접대를?"

"예, 왕재 시험으로 적절치 않습니까."

"영상, 그 무슨 말씀이오? 아니, 명나라에 이 망측한 상황을 모두 밝히자는 거요?"

"사신이 이 사실을 알게 되면 이걸 약점 잡아 우리에게 별별 요구를 다 할 게요."

"사신은 둘째치고 황제께서 아신다면 큰일입니다. 숨겨도 모자랄 판에 알리자니요!"

기함한 신료들이 마구 떠들어댔다. 편치 않기는 수양 역시 마찬가지라 말리지 않고 명회가 비난받도록 내버려두었다. 헌데 정작 욕을 먹는 명회는 태연하기만 했다.

한참 떠들어대던 신료들은 명회의 태도에 의아해져 서서히 조용해졌다. 정전 안의 소리들이 가라앉자 비로소 명회가 입을 열었다.

"이번에 오는 명의 사신 강욱의 됨됨이를 보건대 그자가 전하 손자들의 나이까지 상세히 알고 있을 리 없습니다. 강욱뿐 아니라 어지간한 명나라 신료들도, 심지어 황제도 그런 것들을 다 기억하지 못할 겁니다. 우리도 황제의 아들들이 몇인지는 대충 알지만 그 나이까지 상세히 기억하지는 못하지 않습니까? 허니 전하의 두 손자가 택현을 위한 시험을 치르는 중이라 하면 될 일이에요. 제 뱃속만 불릴 수 있다면 오히려 강욱은 자신을 두고 둘이 경쟁하는 걸 더 즐길 겁니다. 우리는 두 분이 어찌 사신을 접대하는지만 보면 되고요. 속사정을 다 알릴 필요가 없단 말입니다. 강욱 역시 궁금해하지도 않을 테고요."

맞는 말이었다. 수양의 손자가 여럿인데 그 중 책봉을 위한 경쟁이라고만 하면 될 일이다. 명나라에선 흔한 일이라 강욱은 이상하게 여기지 않을 터이니, 상세하게 밝힐 필요도 없었다. 신료들이 하나둘씩 그럴듯하다며 고개를 끄덕였다.

"참으로 좋은 생각입니다. 두 분을 어서 불러올려 사신을 맞이할 준비를 하게 하시지요."

좌상까지 나서자 빈청 신료들은 모두 이의없이 동조했다. 일이 이쯤 되자 대청의 신료들도 반대할 명분을 찾기 어려웠다.

"그러는 게 좋겠습니다."

결국 떨떠름한 얼굴로 대제학이 뜻을 받아들였다.

"그리하라."

수양이 떨리는 목소리로 허락했다. 명회가 수양을 쳐다보았다. 두 사람의 시선이 허공에서 마주쳤다가 재빨리 흩어졌다. 수양의 심중을 명회는 누구보다 분명하게 알고 있었다. 수양 역시 제 의중을 명회가 눈치챘음을 알 것이다. 그래서 서로가 불편했다.

토끼사냥이 끝나자, 주인은 사냥개를 삶아 먹고 싶어졌다. 헌데 그 사냥개가 지나치게 사나워 쉬이 잡을 수가 없었다. 잡으려다가 되려 자신이 물려 죽을 수 있기 때문이다.

사냥개도 자신을 죽이고 싶은 주인의 심정을 안다. 하지만 주인 없는 사냥개는 들개가 될 뿐이라, 자신을 죽이고 싶어 하는 자를 주인으로 섬길 수밖에 없다.

서로를 없애고 싶지만, 없앨 수가 없는 처지라 지켜만 볼 뿐이다. 한때 목숨을 걸고서라도 서로의 뜻을 이루어주려 했던 동지가 이제와 원수보다 못한 사이가 된 게 서글펐다.

"피곤하니 이만 물러들 가라."

수양이 손을 내저으며 조례를 끝냈다. 신료들이 절한 뒤 하나둘씩 정전을 빠져나갔다.

"선을 넘지 마시게."

정전을 나오자마자 명회가 대제학에게 경고했다.

"무슨 말씀입니까?"

"말 그대로야. 선을 넘지 말란 말일세. 어찌 감히 방자하게 세종대왕을 운운하냔 말일세."

"그게 이리 거슬릴 일입니까? 택현을 위해 의당 그럴 만한 말을 나누었을 뿐입니다. 정작 전하께서도 아무 말씀도 아니 하셨는데 왜 영상께서 이리 발끈하시는지 모르겠습니다."

"발끈이라고?"

두 사람이 붙어 있는 시간이 길어지자, 병판과 대사헌이 곁으로 다가왔다. 명회가 먼저 손을 내저어 병판을 멀리 떨어지게 했다. 그러자 대제학 역시 대사헌에게 더 가까이 오지 말라, 손짓했다.

"자넨 어디서 어떻게 자랐는지 모르는 이를 왕으로 모시고 싶은 가? 김종서의 핏줄인지도 모르는 자란 말일세. 그런 자에게 감히 세종대왕 운운하는 게 방자하지 않단 말인가?"

"어디서 어떻게 자랐는지 모르다니요. 흥인사 근처 사찰에서 승려가 키웠다면서요. 밖에서 자란 게 뭐가 문제인지 소신은 도무지 모르겠습니다. 오히려 백성들과 함께 어울려 자랐으니 민심도 잘 알 터인데 그게 어찌 흠이랄 수 있습니까. 전하께서도 밖에서 지내시다 궐로 돌아오시지 않으셨습니까?"

"함부로 지껄이지 마라! 자넨 대제학이야! 그런데 제대로 된 교육을 받지 못한 이가 왕이 되는 꼴을 두고 볼 참인가!"

"오히려 저로선 더 좋지요. 모르는 게 많으면 배워야 할 테고, 그러면 저희가 가르치게 될 테니 말입니다. 가르치고 간하는 게 저희의 일 아닙니까."

"그래, 나쁠 게 없어서 지지하는 게지. 공신들을 견제하고 성리학을 뿌리내리기 위해, 필요하니 지지하는 게야, 솔직히 말해 진짜 왕재라고는 자네들도 생각하지 않잖나! 이 조선을 위해서가 아니라 자네들 이익을 위해 보위에 오를 이를 택하려 하다니, 그게 선비라는 자들이 할 짓인가!"

"그런 말씀을 영상께서 하시다니 참으로 우습습니다."

"무어라?"

"영상이야말로 조선을 위한 왕재가 아니라 영상의 맘에 드는 사윗감을 고르시려는 게 아닙니까?"

"뚫린 입이라고 뱉으면 다 말인 줄 아느냐! 대제학이란 놈이 어찌 내뱉는 말의 무서움을 이리도 모른단 말이냐!"

명회가 대제학에게 한 걸음 더 다가서자, 지켜보던 병판이 놀라 다가왔다. 대사헌도 질세라 대제학 곁에 붙어섰다. 둘 다 기세를 뿜어내며 팽팽하게 맞섰다. 그러다 먼저 돌아선 건 명회였다.

"잘 생각하시게. 어차피 조선은 유학자들이 세운 나라야. 느리든 빠르든 시간은 흐르기 마련이고 성리학은 어차피 이 조선에서 뿌리 내리게 될 게야. 조급증을 부려 그릇된 선택을 하지 마시게. 젊은 혈기를 누르지 못해 어리석은 짓을 저지른다면 나이 들어 후회할 것이야."

"영상께서도 이제 와 후회하시나 봅니다?"

끝까지 대제학은 지지 않았다. 오히려 명회가 저보다 더 발끈하여 씩씩거리는 병판을 다독이며 등을 돌렸다. 쓸데없는 기 싸움에 신경 쓸 필요 없었다. 어쨌든 현이 택현되면 다 끝날 일이었다.

"서두르게. 가장 발 빠른 자를 보내 월산군에게 최대한 빨리 도성으로 돌아오시라 전해야 하네."

명회가 병판에게 나지막하게 속삭였다. 수양이 흔들린다는 사실이 더 많은 이들에게 알려져선 아니 된다. 수양의 어심이 이보다 더 탁해지기 전에 책봉 문제는 매듭지어야만 했다.

"그리고 진포는 이 모든 걸 최대한 늦게 알아야 해."

"아주 사신이 가고 난 뒤에야 도성에 오게 할까요?"

명회의 의중을 알아챈 병판이 음흉한 미소를 지었다.

"그렇게까지 하면 아니 돼. 오긴 와야지. 사신이 도착한 날이나 그 다음 날 정도 도성에 오게 만들면 좋겠네. 와본들 제 할 일을 찾지 못해 아무것도 하지 못하게 해야 해. 참여조차 못 하게 하면 시합은 성립되지 않지만, 참여는 했으나 아무것도 못 한다면 패배자로 만들 수 있지."

"알겠습니다, 그리합지요."

병판이 고개를 주억거렸다. 잔뜩 웅크린 채 멀어지는 병판과 명회의 뒷모습을 대제학과 대사헌이 걱정스럽게 지켜보았다.

"음흉한 속내로 몹쓸 짓을 꾸밀 게 분명해."

"뻔하지."

"아무래도 강 사서에게 따로 서찰을 보내야겠네."

"서두르시게. 조금도 지체해선 아니 되네."

돌아선 대제학과 대사헌이 걸음을 재촉했다.

* * *

"허니 빨리 출발하셔야 합니다."

강 사서가 초조해하며 발을 굴려댔다. 부원수 최 장군 역시 걱정스럽게 신우를 바라보았다. 주변이 모두 다급해하는 데도 신우 홀로 고요했다. 선불리 입을 열지도 않았고 재게 몸을 놀리지도 않았다. 앉은 자리에 고대로 앉아 생각에 잠겨 있을 뿐이었다.

"월명군!"

월명군은 신우에게 수양이 임시로 내려준 봉호였다. 급한 대로 월산군에서 한 글자만 바꾸어 지은 거였다. 당연히 현과 명회는 대단히 불쾌해했다.

"전하의 왕명을 기다려야 하지 않겠습니까?"

"그걸 기다리면 늦습니다. 아직도 안 온 걸 보세요. 영상과 병판이 제때 도착하지 못하게 손을 쓴 게 분명합니다. 오죽 불안하면 대사헌께서 제게 따로 연통을 주셨겠습니까. 어서 출발하셔야 합니다. 사신이 도착하기 전에 도성에 도착해야 해요. 그래야 뭐라도 해볼 수 있지요."

"강 사서의 말이 옳습니다. 기다리지 마시고 먼저 출발하시지요."

"강 사서에게 온 연통만으로 제가 왕명도 듣지 않고 미리 출발하는 건 옳지 않습니다. 저는 기다리겠습니다."

"그러면 늦는다니까요!"

"그리되더라도 감수해야지요. 왕명이 아닌 다른 경로로 소식을 듣고 그에 따라 조급히 움직이는 건 옳지 못합니다. 그릇된 행동은 시작부터 잘못을 만듭니다."

음성은 차분하지만 단호했고 고요하지만 고집이 있었다. 고지식하기 짝이 없는 대답이었으나 강 사서는 더 반박하지 못했다. 실은 신우의 그러한 고지식함을 좋아했다. 법도를 지키는 지도자를 오랫동안 애타게 기다려왔기 때문이다. 그래도 지금 상황은 그게 아닌데. 강 사서가 털썩 자리에 주저앉았다.

"너무 늦게 가서 아무것도 할 게 없으면 어찌합니까?"

"사람이 머물고 지나는 자리에 어찌 할 일이 없겠습니까. 늦으면 늦게 가서 제 일을 찾아서 할 터이니 너무 염려 마세요."

달래는 음성이 다정하다. 길게 원망조차 할 수 없어진 강 사서가 자리에서 벌떡 일어났다.

"짐을 미리 싸두는 건 왕명에 거스르는 일이 아니겠지요. 최대한 빨리 출발할 수 있게 미리 채비해 두겠습니다."

그마저 말릴 수 없었는지 신우가 고개를 끄덕였다. 강 사서가 부산을 떨며 밖으로 나가자 최 장군도 그를 급히 뒤따라갔다.

"도울 게 있으면 말씀하시게."

"워낙에 단출하여 부원수의 손까지 빌릴 필요는 없겠습니다."

"왕명이 너무 늦게 도착하면 어쩌나?"

"그래도 어쩔 수 없지요. 기다리신다고 말씀하셨으니 기다리실 겁니다. 후에 어찌하실지 지켜볼밖에요."

짐을 챙기던 강 사서가 일손을 잠시 멈추고는 최 장군을 똑바로 바라보았다.

"저는 저분이 전하의 손자라고 확신합니다."

소년등과한 강 사서는 자부심이 대단한 자였다. 세자 시강원에서 누군가를 골라 신우에게 붙여주자는 건 수양의 생각이었으나 개중 강 사서를 고른 건 명회였다. 아마도 그가 가장 신우에게 비협조적일 거로 생각했기 때문일 거다. 하지만 그는 진포에 도착하기도 전에 이미 신우의 사람이 되어 있었다.

"그러한가."

그리고 그건 최 장군 역시 마찬가지였다. 처음엔 할 줄 아는 게 없을 것 같아 무시했지만 얼마 지나지 않아 신우를 위해 움직이게 되었다. 스스로 생각해도 의아할 정도로 마음이 헤프게 풀어졌다.

"장군께서는 그리 생각지 않으십니까? 저 언행과 품행을 보세요. 사실 저는 저분에게서 전하보다는 선왕의 모습을 봅니다. 제가 아버님이나 스승님께 들었던 선왕의 품격이 저분에게서 보여요."

최 장군이 고개를 끄덕였다. 강 사서는 장군도 같은 생각인 것 같아 신이 난 얼굴로 짐을 챙겼다. 하지만 최 장군의 동조는 그게 전부가 아니었다.

신우에게서 수양이 보이지 않는다는 덴 생각이 같았다. 신우는 무엇으로 보나 수양을 조금도 닮지 않았다. 그랬기에 성군의 자질이 보이는 것도 사실이었다. 강 사서는 수양을 닮지는 않았으나 성군의 자질이 보이는 그에게서 선왕을 봤다. 하지만 최 장군은 신우의 올곧고 강직한 모습에서 김종서 장군의 기개를 봤다.

최 장군은 여전히 같은 무인으로서 김종서를 존경했다. 그가 역심을 품었다고는 단 한순간도 믿지 않았다. 김종서는 빼어난 무인이었고 훌륭한 인간이었으며 강직한 신하였다. 그를 존경하며 그와 같은 무인이 되기를 꿈꿨던 최 장군은 신우에게서 김종서의 면모를 엿보았다.

꺾이지 않는 절개, 단정한 행동거지, 소탈하게 아랫사람들과 어울리는 와중에도 위엄과 품위를 잃지 않는 태도, 기가 막힌 용병술과 전술, 적장의 마음을 살 정도로 사람들을 잘 다루지만, 결코 상대의 속임수에는 넘어가지 않는 단호함이 닮아 있었다. 밖에서 신분을 숨긴 채 키워졌다고는 믿기 어려울 정도로 빼어난 자질을 보였다. 그래서 진포에서 그를 가까이서 모신 많은 이들은 신우가 왕의 손자이길 바랐다.

* * *

강 사서의 예상대로 왕명은 늦게 도착했다.

대신 미리 떠날 준비를 마쳐놓은 덕에 지체없이 출발할 수 있었다. 신우는 떠나기 전 도와준 이들에게 하나하나 인사를 건넸다.

"저는 자가가 누구의 손자이든 간에, 김종서 장군의 가문은 복권되어야 한다고 생각합니다. 그 가문이 누명을 벗을 수 있게 부디 힘써주십시오."

최 장군은 마지막 인사를 건넬 때 가슴에 품었던 말을 내뱉고야 말았다. 옆에 있던 강 사서가 놀라 움찔했다. 신우가 만약 세손이라면 지금의 발언은 훗날 문제가 될 소지가 역력했다. 다들 불안하게 신우의 안색을 살폈다.

신우는 마치 듣지 못한 것처럼 그저 담담했다. 놀라지도 책망하지도 않고 묵묵히 고개를 끄덕이는 게 고작이었다. 두어 번 최 장군의 어깨를 두드려주었다. 그리고 배웅나온 다른 이들 역시 똑같이 격려해준 뒤 신우는 돌아섰다.

올 때와 마찬가지로 단출하게 진포를 떠났다. 두 사람이 완전히 보이지 않을 때까지 최 장군은 꼼짝하지 않고 그 자리에 서 있었다. 흙먼지 때문인지 최 장군의 두 눈가가 시큰거리더니 어느새 눈물이 맺혔다.

* * *

"대체 왜 이리 늦은 게야!"

태평관 앞에서 초조하게 기다리던 대사헌이 드디어 도착한 강 사서를 보자마자 책망을 쏟아냈다. 벌써 해가 뉘엿하게 지고 있었다. 이미 현은 반나절 넘게 강욱과 시간을 보내는 중이었다.

현은 사흘 전에 도성에 도착해 강욱이 머물 태평관을 단장하고 접대할 기생들을 선별했다. 그리고 미리 마중 나가 강욱과 담소를 나누며 태평관으로 와 지금까지 접대 중이었다.

마중부터 접대까지 일 처리에 미흡함이 없어 같이 일을 하던 예판마저도 크게 감동하였다고 했다. 그 바람에 오늘 정전에서 명회와 예판은 신이 나서 앞다투어 현의 칭찬을 늘어놓았다.

"서찰을 받자마자 출발했어야지, 어쩌다가 이리 늦은 게야!"

그때까지도 신우는 도착할 기미조차 없어 기회를 잡은 빈청의 신료들이 너나 할 것 없이 현을 추켜세우고 신우를 깔아뭉갰다. 하나같이 맞는 말이라 대청의 신료들은 입이 열 개여도 할 말이 없었다.

그나마 수양이 불편한 기색을 비친 덕에 조례는 더 길게 이어지진 못했다. 현의 칭찬을 들으며 수양이 기꺼워하지 않은 것이 빈청의 신료들에겐 목에 걸린 가시처럼 불편하게 남았고, 대청의 신료들에겐 꺼져가던 희망의 불씨를 살린 격이었다.

"서찰은 받았으나, 왕명을 받고 출발하였습니다."

"무어라?"

조례가 끝나자마자 태평관으로 달려와 기다리던 대사헌이 발끈했다. 분명 병판과 명회가 무슨 수를 쓸 것 같아 부러 서찰을 따로 보내기까지 했는데, 그 말을 듣지 않았다니 기가 막혔다. 강 사서가 벌써 명회의 사람이 되었다는 의심마저 들 지경이었다.

"그게 맞지 않습니까? 월명군 자가께서 왕명이 아닌 일개 사서에게 온 서찰을 보고 섣불리 움직이실 수는 없는 일 아닙니까."

큰소리치듯 대답하며 강 사서가 신우를 흘깃 눈짓으로 가리켰다. 그제야 대사헌은 강 사서가 하는 말이 신우의 의중을 대신하는 것임을 눈치챘다. 마음이 놓인 동시에 강 사서가 왜 그토록 신우를 칭찬했는지 깨닫는 순간이었다.

"어서 들어가십시오. 지금 한창 연회 중입니다."

대사헌이 비로소 허리를 굽혀 신우에게 인사를 올렸다.

"연회는 월산군이 준비하셨습니까?"

"예, 음식이며 기생이며 하나하나 월산군께서 신경 쓰셔 준비하셨습니다. 월산군은 벌써 사흘 전에 이곳에 도착하셨으니까요."

"그렇다면 이건 월산군의 연회입니다. 제가 들어가는 게 옳지 않습니다."

강 사서와 대사헌이 화들짝 놀랐다.

"사신을 만나야 할 게 아닙니까?"

"설마 사신을 만나지 않으실 생각이십니까?"

"만나야지요. 허나 제가 월산군이 준비한 연회에서 사신과 인사할 수는 없지 않습니까. 저는 내일 아침에 만나겠습니다."

"허면 내일 아침까지 아무것도 안 하고 기다리시려고요?"

"그럴 순 없지요."

연회에 들어가진 않고 내일 아침에 만날 거라면서 아무것도 안 할건 아니란다. 이게 대체 무슨 말인지 이해하지 못한 강 사서와 대사헌이 할 말을 잃고 입만 벌린 채 어버버거렸다.

"사신이 묵을 방이 어딥니까? 정해졌지요?"

"예, 바, 방은 정해졌지요."

"그럼 저는 그 방을 한번 둘러보고 싶습니다. 안내해주시겠습니까?"

"그, 그러지요."

대사헌이 얼떨떨한 채 강욱이 묵을 숙소로 안내했다. 태평관 가장 안쪽에 있는 제일 큰 방이었다. 이미 현이 손을 봤는지 꽤나 휘황찬란하게 꾸며져 있었다. 방 한가운데 서서 찬찬히 방을 둘러보더니 신우가 고개를 갸웃했다.

"여기 다른 방은 없습니까?"

"있긴 합니다만, 사신이 묵을 방은 여깁니다. 이 방이 여기서 제일 크거든요."

"다른 방들도 보고 싶습니다."

신우가 재촉하자 대사헌이 옆에 그보다 작은 방으로 안내했다. 그 방은 미리 준비해놓지 않아 청소만 되어 있을 뿐 화려하게 꾸며놓지는 않았다. 텅 빈 방을 신우가 신중히 둘러보더니 이내 만족스러운 얼굴로 고개를 끄덕였다.

"여기가 낫겠습니다. 큰 방에 있는 물건 중 이불과 보료만 여기로 옮기지요."

"이 작은 방에 묵게 하자고요?"

"네, 강 사서를 통해 강욱의 인물됨을 미리 알려주셨지요? 그는 몸집이 크지만 아주 예민하고 장에 탈이 자주 나서 음식에 까탈스러운데 식탐은 많으며, 신경질적이고 탐욕스럽다고 하셨습니다. 제 생각에 그는 매양 잠을 잘 자지 못하는 듯합니다. 본래 몸집이 크고 장에 탈이 자주 나면 숙면하기 어려운 법이고, 잘 자지 못하면 사소한데 예민하고 신경질적이기 쉽지요. 장이 예민하니 분명 물이 바뀔 때마다 탈이 났을 것이고 그 바람에 홧증이 더해졌을 테니 사신으로 올 때마다 더 유별나게 굴었을 겁니다. 몸에 기가 제대로 통하지 않는 헛헛함을 다른 걸로 채우려 들었을 터이니 자연히 탐욕스러워지지 않았겠습니까. 아까 그 방은 남동향이라 건강한 사람들에겐 좋지만, 강욱과 같은 이가 깊이 잠들기는 어렵습니다. 이곳은 서북향이라 아침 해가 늦게 들어옵니다. 불을 좀 많이 때 바닥은 아주 뜨끈하게 하고 머리 위는 조금 시원하게 한다면 숙면에 좋을 겁니다. 그리고 여기저기 물그릇과 젖은 수건을 놓아 방이 건조하지 않도록 해주세요. 자리끼는 반드시 박하차로 준비해두시고요."

신우가 술술 내뱉는 말에 대사헌과 강 사서가 감탄했다. 어느새 입술이 위로 호를 그린 강 사서가 대사헌의 팔을 툭 쳤다.

"제가 서찰에 쓴 말과 똑같지요? 왜 그리 썼는지 아시겠지요?"

신이 난 강 사서를 보며 대사헌이 흐뭇하게 고개를 끄덕였다.

"사신이 오기 전에 방에 부용향을 미리 피운 뒤 한 소금 빠져나가 은은히 감돌게만 만들면 좋겠습니다. 그리고 사신이 내일 입을 옷도 부용향으로 훈증해두면 자고 일어나 맡는 향과 옷에 스민 향이 같을 테니 한결 편안함을 느낄 겁니다."

"말씀하신 대로 모두 준비해두겠습니다."

"아! 일어나자마자 연하게 우린 대추차로 쓴 입을 씻게 한 후엔 진하게 탄 꿀물을 주십시오. 술을 많이 마셨을테니까요. 그리고 씻는 건 좋아하지 않을 테지만 안마는 즐길 터이니 족욕 후 발을 지압해주면 좋아할 겁니다. 내일 아침에 그것도 준비해주세요."

"예."

"방이 준비된 걸 확인하고 저는 물러갔다가 내일 아침 사신이 일어난 후 인사를 나누도록 하겠습니다."

언제 와도 제 할 일이 있을 거라는 건 이런 자신감이었나 보다. 신우가 시키는 일을 하러 강 사서가 재게 몸을 움직였다. 말에서 내리자마자 바빠졌으나 피곤한 줄 몰랐다. 눈이 짓무르도록 집현전에서 학문을 연구했던 학자들의 심정이 저와 같았을 거라고, 강 사서는 그리 생각하며 나이 때문에 어쩔 수 없이 저보다 굼뜬 대사헌을 독촉했다.

"서두르세요. 할 일이 많습니다."

"알았네."

신우는 바쁘게 움직이는 둘을 보다 팔을 걷어붙이고 일손을 도왔다. 둘이 기함하여 손을 내저었으나 신우는 아무렇지도 않게 보료를 옮기고 이불을 깔고 베개를 정리했다. 단정하고 군더더기 없는 손길로 해내는 모습을 보며 대사헌과 강 사서가 다시 한번 감탄했다.

* * *

스르륵, 거구의 몸이 드디어 옆으로 쓰러졌다. 안도의 한숨이 연회장 안 여기저기서 터져 나왔다.

"모두 수고하였다."

현이 기생들에게 하례했다. 강욱은 재물에 대한 욕심이 많고 성격이 고약한 데다 제멋대로인 걸로 유명했다. 올 때마다 난잡한 연회를 바랐고 기생들은 젖비린내가 채 가시지 않은 어린애들로만 원했으며 심지어 사내아이를 요구하기까지 했다. 거기다 공녀에 대한 요구가 뻔뻔하기 이루 말할 수가 없었고, 개인적인 뇌물조차 만족할 만큼 주지 않으면 황제에게 고하겠노라 협박하기를 서슴지 않았다.

그런 이를 접대해보라는 명이 떨어졌을 때 현은 이 역시 신우보다 월등히 유리한 과제라 여겼다. 살생을 해야만 하는 첫 번째 과제도, 개차반 사신을 접대하라는 두 번째 과제도 모두 자신에게 유리했다. 이 판 자체가 저를 위해 만들어진 거였다. 비로소 마음이 놓이며 자신감이 충만해졌다. 누구도 신우가 어찌하고 있는지 제대로 알려주지 않았으니 그리 착각하는 게 당연했다.

현은 매사에 제 식대로 밀어붙였다. 사신의 취향대로 연회장을 꾸미고 기생을 선별했다. 진짜 나이 어린 기생이 아니라 어려 보이는 기생들을 뽑은 후 어린애처럼 연기하도록 가르쳤다. 그리고 기생 중

예쁘기보단 잘생긴 애들을 골라 남장을 시켰다. 강욱의 뇌물은 사비로 준비했다.

제 취향으로 마련된 연회장에서 강욱은 썩 기꺼워했다. 연회가 한창 흥이 올라 강욱이 얼큰하게 술에 취하자 현은 속내를 털어놓았다.

일단 현은 자신의 외가 한씨 가문 여인들 여럿이 황제의 후궁이 되었으니 두 가문이 서로 인척임을 강조했다. 따라서 자신이 왕이 될 때 황제가 강욱을 더 중히 쓸 거라 넌지시 운을 던졌다.

거기다 이번에 공녀에 대한 요구를 거둬주면 개인적으로 뇌물을 더 챙겨줄 뿐 아니라 자신이 왕이 된 뒤 이번에 못 채운 수를 곱절로 채워주겠노라 제안했다. 흥에 겨운 강욱은 고개를 주억거렸다.

현은 아예 이 약속을 문서로 만들어 강욱에게 서명토록 했다. 현에게 유리한 내용만 적혀 있었고 둘 사이의 은밀한 뒷거래는 모두 빠져 있었다. 분명 문제가 될 만한 내용인데 술에 잔뜩 취한 강욱은 제대로 읽지도 못한 채 현이 시키는 대로 서명했다.

황제께 반드시 자신이 왕이 되도록 말해달라 부탁하자 강욱은 그러겠노라 큰소리치더니 이내 쓰러졌다. 현이 이미 독한 소주에 약을 타둔 덕이었다.

"이자가 올 때마다 우리 아이들이 밤 시중을 드느라 언제나 고생하였는데 자가 덕분에 처음으로 그 시중에서 벗어나게 되었으니, 참으로 감사합니다."

기생 중 우두머리가 현에게 고개 숙여 감사해했다.

"고생하였으니 이만 모두 물러가 쉬도록 해라. 대신 아침에 이자가 깨기 전에 침실로 들어가 같이 자다 깬 것처럼 꾸며야 하는 것 잊지 말아라."

"예."

현이 비로소 자리에서 일어나 연회장을 빠져나왔다.

"자가, 월명군은 저녁에 도착하여 사신의 잠자리를 챙기고 있다 합니다."

"늦게 와서 할 게 그거밖에 없었던 모양이지. 두어라. 그거 한다고 무에 달라지랴."

가슴속에 강욱의 약조를 품고 있자 마음이 너그러워졌다. 자신이 지난밤 무얼 해냈는지 증좌로 남아 있으니, 천하의 강욱도 딴말 못 할 것이고, 왕과 신료들도 모두 만족할 것이다. 왕좌가 드디어 코앞 이다. 오랜만에 가슴이 기쁨과 희망으로 부풀어 올랐다.

* * *

그런 줄로 알았는데…….

"월명군의 배려로 조선에 온 이후 처음으로 깊이 잠들 수 있었습니다. 아니, 그리 푹 잔 건 근래 극히 드문 일이에요. 언제나 아침에 눈뜰 때 뒷목이 뻐근하고 어깨가 무거웠는데, 오늘 아침엔 몸이 날아갈 듯 가뿐하더이다. 지난밤 술을 많이 마셨는데도 어찌나 몸이 가벼운지 제가 더 놀랐다니까요? 속 쓰릴 것을 염려해 꿀물부터, 부드럽고 속을 보호할 수 있는 음식으로만 마련된 아침상까지 너무나 지극하여 크게 감격하였나이다. 본래 왕의 진짜 일은 사람을 다루는 게지요. 능력 있는 사람을 제 사람으로 만들어 적재적소에 배치하는 게 진짜 지도자가 할 일 아닙니까. 우리가 그래서 유비의 삼고초려 를 높게 치는 것이고요. 월명군은 능히 그럴 자질이 보입니다. 정말 훌륭한 재목입니다, 전하."

신우에 대해 줄줄이 늘어놓는 강욱의 칭찬에 삼정승 육판서는 물론이거니와 삼사조차도 화들짝 놀랐다. 매사에 불평불만이 많고 트집거리만 찾던 자였다. 그 입에서 누군가를 칭찬하는 말이 나오는 걸 본 적이 없는데, 이건 정말 놀라운 일이었다.

"월명군이 사신의 안과 밖을 모두 잘 채워주었나 봅니다?"

겨우 정신을 차린 명회가 은근히 비꼬았다.

"하하, 제가 혹 무얼 원해 이리하는 거냐 물으니 그저 손님을 잘 대접하는 게 이 나라 고유한 풍습이라 최선을 다할 뿐이라 하더이다. 다른 무얼 바라는 게 있지 않냐고 집요하게 캐물어도 아무것도 바라지 않는다고 하고, 내가 다른 걸 바라면 어찌하겠냐니까 마음을 무얼로 살 수 있겠냐고 하던데요?"

아침 식사를 하기 전 신우는 산양유로 만든 죽을 가지고 강욱을 만나러 왔다.

부처님께서 오랜 단식 끝에 처음 드신 게 산양유라며 본 식사를 하기 전 먼저 죽을 먹을 걸 권했다. 강욱은 신우 역시 현처럼 이것저것 바랄 줄 알고 거드름을 피웠으나 자신의 안위만을 살뜰히 챙길 뿐 요구사항은 아무것도 내놓지 않았다. 결국 견디다 못한 강욱이 먼저 넌지시 욕심을 내비쳤을 때 신우는 조용히 답하였다.

모든 것은 적당한 때가 있어 종내 올 터이니, 그때 저는 제가 있어야 할 곳에서 함께할 사람들과 할 일을 하며 살게 될 거라고, 그건 제 몫이고 일이니 뭘 바라고 요구할 뜻이 조금도 없노라고 말이다.

다만 지금 이곳에서 조금의 불편함도 없이 기쁘게 머물다 가기만을 진심으로 바랄 뿐이라고 했다. 강욱은 신우의 그 겸허함에 감동

했다. 지금의 황제가 연왕이던 시절, 숨죽여 시기를 기다리던 때 그리고 강욱이 순수한 진심으로 그를 모실 때 연왕이 자주 인용하던 말이었기 때문이다.

"아랫것이, 거기다 딴 나라 사람인 제가 감히 뭐라고 왕재에 대해 논할 수 있겠습니까마는, 제게 누군가를 모실 선택권을 준다면 저는 월명군과 함께 대업을 이루어보고 싶나이다."

쐐기를 박는 강욱의 말에 정전은 고요해졌다. 수양은 기뻐하지도 슬퍼하지도 못하는 묘한 표정으로 강욱을 바라보다가 탁자에 놓인 현이 바친 약조를 보았다. 그 거창한 약속들이 초라해지는 순간이었다. 도열한 신하들 가장 끝에 서 있던 현의 얼굴이 붉어졌다. 신우의 낯빛은 아무런 변화가 없었다.

* * *

"어찌 이럴 수가 있소!"

강욱이 정전에서 나오자마자 현이 화를 숨기지 못한 얼굴로 다가갔다. 강욱은 태연했다.

"약속이 틀리잖소?"

"무슨 약속이 틀리단 말입니까? 이미 제 약조는 전하께 바치셨잖습니까. 그대로 이행하게 되겠지요. 허면 저는 약속을 지킨 게 아닙니까?"

"내가 왕재라고……."

"제가 황제께 말씀드린다고 했지, 전하께 말씀드린다고는 안 했는데요? 황제께는 월산군이 훌륭했노라 말씀드리지요. 허나 제가 워낙 두 손에 가져가는 게 없으니, 황제께서 그 말을 곧이들으실지는 모르겠습니다."

강욱이 싸늘하게 웃으며 돌아섰다. 현이 낭패감을 숨기지 못한 채 씩씩거렸다. 모두 지켜보고 있던 명회의 심정은 복잡하기 이를 데 없었다.

현은 강욱을 상대로 엄청난 성과를 거두었다. 일단 이번에 공녀를 한 명도 데려가지 못하게 된 것만으로도 큰 성과였다. 헌데 강욱의 말들로 현의 그런 성과들은 무색해지고 말았다.

강욱이 옳았다. 정치는 결국 사람의 일이다. 현은 성과에만 급급하여 강욱을 조금도 다루지 못했다. 허나 신우는 당장의 성과보다 강욱을 제 사람으로 만드는 걸 우선시했다. 당장 공녀의 문제는 해결치 못한다 해도 결국 신우의 사람이 된 강욱은 공녀 문제를 해결해 올 테니 말이다.

현의 일처리는 혈기 왕성하던 때 수양의 방식이다. 수양은 젊은 시절 그런 식으로 하여 끝내 보위에 올랐다. 그리고 말년에 몸이 상하면서 제 젊은 날의 모든 순간을 후회하고 있다. 그러니 현이 수양의 눈에 들 리 없었다.

현은 끝내 책봉되지 못할 것이다. 그렇다고 해서 신우가 책봉되게 내버려 둘 수도 없었다. 결국 왕은 제 손으로 만들어야만 했기 때문이다. 명회의 걸음이 그 어느 때보다 바빴다.

15장

역모
逆謀

"다녀오셨습니까?"

명회에게 인사를 건네는 혜주의 표정이 자신만만했다. 육조거리
에 시끌벅적한 신우의 소문을 들었을 테니 의기양양할 만했다.

삼사는 언론을 다루는 기관답게 민심과 여론을 정치에 잘 활용했
는데, 육조거리는 삼사가 부러 퍼뜨린 온갖 소문의 온상지가 되었
다. 그들은 평소에도 의도적으로 유리한 정보를 흘려 바라는 대로
민심을 움직인 뒤 그 여론을 등에 업고 왕에게 자신들의 뜻을 밀어
붙이곤 했다. 그게 삼사가 빈청에 대항하여 정치하는 방식이었다.

삼정승과 육판서들은 골치 아파 했으나 삼사의 농간엔 당할 재간
이 없었다. 그래서 정전에서 붙을 때면 빈청은 늘 자신들이 가진 권
력으로 삼사를 찍어 눌렀다. 문제는 지금까진 수양이 대부분 빈청의
편을 들어주었기에 가능했는데, 앞으로는 어찌 될지 모르겠다는 거
였다.

"얼굴이 희색만면하구나. 얼마 전까지 죽어가던 년 같지 않아."

삼사는 신우 문제 역시 자신들이 늘 다루던 방식대로 처리하려는 모양이었다. 평소 삼사의 행태를 치졸한 정치쯤으로 치부했으나 이번 만큼은 그럴 수가 없었다. 민심은 천심이고 왕은 하늘이 낸다고 했다. 수양도 가뜩이나 흔들리는 판국에 민심마저 그쪽으로 넘어가면 울고 싶던 차에 뺨 때리는 격과 다를 바가 없었다. 일이 그리되도록 두고 볼 수는 없는 노릇이었다.

"이젠 아버님도 마음을 돌리셔야 할 때가 아닙니까."

"내가? 마음을 돌려? 왜?"

"민심이 그러하니까요. 게다가 해낸 일만 보더라도 월산군에 절대 뒤지지 않습니다."

"그래서?"

"신우, 아니 월명군이 왕이 되어도 아버님은 부원군이 되실 수 있단 말씀입니다."

명회가 호탕하게 웃음을 터뜨렸다. 정말 재밌다는 듯 배를 잡고 웃자 혜주의 미간에 주름이 졌다.

"핏줄이지만 내가 널 다 알지 못한 것처럼 너도 아직 나를 다 모르는구나."

웃느라 눈가에 맺힌 눈물을 닦으며 명회가 혜주를 가소롭게 쳐다보았다.

"내게 자식이 너뿐이더냐? 부부인에게는 아들이 월산군뿐이더냐? 우리에게 다른 자식도 있다는 걸 어찌 생각지 못하느냐!"

"그게 무슨!"

"내 주인이 될 자를 스스로 택한 나다. 그런 내가 네 뜻대로 움직여 줄 성싶었더냐? 정치란 비정한 것이다. 자식이 부모를 죽이고 부모가 자식을 버릴 수 있는 게 권력이란 말이다. 이만 물러가라. 오시기로 한 손님이 계시니 길게 상대할 시간이 없다."

명회가 휙 몸을 돌려 사랑채로 들어갔다. 뒤따라가려는 혜주를 행랑아범이 막아서며 고개를 저었다.

"누가 오시는 게냐?"

"쇤네가 어찌 알겠습니까요."

말을 삼가는 행랑아범을 노려보다가 혜주가 입술을 깨문 채 돌아섰다. 찾아오는 손님이 누군지 반드시 알아야만 했다.

* * *

"아씨, 아씨."

"그래, 누가 오셨는지 봤더냐?"

초조하게 별당 앞마당을 서성이던 혜주가 여울을 보고 반색했다.

"예, 온몸을 가려 꽁꽁 숨기셨지만, 쇤네 눈이 보통 맵습니까요. 딱 보자마자 알겠던데요?"

"뉘시더냐?"

"부부인이셨습니다."

"부부인? 그게 정말이냐?"

"네, 정말 부부인 마님이셨습니다요. 분명합니다. 방금 사랑채로 드시는 걸 보고 오는 길입니다요."

밤손님이 윤덕이었다니, 무슨 대화를 나누려고 이 밤에 은밀히 만나는 걸까?

"아이고, 아씨. 가셔도 못 보십니다요."

혜주가 사랑채로 가려고 몸을 돌리자, 여울이 놀라 붙잡았다.

"왜?"

"사랑채 앞에 행랑아범이 지키고 섰던데요. 근처에 사람도 싹 물리라고 하셔서 마님도 찻상을 행랑아범 통해 주시던걸요."

"네가 가서 행랑아범을 다른 곳으로 보내지 않으련? 나 거기 꼭 가야 한다. 반드시 가서 두 분이 무슨 얘기를 나누는지 들어야 해."

"대감마님께서 엄히 명하신 일인데 쇤네가 그 앞에서 죽는다고 나자빠져도 소용없을 겁니다. 쇤네만 달랑 들려서 대문 밖으로 쫓겨나지. 아씨가 가셔도 눈도 깜짝 안 할걸요."

여울의 말이 맞긴 했지만 그렇다고 이대로 가만있을 수만도 없었다. 정신없이 마당을 서성이던 혜주가 우뚝 멈춰 섰다.

"너 일단 사랑채 근처에 가 있어라."

"아니 아씨, 소용없대두요."

"근처에서 기다리다가 부부인께서 가시는 것 같거든 내게 와서 알려다오. 그건 할 수 있겠지?"

엿들을 수 없다면 윤덕을 붙잡아 캐내기라도 해야 했다. 여울이 다시 부리나케 달려갔다. 혜주가 초조하게 주먹을 쥐었다 폈다 하며 마른침을 삼켰다.

명회가 윤덕을 부른 건 아마도 혜주에게 했던 '다른 자식'과 관련된 얘기일지 몰랐다. 다른 자식이라……. 윤덕과 명회에게 현과 혜주가 아닌 다른 자식들이 있기는 하다. 그건 누구나 다 아는 사실이다. 문제는 그 다른 자식들을 왜 하필 지금 꺼냈냐는 거다. 있긴 할 뿐인 그들의 존재가 명회의 입에서 나왔다는 건, 그들이 현과 자신의 자리를 차지할 수 있다는 의미였다.

마침 잘산군 혈과 혜주의 동생 현주는 나이도 비슷하다. 수양이 현과 신우 사이에서 갈피를 잡지 못하는 이 상황에서 명회라면 전혀 다른 패를 꺼내 들고도 남는다. 문제는 명회의 패를 윤덕이 받냐 하는 것이고, 다른 문제는 이게 수양에게도 먹힐 것인가 하는 거다.

설마 수양이 명회를 앞세운 걸까? 잘산군을 책봉하려는 게 수양의 뜻일까? 수양이 시켜 명회가 움직이는 걸까? 아니다, 혜주는 도리질을 쳤다. 현이 친손자인지 아닌지 의심하느라 책봉을 망설이면서도 혈은 생각도 하지 않았던 수양이다. 혈이 너무 어리기도 했지만, 그보다는 과거 자신이 저지른 과오가 떠올라 꺼려진 것이다.

수양이 노산군을 치면서 내세운 명분 중 하나가 어린 왕은 나라를 제대로 다스리지 못한다는 거였다. 지금 혈은 그때의 노산군보다 더 어리다. 수양이 잘산군을 택현한다면 과거 자신이 난을 일으킨 명분을 스스로 땅에 내팽개치는 것과 진배없으며 현과 신우에게 반란의 칼을 쥐여주는 것과 다를 바 없다. 장성한 형들을 버려두고 혈을 책봉한다면 수양은 편히 눈감을 수 없을 것이다. 허니 이건 수양의 뜻이 아니다.

그런데도 감히 나라의 근간이 되는 일을 명회가 제 맘대로 휘두르려 하는가? 이건 역모다. 과거 태종께서 외척을 칠 때 감히 세자의 혼례 문제를 민씨 가문에서 좌지우지하려 했다는 게 명분이었다. 태종은 그걸 왕권에 대한 도전으로 보아 역모로 몰았다.

빈궁 자리에 간섭하는 것도 그러할진대 감히 국본의 자리를 놓고 일개 신하가 왕의 뜻을 거스르려 하다니, 이건 명백히 역심이다. 속내를 들켰다간 삼족이 멸해져도 할 말이 없다. 그래서 부부인을 은밀히 부른 게다. 누구에게도 들키면 안 되니까.

아무도 모르게 부부인을 불러 수양조차 모르는 일을 꾸미려 한다는 건 지금 이 판이 명회의 뜻대로 돌아가고 있지 않으며, 애써본들 나아질 희망이 없다는 판단을 내렸다는 의미다. 육조거리에 도는 소문이 과장이 아니었던 게다. 수양의 어심조차 이미 현이 아니라 신우에게 기울었다. 그 판을 뒤집을 수가 없으니 명회는 아예 새 판을 짜려는 게 분명했다.

그렇다면 과연 윤덕이 이걸 받을까? 윤덕의 입장에선 아들을 저버리는 일인데…….

하지만 받지 않는다면 자신이 키우지도 않은 신우가 보위에 오르는 꼴을 봐야 한다. 명회는 이미 딸을 버렸다. 윤덕도 과연 현을 버릴 것인가. 버릴 수 있을 것인가. 아니, 이미 버렸을까?

"아씨, 아씨. 부부인께서 방금 사랑채에서 나가셨습니다요."

달려오며 소리치느라 여울이 숨을 헐떡였다. 막 중문을 들어서는 여울을 밀치고 혜주가 쏜살같이 밖으로 뛰어나갔다. 윤덕이 어떤 선택을 하느냐에 따라 제 운명이 달렸다. 가슴이 터질 것처럼 두근거렸다.

* * *

세차게 부는 찬 바람이 후르르, 온몸을 훑고 지나간다.

양 볼을 타고 흘러내리는 눈물 때문에 얼굴이 시렸다. 손으로 연신 닦아내도 소용없었다. 잠시 멈춰 윤덕은 손수건을 꺼내며 입술을 깨물었다. 울 자격도 없는 어미다. 방금 저는 자식을 팔고 사지로 내몰았다. 그런 주제에 눈물이라니 가당치도 않다.

"부부인!"

등 뒤에서 귀에 익은 목소리가 들려왔다. 쫓아오는 발걸음 소리도 들린다. 돌아서니 달려오는 혜주가 보였다. 정말 미운 계집이다. 이 계집이 모든 걸 망쳤다. 오늘 자신이 비정하기 짝이 없는 어미가 된 것도 모두 이 계집 때문이다.

"오랜만에 뵙습니다."

"그렇구나."

"그간 잘 지내셨지요?"

"잘 지냈을 리가 있겠느냐. 누구 덕분에 그날 이후로 하루도 편치 못하였다."

말 한 마디 한 마디에 가시가 박히고 날이 섰다. 쌓인 분노를 쏟아 부을 대상이 필요했는데 제 발로 와 준 격이니 참을 이유가 없었다.

"이 밤에 아버님과 어떤 말씀을 나누셨는지요?"

"내가 왜 그걸 네게 말해야 하느냐?"

"두 분이 나누신 말씀에 제 미래도 관련이 있어 보이니 저도 알아야 하지 않겠습니까?"

"네 미래라면 네 아비에게 물을 일이지, 감히 어찌 내게 와서 따진단 말이냐!"

"따지는 게 아니라 여쭙는 것입니다. 아무래도 부인이 제 마음을 아비보다 더 잘 아실 듯하여……."

"내가 네 마음을 잘 알아?"

"예, 같은 여자니까요."

"여자? 너는 여자겠구나. 허나 나는 어미다. 어미와 여자는 달라. 감히 건방지게 너와 내가 같다고 말하느냐! 생각이 얼마나 정말 짧고 모자른 게야! 그래, 네 미래가 궁금하다고? 그럼 내 질문에 답부터 해보아라. 허면 나도 네가 궁금한 걸 알려주마."

"하문하시지요."

"대체 무슨 생각으로 신문고를 울린 게냐? 왜 그런 짓을 저지른 게야!"

아무리 생각해보아도 알 수 없었다. 분명 현과 잘 지내지 않았던가. 그리고 혜주의 목표가 중전이 아니었던가. 윤덕은 혜주를 마음에 들어 했었다. 이 아이가 가진 욕망이 젊어 제가 꾸었던 꿈과 닮아서 남 같지 않았다. 그래서 더더욱 이해하기 어려웠다. 윤덕 역시 깊은 배신감을 느꼈다.

"솔직히 말씀드리면⋯⋯."

이글거리는 윤덕의 눈을 보며 혜주는 숨을 들이켰다. 저 분노가 필요했다. 분노에 집어삼켜지면 윤덕도 이성을 잃고 털어놔선 안 되는 속내를 드러낼지 몰랐다. 명회가 아닌 윤덕을 쫓아온 건 그런 이유였다. 오늘 이 회합이 현의 미래와 관련된 거라면, 윤덕은 결코 제정신일 수 없을 것이다.

"중전이 되고 싶었습니다. 그리고 제가 사랑하는 사내를 왕으로 만들고 싶었어요. 그래서 그런 짓을 저지른 겁니다."

"무어라? 사랑하는⋯⋯ 사내?"

"예, 제가 원하는 사내를 왕으로 만들어 중전이 되고 싶어 그랬습니다."

고작 그런 이유로 이 난리를 피웠다고? 하, 윤덕의 입에서 실소가 터져 나왔다. 자명고를 찢은 낙랑공주 짓을 했다 자백하는 꼴 아닌가. 제 감정을 주체 못 해 이런 짓을 저지르다니, 이것밖에 안 되는 계집 때문에 그동안 그 마음고생을 해야 했다니.

"고맙다."

"예?"

"네 덕에 오늘 밤 나는 고통에서 벗어날 수 있게 되었구나."

혜주가 신문고를 울린 이후부터 윤덕은 지옥 속에서 살았다. 딛고 선 땅이 흔들리고 뒤집히는 일이었다. 평생을 믿고 살아왔던 근간이 뒤흔들렸다. 온몸이 불에 타는 듯한 고통 속에서 몸부림쳤다.

정말로 현과 신우가 뒤바뀐 걸까? 제가 원수의 자식 놈을 제 새끼라 믿고 키웠던 걸까? 그런 생각이 들 때마다 홧증이 치솟아 미칠 노릇이었다. 어미가 되어 자식을 의심하는 상황이 끔찍했다. 제대로 수저를 들기도 어려웠고, 번번이 빈속을 게워 냈다.

신우에게 느꼈던 친숙함과 익숙함, 동정과 온기를 떠올릴 때마다 온몸에 벌레가 기어가는 것만 같았다. 그럴 때마다 윤덕은 현을 보러 갔다. 관옥 같은 현을 보고 나면 잠시 마음이 편해졌다. 너는 내 아들이다, 내 아들이다, 내 아들일 수밖에 없다, 어찌 어미가 아들을 못 알아본단 말인가. 수없이 되뇌고 되뇌었다.

하지만 아무리 애써봐도 의심의 불씨가 온전히 꺼지지는 않았다. 홍인사에 가지 말아야 했다고, 수양의 말대로 도성에서 저 멀리 떨어진 이름 모를 사찰에 머물러야 했다고 얼마나 후회했는지 모른다. 결국 이 모든 결과가 제 욕망의 산물이라는 게 윤덕을 미치게 했다. 지난날의 후회가 숨도 쉬지 못할 정도로 덮쳐올 때면 그대로 칼을 입에 물고 거꾸러져 죽고 싶었다.

"제 덕에 고통에서 벗어날 수 있게 되었다니요?"

그런데 그 모든 게 고작 사랑 때문이었다니. 저 계집애의 하찮고 망측한 애정 놀음에 놀아난 거였다니, 이 얼마나 기막힌가.

"방금 네가 지껄인 말들이 오늘 밤 내가 네 아비와 한 거래에 명분을 주었으니 어찌 고맙지 않겠느냐!"

명회가 오늘 은밀하게 만나자 하였을 때, 윤덕은 현의 일을 논의하려는 줄 알았다. 헌데 아니었다. 명회는 윤덕이 꿈에서조차 생각해본 적 없는 제안을 했다. 바로 잘산군으로 보위를 잇게 하고, 명회의 둘째 딸인 현주와 혼인시키자는 거였다.

윤덕은 펄쩍 뛰었다. 그러면 현은 어찌 되는 거냐고, 현을 이대로 버릴 수는 없다고 화를 냈다. 수양에게 알려 가만두지 않겠노라, 고함을 지르며 일어나는데 명회가 물었다. 현이 친아들이라 확신하느냐고, 신우가 친아들일지 모른다고 의심해본 적 없느냐고.

그 말에 무너졌다. 다리에 힘이 풀려 털썩 주저앉은 윤덕에게 명회가 말했다. 수양의 어심이 신우에게 기울었다고. 이대로 신우를 세손으로 책봉하게 된다면 윤덕은 입궐하지 못할 뿐만 아니라 세간엔 비웃음거리가 될 거라 했다.

원수의 자식을 열심히 키워낸 여인, 제 아들을 알아보지도 못한 어머니, 끝내 궐에 돌아가지 못하고 실패한 인간. 역사에 그런 평가를 받으려고 지금까지 오욕의 세월을 견딘 건 아니지 않냐는 말에 윤덕은 자신이 뿌리째 뽑혀 나뒹구는 나무 같다는 생각이 들었다. 민낯을 다 드러내고 되돌아갈 자리도 잃어버린 채 보기 흉한 꼴로 나뒹구는 나무, 그게 지금 자신이었다.

"너는 결코 중전이 되지 못한다. 입궐할 수 없을 테니까. 내가 입궐하는 모습을 멀리서 지켜보며 네가 무슨 짓을 저질렀는지 곱씹어 보아라."

명회는 빈청에서 최대한 시간을 끌어 누구도 책봉되지 못하게 만들겠다고 했다. 끝내 수양이 아무도 택하지 못한 채 세상을 떠나면 법도에 따라 중전 윤씨가 보위를 이을 자를 정해야 한다. 그때 함께 설득하면 윤씨는 따라줄 거라는 거였다.

윤씨로선 누가 진짜 친손자일지 모를 위험부담을 안은 채 수양도 골라내지 못한 하나를 택하느니, 자신이 수렴청정할 수 있는 잘산군을 보위에 앉히는 걸 더 선호할 거라 했다. 명회는 자신이 도와준다면 충분히 윤씨를 설득할 수 있다고 했다. 윤씨가 수양 다음으로 모든 걸 믿고 의지하는 두 사람이니 작정하고 매달린다면 그들의 뜻대로 해줄 가능성이 컸다.

무엇보다 잘산군이 왕이 된다면 윤덕은 입궐할 수 있다. 거기다 둘 중 누가 아들인지 고민하는 것도 멈출 수 있다. 명회의 제안은 솔깃했다. 허나 현을 버릴 수 없어 마지막까지 망설였다. 그런 윤덕에게 명회가 마지막으로 쐐기를 박았다. 버리는 게 아니라 살리는 거라고, 신우가 왕이 되는 것보단 차라리 잘산군이 왕이 되는 게 현에게도 나을 거라 했다. 만약 신우가 왕이 되면 현은 졸지에 김종서의 아들이 되어야 하는데, 그게 더 괴롭지 않겠냐는 거였다.

이 모든 건 자신을 꼬여내기 위한 달콤한 거짓말에 불과할지도 모른다. 그럼에도 윤덕은 매달릴 수밖에 없었다. 어쨌거나 혈은 궐에서 낳았으니 확실한 제 아들이고, 수양의 손자였다. 지금 상황에선 정말 혈이 보위에 오르는 게 최선일지 몰랐다.

"설마 월산군 대신 잘산군을…… 설마……."

애써 자신을 설득하며 제안을 받아들였지만, 현을 버렸다는 죄책감을 내려놓을 수 없어 괴로웠다. 쏟아지는 눈물을 참을 수가 없었다.

"널 중전이 되지 못하게 만든 것만으로도 내 선택은 옳았구나."

그런데 이제 그 자책을 내려놓을 수 있겠다. 저 계집애의 기막히고 허탈한 표정만으로도 이 거래의 대가는 충분했다.

"우리 연은 여기서 끝이니 더 이상 내 앞에 나타나지 말거라."

현을 버리라는 명회를 원망했는데, 그 역시 딸을 버린 것이니 한편으로 공평하다면 공평한 일이다. 제 딸년을 버리면서까지 나라를 생각하니 명회야말로 충신이구나, 비아냥거릴 수도 있었다.

떠나는 윤덕을 차마 붙잡지 못한 혜주는 그 자리에서 망연자실했다.

정말로 자식들을 버렸단 말인가. 자신들의 권력욕 때문에? 기가 찼다. 평생을 부모의 뜻대로 살았다. 일생 부모가 바라는 걸 좇으며 살았다. 그런데 이제 와 그걸 다 버리라고? 쓸모없어졌으니 꺼지라고? 그럴 순 없었다. 부모가 저를 버렸으니 이제 저 역시 부모의 뜻에 반해서라도 뜻을 이뤄야만 했다.

두 주먹을 불끈 쥔 혜주가 집을 향해 뛰기 시작했다.

* * *

"스님!"

도율이 별궁에 찾아왔다는 말에 신우가 버선발로 달려나갔다.

인사도 제대로 안 받고 도율의 손부터 덥석 잡았다.

"스님!"

별궁에 머물던 내시와 나인들의 눈이 휘둥그레졌다. 도통 속내를 드러내지 않고 말수도 적었던 상전이 저렇게 허둥거리는 걸 처음 봤기 때문이다.

"잘 지내셨습니까? 인사가 늦었습니다."

"제가 뵈러 갔어야 했는데……."

"무얼요. 이제 함부로 움직이시면 아니 됩니다. 제가 좀 더 빨리 오지 못한 것을 탓해주세요."

"아닙니다, 안으로 들어오세요."

도율의 손을 잡아끄는데, 꼼짝도 하지 않는다. 신우가 놀라 쳐다보았다. 도율이 뒤쪽을 눈짓으로 가리켰다. 신우의 시선이 비로소 도율을 따라온 어린 행자에게 향했다.

"자가께서 입궐하신 후 새로이 거둔 아이입니다. 이번에 자가께 인사를 드리려 함께 왔습니다. 같이 들어가도 되겠습니까?"

"그럼요, 그리하시지요."

"그리고……."

도율이 신우의 귓가에 속삭였다.

"은밀히 건넬 말씀이 있사오니, 잠시 주위를 물려주시겠습니까?"

신우가 걱정스런 눈으로 도율을 쳐다보았다. 도율이 심각한 게 아니라는 듯 미소를 지었다.

"내 오랜만에 만난 스님과 긴히 할 말이 있습니다. 다시 부를 때까지 물러가 있으세요."

"다과상은 어찌할까요?"

"괜찮습니다. 절밥이나 먹던 것이 궐에서 주는 음식 먹으면 탈이 날까 겁납니다."

도율이 농을 치자 가까이 다가왔던 이 내관이 작게 웃음을 터뜨렸다.

이 내관이 나인들과 내시들을 모두 물러가게 한 후 자신도 별궁에서 빠져나갔다. 비로소 도율과 행자가 신우를 따라 안으로 들어섰다.

"스님, 상석에 앉으세요."

"아닙니다. 지내시는 곳을 보았으니 되었습니다. 소승은 이만 나가 주위를 살피고 있을 터이니 두 분 이야기 나누십시오."

도율이 하는 말을 이해하지 못해 신우가 고개를 갸웃했다.

도율이 막 방으로 들어서는 행자를 쳐다보았다. 행자가 방에 들어서자 비로소 깊숙이 눌러썼던 삿갓을 벗었다. 혜주였다.

"아씨께서 자가께 반드시 전할 말씀이 있다고 도와달라 청하시어 이리 온 겁니다. 조용히 말씀 나누세요."

도율이 나가며 방문을 닫았다.

방에는 신우와 혜주, 두 사람만 남았다. 눈을 떼지 못하는 두 사람 사이에 불안한 침묵이 감돌았다.

"잘 지내셨습니까?"

침묵을 깨고 안부 인사를 건네는 혜주의 목이 잠겼다. 신우가 조심스레 가까이 다가갔다.

"저는 잘 지냈습니다. 잘 지내셨습니까?"

"저도 잘 지냈습니다. 육조거리가 자가께서 하신 일들에 대한 소문으로 시끄럽습니다. 그 짧은 시간 동안 얼마나 대단한 일들을 해내셨는지 아십니까."

자리가 사람을 만드는 건지, 옷이 날개인 건지, 궐에서 보는 신우는 지금까지 알던 그와는 전혀 달랐다. 새삼스럽게 올려다보는 혜주의 두 눈이 일렁였다. 흔들리는 눈빛만큼이나 가슴도 울렁거렸다. 꼭 흔들리는 배 위에 올라탄 것처럼 속이 메슥거릴 정도였다.

"앉으세요."

신우가 방석을 가져와 혜주 앞에 놓았다. 그리고 자신도 상석에 앉는 대신 다른 방석을 가져와 근처에 앉았다. 바둑을 둘 때처럼 딱 그 정도 거리를 두고 마주 앉았다.

혜주가 애써 신우에게서 시선을 돌렸다. 계속 저 얼굴만 쳐다보고 있을 수는 없는 노릇이다. 꼭 해야 할 말이 있어 위험을 무릅쓰고 들어온 터였다.

"제가 이리 온 것은 다름이 아니라, 제 아비가 또다시 사특한 일을 꾸미기에 자가께 알려드리려 함입니다."

"사특한 일이라면……."

"제 아비가 부부인과 손을 잡고 잘산군을 국본으로 세우려 합니다."

사특한 일이라니 마음의 준비를 하고 들었건만 그래도 너무 놀라운 내용이라 신우의 두 눈이 커졌다.

"월산군이 아니라 잘산군이요?"

"예, 아버지는 월산군에게서 희망을 버렸습니다. 그래서 판을 뒤엎으려 잘산군으로 방향을 트신 거예요."

무슨 말인지 이해하기 어려워 신우의 이마에 깊은 주름이 졌다.

"그러니까 전하의 어심이 자가께 기울어 있단 말입니다. 월산군이 아닌 월명군 자가께요! 제 아비는 그 어심을 돌이킬 방도가 없으니 월산군 대신 잘산군을 세우려 하시는 겁니다. 전하께서 돌아가실 때까지만 두 분 중 누구도 택하지 못하게 버티다가, 돌아가시고 나면 부부인과 함께 중전마마를 움직여 잘산군을 보위에 올릴 작정인 겝니다."

"그건……."

신우는 차마 말을 꺼내지 못했다. 혜주가 안다는 듯 의연하게 고개를 끄덕였다.

"맞아요, 역심입니다. 허니 지금 당장 전하께 가셔서 고하세요. 아비는 아니라고 할 테지만, 전하는 능히 그런 뜻을 품고도 남을 자라 여길 겁니다. 거기다 삼사는 놓치지 않고 물어뜯을 테지요. 허면 최소한 사임은 해야 할 겁니다. 차마 공신에게 벌을 내릴 순 없으니 사임 정도로 사건은 마무리될 게고, 자가는 국본이 되실 겁니다. 그리되고 나면……."

지금까지 청산유수로 막힘이 없었는데 막상 가장 바라는 걸 말하려니 목이 멘다. 잠시 말을 멈추고 신우를 똑바로 바라보았다.

"저를 빈궁으로 삼아 주세요."

꿈에도 생각지 못한 모양인지 신우한테서 여태껏 보지 못한 표정이 나왔다.

"정녕 짐작하지 못하셨단 말입니까? 허면 제가 왜 신문고를 울렸다고 생각하신 겁니까? 바라는 게 없이 그런 짓을 저질렀겠습니까."

솔직히 말하자면 근래 닥친 일들이 너무 정신없어 혜주의 행동을 곱씹을 여유가 없었다. 또 그녀의 뜻을 추측하고 짐작하는 건 예의가 아니라 여겼기에 침잠하지 않으려 노력하기도 했다.

"저는 중전이 될 몸이니, 자가께서 왕이 되셔야 합니다. 이게 마지막 조각입니다. 전하께 가서 고하세요. 허면 자가를 막고 있는 모든 방해가 치워져 자연스레 전하의 어심이 자가께 흘러 뜻을 이루실 수 있습니다. 부디 모든 게 순리대로 이루어진 뒤 저를 잊지 마세요. 소녀는 그거면 됩니다."

오로지 그걸 위해 여기까지 달려왔다. 수줍은 고백을 끝낸 뒤 혜주가 민망함을 이기지 못하고 고개를 돌렸다. 귓등이 발갛게 달아올랐다. 바짓단을 쥔 혜주의 손이 긴장으로 힘이 들어가 뻣뻣했다. 그걸 보고 무심결에 손을 뻗었던 신우가 얼른 제 손을 거두었다.

"알려주셔서 감사합니다. 그런데……."

혜주가 슬며시 고개를 들어 신우를 쳐다보았다.

"전하께 고하지 않겠습니다."

"……예?"

"정식으로 영상께서 무얼 하려 하신 게 아니지 않습니까?"

"무얼 했습니다! 부부인을 불러 말씀을 나누시고 암약을 맺으셨다니까요?"

"증좌가 없지 않습니까."

"대간은 증좌가 없어도 정황만으로도 능히 죄를 물을 수 있습니다. 밤에 은밀히 영상과 부부인이 만난 것도 문제 삼자면 그럴 수 있습니다. 자가께서 의심의 싹만 던져놓으면 키우는 건 삼사가 알아서 할 거예요."

"전하의 어심이 진정으로 제게 있다면 이걸 고하지 않아도 전하께서 저를 택현하실 겁니다. 그게 순리예요. 저는 순리에 따르겠습니다."

"가만히 기다려서는 순리대로 되지 않을 거라니까요? 제 아비는 순리를 따르는 자가 아니고 전하의 병환은 깊어요! 이리 가만히 있다가 당장 내일이라도 전하께서 승하하시면요? 잘산군이 보위에 오르면 자가는 김종서의 아들로 몰려 죽을 수도 있어요. 그때 누가 자가를 보호해 줄 성싶습니까? 오히려 월산군을 전하의 손자로 만들기 위해 자가는 반드시 김종서의 손자가 되어 죽어야 할지도 몰라요. 헌데 어찌 이리 느긋하십니까!"

답답한 혜주가 자리에서 벌떡 일어나 발을 굴렀다. 허나 신우는 꼿꼿하게 앉아 침착하기만 했다. 어찌 저리 태평할 수 있는지 이해가 가지 않았다. 그 순간 불길한 생각이 혜주의 머릿속을 스치고 지나갔다.

"혹시 설마⋯⋯."

덜덜 떨리는 목소리가 심상찮아 신우가 혜주를 올려다보았다. 두 사람의 시선이 마주쳤다.

눈빛만으로도 상대가 무얼 궁금해하는지 능히 짐작할 수 있었고 그 질문에 대한 답도 어렵지 않게 찾을 수 있었다.

신우를 찬찬히 살피던 혜주의 두 눈이 아까와는 다른 이유로 파르르 떨렸다. 신우가 마른 입술을 혀로 핥았다.

"나는⋯⋯."

신우가 어렵게 입을 뗐다. 무언가 고백하려는 모양인데 그건 혜주가 바라는 말이 아닐 게 분명했다. 혜주가 얼른 고개를 저으며 몸을 돌렸다.

"나는 중전이 되어야 합니다. 중전이 되어야 하는 내가 월산군이 아닌 자가를 택했어요. 허니 무슨 수를 써서라도 자가는 왕이 되셔야 합니다. 자가는 전하의 손자입니다. 자가가 전하의 손자예요. 전하의 손자여야만 해요! 자가가 보위에 오르지 못한다면 나와 혼인할 수 없습니다. 나는 중전이 되어야만 해요. 무슨 수를 쓰든 나는 중전이 될 겁니다. 그리 아세요!"

혜주가 벌컥 문을 열고 방을 나갔다. 신우의 입에서 나올 말이 두려워 도망치는 것처럼.

방에 홀로 남은 신우는 눈을 질끈 감았다.

너는 반드시 수양의 손자라고, 수양의 손자여야 한다고 외치는 혜주의 목소리가 귓가에 맴돌았다. 그리고 동시에 저를 보며 애틋함을 감추지 못하던 윤덕의 눈빛이 떠올랐다. 저는 정말 수양의 손자인가, 수양도 그리 여기는가, 모두가 그러길 바라는가, 허면 자신은 수양의 손자가 될 수 있을 것인가…….

누가 장난질을 치고 가 흙탕물이 된 샘처럼 신우의 마음이 혼탁했다. 어지러이 떠도는 부유물을 가라앉히기 위해 신우가 몇 번이고 심호흡했다.

* * *

"왜 내게 이걸 알려주는 거요?"

고개를 삐딱하게 기울이곤 현이 혜주를 아래위로 훑어보았다. 승복을 입고 숨어들다니, 하다 하다 이제 별짓 다 하는구나 싶어 기가 막혔다. 이 계집이 저를 위해 이런 걸 알려줄 리 없다. 함정일 게 분명했다. 불신으로 싸늘하게 굳어버린 현의 마음은 꿈쩍도 하지 않았다.

"억울해서요."

"억울하다?"

"자가는 억울하지 않습니까? 자가와 나는 왕이 뭔지 중전이 뭔지도 모를 시절부터 그게 되어야 한다고 강요받으며 자랐습니다. 그게 진짜 내가 원하는 건지 알지도 못한 채 우린 그걸 욕망하게 키워졌어요. 중전과 왕을 진정으로 원한 건 나와 자가가 아니에요. 내 아비와 부부인이지. 자신들의 입맛대로 우릴 키워놓고선 인제 와서 우릴 버린다니, 기막히지 않습니까?"

삐딱하던 현의 고개가 바로 돌아왔다. 울분을 토하는 혜주의 모습에서 지난 몇 달간 애를 쓰던 제 모습이 겹쳤다.

억울하다……. 지금 이 조선팔도에 자신보다 더 억울한 사람이 있을 리 없는데 혜주가 저만큼이나 억울해하는 게 어이없으면서도 한편으론 이해가 갔다. 하긴 신문고까지 울리면서 그 난리를 쳤는데 아비에게 버려진다면, 억울하겠지. 자기만큼은 아니어도 나름대로 분통이 터지겠지, 그 심정은 능히 짐작이 가고도 남았다.

"이제 우린 어찌 되는 겁니까? 일생 왕과 중전이 되어야만 한다고 믿고 그것만을 바라며 자랐는데 이제 와 그걸 하지 말라니, 허면 우린 남은 생애 동안 무얼 하며 살아야 합니까? 어찌 살아야 합니까? 자가는 압니까? 나는 모릅니다. 그래서 분합니다. 지금에서야 내게 중전을 하지 말라는 건 사지로 내모는 것과 다를 바 없으니까요. 나를 이 처지로 만든 게 내 부모라는 게 억울하고 분해서 이리 왔습니다. 이 심정을 자가만은 이해해 줄 성싶어서요."

현이 처음보단 마음이 풀린 얼굴로 고개를 끄덕였다. 왜 승복까지 입고 몰래 숨어들어 저를 만나려 한 건지 이해가 갔다. 미치고 환장할 노릇이니 저라도 찾아온 게다.

"애초에 우린 관심이 없었던 거예요. 처음부터 아무것도 아니었던 겁니다."

"분노와 배신감이 크군."

"자가는 알아주시는군요."

"좋아할 것 없소. 불과 얼마 전까지는 내 분노와 배신감의 대상에 낭자도 있었으니까. 처지가 뒤바뀌니 이제 내가 이해가 가는 모양이군."

비꼬는 말이지만 사납지는 않으니 다행이다. 마음이 놓인 혜주가 순하게 고개를 끄덕였다.

"맞아요, 저는 중전이 되고 싶었습니다. 이왕이면 사랑하는 이의 아내가 되고 싶기도 했지요. 그래서 그런 짓을 저질렀어요."

"그런데 이젠 그 마음이 달라졌소?"

"둘 중 하나만 택해야 한다면 중전이니까요. 난 고독하고 외로워도 중전을 택하겠습니다. 그렇게 자랐으니까요. 그 외의 생은 생각해본 적이 없어요. 자가도 그렇지 않습니까? 성군은 차치하고 일단 왕이 되어야 할 거 아니냔 말입니다."

혜주의 말이 옳았다. 폭군이나 암군이 되는 건 후일의 문제다. 왕이 되어야 성군도 폭군도 될 수 있다. 이대로 버려지기엔 혜주의 말대로 살아온 세월이 너무 억울하고 분했다.

"왕이 되세요. 무슨 수를 쓰든 왕이 되세요. 당하지 마세요. 그리고 저를 중전으로 만들어주세요. 외롭고 고독하고 학대받아도 상관없습니다. 나도 무슨 수를 쓰든 중전이 되어야겠습니다."

팽팽하게 날 선 두 사람의 시선이 마주쳤다. 한참 노려보던 현이 큰 결심을 한 얼굴로 고개를 끄덕였다. 혜주가 되었다 싶었는지 낮은 한숨을 쉬며 절을 올렸다.

"이만 물러가지요. 약조를 지키리라 믿겠습니다."

삿갓을 집어들어 깊이 눌러쓰고 돌아섰다.

혜주가 나가고 나자 현이 자리에서 벌떡 일어났다.

혜주의 아비는 여식을 버렸고, 어미는 자신을 버렸다. 윤덕이 명회의 제안을 받았다는 건 자신을 의심하고 있다는 의미였다. 어미마저도 아들로 생각하고 있지 않다는 거다. 가장 확실한 아들인 혈이 있으니 불확실한 저는 어찌 되든 상관없다는 거다.

세상 사람들이 다 의심해도 윤덕만 믿어준다면 괜찮았다. 그런데 다 믿어도 어미가 믿지 못한다면 아무 소용 없는 것이 아닌가! 평생 윤덕의 마음에 드는 아들이 되려고 제 욕망과 어미의 욕망을 동일시하며 일생 노력했다. 이제 와 어미라는 자가 자식의 등에 칼을 꽂았다.

억울하고 분하고 서럽고……. 그 어떤 말을 모조리 가져다 붙여도 지금 제 감정을 설명할 순 없었다. 온몸의 마디마디가 다 끊어지는 것처럼 아팠다. 아무것도 하지 않았는데도 숨이 쉬어지지 않아 어느새 헐떡거리기까지 했다.

이런 걸 환장이라고 하는 걸까, 혜주가 신문고를 울렸을 때도, 신우가 저와 비교된다는 걸 알았을 때도 이렇지는 않았다. 이리 온몸이 불타는 것처럼 울화가 치솟지는 않았다. 그래도 그때는 아직 손에 쥔 패가 있었으니까. 헌데 지금은 아무것도 없다. 심지어 어미에게 마지막 숨통까지 끊어지고 말았다. 이 일을 어쩌면 좋단 말인가.

가만히 서 있을 수조차 없어 현은 방 안을 맴돌았다. 찬모가 저녁상을 들고 왔다가 그대로 들고 물러났다. 행랑아범에게 아무도 들이지 못하게 하라 엄명을 내린 바람에 윤덕조차도 되돌아갔다. 아무도 만나지 않고 저녁도 굶은 채 현은 방 안을 쉴 새 없이 서성였다.

어디선가 쿵, 소리가 난 건 사랑채만 제외하고 온 집안이 어둠에 잠겼을 때였다.

낯선 소리에 신경을 곤두세운 현은 멀리서 들리는 기척을 놓치지 않았다. 칼을 쥔 채 문을 노려보았다. 차갑게 가라앉은 밤공기 사이로 미세한 움직임이 느껴졌다. 재빨리 초를 꺼 어둠 속에 저를 숨겼다. 그리고 눈을 가늘게 뜨고 허공을 노려보았다.

"도련님을 모시러 왔습니다."

어디선가 나타난 검은 옷을 입은 사내가 방 한가운데 우뚝 서더니 칼을 내려놓고 큰절을 올렸다. 칼을 쥔 현의 손에 힘이 들어갔다.

"도련님."

군이나 자가 아니라 저를 도련님이라 부르는 자는 태어나 처음 이었다. 아무것도 몰랐던 시절이라면 집을 잘못 찾아온 미친놈이라 여겼을 텐데 이젠 그럴 수가 없다. 제가 도련님이 될 가능성이 있다 는 걸 이젠 알았으니 말이다.

"웬 놈이냐."

조용히 사내 곁에 다가온 현이 긴 칼을 목에 가져다 댔다. 칼이 움 직이는 대로 사내가 고개를 들었다. 철이었다.

"김종서 장군님 휘하에 있었고, 한때 판한성부사직을 맡았던 박 철입니다. 도련님을 모시러 왔습니다."

"헛소리! 내가 네 말을 믿을 성싶으냐?"

"제가 이 손으로 도련님을 직접 마님의 배에서 꺼냈습니다!"

칼끝이 파르르 떨렸다. 그 바람에 철의 목이 살짝 베여 피가 흘렀 다. 그럼에도 철은 아랑곳하지 않았다.

"여기서 너를 베어 네 목을 궐에 가져갈 수도 있다. 너를 찾는 자 는 많아."

"제 목을 가져가 도련님께서 수양의 손자가 될 수 있다면 그리하 십시오. 그리되면 저는 소원이 없습니다. 그거야말로 이씨 가문을 농락하는 일일 테니까요. 하십시오. 다만 약조 하나만 해주십시오. 도련님께서 왕이 되신 뒤 김종서 장군의 손자라는 걸 밝히고 그 가 문을 복권해주십시오. 그거면 됩니다."

철이 오히려 목을 칼에 들이댔다. 현이 흠칫 놀라 물러나며 칼을 거두었다.

"제 목숨은 처음부터 도련님 거였습니다. 필요하시다면 언제든 거두어 가세요. 기꺼이 내어드리겠나이다."

현이 칼을 바닥에 내던졌다.

"왜, 대체 왜 그런 짓을 한 게냐?"

"마님의 유언이었습니다. 김종서 가문의 유일한 핏줄을 반드시 살려 달라고. 딸이면 두고 가도 좋으나 아들이면 바꿔치기해 달라고. 그래야 더 안전하게 키워질 거라고 간곡히 부탁하셨습니다."

철이 끅끅거리며 울음을 터뜨렸다. 어느새 현의 눈가에도 눈물이 맺혔다.

"내가 진짜 김종서의 손자란 말인가?"

"도련님이 커가시는 걸 멀리서 늘 지켜봤습니다. 도련님의 모든 것이 김종서 장군의 젊은 시절을 떠올리게 합니다. 가문에 부끄럽지 않게 잘 자라주셔서 정말 감사합니다."

현이 눈을 질끈 감았다. 믿을 수 없는 현실이었으나 거짓같이 느껴지지도 않았다.

"무슨 생각으로 벽보를 붙인 게냐? 또 무슨 생각으로 이제야 나를 데리러 온 게야?"

"저희는 도련님께서 세손으로 책봉되실 날을 기다렸습니다. 그래야 진짜 복수를 할 수 있을 테니까요. 벽보도, 신우도 어떻게든 도련님께 더 유리한 판을 만들어보려 한 건데, 한명회의 계집이 중간에 끼어들어 일을 이상하게 만들었습니다. 수양마저도 핏줄이 당기는 건지 호락호락하게 속아 넘어가지 않더이다. 더 이상 시간을 지체했다가 수양이 갑자기 죽기라도 하면 큰일이라 지금이라도 찾은 겁니다. 미리 나타나지 못한 건 마지막 준비를 하느라 그랬습니다."

"준비? 무슨 준비?"

"책봉으로 왕좌를 차지할 수 없다면 수양의 방식대로 왕좌를 차지해야지요."

나지막하지만 단호하고 거침없는 말에 현의 눈이 커졌다.

"도련님, 애초에 수양이 왕이 된 게 잘못이었습니다. 수양은 왕이 될 수 없는, 왕이 돼서는 안 되는 자였습니다. 왕좌에 어울리지 않는 자가 왕이 되는 바람에 나라 꼴이 이 모양이 되었습니다. 바로 잡아야 합니다. 자격이 있는 자가 그 자리에 올라야지요. 왜 도련님을 두고 떠났겠습니까. 제대로 왕재 교육을 받고 왕이 되시라는 의미였습니다. 그리고 도련님은 바람대로 훌륭히 모든 일을 해내셨습니다. 허니 이제 마지막으로 왕이 되셔야 합니다. 애초에 그 자리를 목표로 지금까지 살아오시지 않으셨습니까?"

"그 말은…… 이씨 왕조를 없애고 김씨 왕조를 세우기라도 하잔 건가?"

"그래야지요. 어차피 수양이 죽고 나면 그 뒤를 이를 제대로 된 이씨가 있긴 합니까?"

이자의 말대로 자신이 김씨라면, 이제 이 나라에 수양의 뒤를 이를 제대로 된 이씨는 없었다.

"하긴 이씨 왕조가 세워진 지 백 년이 채 되지 않았으니, 김씨 왕조로 바뀐다 한들 이상할 것도 없지."

왕이 되기만 한다면 제 성이 이씨든 김씨든 무슨 상관이랴, 그리 생각하자 순식간에 모든 게 단순해졌다. 어차피 이 나라에서 제대로 왕 노릇을 할 사람이 저밖에 없다면, 제가 왕이 되는 게 나라를 위해서도 옳은 일 아니냔 말이다.

"유학에서도 역성혁명은 옳은 일이라 가르치지 않는가?"

철이 고개를 크게 끄덕였다.

"준비는 제대로 한 건가?"

"완벽합니다. 그러느라 도련님을 모시러 오는 게 늦었습니다. 이때까지 잘 버텨주셔서 감읍할 따름입니다."

"감사 인사는 그만하면 되었네. 이제 내가 고마워하게 만들어주게."

"허면 따라오시지요. 준비된 곳으로 모시겠습니다."

자리에서 일어난 철이 소리 없이 밖으로 나갔다. 조용하고 날랜 몸놀림이었다.

현도 칼을 챙겨들고 재빨리 뒤따랐다. 철이 담을 넘기 전 현을 먼저 도와주었다.

담을 넘자마자 인적없이 고요한 거리를 철이 달리기 시작했다. 현이 급히 그 뒤를 쫓았다. 순식간에 두 사람이 어둠 속으로 사라졌다.

16장

혈연
血緣

"천륜을 거스른 자는 왕이 될 자격이 없다! 자격 없는 자를 왕좌에서 끌어내리고 정의를 바로 세우자!"

현이 비장하게 외치자 모인 군사들이 일제히 칼을 들어 흔들었다.

철이 모은 군사들은 인왕산 중턱을 빼곡하게 메울 정도였다. 모두 함경도에서 김종서와 함께 싸우던 이들이라고 했다. 김종서의 죽음 이후 흩어졌던 이들을 찾아 모으느라 긴 시간이 걸렸다고, 철이 설명해주었다.

얼핏 봐도 야밤에 기습을 강행한다면 궐을 장악하기 충분할 정도로 넉넉한 군사들이라 현은 만족스러웠다.

"근래 살펴보니 별궁 쪽을 지키는 군사들이 가장 적고 기강이 해이합니다. 허니 그쪽으로 잠입하면 단숨에 침전까지 갈 수 있겠습니다."

"그러면 일단 별궁에서 그놈부터 죽이고 갈까?"

"그것도 좋은 생각입니다만, 침전에 가기 전까지는 소란을 최소화해야 하니 죽이는 건 조금 뒤로 미루시지요. 침전부터 가서 일단 수양을 사로잡아야 합니다. 그리고 첫닭이 울기 전 삼정승과 육판서들을 불러들여야지요. 수양이 계유년에 난을 일으킨 그 방식대로 하는 겁니다."

삼정승과 육판서들은 모두 계유정난에 참여하고 공신첩을 받은 이들이었으니 수양과 함께 처벌받는 게 마땅했다.

"그들을 불러들일 방법은?"

"이걸 삼정승과 육판서의 댁에 보낼 겁니다."

명회의 글씨체를 모방하여 쓴 서찰엔 택현과 관련하여 은밀하게 의논할 일이 있으니, 첫닭이 울기 전 입궐해야 하며, 삼사가 절대 알아선 아니 되니 보자마자 불태우라고 적혀 있었다.

마지막에 명회의 인장이 찍혀 있어 누가 봐도 명회가 써서 보낸 거라 믿을 만했다.

계획이 완벽해 보여서 현은 철을 보며 만족스러운 듯 히죽 웃었다.

"영상은 어찌 입궐하게 하려고?"

"그 여식을 납치할 겁니다. 여식이 궐에 있다고 하면 천하의 한명회라도 어찌 아니 오겠습니까?"

"보통 계집이 아니라 소란을 피울 게야. 자칫하면 그 계집 때문에 산통이 깨질 수도 있어."

"묘수가 있습니까?"

"서찰을 써줌세. 내가 긴히 할 말이 있어 부른다고 하면 곱게 따라올걸세."

현이 단숨에 써내려간 서찰을 철에게 건넸다. 철의 명을 받은 군사가 현이 준 서찰을 손에 쥐고 산을 타고 내려갔다.

"채비하시지요."

하늘 높이 떠 있던 달이 서서히 아래로 떨어지기 시작하자 철이 군사들을 준비시켰다. 궐을 내려다보는 현의 눈이 반짝 빛났다.

"이 칼을 쓰십시오."

철이 무릎을 꿇고 칼을 바쳤다.

"김종서 장군님의 유품입니다. 도련님께서 오늘 밤 그 칼로 역적 수양의 목을 베어주십시오."

현이 떨리는 손으로 칼을 집어들었다. 묵직한 장도였다. 스르릉, 천천히 칼집에서 칼을 빼냈다. 밝은 달빛에 시퍼렇게 선 날이 반짝이며 빛났다. 감격스러운 눈으로 칼을 보던 현이 느리게 고개를 끄덕였다.

철이 자리에서 일어나 현과 함께 군사들을 둘러보았다.

"가자!"

현이 칼을 흔들며 궐을 향해 출발했다. 정렬한 군사들이 뒤를 따랐다. 가장 앞에 선 현의 발걸음이 그 어느 때보다 가벼웠다.

* * *

인시에 궐로 잠입하여 묘시에 삼정승과 육판서를 궐로 불러들이고, 진시에 모든 일을 끝내는 게 철의 계획이었다.

계유정난과 판박이라 현이 듣고 감탄했다. 그가 얼마나 오랫동안 이날을 사무치게 기다렸는지 절감할 수 있었다. 그래서 믿음직스러웠고 오늘 이 일이 성공하리란 확신이 들었다.

그리고 정말 철의 뜻대로 되었다. 별궁엔 이상할 정도로 군사들이 하나도 없어 피 한 방울 흘리지 않고 많은 군사가 모두 궐로 들어올 수 있었다.

궐을 지키던 금위군들은 급습에 쉬이 밀려났다. 하지만 대전에 다다르자, 금위군의 저항이 만만찮아 향오문을 사이에 두고 대치가 길어졌다.

"서찰을 받은 대신들이 입궐하고 있습니다."

"궐을 통과하자마자 죽여라. 계유년에 그들이 했던 대로 똑같이 당해야 하지 않겠느냐."

"아닙니다. 자기들이 왜 죽는지 똑똑히 알고 죽어야지요. 이리로 끌고 오겠습니다."

이 난리 통에 대신들을 여기까지 끌고 온다는 게 현은 썩 내키지 않았으나 복수심으로 이상하리만치 눈을 빛내는 철을 보자 그 뜻을 따를 수밖에 없었다.

"모두 다 이리로 끌고 오너라. 그들과 수양을 한 번에 처리하자!"

현의 명에 따라 입궐하는 대로 속속 잡힌 대신들이 포박된 채 끌려왔다. 오고 난 뒤에야 대신들은 비로소 무슨 일에 휘말렸는지 깨닫고 하얗게 질렸다.

마지막으로 온 명회조차 이 난을 현이 일으키고 있다는 사실에 기함하여 평정심을 잃고 난리를 쳤다.

"월산군! 월산군!"

명회가 고래고래 고함을 지르는 사이 드디어 금위군이 밀려났다.

향오문이 열리자마자 현의 군사들이 우르르 밀고 들어갔다. 군사들에게 둘러싸인 대신들 역시 억지로 질질 끌려가 대전 앞에 내동댕이쳐졌다.

"이야, 이게 누군가. 버림받은 왕자 아니신가. 거기 그러고 서 있으니 제법 그럴싸하구나!"

향오문에서 밀려난 금위군들이 대전을 둥글게 에워싼 채 결사 항전의 의지를 불태우고 있었고 대열 앞엔 신우가 긴 칼을 들고 서 있었다. 신우를 보자 현이 비아냥거리며 다가섰다.

"거기서 멈춰서라. 더 하면 역모다."

"여기서 멈춘들 달라지는 게 있더냐! 이미 내가 벌인 게 역모다. 내가 역모를 일으켜 여기까지 왔다. 헌데 이제 와서 어찌 멈추겠느냐."

현의 칼끝이 들어 올려져 신우를 넘어 침전을 향한다. 칼끝이 겨냥한 건 한때 제 조부였던 이다.

"나는 너 따위를 상대하러 여기까지 온 게 아니니 비키거라."

"너는 여길 넘지 못한다. 저곳으로 가지 못한다."

신우가 모든 걸 걸고 하는 말에 현의 이마에 새파랗게 핏줄이 섰다. 현이 달려들자, 신우가 칼을 들어 막아선다. 두 사람의 칼이 날카로운 비명을 내지르며 부딪쳤다.

맞붙은 칼을 사이에 두고 현과 신우가 이글거리는 눈으로 서로를 노려봤다. 힘겨루기하던 둘이 결판을 내지 못하고 동시에 서로를 밀어냈다. 부딪혔다가 밀려나고 밀어냈다가 다시 달라붙기를 반복했다. 언제 서로 공격할지 모르는 일촉즉발의 상황이지만 양측의 군사들은 숨죽인 채 둘의 싸움을 지켜보았다.

"그만하지 못할까!"

대전 문이 열리고 혈의 부축을 받으며 수양이 모습을 드러냈다.

신우가 현을 밀어내고 수양에게 붙어 호위했다.

밀려나 숨을 헐떡이던 현이 수양 옆에 선 혈을 보고 기가 찬 듯 헛웃음을 터뜨렸다.

"네가 여기 왜 있느냐?"

처음 보는 형의 무서운 모습에 혈은 겁에 질려 아무 말도 못 했다.

"네가 여기 왜 있느냐 물었다!"

"어머니, 어머니께서 할바마마를 간호하라고……."

기가 막혔다. 윤덕은 벌써 수양이 혈을 책봉하게 하려고 수를 쓰고 있었다. 이렇게 간단히 버림받은 줄 모르고 칼을 들기 전 잠시나마 윤덕을 염려했던 스스로가 우스웠다.

"일단 너부터 죽어야겠구나."

이를 악물고 현이 혈에게 달려들었다. 수양이 혈을 뒤로 숨기고 신우가 막아섰지만, 현의 칼은 끝내 수양의 팔을 스쳐 지나갔다.

"전하!"

수양의 흰옷에 피가 붉게 번지자 잡혀 있던 신하들이 덜덜 떨며 오열했다. 현이 다시 칼을 쥐고 달려들었다. 다행히 이번엔 신우가 늦지 않아 막아설 수 있었다.

신우가 시간을 끄는 동안 혈과 윤씨가 부축하려 했으나 수양이 손을 내저으며 거절했다. 윤씨가 급한 대로 팔을 천으로 감쌌다. 수양이 신음을 내질렀다.

신우와 현의 칼날이 춤을 추는 사이, 내금위장이 눈치를 보며 현을 급습할 수 있게 금위군을 이동시켰다. 동태를 짐작한 철도 군사들을 움직여 금위군을 막아섰다. 신우와 현의 밀고 밀리는 싸움이 팽팽하게 벌어지는 동안 신하들은 피가 마르는 심정으로 둘을 지켜보았다.

명회는 이 와중에도 혜주가 어디 있나 살펴야 했다. 혜주도 여기 어딘가 잡혀 있을 것이다. 눈이 닿는 곳에 혜주가 보이지 않자 명회는 속이 타들어 갔다.

"이얏!"

기합 소리와 함께 신우가 칼을 휘두르며 동시에 발을 걸었다. 현은 용케 몸을 피했으나 그 바람에 손에서 칼을 놓치고 말았다. 다시 칼을 손에 쥐었으나 바닥에서 일어나지 못했다. 휘두르는 신우의 칼을 피해 급한 대로 발로 바닥을 밀어내며 뒤로 물러났다. 그 바람에 헐겁게 잡고 있던 칼을 다시 놓치고 말았다.

"크헉!"

칼이 바닥을 나뒹굴자, 철이 몸을 굴려 잡아챈 후 신우의 앞을 막아섰다.

현이 잠시 헐떡이며 숨을 고르는 사이, 신우와 철이 서로 팽팽하게 칼을 맞댔다. 칼을 사이에 두고 서로를 바라보는 두 사람의 눈빛이 서늘했다.

몇 차례 공격을 주고받다가 철이 균형을 잃고 비틀거렸다. 신우가 그때를 놓치지 않고 철을 밀어냈다. 철이 바닥에 넘어지자 신료들 사이에 안도의 한숨이 터져 나왔다.

그때 신우가 제 손에 쥐고 있던 칼을 바닥으로 내던졌다.

모두들 의아해하는데, 쓰러졌던 철이 어느새 자리에서 일어나 제 손에서 놓친 칼을 신우에게 깍듯이 건넸다. 바로 김종서의 칼이었다.

신우가 그 칼을 쥔 채 몸을 바로 세웠다. 해가 막 떠오르려 하고 있었다.

"내가 김종서의 손자다!"

신우의 외침에 윤씨가 저도 모르게 단말마의 비명을 내질렀다가 입을 틀어막았다.

신하들 사이에서 기묘한 탄식들이 터져나왔다.

현은 황망한 눈으로 신우를 바라만 볼 뿐 아무것도 하지 못했다.

"복수다, 이 모든 건!"

신우가 몸을 돌려 수양에게 다가서며 말을 이었다.

"손자에게 칼을 맞은 기분이 어떻소! 핏줄을 의심하며 고통 속에서 산 세월이 어땠소! 바로 그 세월이! 당신한테 하나밖에 없는 아들을 남기고 세상을 떠난 문종께서 하늘에서 겪으신 세월이오. 당신이 친손자에게 베이는 그 순간이, 문종께서 당신 손에 죽은 자신의 아들을 보며 눈물지은 그 순간이오. 어떻소? 나의 복수가!"

다리에 힘이 풀린 수양이 털썩 자리에 주저앉았다. 혁이 부축하려다 같이 엎어지고 말았다. 핏발이 선 눈으로 둘을 쳐다보던 신우가 이번엔 몸을 돌려 신료들을 향했다.

"모두 똑똑히 보았소? 보시오, 수양의 핏줄은 고작 이러하오. 그대들이 만든 왕이오. 저자가 선왕의 유지를 어겨가며 세울 가치가 있는 왕이었소? 그대들이 저지른 짓이 자랑스럽소이까!"

신우의 신랄한 비웃음에 신하들이 고개를 떨구고 시선을 피했다.

신우가 다시 꼴사납게 주저앉은 수양을 똑바로 쳐다보았다.

"아무리 몸부림쳐 본들, 전하의 후손 중엔 폭군이 나올 거요. 전하의 핏줄이니까! 지금 전하의 손자가 칼을 들었듯이, 후손 중 누군가도 천륜을 어기고 몹쓸 짓을 저지를 것이오! 전하가 형과 조카에게 그랬던 것처럼! 아무리 애써본들 결국 후손은 전하의 이름을 더럽히고 역모를 역사의 실수로, 일어나서는 안 될 일이 일어난 것으로 기록되게 할 거외다. 훗날 사관들은 전하가 일으킨 역모로 국가에 망조가 들었다 기록할 거요. 아무리 몸부림쳐 본들! 형님인 문종과는 역사에 다르게 기록될 거요. 이것이 전하가 받을 진짜 벌이오."

울지 않으려 애를 쓰느라 수양의 얼굴이 고통스럽게 일그러졌다. 가슴을 부여잡은 수양이 앞으로 고꾸라졌다.

"할바마마!"

"전하!"

윤씨와 혈이 놀라 급히 수양을 부축했다.

신우가 복잡한 얼굴로 수양에게서 고개를 돌려, 자신을 지켜보는 철과 시선을 마주쳤다. 신우를 바라보는 철의 눈빛엔 자랑스러움과 안쓰러움, 뿌듯함과 허탈함이 혼잡하게 뒤섞여 있었다. 그 순간 지난 몇 달간의 고생이 두 사람의 머릿속을 스쳐 지나갔다.

* * *

의원 집에서 나오자마자 신우는 윤덕의 집이 아닌 인왕산으로 향했다. 도율을 만나 벽보에 관해 물어야 했기 때문이다.

그런데 산 중턱에 다다르기도 전에 누군가 입을 틀어막고 어둠 속으로 끌어당겼다.

크게 놀랐지만 버둥거리지 않은 건 제 입을 막은 게 철이라는 걸 눈치채서였다.

"갑자기 이리 오시면 어찌합니까. 제가 연통을 드리면 그때 오시라 하질 않았습니까?"

얼굴조차 알아보기 힘든 깊은 어둠 속에 들어오고 나서야 철이 신우를 놓아주었다. 그제야 신우는 평소라면 적막 속에 잠겨 있어야 하는 산이 소란스럽다는 걸 깨달았다.

"한명회입니다. 사병들을 끌고 산을 뒤지고 있어요. 도련님을 찾으러 온 게 분명합니다."

"그 벽보 때문입니까?"

"예."

"허면 제가 진정으로 수양의 손자입니까? 제 조부가 수양입니까? 저를 속이신 겁니까?"

질문을 쏟아낸 신우가 부질없다는 걸 알면서도 어둠 속에 잠긴 철을 찾아 눈을 마주치려 애를 썼다. 벽보의 내용이 신우를 혼란스럽게 해 평정심을 잃었기 때문이다. 반드시 철에게 진실을 들어야만 했다.

"염려 마세요. 도련님은 장군님의 손자가 맞습니다. 제가 어찌 도련님을 속이겠습니까."

철이 신우의 손을 쓰다듬었다. 그제야 신우도 안도의 한숨을 토해냈다.

"그럼 대체 왜 그런 벽보를 붙이신 겁니까?"

"흥인사에서 도련님과 월산군이 동시에 태어난 건 사실입니다. 마님께서는 그날 무슨 일이 벌어지고 있다는 걸 누구보다 빨리 눈치채셨지요. 그래서 만약의 사태에 대비해 미리 준비해둔 약을 드시고 출산을 앞당기려 하셨습니다. 그러나 제가 도착할 때까지 마님은 도련님을 낳지 못하셨습니다. 마님은 도련님을 살리기 위해 배를 가르고 아이를 꺼낸 뒤 바꿔치기하라고 하셨습지요. 그래야 도련님이 더 안전하게 살아남을 수 있으리라 생각하신 겁니다. 도련님을 위해 마님이 그리 명하셨지만, 소인은 차마 도련님을 두고 올 수가 없더이다. 다만 아이가 바뀐 것처럼 속이면 도망칠 때 안전하리라 생각

405

했습니다. 바꾸지 않았습니다. 다만 바꾼 척은 했습니다. 이게 진실입니다."

바꾸라고 한 어미의 심정도, 차마 바꾸지는 못했으나 바꾼 척한 철의 심정도 이해가 갔다. 이토록 많은 이들이 애달파하며 살려낸 명(命)이라니, 신우는 새삼 제 목숨값이 버거울 정도로 무겁게 느껴졌다.

"도련님이 젖을 뗄 무렵, 수양대군이 자신의 첫 손자 이름을 현(賢)이라 지었다고 하더군요. 그래서 스님께서 그 이름을 파자하여 도련님에게 신우(臣友)라는 이름을 지어주었다고 하셨습니다. 도련님이 평생 모셔야 할 분이니까요."

"평생 모실 분이라……."

"이미 물꼬가 단단히 틀어져 돌이킬 수 없지 않습니까. 수양의 손에 상왕 전하께서 돌아가신 이상 다른 선택지는 없습니다. 선택지가 없는 역모에 정당성도 없습니다. 단지 가문의 복수를 위해 국가를 전복시키고 백성을 혼란케 할 순 없는 노릇이에요. 그것은 김종서 장군이 가장 원치 않은 일일 겝니다."

"그래서 제게 미리 월산군을 모시게 한 겁니까? 평생 모실 분이라서?"

"도련님을 월산군 가까이 둔 건 그가 진정 군왕의 자질을 가졌는지 직접 지켜보시고 판단하시길 바랐기 때문입니다. 더불어 월산군이 옳지 않은 길로 가면 가까이서 간하여 옳은 길로 가도록 이끄셔야 하니까요. 김종서 장군이 선왕 전하께 하셨던 것처럼 말입니다. 그리하여 이 나라가 반석 위에 세워지게 하고, 도련님의 공으로 장군의 가문이 복권되는 것이 돌아가신 김종서 장군께서 가장 바라시는 일이지 않겠습니까."

"허면 벽보는 왜 붙이셨습니까?"

"복수입니다."

"복수요?"

"예, 수양도 돌아가신 선왕 전하처럼 지독한 배신과 의심 속에서 괴로워하며 몸부림쳐봐야 하니까요."

혼란을 유발하기 위해 부러 벌인 일이란 건가. 그런데 저를 두고 이런 모험을 하는 건 그답지 않았다.

"사실 그들이 도련님인 걸 눈치챌 때쯤 다른 일을 벌일 참이었는데, 예상보다 진행이 너무 빠릅니다. 사촌이니 닮은 게 당연해 도련님의 정체를 알아챌 수도 있다고 생각하긴 했습니다만 이리 빨리 눈치챌 줄은 몰랐습니다."

역시나 철이 뜻한 바는 아니었던 모양이다. 철은 왜 이리 일이 어그러진 건지 아직 그 연유를 알아채지 못한 모양이지만 신우는 알고 있었다.

"혜주입니다."

"혜주라면?"

"한명회의 여식이요. 벽보를 보고 저라고 확신하더이다. 아마 영상에게 그 말을 했을 겁니다."

그래서 한명회가 벌써 이렇게 빨리 움직였구나, 그제야 상황을 파악한 철이 고개를 끄덕였다.

"혹 그 여식이 도련님을 해할 작정으로 그리한 겁니까?"

"아니요. 저를 위해 그리한 겝니다. 제 아비가 어떤 사람인지 아직 다 몰라 저지른 실수지요."

"아무튼 일단은 몸을 피하십시오. 제가 방도를 생각해둘 터이니."

"아니요, 제가 나아가겠습니다."

"네? 그게 무슨……."

"결국 택현은 제가 하는 게 아닙니까. 허면 이제 직접 나설 때지요. 영상에게 붙잡히겠습니다. 영상이 직접 저를 전하에게 데려가도록 만들어주십시오."

철은 신우의 속내를 알아차리고 많이 놀랐다. 감히 생각지도 못했던 담대함이다. 이런 과감함이 있었단 말인가. 지금까지 너무나 애틋하게 길러왔던 그조차 미처 몰랐던 면모였다. 역시나 범의 자손이다! 비로소 신우에게서 김종서의 기개를 엿본 것 같아 철은 감격에 겨웠다.

"훗날을 위해 도율 스님께서 수양에게 언제든 요청하면 군사들을 보내달라 말씀해두셨다고 들었습니다. 스님께 말씀드려 금위군을 이리로 부르겠습니다."

그러면 일단 명회가 오늘 밤 신우를 해하진 못할 것이다. 그런데 죽이지 못하게 할 수는 있지만 명회가 신우를 데리고 수양에게 가게 만들 방도가 당장 떠오르지 않았다.

"한명회의 여식이 신문고를 울리게 하세요. 한명회의 여식이 저를 수양의 손자라 하고, 한명회는 저를 죽이려 했다고 하면 천하의 수양조차 제 존재를 믿지 않을 도리가 없을 겁니다."

그럴듯한 묘수였다. 마치 전장에서 병법을 써 적을 깨부수던 김종서처럼 벌써 신우는 자신만의 전장에서 이기기 위한 전술을 써 내려가고 있었다.

"그리하지요. 빨리 움직이겠습니다. 도련님은 일단 금위군이 올 때까지 몸을 숨기고 계세요. 제가 도율 스님을 통해 신호를 드리면 그때 나타나시면 됩니다."

갑자기 할 일이 많아지자 철의 마음이 바빴다. 복면을 쓰고 금세라도 사라질 기세인 철을 신우가 다급하게 붙잡았다.

"그런데 말입니다. 만약…… 모두가 제게 속으면 어찌합니까?"

"네?"

"만약 모두가 제게 속으면요. 제가 진짜 수양의 손자라고 모두 그리 여기게 되면 그땐 어찌합니까?"

그 순간 바람에 나뭇가지가 흔들리며 달빛이 일순 두 사람을 스쳐 지나갔다. 신우의 두 눈이 불안하게 떨리는 걸 보았다. 철이 저를 붙잡은 신우의 손 위에 제 손을 덮었다.

"바라는 일이 아니라 옳다고 생각되는 일을 하시면 됩니다. 도련님께 왕재가 있어 왕이 되는 걸 모두가 옳다고 여기고, 도련님도 그리 생각하신다면, 원하시는 대로 하셔도 됩니다. 그게 도련님이 생각하시는 옳은 일이라면요."

다만 그리된다면 도련님 손으로 저를 베야 할 거라는 말은 차마 하지 못했다. 말하지 않아도 이미 신우는 알고 있을 테고 아는 데도 그리하기로 한다면 그 역시 어쩔 수 없는 일이기도 했다.

* * *

철의 연통을 받은 신우는 고생하는 금위군들에게 상을 내린다는 명목으로 약을 탄 술을 먹였다. 약 기운이 퍼지면서 다들 주저앉았고, 그 덕분에 현과 철은 무혈입성하듯 궐로 들어올 수 있었다.

그럼에도 철은 향오문을 뚫고 나가 신우와 마주 섰을 때 조금은 떨렸다. 신우가 어떤 선택을 했는지 확신할 수 없었기 때문이다.

허나 신우와 칼을 맞대는 순간 깨달았다. 신우는 벌써 오래전에 옳은 길을 택했다는 것을. 그래서 철은 주저 없이 그에게 김종서의 칼을 건넬 수 있었다. 오랜 세월을 지나 드디어 칼이 제 주인을 찾은 것이다.

"내 조부는 역모를 꾀하지 않았소. 오히려 역모를 꾀한 전하의 모략에 빠져 억울한 누명을 쓰고 돌아가셨지. 그리고 오늘 전하께 칼을 들고 진짜 역모를 꾀한 건 전하의 친손자외다."

신우가 모두를 속여가며 현과 자웅을 겨룬 이유는 왕좌를 노린 게 아니었다. 현의 자질을 시험하며 지켜보고 싶었기 때문이다. 그러나 현은 군왕의 자질이 없었다. 신우를 가장 슬프게 한 건 바로 그거였다. 그래서 신우는 잠시나마 흔들리기도 했다.

"역모를 일으킨 전하의 친손자를 죽여 사대문에 목을 매다시오! 역모는 그리 다루는 거 아니오? 내 조부에게 했던 것처럼 똑같이 하란 말이오!"

신우의 쩌렁쩌렁한 외침에 모두가 숨을 죽인 채 고개를 떨구었다. 서서히 해가 떠오르자, 그가 선 자리가 점점 밝아졌다.

"그럴 수 없다면 내 조부의 누명을 벗겨주시오! 그게 최소한의 사람된 도리고, 그래야 전하께서 죽어 선왕들에게 잘못을 빌 수라도 있을 게요. 오늘의 이 역모를 역사에 기록하고 싶지 않다면, 내 조부의 누명도 벗겨주어야 할 거요."

수양에게 마지막 일갈을 가하고 돌아서서 대신들에게 다가갔다.

신우가 다가올수록 대신들은 서로에게 가까이 붙어 앉으며 바들 바들 떨어댔다. 명회만이 유일하게 고개를 치켜든 채 신우를 노려보았다. 신우가 싸늘한 눈으로 그를 마주 보았다.

"그대들도 이리 끌려와 보니 어떻소? 똑같은 처지가 되니 어떻냔 말이오? 보시오, 이게 그대들이 몇십 년 전에 나라를 집어삼킨 방식이오. 이게 대의요? 여기에 어떤 명분이 있소? 후대에 이 일이 어찌 기록될 것 같소? 부끄럽지 않냔 말이오!"

"너는 감히 왕족을 참칭했다. 대역죄인이야!"

명회가 바락바락 고함을 질러댔다. 신우가 코웃음을 쳤다.

"천하의 한명회가 달을 가리키는 손가락을 보고 잘못되었다 짖는 꼴이라니, 참으로 우습소이다. 내가 오늘 김종서의 손자라는 사실을 밝히지 않았다면 그대들은 김종서의 손자를 국본으로 만들었을 거요. 나는 모두를 속이고 왕좌에 오를 수도 있었소! 하지만 그러지 않았소. 왜라고 생각하시오? 살고자 했다면 속이는 게 더 쉬웠소! 구차하게 사느니 당당하게 죽는 게 나으니까. 나는 당신들처럼 구질구질하게 살고 싶지 않기에 내가 누군지 밝힌 게요. 그러니 참칭한 죄를 묻겠다는 건 내게 협박이 아니오. 애초에 살고자 하는 마음으로 내 정체를 밝힌 게 아니니 말이오. 죄를 지은 자들이나 죄를 묻겠다는 말이 협박이겠지. 바로 당신들처럼!"

신우의 일갈에 명회가 분노를 이기지 못하고 온몸을 부들부들 떨었다.

"내가 전하의 손자를 참칭한 게 대역죄라면 그대가 저지른 끔찍한 짓엔 대체 무슨 죄목을 붙여야 할까? 선왕의 유지를 어기고, 열두 살밖에 안 된 어린 왕을 끌어내리고, 학문을 함께 논한 동지들을 모두 도륙한 짐승 같은 인간들! 당신들의 죄명은!"

신우가 칼을 높게 들어 금방이라도 휘두를 것 같은 자세를 취하자, 신료들이 고함을 지르며 목을 움츠렸다. 명회조차 움찔하며 눈을 질끈 감았다.

고작 이런 자들에게 조부가 그리 허망하게 죽었다는 게 기막혔다. 이 상황까지 와서도 죽을 용기조차 없는 졸렬한 작태에 신우가 헛웃음을 터뜨렸다.

"그대들 수준대로 복수를 하자면 왕좌에 오른 뒤 정체를 밝히고 모두를 도륙하는 거였을 테지. 하지만 나는 짐승이 아니라 사람이라 그리하지 않은 거요. 욕망보다 더 우선해야 할 게 있다고 믿으니까. 바라는 것보다 옳은 일을 하는 게 인간이니까! 나를 벌 하든 말든 마음대로 하시오. 죽이든 살리든 알아서들 해보라지."

신우가 칼을 내던졌다. 쩽그랑, 칼이 돌과 맞부딪히는 소리가 궐 안을 울렸다.

"이게 다 무슨 소용일까. 참으로 쓸모없는 인간들 앞에서 지껄이는 쓸데없는 말들이지."

신우가 찬찬히 몸을 돌려 수양을 쳐다보다 그 아래 정신을 차리지 못하고 널브러진 현을 보았다. 복잡한 심경이 신우의 얼굴에 맺혔다가 이내 사라졌다.

신우가 모두에게서 돌아서 향오문을 향해 걷기 시작했다. 철이 그 뒤를 따랐다.

신우가 걸어가는 내내 신하들은 여전히 움직이지 못하고 떨었다. 막 신우가 그들을 다 지나쳤을 때, 엎드려 있던 이들 중 하나가 몸을 일으켜 근처에 버려진 칼을 집어 들었다. 병판이었다.

"안 돼!"

병판이 눈을 희번덕이며 칼을 들고 신우를 향해 달려들었다. 가까이 있는 철이 알아차리기도 전에 누군가 신우를 밀쳐내며 병판의 칼을 대신 맞았다.

"혜주야!"

나인으로 변장하고 숨어서 모든 걸 지켜보던 혜주였다.

병판이 칼을 들고 신우에게 달려드는 걸 가장 먼저 발견한 혜주가 그 앞으로 뛰어들어 신우 대신 칼을 맞았다.

"혜주야! 혜주야!"

칼을 맞고 쓰러진 나인의 얼굴을 확인한 명회가 절규하며 오열했다. 병판이 놀라 손에서 칼을 놓쳤다.

신우가 칼이 땅에 채 떨어지기도 전에 낚아챈 뒤 단숨에 병판을 베었다. 그의 피를 뒤집어쓴 신료들이 비명을 질러댔다.

"혜주야!"

명회가 바닥을 벌벌 기어 딸에게 다가가려는데, 피가 튀어 야차같이 붉어진 얼굴을 한 신우가 먼저 혜주를 품에 끌어안았다.

이젠 혜주의 몸에서 새어 나온 피가 신우의 몸을 적셔, 신우는 온몸에 피를 뒤집어쓴 형국이 되었다.

결국 이리되었구나, 누구의 피도 보고 싶지 않았는데 끝내 가장 다치지 말아야 할 사람이 다치고 말았다.

피를 토하는 혜주를 품에 깊숙이 끌어안았다. 후두둑, 신우의 눈에서 눈물이 쏟아져 핏물에 섞여 들어갔다.

"어의, 어의를 불러라! 어서!"

가장 먼저 정신을 차린 혈이 고함을 질렀다. 그 소리에 멈췄던 이들이 비로소 허둥거리며 움직이기 시작했다.

혜주가 부들부들 떨리는 손을 들어 신우의 젖은 얼굴을 만졌다.
두 사람의 아련한 시선이 마주쳤다. 혜주의 두 눈이 신우의 얼굴을
더듬었다. 그리고 그가 멀쩡한 걸 확인하자 힘들게 뜨고 있던 눈을
감았다. 신우의 얼굴을 만지던 손도 기운을 잃고 아래로 떨어졌다.

"혜주야, 혜주야!"

명회가 미친 사람처럼 소리 지르며 바닥을 기어다니더니 이내 혼
절했다.

신우가 혜주를 품으로 끌어안은 채 서러운 울음을 터뜨렸다. 멀리
서 어의들이 다급히 달려오는 발걸음 소리가 들렸다.

종장
終章

"마님, 잘산군께서 오셨습니다."

마당의 잡초를 뽑던 신우가 끙, 소리를 내며 자리에서 일어났다.

그날 이후 신우와 철은 옛집으로 돌아와 엉망이 된 곳을 하나하나 직접 손보고 있었다. 집으로 돌아온 이후 철은 신우를 도련님이 아닌 마님으로 불렀다. 이제 신우가 이 집안의 가주라는 의미가 담긴 호칭이었다.

혼인도 하기 전에 듣기엔 남사스러웠으나 저 외엔 이 집안에서 그리 불릴 사람이 없는지라 신우는 군말 없이 받아들였다.

"사랑채로 뫼시세요."

그날 난리가 다 끝난 후에야 삼사는 입궐했고 덕분에 이른 아침 궐에서 무슨 일이 일어났는지 알지 못했다. 삼사가 아는 건 철이 나타나 누가 진짜인지 사실을 가려주었다는 것과 신우조차도 누구의 손자인지 알지 못하고 저지른 일이니, 참칭의 죄를 물을 수 없다는 것뿐이었다.

그렇게 그날 현이 일으킨 역모도, 신우의 참칭도 모두 없던 일이 되었다. 그게 수양과 대신들이 할 수 있는 최선이었기 때문이다. 신우 역시 침묵했다.

"이제 제법 집에 훈기가 돕니다."

그날 이후 대신들의 뜻은 자연스레 혈에게로 모였다. 빈청은 당연히 더 이상 현을 지지할 수 없어 그러했고, 본래 현을 지지하지 않던 대청은 현이 될 바에야 어린 혈이 낫다고 판단했다.

어찌 보면 명회와 윤덕의 바람이 이루어진 건데도 명회는 기가 죽었고 윤덕은 기뻐 보이지 않았다.

"저희 가문이 복권되어야 한다고 전하께 강하게 청하였다고 들었습니다. 감사합니다."

그날의 일을 알지 못하는 삼사의 신료 중 몇은 김종서의 후손인 신우를 저리 내버려둬도 되냐고 의아해했다고 한다. 또 아무리 모르고 저지른 일이어도 참칭을 하긴 한 건데 죄를 물어야 하는 게 아니냐고 하는 이도 있었단다.

당연히 빈청의 신료들과 수양은 그 의견을 묵살했다. 심지어 수양은 크게 화를 내기까지 했다. 덕분에 삼사는 더 이상 신우의 거취를 입에 올리지 못했다.

"앞으로 어찌할 작정입니까?"

그리고 그날 이후 혈은 신우가 드러났으니 김종서 가문을 복권해 신분을 회복해주어야 한다고 수양에게 강력하게 청하고 있었다.

"글쎄요, 딱히 인생을 계획하며 살아본 적이 없어서요. 집수리가 다 끝나고 나면 무얼 할지는 그때 생각해보지요."

"곧 신분이 회복될 터이니 출사해야지요. 혹 원하는 자리가 있소이까? 내 할바마마께 말씀드려서……."

"출사를 원한다면 과거를 치르는 게 옳지요. 할아버님이 살아계셨어도 과거를 치르라 명하시지, 음서제를 이용하지는 않으셨을 겁니다."

"그러면 과거를 준비하시오. 강 사서가 학문이 무척 뛰어나다고 할 정도이니 과거는 어렵지 않게 붙지 않겠소? 출사하시오."

"출사라……."

"할바마마께 김종서 가문을 복권해달라 청한 건 정치적인 부탁이 아니었소. 그리해야만 할바마마의 마음이 좀 더 편안해질 거라 여겼기 때문이지."

수양은 이것을 부처님의 뜻으로 받아들였다고 했다. 수양이 눈물을 흘렸다고 하니 조만간 모든 게 제자리로 돌아가지 않겠냐며 철이 신우에게 소식을 전했더랬다.

"하지만 지금 찾아온 건 출사하여 나를 도와달라는 정치적인 부탁을 하기 위함이오. 나는 형님과 다르오. 다를 것이오. 달라야 하오. 그러니 나를 도와주시오. 나는 절대 폭군이 되지 않을 것이오. 물론 내 후손 중에서도 폭군이 나와선 아니 되오. 이것이 그대가 원하는 바가 아니오. 우리는 뜻이 같으니 함께 손을 잡아야 하지 않겠소?"

신우를 가까이 두면 그날 일을 평생 잊을 수 없을 터라 편치 않을 텐데 혈은 신우의 손을 잡길 택했다. 하지만 이것만으로는 혈에게 왕재가 있다고 말하기는 어려웠다. 정말로 평생 모셔야 할 만한 분인지 신우는 아직 확신을 갖지 못하고 있었다.

"확답을 주지 않는구려. 이걸 보면 마음이 좀 풀리겠소?"

혈이 품에서 서찰을 꺼내 건넸다. 수양의 교지였다.

"아마 전하께서도 조정에서 이걸 공포하고 계실게요."

신우가 조심스레 교지를 펴보았다. 교지엔 김종서 가문을 복권하고 신우와 철의 신분을 회복시킨다는 내용이 적혀 있었다.

"나를 도와주시겠소?"

신우가 대답 대신 자리에서 일어나 혈에게 절을 올렸다. 비로소 혈이 한숨을 토해내며 안도했다.

* * *

수양의 명으로 신우와 철이 입궐했다. 궐내를 가로질러 가는 둘을 신료들이 새삼스러운 시선으로 쳐다보았다.

김종서 가문의 복권에 빈청의 신료들은 아무도 반대하지 못했다. 대청의 신료들은 삼정승과 육판서들이 반대하지 않는 데 놀라느라 대응하지 못했다. 두 사람의 복권과 함께 급부상한 혈의 존재가 대체 무얼 말하는지 대청의 신료들은 그 의미를 찾느라 분주했으나 빈청의 신료들은 하나같이 입을 다문 채 아무 말도 하지 않았다.

"미안하다."

수양의 사과에 철이 눈물을 보였다. 이 한 마디를 듣기 위해 그 긴 세월을 살았으니 그럴 만도 했다. 신우는 눈을 아래로 내리깐 채 침묵했다. 사실 자신의 인생은 이 사과를 듣기 위해 산 세월은 아니었다. 그래서 놀랍기는 했으나 감격스럽지는 않았다. 다만 이로써 저를 목숨 걸고 살린 제 어미와 철의 한을 풀어줄 수 있게 되었으니, 그건 참으로 다행이었다.

"잘산군이 출사를 권했다고 들었다."

"예."

"출사할 마음을 먹었다면 과거를 치르지 않아도 된다. 원하는 자리가 있다면…….'"

"과거를 치르겠습니다. 합격하지 못한다면 조정에 나아갈 준비가 되지 않은 것이니 학문에 더 매진하겠습니다."

수양이 고개만 끄덕거릴 뿐 더 이상 권하지 않았다. 제대로 된 환경에서 자란 게 아닐진대 신우는 참 잘 자랐다. 이게 핏줄인가, 수양은 새삼 그날 신우가 했던 말이 겹쳐 사무쳤다.

"자네에겐 병판 자리를 주마. 마침 병판 자리가 비었으니, 그대가 맡도록 해라."

신우보다 반보 뒤에 앉은 철이 놀라 고개를 번쩍 들었다.

"소신이 맡기엔 너무 과합니다."

"판한성부사도 하지 않았더냐?"

"그건, 그땐 어쩔 수 없이. 게다가 너무 오래전이라 제가 무슨 일을 했는지 까마득한데 어찌 병판이라는 높은 직을 맡을 수 있겠습니까."

"자네가 미리 들어와 자리를 잡아야 훗날 이 사람이 출사했을 때 도움이 되지 않겠나. 빈청에선 반기지 않을지 모르나 반대하진 못할 거고, 대청에선 아주 좋아할걸세. 허니 맡아주게. 관직을 떠난 지 오래라고는 하나 조선팔도는 지겹게 돌아다녔을 것이고 사병들도 거느려봤을 테니 병판 노릇하기 어렵지 않을 걸세."

철은 끝까지 거절하려 했지만, 신우의 앞날에 도움이 될 거란 말에 더 사양치 못하고 고개를 숙였다. 이래서 일이 다 끝났으니 그만 절로 돌아가겠다는 저를 도율이 화를 내며 말린 모양이다.

감사의 인사를 전해야 하나 철이 고민하는 사이 바깥이 소란스럽더니 이내 대전내관의 다급한 발소리가 들려왔다.

"전하."

"내 물렀거라 일렀거늘 왜 이리 소란이냐."

"전하, 영상대감 댁에 머물렀던 어의가 입궐하였나이다. 영상대감의 여식이 정신을 차렸다 합니다."

신우의 표정이 뻣뻣하게 굳었다. 철과 수양이 신우를 한 번 흘긋 살피고는 서로 시선을 교환했다.

"어의는 들라."

어의가 조심스럽게 들어와 문 근처에 부복했다.

"영상의 여식은 괜찮은가?"

"맥이 제대로 돌아왔으니 이제 안심입니다. 약을 드시고 미음까지 뜨시는 걸 보고 왔습니다. 다만 혼례하지 않은 여인의 몸에 사라지지 않을 흉이 생긴지라 영상께서 걱정하시더이다."

살아난 게 어딘데 이 와중에 그걸 걱정하다니, 기가 찬 신우가 저도 모르게 변하는 낯빛을 감추지 못했다. 수양이 신우의 표정을 새삼스럽게 쳐다보다가 손을 저어 어의를 물러나게 했다.

"영상의 여식이 몸을 회복하고 나면 혼례를 치르도록 해라."

눈이 휘둥그레진 신우가 고개를 들었다. 수양이 인자한 미소를 지으며 신우를 보고 있었다.

"돌부처 같던 네 얼굴에 표정이 보이는 건 처음이구나. 내 혼례를 허락하마. 영상에게도 그리 말해둘 터이니 과거를 치르기 전에 혼례부터 치르도록 해라."

"월산군과 혼약이 되어 있는 걸로 압니다."

"영상이 이제 와 월산군과 혼인시킬 리 없지."

씁쓸한 자조였다. 가장 가까운 사이임에도 신뢰는 할 수 없는 동지에 대한 자조. 차기 보위에 오를 왕의 잘난 손자는 맡아줄지 몰라도, 망가질 대로 망가진 왕의 손자는 맡아주지 않을 명회라는 걸 누구보다 잘 알았다. 명회와 모든 영광의 순간을 함께 했고, 그가 없었다면 자신도 없었을 테지만 수양은 그를 믿지 않았다.

"그리고 그 아이는 너를 좋아한다. 월산군을 좋아하지 않아. 너도 그 아이에게 마음이 있지 않으냐?"

신우가 차마 대답하지 못하고 머뭇거렸다. 거짓말이나 빈말 못 하는 성정다웠다. 어쩌면 그가 제 앞에서 침묵을 택한 건 차마 거짓을 말할 수 없어서였는지도 모르겠다. 적어도 신우는 가까이할 수 없을지는 몰라도 신뢰는 할 수 있는 사내였다. 신우의 조부인 김종서가 그랬듯이.

"이런 부탁 염치없다만, 부디 월산군을 저버리지 말아다오."

월산군 얘기가 나오자 수양은 목이 메었다.

"그의 신하가 될 순 없지만 벗으로라도 곁에 머물러 다오. 월산군을 진심으로 부탁할 사람이 너밖에 없구나. 네 말대로 이건 내 벌이고 내가 만든 지옥이니 기꺼이 받으마. 허나 월산군은 잘못한 게 없지 않으냐. 아무 잘못도 저지르지 않았는데 내 잘못으로 인해 그 아이는 이미 넘치게 벌을 받았다. 허니 부탁한다. 이제 그 아이 곁을 네가 좀 지켜다오."

신우의 입에서 끝내 그리하겠다는 말이 나오지 않았다. 차마 답을 구할 수도 없는 수양이 결국 울음을 터뜨리고 말았다.

* * *

몸을 일으켜 혜주가 자리에 앉자 그제야 마음이 놓인 민씨 부인이
뒤늦게 통곡했다. 걸을 수 있게 되자 명회의 두 눈에도 눈물이 어렸다.

혜주는 부지런히 여울의 부축을 받아 가며 열심히 걸어 다녔다.
이미 칼에 베인 곳은 다 아물었으나 오랫동안 자리보전한 탓에 온
몸에 힘이 없어 예전처럼 걷고 뛰는 데까지는 시간이 꽤 걸릴 성싶
었다.

그래도 달포쯤 애를 썼더니 걷는 속도는 제법 이전과 비슷해졌다.
크게 앓은 뒤에 가장 좋아진 건 급한 성미 대신 느긋해질 줄 안다는
거였다.

"내일 잘산군이 세손으로 책봉되실 게다."

여울의 부축 없이 혼자 마당을 걸어 다니는 혜주를 찾아와 명회가
알려주었다. 혜주가 멈춰 서자 명회가 어깨를 으쓱했다.

"세손이 되시고 나면 특별시가 치러질 것이다. 아마도 신우는 그
시험에 응시할 모양인가 보더라."

제 상전이 왜 그랬는지 모두 알게 된 여울은 혜주가 쓰러져 정신
을 차리지 못하는 동안에도 부지런히 곁에서 신우의 근황을 읊었다
고 했다. 부디 정신을 차리라는 애타는 마음에서였을 것이다. 그 덕
인지 혜주는 피를 많이 쏟아 살아나기 어렵다는 어의의 진단에도
불구하고 끝내 정신을 차리더니 예상보다 빨리 몸을 추슬렀다.

어의는 기적이라고 했다. 그 기적에 고양된 여울은 여전히 틈나는
대로 신우에 대한 정보를 어미 새처럼 물어왔다.

"시험에 합격하면 혼인하여라. 전하께서도 그랬으면 하신다."

신우는 혜주를 한 번도 만나러 오지 않았다. 여울은 분하게 여겼다. 하지만 혜주는 이해했다. 김종서의 손자가 저를 보기 위해 한명회의 집에 드나들 수는 없었다. 아무리 걱정되어도 그럴 것이다.

오히려 혜주는 여울이 알려줄 소식이 계속 있다는 게 신우의 배려라 여겼다. 신우와 철의 성품대로라면, 그 집에 틀어박혀 죽었는지 살았는지 아무에게도 안 알려줄 이들이었다. 그런데 육조거리에 여전히 둘의 일거수일투족에 대한 소문이 떠돈다는 건 떠돌게 내버려두었다는 뜻이다. 누군가 들을 이를 위해서.

"저는 혼인하지 않을 겁니다."

걷게 되자마자 여울이 신우를 만나러 가자 했지만, 혜주는 거절했다. 저 역시도 한명회의 여식으로 김종서의 손자를 보러 갈 수는 없었기 때문이다.

"신우를 좋아하지 않느냐? 그 아이를 위해서 이 난리를 피운 게 아니냐?"

"제가 신우를 좋아해 혼인시키려는 게 아니지 않습니까?"

"뭐라?"

"이미 현주는 중전이 될 터이니 김종서의 아들과도 혼맥을 맺는 게 아버지 입장에선 이득이겠지요. 그 계산으로 절 신우와 혼인시키려는 거지 제 뜻에 따라주시는 게 아니지 않습니까."

"뭐가 되었든 그 아이와 혼인하는 게 네 바람이니 그걸 이뤄주겠다는 거 아니냐."

혜주가 단호히 고개를 저었다.

"신우는 제 뜻대로 살아야 합니다. 그것이 나라를 위하는 길이고, 신우가 바라는 일이며 돌아가신 김종서 장군의 뜻이니까요. 그러니 신우에게 한명회의 딸은 필요 없습니다. 한명회의 딸은 출사할 신우에게 걸림돌이 될 뿐입니다.”

“허면 신우와 혼인하지 않겠다는 것이냐?”

“아니요, 혼인할 것입니다. 제가 사랑하는 건 신우뿐이니까요. 단지 한명회의 딸로서 혼인하지 않겠다는 것입니다.”

혜주가 대체 무슨 말을 하는 건지 명회는 이해하기 어려웠다.

혜주가 인상을 잔뜩 찌푸린 명회를 향해 큰절을 올렸다.

명회의 얼굴에 당혹감이 번졌다. 자리에서 일어난 혜주가 얼떨떨한 명회를 내버려둔 채 밖으로 나갔다.

이제 드디어 김종서의 집에 찾아갈 명분이 생겼다.

* * *

철은 혜주가 당연히 신우를 찾아온 줄 알았으나, 제게 긴히 할 말이 있다고 했다.

신우를 불러준다는 말을 거듭 거절하고 단둘이 보자니 당황스러워 공연히 허둥거렸다. 혼례 문제라면 매파가 올 일이지 혜주가 직접 올 일은 아니고, 그런데 또 혼례 문제가 아니라면 저를 따로 볼 일이 무어란 말인가?

얼떨떨한 기분으로 철은 혜주를 안내한 뒤, 차를 내어주었다.

“복면을 쓰지 않은 모습을 이리 가까이서 뵙는 건 처음입니다.”

“아, 여러모로 아씨에겐 미안하기만 할 뿐입니다.”

철이 머쓱하게 제 맨얼굴을 만졌다.

혜주가 아니었다면 일이 그리 쉽게 풀리지 않았을 것이다. 거기다 저가 없으면 외로울지 모를 신우의 삶에 혜주가 큰 도움이 될 터이니 그마저도 고마웠다.

"부탁드릴 게 있어 왔습니다."

"아씨 부탁이라면 제가 뭐든 들어드려야지요. 뭐든 말씀만 하십시오. 다 들어드리겠습니다."

"약조하신 겁니다."

"그럼요. 말씀만 하세요."

"중전이 되고 싶다면요?"

"예?"

철의 벙찐 얼굴에 혜주가 웃음을 터뜨렸다.

"농입니다. 걱정하지 마세요. 그건 아니니까요."

"아씨도 참, 식겁했습니다."

혜주가 짓궂게 웃자 철도 허탈하게 따라 웃었다.

"그건 못 들어드립니다. 대신 그것만 아니면 다 들어드리지요."

"약조하셨습니다. 중전을 시켜달라는 부탁만 아니면 뭐든 들어주시는 겁니다."

혜주는 그날 신료들과 수양에게 일갈하는 신우를 보고 비로소 제 욕망을 내려놓을 수 있었다. 그래, 중전은 애초에 내 뜻이 아니었다. 그런데 그 뜻을 이루기 위해 자신은 그릇된 행동을 서슴지 않았다. 옳지 않다. 그래선 안 되는 거였다.

"예, 약조합니다."

그날 신우 덕에 혜주는 자신을 직시할 수 있었다. 모든 겉치레와 꺼풀을 다 벗겨내고 나자, 그 속엔 단지 존재만으로 오롯이 인정받으며 사랑받고 싶은 한 여인이 있었다. 나는 저 사내의 곁에 머무르고 싶다. 저 사내가 초야에 묻힌다면 그 곁에서 같이 밭을 갈고 저 사내가 전쟁터에 나간다면 그 옆에서 같이 싸우고 싶다. 혜주는 비로소 제 진짜 욕망을 깨달았다.

"제 아버지가 되어주세요. 저를 딸로 입적시켜주세요."

"예?"

좀 전에 중전이 되게 해달라는 농보다 지금 이 말이 더 놀라웠다. 살면서 저만큼 산전수전을 다 겪은 이가 또 없을 거라고 자부하는 철인데 여전히 놀랄 일이 남아 있다니!

"그게, 그, 그게, 무, 무슨, 그게 무슨 말씀입니까? 아버지요? 제가요? 누, 누구? 아씨의 아버지요?"

기가 차서 무슨 말을 지껄이는지도 모른 채 되는대로 내뱉고 있는데 정작 그리 놀라게 만든 당사자는 태연히 차를 홀짝였다. 자신이 뭘 잘못 들은 건가 착각할 정도로 혜주는 평온했다.

"아씨!"

"신우가 한명회의 여식과 혼인하겠습니까?"

그건 이미 신우에게 물었고 답을 들었던 거였다. 수양의 명이 떨어졌음에도 신우는 혜주를 찾지 않았다. 그리고 왜 그러냐고 묻자 신우는 한명회의 여식과 어찌 혼인하느냐고 했다. 하면 또 어때서라는 말을 저 역시도 건네지는 못했다. 그래도 둘은 맺어지리라 여겼다. 혜주가 와서 매달리고 명회가 사과하면 신우도 결국은 받아들일 수밖에 없을 것이고 그럼 저도 못 이기는 척 넘어가 주려 했다. 그런데 혜주가 이런 해결책을 들고 올 줄은 몰랐다.

"그래서 제가 병판대감의 여식이 되어 신우와 혼인하려는 겁니다."

"안 됩니다. 아씨의 부친이 돌아가셨다면 또 모를까, 멀쩡히 살아

계시지 않습니까. 천륜입니다. 어찌 천륜을 끊으려 하십니까?"

"자신이 모시던 군주에게 천륜을 끊게 한 게 제 아비입니다. 이제와 자신의 천륜이 끊어지는 것도 업보라면 업보이니 무슨 할 말이 있겠습니까."

"그래도, 그래도 아니 됩니다. 그럴 수는 없어요."

"신우에게 병판보다 더 든든한 장인이 또 있을까요. 저 역시 지금 대감보다 더 든든한 친정을 또 어디서 구하겠습니까."

"저는 혼인도 하지 않은 몸입니다!"

"당장이라도 하세요. 새어머니를 극진히 모시도록 하지요. 이왕 하실 거면 저희 혼인 전에 하세요. 홀아버지보단 내외가 있는 게 저도 좋으니까요."

"아씨!"

이대로라면 저를 어디 끌고 가 웬 여자랑 당장 혼인을 시켜도 이상하지 않을 기세다. 철이 펄쩍 뛰며 두 손을 크게 내저었다.

"저는 절대, 절대로 아씨와 그런 연을 맺을 수 없습니다. 저는 훗날 불교에 귀의할 생각으로 여인과 혼인을 안 한 거예요!"

"그것도 상관없습니다. 저는 대감이 여인과 혼인하여 낳은 자식이 아니니 훗날 불교에 귀의하는 데 방해가 되지 않을 테니까요. 그리고 원효 대사에게도 아들은 있었습니다. 심지어 원효 대사는 혼인하여 아이를 얻었습니다. 하지만 그분이 대사가 되는데, 혼인과 자식은 아무런 방해가 되지 않았습니다. 하물며 혼인하지도 않고 얻은 자식이 무슨 문제가 되겠습니까."

무슨 말을 해도 꿈쩍도 하지 않는다. 거기다 논리에서도 밀린다. 결국은 이 말까지 해야 하는 모양이구나, 철이 긴 한숨을 내쉬었다.

"그뿐만이 아니에요. 저는 절대로 아씨와 부녀의 연을 맺을 수 없습니다."

"왜요!"

"아씨, 제 부모가 누군지 아십니까?"

"오랑캐라고요? 허나 이미 오래전에 귀화하셨습니다. 문제 되지 않습니다."

벌써 족보까지 조사를 마친 모양이다. 대체 이 결심을 언제부터 했단 말인가, 혜주의 철두철미함에 혀를 내둘렀다.

그저 하는 말이 아니라 진짜 그럴 결심으로 찾아온 게 분명했다. 그렇다면 솔직하게 모든 걸 밝혀야만 물러날 거다. 철이 마음을 단단히 굳혔다.

"제 부모는 오랑캐가 아닙니다."

단 한 번도 제 출신을 입 밖으로 꺼내어 말한 적이 없었다. 묻는 이가 없어 말할 필요가 없기도 했고, 부끄럽지는 않았지만 내놓고 자랑할 일은 아니란 생각에 함구했다.

"제 부모님은 백정이었습니다. 백정의 자식으로 살게 할 수 없어 제 어미가 저를 절에 버리고 자진하셨다고 합니다. 저는 마님, 그러니까 신우 도련님처럼 절에서 자랐습니다. 마님을 키워주신 도율 스님께서 저를 키워주셨지요. 김종서 장군의 유지가 아니더라도 제가 마님에게 유달리 애착을 느끼는 건 같은 스님 아래 자랐기 때문일지도 모르겠습니다."

본의 아니게 출신을 꼭꼭 숨긴 덕에 신우를 아무도 모르게 키워낼 수 있어 다행이라 여겼다. 그마저도 부처님의 뜻인 모양이라고.

"관례를 치를 나이가 되자 도율 스님이 저를 김종서 장군께 부탁했고, 장군께서는 부족한 저를 어여삐 보시어 새 신분을 만들어주신 겁니다. 이 나라에선 백정의 자식인 것보다 오랑캐의 자식인 게 더 나으니까요."

철을 찾기 위해 뒷조사를 그리 열심히 한 명회조차 철과 도율의 연결고리를 찾아내지 못했다. 제 출신을 알만한 이들은 모두 죽여놓고선 뒤늦게 저의 과거를 캐내기 위해 명회가 애쓰고 있다는 소식을 전해 듣고 철은 꽤나 비웃었다. 훗날 등잔 밑이 어둡다는 게 무슨 뜻인지 똑똑히 알게 해주겠노라고 이를 갈더랬다.

"제 부모님이 백정인 걸 부끄럽게 여긴 적은 없습니다. 그리고 나랏일을 못 할 것도 없다고 생각하고요. 허나 아씨가 제 호적으로 들어오는 건 다른 문제입니다."

"신우는 압니까?"

"이건 마님조차 모르는 일입니다."

"그럼 됐습니다. 대감의 부모가 백정인지 아닌지 아무도 모른다면 무슨 상관입니까."

그런데 그게 또 이런 식으로 돌아올 줄이야. 이래서 인생은 공수래공수거인가.

"아씨! 아무도 모른다니요. 제가 압니다. 제가 알고 도율 스님이 알고 하늘이 알고 땅이 압니다. 그럴 수는 없어요."

당연히 모든 사실을 알게 되면 흔들릴 줄 알았는데, 여전히 혜주는 눈 하나 깜짝하지 않았다. 이쯤 되자 이제 철은 애가 닳다 못해 타들어 갈 지경이었다.

"아씨!"

"제 생부는 인간 백정이었습니다."

들썩이던 철의 몸이 그대로 굳었다. 입을 딱 벌린 채 숨 쉬는 것조차 잊은 철을 보면서 혜주는 말을 이었다.

"필요로 인한 살생과 사리사욕을 채우기 위한 살생 중 무엇이 더 중죄입니까. 가축을 죽이는 것과 사람을 죽이는 것 중 무엇이 더 잘못입니까? 자격이 없는 걸로 따지자면 제가 더 그렇습니다. 혹 제가 인간 백정의 여식이라 저를 딸로 받아들이는 걸 꺼리시는 거라면⋯⋯."

"아니요, 아니요. 아닙니다."

졌다. 철은 도저히 이길 수 없다고, 자신의 패배를 직감했다.

"후회하지 않으시겠습니까?"

"제가 여기까지 어떤 결심으로 왔다고 생각하십니까."

"아무도 모른다지만 저는 알고 도율 스님도 알고 이제 아씨도 아십니다. 호적이 바뀌는 거예요. 정말 괜찮으십니까?"

혜주는 마지막까지 진심을 담아 자신을 염려하는 철을 보며 씁쓸한 미소를 지었다.

"아무래도 이번 생에 제게서 피 냄새를 씻기는 어려운 모양입니다. 이 역시 제 업보지요. 남은 죄는 다음 생에 갚겠습니다. 허니 이번 생은 제가 사랑하는 사람과 지내게 해주세요. 저를 도와주세요. 저를 받아주세요, 아버지."

여인과의 인연을 맺고 싶지 않아 혼인하지 않았다. 헌데 돌이켜보면 자신의 인생은 제 뜻이 아니라 모두 여인네들의 뜻에 따라 살았다. 제 어미의 뜻에 따라 절에서 자랐고, 별당 마님의 뜻에 따라 신우를 아들처럼 키웠다. 그런데 이제 이 어린 아씨가 아버지가 되어 달라고 한다.

그러니까 생도 여인 덕분에 얻었고, 생의 목적도 여인이 주었으며, 종내에는 생의 의미마저 여인에게서 찾고 말았으니, 이쯤 되면 여인과 연을 맺지 않고 살다 승려가 되겠다고 소원한 게 참으로 덧없다. 여인과 혼인한 사내도 여인에게 이 정도로 휘둘리며 살지는 않을 터인데, 이토록이나 여인들과의 연에 연연해놓고는 승려를 꿈꿨다니, 도율이 알면 배를 잡고 웃을 일이다. 철은 제 운명을 받아들이기로 했다.

"그리하자, 혜주야."

드디어 떨어진 허락에 혜주가 자리에서 일어나 큰절을 올렸다.

"감사합니다, 아버지."

혜주가 활짝 미소 지었다. 많은 것을 덜어내고 털어낸 사람만이 지을 수 있는 가볍고 싱그러운 미소였다. 그래도 마지막에 부탁하는 여인의 얼굴은 기뻐 보이니 다행이라 여기며 철이 똑같은 미소로 화답했다.

* * *

승복을 입은 채 나란히 앉은 자리에 이젠 제대로 된 의복을 갖춰 입은 두 사람이 마주 보며 서 있다.

남녀칠세부동석이라, 혼인도 전에 한 방에 들어가서는 아니 된다고 철이 주책을 부리는 바람에 두 사람은 마당에서 마주해야 했다.

혜주는 조금 심통을 부렸지만, 신우는 뜻밖의 소식에 놀라는 바람에 아무런 말도 하지 못했다.

철이 둘만 두고 가고 나서도 한참 동안 서로 바라보기만 했다. 무슨 말을 먼저 꺼내야 할지, 참으로 어려웠다. 그저 눈을 들어 서로를 더듬으며 안부를 확인했고 달라진 마당과 집, 입성을 보면서 이제 둘의 처지가 완전히 뒤바뀌었음을 깨달았다.

"천륜까지 끊을 필요는 없소."

한참이나 지나서야 신우가 꺼낸 첫 말에 혜주가 웃음을 터뜨렸다. 그다운 첫인사였다.

"천륜을 끊지 않으면 우린 혼인할 수 없잖소. 그대도 한명회 여식과는 혼인할 수 없다고 생각했을 거잖소."

대답이 없다. 혜주는 거짓말을 못 하는 그의 성품이 좋았다. 허나 결국은 자신을 놓으려 했다는 걸 확인받자 마음 한편이 아픈 건 어쩔 수 없었다. 자신은 그에게 놓을 수 있는 존재에 불과했다는 게 서운하고 서러웠다. 애써 가라앉으려는 기분을 털어내며 부러 씩씩하게 굴었다.

"나도 한명회 딸인 채 받아달라 하기는 싫었소. 그건 내 자존심에도 허락지 않거든."

받아달라 했으면 신우는 못 이기는 척 받아주긴 했을 거다. 그런 성정이니까. 그런데 그런 식으로 연결되고 싶진 않았다. 그건 끝까지 자신에게도, 신우에게도 너무 잔인할 뿐 아니라 오로지 아비에게만 좋은 일이니까.

고작 그런 대가를 얻자고 신우와 철이 인생을 걸었을 리 없잖은가. 게다가 그리되는 건 현에게도 차마 못 할 짓이었다.

"모두가 어떤 식으로든 자신이 저지른 일에 대한 대가를 치렀소. 심지어 월산군은 저지르지 않은 대가까지도 치렀지. 근데 한명회 대감만 아무것도 잃은 게 없다면 너무 불공평하잖소?"

그는 이제 더 이상 아비가 아니다. 한명회 이름 석 자를 혜주가 부러 힘주어 말했다.

"내가 그 사람에게 얼마나 귀한 딸인지 얼마나 애틋한 자식이었는지는 모르겠소. 어쩌면 이 모든 게 아무것도 아닐지도 모르지. 하지만 적어도 남들이 보기엔 한명회 대감이 제 행동의 대가로 딸을 잃어버린 것처럼 보여야 한다고 생각하오. 그래야 공평하지. 그래야 사람들이 그래 저게 인과응보구나, 결국 순리대로 돌아가는구나, 그런 말을 하지. 그래야 맞는 거잖소? 그게 우리가 원하는, 우리가 만들고 싶은, 만들어야 하는 세상이니까. 단지 그대와 혼인하고 싶어서 이런 선택을 한 게 아니오. 그대가 바라는 그 세상이 옳다고 생각해서 그 세상을 만드는 데 일조하고 싶어 그리했소. 그래서 그런 거요."

말끝에 눈물이 맺히는 걸 숨기기 위해 혜주가 급히 고개를 돌리는 순간 신우가 팔을 끌어당겨 혜주를 품에 안았다.

"사실 흔들렸다오. 그렇게 흔들린 건 태어나 처음이었소. 언제나 평생 평정을 가장했는데 처음으로 그대 때문에 내 마음속에 파문이 일었다오. 모두가 속아주면 눈 딱 감고 왕이 되어볼까, 그대가 그토록 원하는 중전 자리를 내가 줄 수 있다면 그래 볼까, 저리 바라는데 그것도 못 해준다면 그걸 사내라고 할 수가 있나, 정말로 흔들렸소."

꿈에도 기대치 않은 고백이었다. 품에 안겨 있던 혜주가 놀라 고개를 들었다. 혜주를 내려다보며 신우가 깊고 다정한 미소를 지었다.

"하지만 그리 흔들리는 사내는 그대에게 필요 없을 듯하여 다잡았소. 우린 단지 순간의 존재가 아니라 긴 연의 흐름 속에 사는 거니까, 이번 생에 어긋나더라도 다음 생에 그대를 잡으려면 이번 생을 잘 살아야 하니까 그래서 나를 다시 다잡았다오. 그대를 정말로 놓치고 싶지 않아서 앞으로의 내 모든 시간 속에 그대를 두고 싶어서."

아! 그는 나를 놓은 게 아니었구나. 신우의 선택은 놓은 게 아니라 더 단단히 붙잡기 위해서였다는 사실이 혜주를 들뜨게 했다. 떨리는 손을 들어 그날처럼 신우의 얼굴을 더듬었다.

"흔들리지 않고 버텨주어 고맙소. 그날 깨달았소. 흔들리지 않는 사내라 사랑에 빠졌다고. 내가 무슨 짓을 해도 내 곁에 머물러줄 사내라 그대에게 기대어 쉬고 싶었던 거라고."

평생 혜주에게 허락된 사랑은 조건부였다. 그래서 혜주는 사랑을 받기 위해 언제나 안달복달하며 애써야 했다. 평생 받아본 사랑이 그거라서 사랑이란 다 그런 건 줄 알았다. 더 큰 대우와 인정, 사랑을 받고 싶어 중전이 되고 싶었다. 신우를 왕으로 만들려 했던 이면엔 그리되면 그에게 더 사랑받을 수 있으리라는 기대도 조금 있었을지 모르겠다.

허나 그날 신우의 말을 듣고 깨달았다. 제가 정말로 일평생 바란 건 단지 자신의 존재만으로 사랑받는 거였다는 것을. 혜주가 평생 가장 소원한 건 아무 조건 없이, 무엇을 하거나 이루지 못해도 사랑받는 거였다. 그리고 신우라면 아니, 신우만이 저에게 그리해줄 수 있었다.

"이번 생을 정말 잘 살아야겠구려. 다음 생에서 그대를 또 붙잡으려면, 그대를 놓치지 않으려면."

"걱정 마시오. 다음 생엔 내가 그대를 먼저 알아보고 먼저 붙잡을 터이니. 이번처럼 속 끓이게 하지 않겠소. 약조하지."

"다음 생에 내가 무엇일지 알고? 날 어찌 알아보려고?"

"뭐로 있든, 무엇이든 상관없소. 그 옆에 내가 있을 테니. 그때도 부디 내게 잡혀주시오."

혜주의 눈에서 눈물이 쏟아졌다. 자신만이 그를 붙잡고 있는 게 아니었다. 더 크고 단단한 애정 위에 제가 서 있었다. 더 큰 화답으로 돌려받은 마음이 노곤해졌다.

"이번 생에 못 올 인연이면 다음 생에라도 와 달라 빌었는데, 이리 내게 와주어 고맙소."

신우가 따스한 손길로 혜주의 젖은 얼굴을 닦아주었다.

"전하의 허락이 떨어지면 곧장 혼인합시다."

"과거에 합격한 뒤에야 시집보낼 거라고 하시던데?"

"누가?"

"아버지가."

혜주가 고개를 치켜든 채 당당히 대답했다.

"그거 아시오? 나한테 세상에서 제일 듬직하고 그대가 꼼짝 못 하는 아버지가 있다는 걸! 그러니까 잘못하면 우리 아버지한테 다 일러서 크게 혼내줄 거요. 그러니 그 마음 변치 말고 평생 잘하시오. 아니면 아버지한테 아주 호되게 치도곤을 당하게 할 테니까."

기막혀하던 신우가 웃음을 터뜨렸다. 그를 따라 혜주 역시 맑게 웃었다.

뒷마당을 초조하게 서성거리고 있던 철이 두 사람의 웃음소리에 놀라 달려왔다.

"어어어, 떨어져, 떨어져! 혼례도 하기 전에 그리 붙어 있으면 안 된다니까!"

아무래도 절에서 자란 혜주의 아비는 남녀상열지사엔 무지해서 아주 엄하게 굴 작정인 모양이다. 이러다간 혼인도 하기 전에 치도곤을 당할지도 모르겠다고, 신우가 철에게 걷어차인 엉덩이를 매만

지며 울상을 지었다.

* * *

결국 한명회와의 천륜을 끊은 혜주는 한혜주가 아닌 박혜주가 되었다. 극렬하게 반대하던 명회는 수양마저 둘의 혼인을, 거기다 혜주가 철의 호적에 입적되는 것마저도 허락하자 자리보전하고 앓아눕고 말았다.

다들 혜주의 당돌함에 혀를 내두르면서도 한편으론 명회가 당한 일을 인과응보라 여겼다.

신우는 과거시험 다음 날 혜주와 혼례를 치렀다. 혼례일을 잡아놓고 과거를 치르다니, 시험을 제대로 치겠냐고 걱정을 늘어놓은 철이 무색하게 신우의 결과는 아원(亞元)이었다.

"찾는 사람이 있으니 나가보아라."

혼렛날 아침, 첫닭이 울자마자 신우를 찾아온 건 현이었다.

그날 이후 그가 칩거에 들어갔다 듣기만 하고 이후 소식은 듣지 못했더랬다. 오랜만에 보는 현은 많이 말라 보였다.

"혼인 축하하네. 아무래도 이 말은 하고 가야 내 맘이 편할 거 같아서."

"어디 가십니까?"

"팔도 유람이나 떠나보려고. 내가 잠시 도성을 떠나 있어야 내 동생이나 어머니도 마음이 편할 거 같아서 말이야. 동생이 보위에 오른 뒤에야 돌아올까 생각 중이네."

"어디로 가십니까?"

"글쎄, 일단 풍수가 그리 좋다는 금강산부터 가볼까 해. 그거 아나? 난 한강조차도 가본 적이 손에 꼽는다네. 나다니질 못했어. 평생을 농사짓는 소와 다를 바 없이 살았거든. 이제 좀 다르게 살아보려고."

이 결론이 나오기까지 그도 무척이나 고통스러웠을 거다. 문득 신우는 새삼 그에게 미안해졌다.

"죄송합니다."

"그럴 거 없네. 물론 한동안은 자네를 원망했지. 그런데 자네도 자네 죄가 아닌데 모든 걸 빼앗긴 채 절에서 목숨을 위협받으며 자라지 않았나. 그리 생각하자 결국 똑같다는 생각이 들더군. 어쩌겠나, 하늘에서 뚝 떨어진 존재가 아닌 이상 업연에 좌우될 수밖에 없는, 이런 게 인생인 것을. 그래도 나는 자네처럼 목숨을 위협받은 일도 없었고 여생에도 그럴 일은 없을 테니 그것만으로도 괜찮지 않나. 이제부터 내가 진짜 하고 싶은 일을 하면서 살아보려 하네. 어쩌면 이게 나한테 더 나은지도 모르지."

다행히 지금의 현은 가벼워 보였다. 챙긴 짐만큼이나 표정마저 가뿐해진 현을 보며 신우가 안도했다.

"몸 건강하십시오."

"자네도 잘 사시게."

인사를 건네고 현은 삿갓을 깊이 눌러쓴 채 돌아섰다. 그가 보이지 않을 때까지 신우가 배웅했다.

* * *

마당에서 벌어지는 혼례를 흐뭇하게 지켜보는데 곁으로 도율이 슬쩍 다가섰다. 옆에 선 도율을 뒤늦게 발견하고 철이 화들짝 놀랐다.

"언제 오셨습니까?"

"아까 왔다. 너는 아주 정신이 팔려서 내가 오는 것도 모르더라."

"어여쁘잖습니까."

철의 고갯짓을 따라 도율이 시선을 옮겼다. 신우와 혜주 두 사람이 맞절하고 있었다.

"본래 고슴도치도 제 새끼는 함함하다니까."

"안 예쁘십니까?"

기겁하는 철을 보던 도율이 헛웃음을 터뜨렸다.

"결국 네게 자식이 생겼구나."

결국이란 단어 뜻에 숨겨진 의미를 알아채고 철이 조금 놀랐다.

"이리될 줄 아셨습니까?"

"알았지. 그래, 진짜 딸이 생긴 기분이 어떠하냐. 그리 예쁘냐?"

"예쁘긴 예쁜데 아직 좀 얼떨떨합니다."

"본래 사내는 자식을 보면 얼떨떨한 법이다. 제가 낳지 않았으니 낯설고 신기할밖에."

"스님!"

도율의 농에 철이 기겁했다. 도율이 껄껄 웃었다.

"소중한 연으로 맺어진 여식이니 그 누구보다 어여삐 여겨주어라."

"그거야 그러겠지만……."

잠시 말을 멈췄다가 철이 시무룩해졌다.

"말년엔 불가에 귀의해서 스님 모시고 살고 싶었는데 이제 그건 영 못하게 되었으니 아쉽습니다."

"꼭 불가에 귀의하여 속세의 모든 연을 끊어야만 해탈하는 게 아니다. 최선을 다해 네가 현생의 연에 부족함 없이 네 할 일을 다하면, 그리하여 네가 진정으로 모든 욕망에서 자유로워지면 그 역시 해탈인 게야."

맞는 말이긴 했다. 그래도 아쉬운 마음은 어쩔 수가 없었다.

"이제 나는 비로소 해탈할 수 있을 것 같다."

아쉬워하는 철을 보며 도율이 부처의 미소를 지었다. 가만히 도율을 보던 철이 조금 놀랐다가 이내 눈에 눈물이 고였다. 참으로 그 다운 마지막 인사였다.

* * *

시끌벅적한 혼례가 끝났다. 모두가 새 부부의 탄생을 축하하며 자리를 떠났다.

해가 떨어지고 난리 통이던 집은 언제 그랬냐는 듯 고요해졌다.

잠시 후 신방의 불이 꺼졌다. 그리고 얼마 지나지 않아 도성 내의 모든 불이 꺼지고 모든 세상이 어둠 속에 잠겼다.

달이 높게 떠오르자, 하늘에서 별이 하나 떨어졌다. 수양이 승하했다.

국본

1쇄 발행 2024년 7월 31일

지은이 서자영
펴낸이 배선아
펴낸곳 고즈넉이엔티

출판등록 2017년 3월 13일 제2022-000078호
주   소 서울특별시 마포구 성지1길 35, 4층
대표전화 02-6269-8166 **팩스** 02-6166-9199
이 메 일 gozknockent@gozknock.com
홈페이지 www.gozknock.com
블 로 그 blog.naver.com/gozknock
페이스북 www.facebook.com/gozknock
인스타그램 www.instagram.com/gozknock

표지 이미지 Getty Images Bank, 〈월인석보 권9,10〉, 한국민족문화대백과사전